U0609669

白芦花

卢立明　著

天津出版传媒集团

百花文艺出版社

图书在版编目（CIP）数据

白芦花 / 卢立明著． -- 天津 ： 百花文艺出版社，
2024.4
ISBN 978-7-5306-8805-2

Ⅰ．①白… Ⅱ．①卢… Ⅲ．①长篇小说－中国－当代
Ⅳ．① I247.5

中国国家版本馆 CIP 数据核字（2024）第 067333 号

白芦花
BAI LUHUA

卢立明　著

出 版 人: 薛印胜
责任编辑: 张　雪
装帧设计: 吴梦涵
出版发行: 百花文艺出版社
地址: 天津市和平区西康路 35 号　　邮编:300051
电话传真: +86-22-23332651（发行部）
　　　　　　+86-22-23332656（总编室）
　　　　　　+86-22-23332478（邮购部）
网址: http://www.baihuawenyi.com
印刷: 三河市华东印刷有限公司
开本: 880 毫米×1230 毫米　1/32
字数: 241 千字
印张: 10.75
版次: 2024 年 4 月第 1 版
印次: 2024 年 4 月第 1 次印刷
定价: 68.00 元

如有印装质量问题，请与三河市华东印刷有限公司联系调换
地址：三河市燕郊冶金路口南马起乏村西
电话：19931677990　邮编：065201

版权所有　侵权必究

每一座村庄都是一部厚重的史书。

　　　　　　　　　——题记

一

要说起来，杨大圣四岁上就有媳妇了，那是一桩父亲杨德轩为他订下的娃娃亲。娃娃亲也是一种很郑重的婚姻形式，况且杨德轩又是个重诺守信之人，于是在家人和乡党们的意识里，黄口小儿杨大圣已然是个有媳妇的男人了。

小媳妇姓葛，名豆香，是望河寨葛盛业家的二闺女。这葛家，也不是一般庄户，家里开有豆腐坊，已历四代经营。到葛盛业做了掌柜后，生意越见兴隆，其豆制品货色好，品种也多，什么干豆腐水豆腐，什么豆腐皮豆腐丝，不下八九种，在双龙镇一带颇有名气。但据说葛盛业当初并不愿干这行，一心想跟堂叔去口外学做皮货生意，硬是被他爹给劝住了，就让他学做豆腐。他爹对他说：做豆腐这行保险哪，做硬了，是豆腐干儿；做薄了，是豆腐皮儿；做稀了，是豆腐脑儿；豆腐卖不掉放坏了，还可以做成臭豆腐……

三百六十行，行行出状元。虽说做豆腐这行没有多大技术含量，但也需用心琢磨，下番功夫才行。当年芦花坞也有个做豆腐的，村人都叫他豆腐王，叫他豆腐王，不是说他豆腐做得绝好，而是因为他就姓王。这豆腐王只做水豆腐，但他做的水豆腐远不如葛家的好吃，虽然他心里从没服气过葛家，可再怎么下功夫，就是做不出人家的那种味道。但葛掌柜做买卖讲究，不愿抢别人饭碗，不管是他，还是后来接他担子的小伙计，来芦花坞从不卖水豆腐，只是时不常会给杨家大院带上十块八块的，让他们别断了念想。

杨德轩与葛盛业是多年的好朋友了，两家这桩娃娃亲，是杨德轩先起的心思。有一天，杨德轩去葛家做客，看见豆香在院里玩耍，一时心血来潮对葛盛业道：都说三四岁看苗，豆香这闺女俊模俊样，又聪明乖巧，将来准错不了，给我家大海做媳妇可好？大海，是杨仁海的乳名。"杨大圣"则是后来村人对他的尊称，叫来叫去，俨成大名。儿时的杨大圣，也是一副俊生生的模样，性情虽有些顽皮，却不失可爱，葛盛业去杨家曾多次见过的，心里也很喜欢，便喜眉笑眼对杨德轩道：这敢情好，咱们俩又是兄弟，又是亲家，岂不是好上加好……

儿女婚姻，多么大的一件事情，两位大人一说一笑间，就给他们定下了。望河寨与芦花坞，两村相距四里多路，中间隔一条老龙河，杨大圣和豆香这两个还不知情为何物的小屁孩儿，就这么一个河西，一个河东，被一线姻缘牵牵扯扯，始终未断，但直到第十四个年头，也就是一九三七年芦花泛白的时节，两人才修成正果。

芦花坞是个大村子，有三千多口人，他们杨家这一门，是村上的旺族大户，杨德轩和父亲杨润山，在村里都是有地位的人，杨德轩是庄头，杨润山是族长。杨大圣乃庄头的长子，族长的长孙，一朝大婚自然非同一般。喜日这天，杨润山杨德轩父子二人，从头到脚也是穿戴一新，有客人上门，无不是抱拳打拱，笑脸相迎，唯恐怠慢了哪个。

乡下人过日子，或办什么事情，都习惯看农历，杨德轩将长子娶亲完婚的大喜日，早早就定在了这年的农历八月初八，这是个约定俗成的吉日。哪里想得到，让他们期待已久的良辰吉日，到头来却成了晦气之日，耻辱之日，惶恐之日。

那天，三歪子不请自来，一进院子，就扯着嗓子喊：杨庄头，杨庄头呢？杨德轩刚把酒坊的莫掌柜迎进屋里，闻声而出，见是三歪子，心想：咦！这搅屎棍怎么来了？他一来准没好事。

果不其然，三歪子送来个噩耗：昨天傍晚时分，东洋鬼子打过来了，狗日的们，拢共几十条人枪，就占了白河县城，今天一大早，又没费一枪一弹占了双龙镇……

芦花坞距白河县城，不到四十里路，距双龙镇只十七八里，因偏居一隅，信息闭塞，庄头杨德轩和村上众男女们，都是从三歪子嘴里才知道了这档子事，它如同冬日里的一声惊雷，杨家父子二人更是听得惊惊怔怔，脸上喜色顿消，原本晴朗朗的天空，也似乎阴云密布，混沌一团了。晦气！真他娘的晦气！

三歪子脸上却没有丝毫惶恐和忧愁。东洋鬼子占了县城镇府，衙门里的人跑的跑，逃的逃，在镇公所当差的三歪子，有奶就是娘，黄呢帽一戴，就给东洋人当起了狗腿子，他这时来杨家大院，是为通知杨德轩后晌到镇上开会，说是日本人要搞"中日亲善"，双龙镇各村寨的头人，一个都不能落，杨庄头还是这一带的知名人士，具有代表性，更缺席不得。

杨德轩眉头拧成了一个大疙瘩，三歪子再给他戴高帽儿，他也不想去，连连推却着。三歪子傍上了东洋主子，脚气也见长，他把半截烟头狠狠往地上一摔，又用脚尖狠狠捻着，斜眉吊眼看着杨德轩：嚯，派头儿还不小呢，我要是请不动杨庄头，只有让皇军来请了？话里透着威胁。

族长杨润山站在一旁，见状忙凑上前说：别介别介，今天我孙子大婚，他这个当爹的迎来送往，左右支应，忙得屁都没工夫放，确实离不开呀！老夫也是有事坠身，要不然……杨润山回头看一眼，叫过三儿子杨德书，想让他替杨德轩去。

三歪子不认识杨德书，又那样歪脖斜脸地看着，说：他，他去怎么行？杨润山赔着笑脸，说：咳，这日本人初来乍到，两眼一抹黑，行不行的还不凭你一句话？说着把手伸向三歪子，握了一下，随后两手在胸前一抱：拜托了，拜托了。

三歪子没接受礼让去屋里，他再强蛮，杨家这喜酒也不好白喝的，况且他的狗腿子差事还没办完。走咧！他一骗腿跨上洋车子，洋洋而去。三歪子之所以放过了杨德轩，不是因为杨族长那几句话，话说得再恳切、再动听，也不如硬邦邦的大洋管用，杨族长刚刚在他手里，偷偷塞了两块"袁大头"。

新郎官杨大圣没在场，去望河寨接新娘了。人们都在期盼新媳妇进门这一时刻，看时辰差不多了，纷纷到大门外翘首以待，几个小年轻已将炮仗准备好，就等噼里啪啦放个痛快。有人心生忧虑，对杨德轩道：这炮仗还能放吗？可别把东洋鬼子给招引来。杨德轩不屑，重重哼了一声道：怕个球！放！顿一下，又道：等明天有了空闲，我去镇上走一趟，看看这东洋鬼子到底有没有长着三头六臂！

芦花坞众多男女，除了走南闯北的老海爷，都没见识过东洋鬼子，只是听老海爷说过他们怎么怎么畜生。杨德轩刚才尽管话说得雄壮豪迈，心里还是隐隐不安着，望河寨与双龙镇，相距更近些，葛家噼噼啪啪的响动声，更容易把东洋鬼子给招引来，可别出啥事啊……

白担忧一场，接亲队伍回来了，凉爽的秋风顺着街筒轻舒漫卷，先把唢呐声送入人们耳朵里，循声望过去，稍后，就看见接亲队伍一路吹吹打打，从村子东头朝杨家大院缓缓而来。

由芦花坞去望河寨迎亲，有两条途径，一条是从村东渡口坐船过老龙河，走近路去；另一条是坐大车出村子北口，穿过芦苇地到石床口，从那里蹚过老龙河绕道去。那道天然石床，有两三丈宽窄，直铺对岸，不用担心大车会被陷住。不过，这条途径也不是啥时都能走，老龙河从千里之外的燕山脚下逶迤而来，流淌到芦花坞这一段时，离海边已近在咫尺，河床也随海潮涨落，要是涨得过大，淹过了车轱辘马肚子，也只有望河兴叹了。杨家的接亲队伍，走的是近路，这日河水高涨不退，河面宽阔，艄公鲁老贵一篙接一篙地撑着渡船，从西岸到东岸，从东岸到西岸，来来回回多少趟，直累得臭汗淋漓。

双龙镇一带办喜事，新娘家陪送的嫁妆都讲究用桌抬，把嫁妆绑在桌上，有意让人观看，规模一般有六抬、八抬、十抬等。葛家陪送的嫁妆为八抬。抬夫们一水的青壮汉，也都一色打扮，灰鞋、灰裤、灰汗褡，腰间还系有一条手指粗的红带子。进了村里，他们都打起十足精神，颤颤悠悠吱吱呀呀一路走来，招惹着看热闹的大闺女小媳妇们，脖子都抻得生疼，嘴里不时发出艳羡声：哇——哎哟哟——啧啧啧……

娘家陪嫁丰厚，豆香脸上有光彩，葛家人脸上有光彩，也给杨家人长着脸面。杨家要把婚礼办得风风光光，是给新娘家人看，是给村人看，更是给斜对门陈家大院那些人看的。那一大门子男女，什么事情都要跟杨家争个高低，十天后，陈家大院也要办喜事，早就放出风来，非要盖过杨家一头不可，就冲这，杨家也要把婚事办得风风光光。

看热闹的人群中，一个没正形的中年汉在拿一个傻小子寻开心：你不是喊着嚷着要媳妇吗，你那媳妇就在花轿里头，快过去把她抱下来。这玩笑，开得有些过了，傻小子真就噔噔跑过去。杨大圣听到喊嚷声，扭过头来，傻小子已扑到花轿跟前，嘴里不停地喊着媳妇媳妇。正常人不能跟傻子一般见识，杨大圣没上手，只做了个吓唬动作。傻小子被吓着了，扭头就跑，不防脚下一绊，啪叽——摔了个嘴啃地皮，鼻孔流血，爬将起来，哭天喊地跑回家去了。

片刻，傻小子被一个黄脸婆牵领出来，看那副架势，是要找新郎官讨说法。一个尖下巴女人拦住了黄脸婆，说杨大圣没动她家天开一根指头，是天开自己惹事，跑摔的，让她别去自讨没趣。黄脸婆不相信：真的假的？尖下巴女人说：咱姐俩谁跟谁，我能骗你？黄脸婆有气没处撒，朝花轿轻啐一口：不就娶个媳妇嘛，神气个啥？推攘着傻儿子回了家，还咣当一声关上了大门。

一场惊扰过去，险些被傻小子掀开的花轿，已停落在杨家大院门口。炮仗噼噼啪啪响过后，唢呐师傅们又呜里哇啦一阵猛吹，两个师傅还要起了花活儿，惹得看热闹的人们喝彩声不断。几个嘎小子围在轿子旁边，连声催促着杨大圣，杨大圣不理不睬，听见司仪高声大喊，他才掀开轿帘，把新娘从里面抱出来，感觉像抱着一坨木头。

一段情缘牵扯了十四个年头，杨大圣对这个叫豆香的女人，也说不上喜欢不喜欢，就是有些没感觉，他每次去葛家，几乎都是在父亲的催逼下才不得不去的。豆香一见他的面，总是一口一个大海哥，叫得甜柔亲切，却是剃头挑子一头热，她这大海哥总像截木头似的不起电。说来，豆香长相也不丑，但按杨大圣的眼光，诸如大菊子那种面皮白净、身材高挑的女人，才符合他的口味。小时候的豆香，脸蛋白净净，身子也细溜溜，可一过十三四岁，身子净往横里憋、往粗里长了。葛掌柜个子矮墩，面皮白净，葛掌柜老婆身材高挑，面皮有些粗黑，豆香遗传的净是他们的缺陷。都说女大十八变，越变越好看，在杨大圣看来，这话真是扯淡。杨大圣和大菊子，是儿时的玩伴儿，玩过家家游戏时，大菊子无数次给他当过媳妇，当他懂得了男人娶女人是怎么回事后，曾经想过要娶大菊子当媳妇，而这也正是他青涩的人生中遭遇到的最大遗憾和无奈。他不喜欢豆香，父亲喜欢，爷爷也喜欢，这两个人，都是他跨不过去的山，蹚不过去的河，尤其是父亲大人，说豆香哪怕就是出落成丑八怪，也得让他非娶不可，他与豆香的婚姻，已是命中注定的了。

　　一拜天地！感谢上苍赐良缘！
　　二拜高堂！感谢父母养育恩！
　　夫妻对拜！一生一世不分离！
　　……………

　　司仪拖着长腔喊着，声音抑扬顿挫，洪亮悦耳，将婚礼仪式带入高潮。杨家大院里里外外，挤满看热闹的男男女女，目光都聚焦在新郎新娘身上，这时候的杨大圣，就如同一只被线提着的木偶，任凭他人摆布着，不敢有半点儿分心走神，更没工夫惆怅。

　　谁也没在意斜对门墙根下的那个邋遢男人，他目光阴鸷，疙疙瘩瘩的脸上，不时划过一丝阴冷诡异的笑……

　　新郎新娘入了洞房。豆香被五婶儿搀扶着上了炕，盘腿坐在大红被子上面，不用五婶儿告诉，豆香也知道的，这叫"坐福"，要一直坐到日落天黑。豆香出嫁前头天晚上，娘耳提面命，这规矩，那礼节，包括被窝里那点儿事，都跟她说了个到，不是娘太婆婆妈妈，这是姑娘出嫁前的必修课，谁家都如此吧。

五婶儿走后，新郎官杨大圣也被几个嘎小子拽去喝酒了。喜筵摆在杨家南院，院中一株五叉皂角树，长得高大粗阔，枝干横逸，浩荡的浓荫如同巨伞，遮蔽着热情焕发的阳光，也招引来清爽爽的风。院子东南角那排苇箔棚子，是临时厨房，一溜三口大铁锅，一整天灶火不断。到底是大户人家，流水席也很丰盛，冷拼、热炒、白高粱米饭、龙山烧锅，任凭大伙儿敞开肚皮可劲儿造。肚子里普遍缺少油水的庄户人，这天可是解了大馋，人们吃得满足，喝得也尽兴，冲天喜气高一阵低一阵，似浪潮般喧嚣。

杨德轩尽管是一庄之主，心思又被东洋鬼子搅扰着，依然礼数周全，将一团忧愁始终隐藏在表情深处。他掏出怀表看看时间，没等几位有些身份的客人离去，就悄然退席。让三弟代他去镇上开会，想想不妥，他还是自己去了。

落日时分，杨德轩才回家来，眉宇间隐隐透出的忧愁，似乎更深重了些。

此时的杨家大院，少了中午时分的熙攘喧嚣，但依然很热闹。新房里，新郎新娘在炕上盘腿相坐，就要吃“对头饭”了，陪客只有老喜娘五婶儿一人。桌上的几样饭菜，都有说道：饼叫“合喜饼”；饺子叫“子孙饺”；面条叫“长寿面”；两条清蒸鲫鱼，寓意吉庆有余；一块水豆腐，寓意日子四平八稳；两根七成熟的粉条，寓意夫妻长长久久。新郎新娘吃这粉条时，要各咬一头儿，像蜘蛛吞丝，须得把整根粉条全部吃到肚里，谓之“抻粉儿”。簇拥在新房里的一群小年轻，都是跟着杨大圣玩枪弄棒长大的发小，这时都睁大两眼，等着逗弄新郎新娘……

娶媳妇闹洞房，是老俗老理儿，有人闹，闹的人多，说明新郎一家有人缘。杨大圣即便生气、恼怒，也得忍着，也得赔着笑脸。直到五婶儿大呼小叫地把闹洞房的人撵出去，新郎新娘方才解脱。老喜娘这个角色，不是谁都能当的，一要儿女双全，父母都在；二要熟知当地婚俗，又能张罗事儿；此外，还兼有保护新郎新娘之责。这时五婶儿还有事情要做，开始为一对新人铺被褥，一边铺，嘴里一边叨叨：东一揹，西一揹，生了孩子必有福。褥边挨褥边，生了孩子做大官儿……铺完被褥，又在被角撒了些花生、大枣和栗子，然后眼里挤出几分暖昧，瞅瞅新郎，瞅瞅新娘，说道：好啦，五婶儿就不碍你们好事啦，良宵一刻值千金，你们小两口就尽情享受吧！

五婶儿走出屋来，门口处呼啦一阵响动，几条黑影四处遁去了。五婶知道他们是在等着听窗根儿，躲也躲不远，荤腥不忌地笑骂道：你们这帮猴崽子，都给我滚回家去！谁要再敢来，卵蛋给你们挤喽……

二

　　喧闹了一整天的杨家大院，总算得以安静下来。新娘豆香
让杨大圣熄了汽灯，只留两支蜡烛继续亮着，新房里幽幽暗暗
一团粉红，越发有些神秘，也有了某种神圣和庄严感。这就是
梦里出现过多少次的洞房花烛夜了，一种渴望被男人爱抚的激
动与想象，让豆香的身体也如燃烧的红烛，在热烫烫变软着、
融化着，斜视的眼神，就像只腥热的舌头，在杨大圣脸上舔一
下，舔一下……杨大圣虽有些木讷，也能感受到这种热度和诱
惑。豆香开始脱衣服，慢慢地，一件，又一件，上身只剩一件
红艳艳的肚兜了，似有两只大白兔藏在里面，颤颤巍巍……看
见杨大圣两眼发直，呼吸也变得粗而急促，豆香嘴角掠过一丝
笑意，又把衣服穿上：唉，今天我身子不方便，各睡各的吧。

　　杨大圣已经脱掉上衣，祖露出宽厚健壮的前胸后背，一听
豆香这话，他的手一下子停住，几许茫然的目光在豆香脸上停
留片刻，嘴里轻轻哦了一声，把被子挪到炕梢，裤子也没脱，
就倒头睡了。

　　豆香不禁有些呆愣。豆香不是身子不方便，也不是恐惧，
每个女人迟早都要过这一关，有啥可恐惧的？恐惧又能怎么
样？豆香在攸关时刻刹住情欲，是想做个尝试，也是出于一种

报复心理，报复杨大圣这些年对她的轻慢，她要让杨大圣明白，我豆香虽然已经是你的女人，但不是听凭你摆布的女人。都说肌肤之亲是维持夫妻关系最重要的方式，而在豆香看来，它也未尝不可作为女人拿捏男人的一种手段。依豆香的想象，杨大圣此刻定然会像是一颗出了膛的子弹，一支脱了弦的箭，猴急地要跟她行夫妻之事，若被拒绝，也一准会急赤白咧地求她……豆香要的就是这样一种结果，哪曾想杨大圣竟是如此这般不以为然、顺水推舟，豆香的自信、自尊，一起被打残了，刚刚生出的那种快意，也被沮丧和失落给淹没掉了，她越想越觉得没劲，这叫什么新婚之夜啊？没有激情，没有缠绵，死水一潭……

沉寂的新房里，很快响起男人的鼾声。杨大圣泛起的激情被熄灭，心无波澜，一觉睡到自然醒。其时刚凌晨四点多钟，窗外还麻黑着，两支亭亭玉立的红烛已燃成坨状，仍顽强奉献着一片光明。杨大圣已习惯这时辰起床，大脑里的生物钟，一到这当儿就会唤醒他。新娘子豆香，辗转反侧到后半夜才合眼，这时睡梦正酣。杨大圣没惊动她，轻拨门闩走出去，走南大门，去了西湾子。

西湾子，是芦花坞杨族和鲁族的泊船地。

双龙镇一带的打鱼人，被称之玩船走海汉，他们自己也都习惯这样称呼自己。他们出海打鱼，划木船，摇大橹，撑布帆，劳累艰辛且险象环生，可以说是在阎王爷嘴边讨生活，他们却当成是在"玩船走海"，这是祖辈生活在这里的男人们才有的洒脱与豪迈。

玩船走海汉陆续而来。一看见杨大圣，都觉新奇，有人开起他的玩笑，这个说：哟，是大圣兄弟呀，这一大早的，不搂着新媳妇睡觉，跑海边干啥来了？那个说：新郎官儿快回家歇着去吧，忙累一晚上，你还摇得动大橹？……说来说去，都是男人女人被窝里那点儿事。杨大圣对此还陌生着，他也不善开荤玩笑，犹如一只大虾米掉进热锅里，羞臊得脖子都红了。

杨大圣想出海，没能出成，被三叔撵下船：我的傻侄儿，你再勤劳肯干，再想出海，也得过了回门日再说哟。杨大圣在海边待了好一阵，才回家来。

杨家大院一溜六间大正房，西山墙外留了条一丈宽的通道，沟通着南北两院，南院东厢房南屋，是杨大圣和豆香的新房。新媳妇豆香在豆腐坊里长大，也是早起的习惯，因昨夜心绪难平，睡得过晚，听到窗外的响动声才醒来。掀开窗帘朝外看去，天已放亮了，赶紧穿衣下炕。

是婆婆吴大奶在拾掇院子，不小心碰倒一条板凳，弄出的响动。"吴大奶"这称呼，不是尊称，是外号，据说嫁来之前就有了，杨德轩娶的这女人，看着并不怎么健壮，一双奶子却生得硕大丰满。豆香带着几分羞怯，款款走近婆婆跟前，行礼问安毕，找把扫帚也要打扫院子。杨德轩这时从屋里出来，拦住了豆香，问大圣是不是还睡着。豆香迟疑一下，点头嗯了声。杨德轩最容不得家人睡懒觉，冲着吴大奶轻声骂了句：这懒鬼。吴大奶没有应和，瞥了杨德轩一眼，又小声埋怨了他一句什么。

豆香也是个勤快女人，她借口去北院看看，又要去打扫大门口。芦花坞有个风俗，娶亲日放炮仗落下的红纸屑，要等隔天早上才可清扫，谓之喜气匝福地，开门纳吉祥。豆香并不知道还有这么一说，就是知道，她也无意抢这份吉祥，她是想在杨家门里，先挣个勤快的印象。

杨德轩也来到北院，正看见豆香开门出去。陡地，他先是听到一声惊骇的叫声，紧跟着，就见豆香惊恐万状地跑了回来，捂着胸口蹲在地上，嗷嗷一阵干呕。杨德轩顾不上问，疾步朝大门口跑去，要看个究竟。

大门洞里，好一个恐怖景象，逢年过节用来挂灯笼的铁钩上，被倒挂上了一只体型巨大的花狸猫，像个吊死鬼，一受到震动又滴溜溜转着。看样子，花狸猫被打死时间不长，嘴里鼻里，还不时滴淌出一线线血丝。杨德轩是个男人，一个已有大半辈子经见的男人，胆子要比新媳妇豆香壮得多，也照样被这恐怖景象吓得够呛。恐惧之后，是愤怒，是从未有过的无比的愤怒，这事干得太阴损、太缺德了！

杨德轩将死猫埋在了院里东墙角黑枣树下面，然后他出门来，把咝咝作响的目光，盯向斜对门的陈家大院。思量了一下，又疑疑惑惑缩回，陈家那门人跟他们杨家，虽然明争暗斗不断，还不至于干出这下三烂的勾当吧？不是他们，也还应该是陈家门里的人，莫非是陈大下巴那驴日的？前不久，陈大下巴因霸占寡嫂宅地，曾被他给整治过，说实话，他并不想插手陈族的事，是那可怜的寡妇求助族长不成，不得已才求到了他这庄头门上，他岂能袖手旁观？陈大下巴心理阴暗，满肚子坏水，这种下三烂勾当干得出来……要不是他，那就是陈九根？……

吴大奶急三火四地跑过来：他爹，啥猫狗啊，怎么把孩子吓成那个姥姥样儿？吴大奶从豆香那里，听得不甚明白，惶惶不安问着杨德轩。一经得知原委，吴大奶气得浑身直哆嗦：这是谁干的啊？咱们杨家门一向待人忠厚，凭良心做事，当庄头，当族长，免不了跟谁有个疙疙瘩瘩，可再那个啥，也不该这样恶心咱们，这样害咱们哪！

杨家大院的男男女女，这两天普遍缺觉，都还没起来，杨德轩不想惊动他们，低声喝住吴大奶，让她去了南院。杨德轩没说出自己的怀疑，也不打算跟杨大圣说，那毕竟是自己的猜测，他们娘俩，都一个脾性，说不定会打上门去，杨家大喜日遭羞辱一事，还不闹得村人尽知？稍许，杨德轩也过来看望豆香。正要进新房，大门咣当一声响，杨大圣回来了。

杨德轩狐疑地看着儿子走近跟前：你这是，出海了？

杨大圣往下扒着盐花花的棉袄，看向父亲的眼神，也是疑疑惑惑。

杨德轩窥出儿子的心思，想要说的话还没出口，吴大奶阴着脸从屋里走出来，替他把话说了。杨大圣一张四方大脸，立时就像泼了猪血般，他骂道：我日他家八辈祖宗！一等我查出是谁干的，我拧下他的脑袋！

杨大圣直接就怀疑到了陈九根头上，当年爷爷剁掉陈九根一根手指，他那腔仇怨一直淤积在心，而且他仇怨的也不只是爷爷一个人。杨大圣说起一件事，就在几天前，他与陈九根在街头相遇，陈九根就冲他指桑骂槐的，他也没客气，还当他是小屁孩？陈九根是属鸭子的，肉烂嘴不烂，走出几步远又回过头来，嘴里还是不干不净的，还诅咒杨大圣别太得意，小心将来生儿子三瓣嘴儿，没屁眼儿。看见杨大圣揎拳捋臂冲过来，才吓得一溜烟儿跑掉，那狗日的可忒不是东西！

吴大奶也认定是陈九根，三瓣嘴儿，猫不也是三瓣嘴儿吗？让杨德轩不能轻饶陈九根。杨德轩却一副息事宁人的姿态，让杨大圣赶紧回屋去，好好安慰安慰豆香。

新房里，光线有些暗，豆香畏缩在炕角，两眼木呆呆地盯在窗户上。杨大圣感到了歉疚，也感到有些后怕，豆香已经是他的女人，他喜不喜欢，都注定要和她过一辈子，真要是被吓出个好歹，他这做丈夫的，一辈子也别想过得安宁。杨大圣眼里闪动着惶恐，往前凑了凑：豆香，豆香，你没事吧？从昨天到现在，这还是他头一次主动跟豆香说话。

豆香回过神，感知到男人的抚慰，心头猛觉一热，一股哭诉委屈的欲念随即涌上喉头。但豆香忍住了，在自己男人面前，豆香也不愿表现出柔弱，笑一下说：没事啊，我能有啥事？一出溜下了炕，要去给杨大圣打水洗脸漱口。杨大圣一颗悬心，这才落了地。

吃过早饭，杨德轩叫上父亲杨润山，一起去了议事堂，父子二人都一副心事重重的样子。

半上午，吴大奶有事过来找杨大圣，发现小两口都不在，院里院外也没见他们的身影。一个刚过门的新媳妇，头三天不规规矩矩守在家里，会遭村人耻笑的，大圣带豆香出去散心了？那也不该呀！吴大奶没敢把这事说给老婆婆杨张氏，老婆婆要是知道，她也得挨数落。

吴大奶找错了地方，杨大圣和豆香没去海边，去的是芦苇地，为避人眼目，他们没走街里，是从村子西头绕道过去的。芦苇地在村子北侧，有三四千亩的样子，说不上广袤，但望上去也不乏浩瀚之势。芦花正白，呆呆秋阳之下，凉爽秋风之中，如一片云海在涌动。豆香很喜欢这道景致，此刻，她已不再是往常的隔河相望，而是置身其中，而且还是以杨家长媳的身份，她的心情已有所不同，一直以来的梦想和期待，似乎也触手可及了。

芦苇地被河沟和土堤分割成诸多小岛，杨大圣和豆香慢慢往里边走着，忽然扑啦啦一阵响，两只鸟被惊起，从身边惶惶掠过。它们显然是一对夫妻。夫妻鸟引发了豆香的想象，见旁边一小块空地上面铺有一层干芦苇，豆香的想象又往深处被牵拽去，直至变成一种灼热的欲望，恍惚间，她的手就将杨大圣胳膊拽住了：哎，你是不是嫌弃我呀？

话，来得有些唐突。杨大圣脸上，亦如昨晚那样闪动着几许茫然，问豆香道：嫌弃你？我咋嫌弃你了？

豆香露出小女人的娇嗔之态：你说呢，昨晚上你动都不动我一下，不是嫌弃，又是啥？

杨大圣簌簌眨动着眼皮儿：你不是说你……那颗脑袋，到了这会儿还没开窍，却让豆香感到憨朴可爱了：傻子，我那是逗你。在杨大圣胸脯上轻捶一拳，脚下一个趔趄，身子一歪，就倒在了杨大圣怀里。一个正值青春妙龄的女人，容颜或许不够魅惑，但身上洋溢着的女人气息，也可成一道迷人景致。豆香脸色羞红，眼里充满诱惑与鼓励：大圣，我现在想给你，你想不想要，敢不敢要……

一截木头终于燃烧起来，而且一经燃烧起来，竟是那样的无所顾忌，那样的炽烈疯狂。那一刻，豆香本还想再拿捏一下杨大圣，但她自己也已迅速燃起，心里的所有杂念都被融化掉了，灼烫的青春已变得轻盈虚无，像是一团在天空恣意飘舞的芦花……

豆香来芦苇地，原本只是想实地察看一番，为自己那个梦想先找找感觉，可能是那对夫妻鸟，是那铺芦苇炕引发的想象诱惑了她、怂恿了她吧？激情过后，豆香方觉自己有些胆大包天，也有些糊里糊涂。

回来时，他们走的还是原路。在村子西头，他们碰到一个女人，像团黑云條忽飘到豆香跟前，将她手里的几根芦花穗抢过去，往肩上一搭，又飘忽而去，去了不远处一座孤零零的小屋。豆香只见这女人满头白发,没来得及看清面孔,心头颤颤地问杨大圣:她是谁呀?怪吓人的。杨大圣回说:是花婆,看着疯疯癫癫,其实没事的,甭害怕。豆香哦了一声,想起以前听人们谈起过这个疯癫女人。

几个长辈都拉长着脸,在等他们回来。

在轻柔飘逸的芦花丛里,完成从一个姑娘到媳妇的重大人生仪式,成为真正意义上的女人,杨家门的新媳妇葛豆香,或许是芦花坞历史上的第一人。但豆香耻于让别人知道这个浪漫故事,只能在自己心里,作为珍藏和回味。这一天,豆香是用另一桩非同凡响的表现,让杨家人刮目相看的,这也正是豆香的初衷。

豆香说:请各位长辈不要埋怨大圣,是我拉着他去的芦苇地。咱们杨家有那么些好芦苇,每年不是仨瓜俩枣卖掉,就是当柴火给烧掉,太可惜了。斜对门儿陈家,靠编席子编苇箔,赚了不少钱,咱们当看客还要到几时?大圣带我看过杨记苇编厂旧址,咱们还可以东山再起呀!

豆香又说:还有河边那些蒲草,可以编草鞋、编蒲垫、编蒲扇,我跟二姨学过这门手艺,也没啥难。咱们杨家门里姑嫂姐妹众多,拎不动锄头,上不得船,不正好干这些活计?还有柳棵子,紫穗槐,也都是好东西,可以编筐编篓……

豆香刚进门来那会儿,几位长辈听她说去芦苇地不是散心,不是看风景,是为杨家踅看财路,都觉有些好笑,而这时都已是另一种心境了,老当家、新当家,都先觉惭愧了。杨家的苇编厂,开办还不到一年时间,就毁于一场大火,更糟心的是还烧死两个人,一个是打更的杨二迷糊,一个是外乡流浪汉。大火于傍晚时分燃起,着火原因至今还是一团谜,有的说是流浪汉点火取暖引发的灾难，有的说是有人心生嫉恨故意纵的火，还有人说……无论怎么说都只是猜测，不管是哪种可能，总归是让杨家触了霉头。杨润山杨德轩父子俩，也不是没想过要重打鼓再开张，但都态度消极，这一搁，便是七个年头。现在有没有必要重新开办，能不能办红火，都暂且不说，一个刚过门的新媳妇能有这般心志和远见，就很不简单，十八岁，说来还是个孩子呢。

杨德轩对豆香的主张，首先表示赞同，眉梢眼角露出几分得意，他没看错豆香，他们杨家门，就应该娶豆香这样的媳妇，有胆有识有心计，以后当家理财，准是把好手。

素爱挑剔的老女人杨张氏，脸色也变得柔和起来，但有些话还是要说的，架子也还得端着点儿，她磕磕烟袋锅，又清清嗓子：嗯嗯，按说，豆香说的这事儿也是个好事儿，主意也是个好主意，可就不能等到三天后吗？咱们杨家门，可是知书达理的大户人家，该讲的老规矩，到啥时候都要讲的，你们说是不是？

豆香没来得及解释，她是出于这样的想法，要办好苇编厂，需得请个好师傅，她们村有个姓蔡的师傅，在县城一家编织行干了二十八年，编席编篓都是行家，前两天跟掌柜闹了别扭，甩手回家来了。豆香之所以急着去芦苇地，是想自己心里先有个谱，如果长辈们赞同她的主意，三天后回门，她就去找蔡师傅谈，往后拖，说不定会有啥变化。

难得豆香想得这么周全，老爷公杨润山也叹服，对杨德轩说道：这事儿我看中，你们就操持着弄吧。扫一眼老伴儿，目光转回豆香脸上，又说道：咱们这大户人家，跟普通人家也没啥两样，靠自食其力，不雇长工、佣人，没有老爷太太少爷小姐，也没那么多规矩，往后有啥出头露面的事情，豆香能为则为，不必拘礼。

这是爷公对孙媳妇的褒奖，也是信任。豆香心里惬意，脸上没显露丝毫得意，垂手恭立道：各位长辈在上，日后有什么事情需要豆香做的，尽管吩咐就是。

三

陈家大院将要娶亲的后生，是这村上大能人陈金财的长子，族长陈锦堂的次孙，陈天龙。他们陈家这一门，也是村中大户，族中之首，家业兴旺子孙成群。陈天龙娶媳妇，也属族长陈锦堂孙子辈里的首婚，于他们陈家门，同样有着非同寻常的意义。不过依陈锦堂的想法，娶媳妇这等好事也理应长幼有序，先可大的来，问题是他那位长孙陈天开，人傻了吧唧，长相又过于马虎，啥时能娶上媳妇，这辈子能不能娶上媳妇，都还是个未知数，所以只好"大麦没黄收二麦"，谁走头里谁先娶了。

陈天龙的大名，是爷爷给取的，寓意深刻，叫着听着也够响亮。但陈家门里的这位龙子龙孙，从小到大，芦花坞人没有哪个看好他，他的大号也少有人叫，或当面或背后，都叫他"陈六指儿"。芦花坞人性情粗犷，也好戏谑，故村里有外号的人很多，如果说名字是一个人的代号，而外号，则往往能代表一个人的某种真实。大能人陈金财和老婆也都有外号，他们一个脑子活泛，很能往家里划拉钱，一个善于精打细算，很能攒钱，用乡党们的话说，这夫妻俩，一个是搂钱的耙，另一个就是装钱的匣，绝配！于是或当面或背后，都叫陈金财"钱耙子"，叫他老婆"钱匣子"。当他们的大儿子陈天龙出生后，乡党们又有了说道：嘿，看人家两口子，一人一把十齿耙还嫌划拉不够，又生出个十一齿耙子来。说的是手指，正常人，都一掌五指，陈天龙左手掌上，却额外多出一根。人长六指，本就稀奇，陈天龙长有六指，让家人和村人更觉奇异，莫非是他二爷那根少了的手指的托生吗？

这个二爷，就是那位被杨家大院列为头号嫌犯的陈九根。

在芦花坞这部厚重的史书中，陈九根也算得上一位人物了。陈九根与陈锦堂，乃一爷之孙，年龄却小陈锦堂近二十岁，当年他被剁掉一根手指，是因屡犯偷盗。乡有乡约，村有村规，在老祖宗立下的诸多规矩中，有一条，凡十五岁以上村民若犯小偷小摸两次以上者，要被剁去一根手指，以示惩戒。若犯大偷大盗，则另当别论。就陈九根那副德行，也成不了什么大偷大盗，但往往这号偷鸡摸狗之徒，更招人厌恶。时任庄头杨润山，鉴于陈九根与陈锦堂的那层关系，已经几次给过他面子。那年，陈九根已十七岁，陈族若再不依规惩戒，杨润山就要行使庄头的权力了。但陈锦堂还是不忍下手，还在找借口敷衍拖延，杨润山说：既然如此，你这族长就当个看官好了。遂差人将陈九根从家里扭来，在三合堂中摆下桌案，用两块大洋请来张屠夫，咔嚓一声将陈九根右手的食指给切了去。

这个顽劣之徒，原本就有不少外号：二癫子、三只手、滚刀肉……从这以后，就被叫成了陈九根。他们陈家人对此事一直耿耿于怀。九年之后，族长的次孙陈天龙隆重降生，这孩子身上那么多部件都发育正常，偏偏左掌多出一根手指来，这让陈家人不光倍感诧异，也别有一种滋味在心头。

陈天龙那根多余的手指，在他十四岁那年被割掉了。他那根手指，已成芦花坞人的歇后语，比如哪个说哪个有主意，常常会这样笑骂一句：陈六指儿挠痒痒——就你道道多！还比如哪个嫌哪个爱挑拨事，又会这样说：你陈六指儿手指头再多，还能煽呼起多大风来？再比如……总而言之都是拿他开涮的话。一个人的羞耻感，往往与年龄的增长成正比，陈六指儿一天天在长大，羞耻感也一天比一天强烈。有天一狠心，他竟将六指儿掰成了骨折。这下倒好了，干脆割掉算了。但钱耙子或许是怕花钱，也或许是怕麻烦，没带儿子去镇上的医馆，而是找到了本村的焦一刀。焦一刀是个劁猪匠，这人比张屠夫还敢下手，将陈六指儿的手掌往桌上一按，咔嚓就是一刀。那根多余的手指虽然被切掉了，但"陈六指儿"这个外号，却始终活在村人心里和唇齿间。

陈六指儿的婚期，定在农历八月十八，这也是个约定俗成的吉日。

杨家大院里娶亲，陈锦堂和几个儿子都随了礼，也都过去喝了喜酒。陈、杨两门虽心存芥蒂，争斗不止，但还没到撕破脸皮的程度，表面上都装得挺绅士，遇有人情来往，都还讲着礼数。钱耙子陈金财过去喝喜酒，也是想顺便侦察一番，杨家的婚礼是咋个办法，新媳妇长相如何，前边那些，他都看了个清楚，新媳妇蒙头盖脸，他只看到个前身后背，尚不知庐山真面目。杨家的婚事办得风光，陈金财心里会不舒服，杨家媳妇比他家媳妇俊俏，他心里也会不舒服。说到底，就是看不得杨家门的好。

杨大圣今天陪豆香去芦苇地转悠，回来时路过陈记编席厂，与陈金财碰个正着，陈金财一回到家，就进了爹娘屋里，开始发表评论：哈，这回我可看了个清楚，杨大圣那新媳妇，长得没啥样儿，大宽身坯子，大脸盘子，大胸脯子，大屁股蛋子，大脚片子……陈金财讲得很是夸张，一口气就是五个"大"。

屋里很是热闹，老娘、三姑、二叔、大哥大嫂、老婆钱匣子等一干男女，不知为何事正聚集在一起。钱匣子不大相信陈金财的话，杨家是大门户，杨大圣又仪表堂堂，娶的媳妇会是这等模样？于是，她也十分夸张地说道：啧啧啧，照你这么一说，他们杨家不是娶了个夜叉吗？啧啧啧……

拿杨家新媳妇开心取乐，一屋男女都觉快活畅意，好像都得了多大便宜。只有陈金福，笑得有些心不在焉。陈金福外号"钱串子"，比二弟陈金财更能划拉钱，能攒钱，还是个肚里挂筛子，心眼儿多且细密之人，对谁说啥话，做啥事，总要在肚里先掂量一番。现在就是——那杨大圣刚过新婚之夜，就带着小媳妇来芦苇地里转，来杨家苇编厂旧址转，这可有点儿怪……

钱耙子陈金财不以为意，常言说得好，跟着铜匠学铜盆，跟着巫婆学跳神，那葛豆香是从豆腐坊里熏染出来的，嫁过来若有发家致富之想，八成会鼓动杨家开豆腐坊。

陈九根猛击了一掌道：好哇！开豆腐坊好哇！杨家有了豆腐坊，豆腐王家的豆腐坊还不得黄摊子？还不恨死他们杨家？陈九根过早地掉落了两颗门牙，说话跑气漏风，陈金财要不是及时侧身躲开他，又得被吐沫星子喷个满脸臭烘烘。

陈九根今天来陈家大院，不是为蹭饭，也不是来闲扯，是为告诉他们一件事，让他们分享他的快乐，顺便，他也想看看杨家有没有啥动静。今儿一大早，陈九根就见过豆香的，当时他躲在杨家大院对面的芦苇垛旁，等着看风景。没想到第一个开大门出来的，会是新媳妇豆香，他看见豆香猛地扔下扫帚，惊叫着跑回了院子里，他幸灾乐祸地想着，这还不得把那小蹄子给吓傻了，那才好，让杨大圣守着傻老婆过去吧！现在看来，那小蹄子根本没咋的，他舅子的，长得没啥样儿，倒是挺有胆气。

陈九根又跟陈金财炫说起他的恶作剧，但仍有些小遗憾。陈金财倒是十分开心，爽笑了一声说：好我个二叔，你也真想得出来，干得出来，这新婚大喜日的，杨家人得多闹心！陈九根吃了颗大甜枣，惬意地吧唧几下嘴：哼哼，别的日子老子还不挂哪！老子就是要杀杀他们杨家的喜气，就要恶心恶心他们的胃口，吃不着喜糖，喝不着喜酒，就吓唬他们家新媳妇玩儿。昨黑价没打着黄鼠狼，打了只大野猫，卖又卖不得，吃又吃不得，正好给他们送去。

陈九根揎拳捋袖，无意中碰到断指处，淤积心头的仇恨被搅动，红潮一般涌到脸上。陈九根已四十好几，还光棍儿一条，日子过得恓惶落拓，他把自己的这一切都归咎于杨润山，不是那个老东西坚持要剁掉他手指，让他蒙羞受辱，他能落到这步田地？他舅子的！陈九根骂起来，骂完杨润山，又骂杨德轩、杨大圣……

族长陈锦堂被请去议事堂议事，回来时，陈九根刚刚离开陈家大院，其他那些人随后也散去了。金福金财兄弟两家，只一墙相隔，陈金福一大家人住东院，陈金财一大家人跟父母住西院，一道院墙在靠近房檐处，留有一个敞口，两家来去很方便。陈金福在院子里听到陈锦堂的说话声，复又过来，问他跟杨庄头都议了些啥事。陈锦堂的表情有些愠怒，又有些得意，说道：杨润山杨德轩那父子俩都一门心思，要把庄头让位给我，哼，跟我耍心眼儿呢，我才不上他们的套儿，我不稀罕！

陈金财还迷着心窍，认为这是好事，为争当庄头，他们陈家门可是没少费心思，这回杨德轩要主动相送，为何不受？陈锦堂撇嘴说道：狗屁！那是以前，今日的庄头，就是维持会长，得给日本人和三歪子干事，杨润山父子是怕招惹上麻烦，怕坏了名声，想甩锅给咱们，做梦去啵！

陈金福奉承起族长爹：您老真英明，这差事，咱们非但不能接，还非得让杨德轩干不可，等着瞧，有他们好受的！

陈锦堂说：好受难受，都是他们杨家门的事，咱们只记住一条，到啥时候也不能给东洋人当狗。说罢，抽抽鼻孔，手掌又在鼻前扇了几下，闻出了烟臭，感到不适，遂问谁来过。陈金财说是二叔，往下再说，自然就是挂死猫那件事了。陈锦堂听了，脸上现出一丝快意，但随即就消失了，他说道：你们这魔怔二叔，可真不该这种时候招惹杨家，他们虽没抓住他的现行，也会怀疑到他头上的，他干就干了，也不该大摇大摆往咱们大院跑，让杨家人看见，还不得以为是咱们背后指使的？杨家那一门里，不是红脖汉，就是黑脸婆，他们忍而不发未必就是好事，我担心……

陈金财哎哟一声，猛然觉悟过来，可不是咋的，九天后就是他们家天龙成亲的大喜日子，杨家要是效仿二叔，也报复到他们家门上，不也得给他们添堵闹心？这可咋好？

陈金福这才醒过味儿来，却没怎么担忧，说道：我看不至于，要是真那样，吴大奶子和杨大圣那娘儿俩，早就冲咱们大门口骂上了。他们背后叫庄头女人外号，"吴大奶"后面，总要多个"子"字，要是叫她"吴大奶"，怕矮了他们的辈分。

大哥喂的定心丸，并没起什么作用，陈金财的心仍在半空里打着秋千。他把担心说给了老婆，钱匣子也先是恍然一怔，而后一拍大腿：哎呀妈亲，可不是咋的！可不是咋的！也怨起陈九根。夫妻俩由此都添了块心病。

四

三天后的晌午，陈锦堂吃过饭，抽过一袋烟，正准备小睡一会儿养养精神，杨德轩又差人上门，让他去议事堂议事。陈锦堂立时就心烦意躁了，姓杨的刚当上维持会长，又他妈啥事？嘴里嘟嘟囔囔，心里一百个一千个不情愿，但还是磨磨蹭蹭地去了。

杨德轩可不是没事找事，前晌，三歪子又来了芦花坞，身后还跟着两个东洋鬼子，都一副凶神恶煞相。三歪子这次上门，是来派粮派夫的，东洋鬼子占了镇上胡家的高墙大院，还要在院里和去往县城的路口修筑炮楼，芦花坞需出粮四十担、民夫四十人。杨德轩一听脑袋就大了，村人日子艰难，粮食尤为珍贵，这不是，这不是……他强挤出一丝笑容，求三歪子高抬贵手。好大的脸面，三歪子最后只答应下杨德轩，粮可折合大洋，其他都别再废话，杨德轩只能逆来顺受着。

杨族、鲁族两位族长，都先于陈锦堂来到议事堂。杨德轩已将自认公允的摊派想法，先说给了他们，两位族长都深表无奈地接了。这是小鬼子派下的差事，陈锦堂尽管很抗拒，也不敢不应承，却又怨气幽幽：咳，我看那三歪子也是八哥啄柿子，专拣软的捏。这话里的话，谁都听得出来，杨润山正要为儿子争辩几句，就见杨德轩不急不火地说道：晚辈的确有失庄头和会长之职，陈族长若能解村民于倒悬，晚辈当施大礼致谢，并甘愿让位。陈锦堂被将了一军，忙摆手说他不是这个意思，又一连声地骂起了小鬼子……

回到家来，陈锦堂仍费着琢磨。那七八十块大洋，还好办些，陈族那么多门户，往各家一摊了事，让陈锦堂费琢磨的是劳工，陈族共摊到了十四人，他们这大门户至少得出两个，让谁去好呢？抽丁派夫这种事儿，历朝历代都有，可这回是给日本鬼子当劳工，是羊进狼窝，生死难料啊。

钱耙子陈金财过来打探情况，唯恐族长爹把这份差事派到他头上，忙找着理由，将火往三弟陈金禄身上引。陈锦堂稍作权衡，说道：那好，就让他去。陈金禄因家里遇有难处，前两天曾来老院借过钱，被大哥二哥回绝后，又一头撞进爹娘屋里，陈锦堂也是哭了半天穷，但又留下个活口，说这两天给三儿子拆兑拆兑，现在他这族长爹也有了难处，正好，就互相成全成全吧。

儿子辈里的差役确定下了，孙子辈里让谁去好呢？陈锦堂还需一番琢磨。钱耙子陈金财又出起主意：应该让天开去，天开人缺心眼儿，干活儿还行，当劳工终归不是上战场，又有他三叔带着，不会有啥事的。陈金财让爹不用担心老大夫妻俩会从中作梗，天开出劳工，家里可免交大洋，每天还能省顿晌饭，他们还不乐得屁颠屁颠的？

陈金财为爹出谋划策，也是别有心机，儿子天龙大婚在即，他担心杨家会把他们家大门楼也弄个污秽恐怖，还担心傻了吧唧的天开会闹出啥麻烦事来。

还好，所担心的事情都没有发生。陈家门的婚事，办得很顺利，也不失风光排场，庄头杨德轩、杨族和鲁族两位族长，也都随了礼，过来喝了喜酒。陈金财夫妻俩为了陈家脸面，为跟杨家门争个高低，白花花的大洋一块块花出去，待喜兴劲儿一过，心里才觉出一阵阵地疼。

陈家的新媳妇张彩云，是西后岭村人，本是一个地地道道的村姑，看上去却不像。张彩云个头不高，身子细瘦，一张瓜子脸白白净净，耳鼻眉眼嘴，也都长得小巧匀称，杨陈两家的新媳妇若论长相，张彩云显然胜葛豆香一筹。但萝卜白菜，各有所爱，村里和陈家门里很多人并不看好张彩云，庄户人家娶媳妇，又不是摆在家里当花瓶，看她那杨柳细身，娇娇弱弱，能干个啥哟？家境嘛，也太一般。陈金福的老婆王三桃，看人的眼光更有独到处，说张彩云身上还有股狐妖气。

先前，媒婆子也为陈六指儿介绍过几门亲事，但他都没中意。陈六指儿的审美观与杨大圣有些相似，他就相中了张彩云，家里人谁不满意也没用，在婚姻问题上，陈六指儿寸步不让，他就喜欢张彩云这样的女人，打看到她第一眼起就喜欢，就非张彩云不娶了。

人不可貌相，后来的事实证明，张彩云并非那种中看不中用的花瓶，她勤快又能干，做得一手好针线活儿，还会种菜。公婆家院落宽阔，张彩云将厢房对面一块空地拾掇出来，用粗杆芦苇夹上寨子，打畦叠垄，下种栽秧，赤橙黄绿青蓝紫，把个小菜园伺弄得有声有色，是个居家过日子的好手。她的肚皮也很争气，次年，比葛豆香晚几天，也生了个大胖小子。

陈家门的媳妇张彩云，多有不凡之处，杨家门的媳妇葛豆香，更让村人刮目相看。钱串子陈金福曾挑拨过豆腐王，说杨大圣那个小媳妇，也在鼓动杨家开豆腐坊，那他王家豆腐坊还能有活路？但他小瞧葛豆香了，豆香青睐的，并不是豆腐坊，她竟然很快就张罗着把杨记苇编厂重新开起来了，而且办得还挺红火，这不又是想跟他们陈家分庭抗礼吗！

陈金福和老婆王三桃，一对儿针鼻子心眼儿，他们嫉妒着斜对门儿杨家，也嫉妒起了西院二弟家，一看见两家大人带着孩子在门口玩耍，肚子里就会呼呼冒酸气，喊，看她们显摆的，不就是生了儿子，不就是得了孙子，有啥呀？谁家母鸡不下蛋哪！自己打着自己嘴巴，你们家母鸡呢？也赶紧下个蛋给村人看看哎！唉，唉，大儿子天开光棍儿一条，二儿子天业，也是该娶还没娶上，低人一头哇！

天上无云不下雨，地上无媒不成婚。王三桃憋着口窝囊气，只好又去西后岭找马巧凤。马巧凤这女人，天生就是个做媒婆的好手，有一副伶牙俐齿，还有一副擅长跑东到西的好腿脚，据说在她当姑娘时，就已经开始给人保媒拉纤了，如今几成专业，在南北三庄都有一号。王三桃为了儿子的婚事，没少找马巧凤，但都白搭了工夫，白搭了物，谁知道这次又会是啥结果？还是不成，马巧凤说她手头没"现货"，让王三桃回去等信儿。这一等，就是几个月过去，大半年过去……

陈金福夫妻俩这厢犯着嫉妒，犯着愁，杨家大院里又有了喜事，庄头杨德轩的二儿子杨义海，也吹吹打打把媳妇娶进了家门。二媳妇名叫吴水英，不光是家境好，人也长得俊俏，真是气死个人哩！几月后的一天，王三桃在街头偶遇媒婆子马巧凤，怨马巧凤厚此薄彼。有吴水英这么好个姑娘，为啥不先想着我们家天业，妹子可是没亏待过你呀！马巧凤不想背这黑锅，说她这介绍人不过是挂个名而已，真正的介绍人，应该是张彩云。

王三桃一口怨气，陡地就横在了喉咙眼儿：好你个六指儿媳妇，真是个外掰筋儿，这等好事也胳膊肘往外拐！怨气冲冲回家来，就要去找张彩云好好说道说道。陈金福在肚里掂量一阵，觉得不妥，一阵劝说，才让她收敛起冲动。

这个时候，张彩云正坐在屋前给儿子喂奶，两眼半阖，一副很享受的样子。王三桃没过来扰乱她兴致，大门咣当一声响，陈九根却踢踢踏踏上门来了。自打有了小菜园，陈九根来陈家大院更勤，张彩云厌恶地噘下嘴唇，本想立即结束喂奶，怎奈儿子狼羔一般，叼着乳头就是不松口，张彩云以为陈九根要去菜园里，便掩胸遮乳，转过身去，让儿子继续。

陈九根是想去菜园，但这边风景似乎更具诱惑性，便从寨子上折了根芦花穗，不知趣地凑过来，逗着孩子，眼睛不时往张彩云胸脯上溜，张彩云转身躲避，他也跟着转身。对赖皮赖脸不知羞臊的二爷公，张彩云多有领教，但也不敢轻易酸脸，这种事也忒碜碜，一旦嚷嚷出去，没脸没皮的人不怕丢脸，丢脸面的反而会是她。于是她只好狠狠心，偷偷在儿子屁股上掐了一下。儿子哇地哭出来，张彩云趁机撵着陈九根：二爷，看把孩子吓得，快忙你的去吧。

陈九根赖皮赖脸地笑笑，这才去了小菜园。此时，院门大敞四开，几只外家鸡跑了进来，也要往菜园里钻，张彩云操起手边的笤帚砸过去：谁家养的馋玩意儿，吃惯嘴的还！

张彩云下手重了些，儿子还在哭。钱匣子从后院过来时，正见陈九根从菜园里出来，腋下夹着三根黄瓜，嘴里还戳着一根，咔嚓咔嚓嚼得脆响。钱匣子蹩了一下眉头，假惺惺问句：二叔来了？到屋里坐会儿不？陈九根瞥一眼张彩云，一甩袖子道：免啦！免啦！再待下去，那笤帚疙瘩还不得砸到我头上。

你这儿媳妇啊，谁近谁远都拎不清，把菜白送给杨家人一点儿不心疼，我这当长辈的摘两根黄瓜，她又是撺鸡又是骂狗的。

长辈没个长辈样子，还当婆婆面，诬说她的不是。张彩云再不想念及什么长辈不长辈，理直气壮道：斜对门儿住着，低头不见抬头见，我跟吴水英又是同村姐妹，我送过菠菜给豆香，送过黄瓜给吴水英，那又怎么啦？菜是我种的，是送是卖，还需看别人的好恶？

陈九根要酸脸，钱匣子赶紧截住张彩云：咋跟你二爷说话呢？没大没小，二叔，您老消消气儿，到屋里抽袋烟。陈九根自知理亏，朝半空里一甩袖子：拉倒拉倒，不讨人嫌了，走了！从侧门过去，去了东院。钱匣子冲着他背影轻声啐过一口，又安慰起张彩云来。

王三桃在给猪准备饭食，手里挥着一把破菜刀，在案板上当当剁着水葫芦，看见陈九根来，也是先皱眉头，后假惺惺道：二叔来了？吃过饭没有？屋里坐呀！

屋里，陈金福在炕上盘腿大坐，正有滋有味地喝着小酒，今天难得改善生活。听见王三桃用高八度的声音，在跟二叔假客套，陈金福如遇匪情，慌忙将花生米、炒鸡蛋、酒壶酒盅，都藏到了饭桌下，只把几颗小葱、一碟黄酱、一碟咸菜条和几块玉米饼子留在饭桌上。陈九根掀帘而入，问陈金福吃的是哪顿饭。陈金福说今天没啥活儿干，能省则省，吃两顿。

屋子北面墙根处，放有八仙桌和太师椅，与炕上饭桌相对，陈金福担心陈九根坐过去，会窥见饭桌下的秘密，便侧身将旱烟笸箩朝炕边推推：二叔，抽着，抽着。招呼陈九根坐在炕沿上，又假模假样礼让着：二叔，一块吃点儿？陈九根朝饭桌上扫一眼，讥笑道：还他娘的大户人家，大户人家谁吃这粗饭烂菜？陈九根没胃口，说气都气饱了，随手从烟笸箩里拿起一颗喇叭筒，点着后，猛劲嘬两口，待烟气浸入肺腑深处，又用足力气将烟气吐出，伴随着的还有一股怨气：你说西院那媳妇，可不就是个外掰筋儿……

陈金福打着哈哈，并不想附和，给陈九根喂了一阵消气丸后，委婉地下了逐客令。陈九根不知趣，将怨恨又转移到了斜对门儿杨家，不知他是听说还是看见，吴水英肚子里揣了崽儿，好哇，等到杨家摆满月酒那天，黄鼠狼带豆杵子，老子一起给他们上，不是有那句"黄鼠狼下豆杵子——一窝不如一窝"吗，老子羞辱他们，吓唬他们，还要诅咒他们！

这村里有两个擅打黄鼠狼的，都是光棍儿，陈九根是其中之一。杨德轩二儿子娶亲那日，陈九根并没放过机会，提前准备好两只死黄鼠狼，还打算吊挂在杨家大门洞里。黄鼠狼当然是剥了皮的，一张黄鼠狼皮子，在白河县城能卖两块大洋，哪能白搭给杨家？况且剥了皮的黄鼠狼也更显血腥和恐怖些。

但陈九根徒劳一场，那天，当他就要走进杨家大门洞时，黑暗中，一条恶狗猛地扑过来，从他手里撕扯下那两坨肉，跑到别处享用去了，陈九根恐吓羞辱杨家未成，自己反遭了惊吓，过后想起来仍恨恨不已：他舅子的，便宜他们啦！

看着陈九根癫疯古怪又郑重认真的样子，陈金福觉得有些好笑，他这二叔，不光无赖难缠，还一根筋，一根老牛筋，跟杨家门过不去，非得用这种手段？又非得挑这种时候吗？但陈金福没让这话出口，说出来，便是怂恿了，他不想劝阻，也不想怂恿，二叔四十大几的人了，有时还天真得像个街头小玩闹，就随他玩闹去吧。

陈九根并不觉自己一根筋，他的处事方式，他的思维逻辑，都有异于常人，在杨家大门口作祟，若选在一般日子，他认为意义不大，唯有在某个重要的喜日里，那才意义非凡，才值得他去干。他舅子的，干！一定要干！

林子大了啥鸟都有，有人就是这么怪异，陈九根本就是性情浮躁之人，在这件事情上，却表现得相当执着和耐心。陈九根又开始盯看起墙上的日历牌……

五

期待的日子终于到来，杨家二媳妇吴水英生了，一等满月日，杨家大院又要摆酒席庆贺，热闹一场。陈九根打听准日期，将提前准备下的几坨血腥秽物，于当日凌晨偷偷吊挂在杨家北门洞里。这一次，没有狗东西坏事儿，但陈九根还是一个没想到，他刚一出门洞，可巧有人走过来。天色已微明，大门洞里仍黑黢黢一团，那人猛见里面闪出一人，也是吓得浑身一激灵，壮胆大声问过去：嗨，你谁呀？干啥呢？陈九根不敢答话，肩膀一摇一晃，快步朝东边走去。那人用目光追逐着他：嗨，嗨，是陈九根？

陈九根走路的姿态特点明显，肩膀总是左摇右晃，幅度很大，两条胳膊，也老爱像蟹钳一样夯楞着，村人对此有说法，是一副装横充大谁都不尿的架势。这人显然很熟悉陈九根的身形姿态，又喊叫声：陈九根！陈九根！

这人大名杨锁子，村人都叫他二木匠。东后岭有一户赵姓人家，儿子要娶亲，请二木匠过去打了几天家具，活儿干完，主人好酒好饭酬谢，二木匠喝高了，睡到后半夜才醒，再不想睡，就披星戴月赶回家来，行至杨家大院门口，正巧撞见这一幕。二木匠是杨德轩的堂侄儿，老一辈少一辈，都跟杨家大院走得亲近，陈九根黑夜作祟，偏就被这二木匠给撞见，事情巧得就跟说书似的。

杨大圣结婚日被挂死猫那件事，二木匠是早已经知道的，也知道今天杨家大院要做满月，陈九根该不是又在使坏吧？二木匠心里这样想着，已经走过大门口，又踅回来，借着火柴光亮朝大门洞看过去，心头又是一阵惊悸。门洞里的景象，太恐怖瘆人，太让人恶心，二木匠喉头倏忽一阵酸麻，差那么一点儿就吐出来了。

恐惧着，却没离开，二木匠在门楼前坐下来，卷颗喇叭筒，不紧不慢地抽着，旱烟制造出的辛辣气息，让他的味觉和胃口，才稍觉好受了些。他感觉时间过得很慢，终于，有咳嗽声从院子里传来。人熟悉到一定程度，一听咳嗽声，或脚步声，甚至一闻到气息，就能知道是谁。二木匠忙起身，问声：是六叔？杨德轩在一群堂兄堂弟中，排行老六，辈分小的不是叫他六叔，就是六爷。

是杨德轩。杨德轩也听出二木匠的声音，心中诧异着，要开门出来。二木匠忙叫住他，壮着胆子，从门环上取下血呼啦啦的秽物，扔到墙角里，才招呼杨德轩出门，说完事情经过和怀疑，愤然道：六叔，这回可不能轻饶那狗东西！

杨德轩还是那副不屑之态。陈九根这路货色，不敢杀人放火，干这种下三烂勾当，也不敢明火执仗，跟这号人斗，他嫌掉价儿。杨德轩嘱咐二木匠，不要声张此事，大孙女过满月，其乐融融，别因这事，搅了全家人的好心情。

几团血腥秽物，又被杨德轩当作肥料，埋在院内那颗黑枣树下。刚把土坑平整好，杨大圣忽然在他身后叫了：爹，你这是干啥呢？二木匠这时还没离去，杨德轩想瞒住大圣，平息下此事，恐怕也不成了。

这是当然，杨大圣断不会再忍下去的，再忍下去，陈九根那无赖，不更得蹬鼻子上脸？杨大圣嘴上应从了父亲，回到屋里没待片刻，就悄声从南大门出去，叫上二木匠，一起去找陈九根算账了。

陈九根家在村子东头，一座老院，三间旧屋，破墙豁子破门楼，里里外外都是衰败相。陈九根老娘颠着一双小脚，蓬乱着一头白发，颤巍巍从屋里出来，刚把簸箕里的灶灰倒进废弃猪圈里，就听得咣当一声响，杨大圣和二木匠推门而入，问他们来干啥，两人也不言语，都黑着面孔，大步朝屋里奔去。

捉黄鼠狼，逮豆杵子（田鼠），动鬼心思，再加上起得早，陈九根也够辛苦，正香喷喷睡着回笼觉，鼾声呼噜噜作响。杨大圣进了屋，恍觉一脚迈进了猪圈里，扑到炕沿边，猛地掀开臭烘烘的被窝，一把将陈九根拽起来，挥拳就要打。陈九根一歪脖子：杨大圣，你，你要干啥？别以为你爹是庄头，是维持会长，就可以闯门入室随便打人，碰倒大爷我身上一根汗毛，我让你立旗杆！

杨大圣啪的一个大嘴巴扇过去：你就该打！上回往我家大门上挂死猫，我没找你算账，这回又挂黄鼠狼挂豆杵子，还能饶你？

陈九根揣着明白装糊涂：捉贼捉赃，捉奸捉双，谁看见是老子干的？他让杨大圣把证人找来。杨大圣狠狠呸了口：真是不见棺材不落泪，你这屋子里，你这身上，一股子黄鼠狼骚气味儿，还敢说不是你干的？我二木匠哥就在外边，你别想再抵赖！

陈九根拧着脖子朝门外喊叫起来：他舅子的，二木匠你胡扯个啥？我不就赖过你几个工钱吗？不就白吃过你家几个鸡蛋吗？不就拿你老婆花裤衩挂过彩旗吗？都多少年了，你还这么记恨老子！

二木匠见过无耻的男人，没见过这么无耻的男人，他待在堂屋里，本不想露面的，听到这里哪还待得下去？一撩门帘冲进去：陈九根，你还他妈装蒜，大喜日里往人家门上挂死猫死狗，你缺德不缺德？你就他妈欠揍！

陈九根装蒜到此结束，开始充英雄好汉，脖颈一挺：是，是老子干的，老子就干了，能把我咋的吧！你们杨家让老子脸面无光，老子也让你们不得安生！

杨大圣不想再费吐沫，对付这种无赖，最好是用拳头说话……

九根娘抹把鼻涕眼泪，把大腿拍得噗噗山响：我这是作了哪辈子的孽，生出你这么个不争气的东西，打！打！大圣你可劲儿打，往死里打，打死我还省心！都是气话，看着拳头砸在儿子身上，听着儿子号叫不止，还是心疼：大圣欸，看在我这把老骨头份上，你就饶了他吧，我给你……扑通一声——九根娘跪在了地上。

杨大圣的拳头停在半空，再落不下去，转手一把推开陈九根：要不是看你娘这张老脸老面，今天我非打你个遍地捡牙不可！便宜你了！

杨德轩整个上午都待在苇编厂，回到家来，才知道了这件事。杨家苇编厂眼下很是红火，但当家人杨德轩心里，仍一直隐隐地不安着。他忘不掉那把大火，那场灾难无论是谁人所为，现在他们杨家更需得多加提防才是，便怨起杨大圣，不该招惹陈九根那老癞子。杨大圣并不觉自己鲁莽，他与父亲看法不同，他不认可那句老话，什么"宁伤君子，不伤小人"，那岂不是抑善纵恶？他杨大圣不怕陈九根，越是怕鬼，鬼越欺人！

陈九根被杨大圣揍得不轻。杨大圣那握惯大橹的拳头，力大如锤，又特意在陈九根脸面上制造效果，就当那张脸是鸡屁股、鸭屁股，又贱又厚，反正也不值钱。确实，陈九根向来不拿自己脸面当回事，他那张脸，很早就经历被耻笑、被轻慢的人生磨砺，渐而粗糙成茧，针扎也难见出血的，但这次被杨大圣拳过留痕，也知道难堪了，忍着寂寞猫在家里，直到第四天头上，他才来陈家大院，脸上的淤青红肿，还没完全消退。

陈九根挨打一事，已成为村人茶余饭后的谈资，陈锦堂因镇上的店铺被三歪子骚扰了一回，他担心会再出啥事，这些天一直吃住在那里，对此事或许尚不知晓。钱串子、钱耙子兄弟俩，则或许是忌惮那些闲言碎语，也是怕花费，谁都没上门看望陈九根。而这会儿，陈金财先找着借口，说他也是才刚听说二叔被打的事，那狗操的杨大圣，也太他妈不是东西啦！他用恶毒的骂，表示着愤怒和同情。

陈九根来得挺是时候，陈金财两口子正在吃饭。陈九根在衣袖上蹭蹭手，抓起一个菜包子，三口两口就进了肚子。夫妻俩都蹙眉锁眼，心里腻歪得不行，而他们这位二叔最招人烦的，就是不知道别人多烦他，或者知道也毫不在乎。又抓过一个菜包子，一边吃，一边骂着，骂杨大圣，骂二木匠，句句粗俗狠毒。陈九根对二木匠，原本没什么仇怨，现在的憎恨度，甚至已超过对杨大圣：他舅子的，这两天我一直在琢磨，二木匠有事没事老往大木匠家跑，跟金凤那小娘们儿肯定睡到一个被窝里了。看在他老实巴交的份上，以前我是不愿招惹他，现在他不是跟老子过不去吗？老子也要跟他过不去了，让他帮狗吃食！

钱匣子抢着接过话茬儿，说道：那二木匠和金凤就是睡进一个被窝，要说也没啥稀罕，拉帮套的男人，图的还不都是被窝里那点儿事。

陈九根说：二木匠可不承认他是拉帮套，有一回我这样说他，他舅子的，跟我翻呲了。这回我倒要看看，他的仁义道德是真还是假。

陈金财来了兴致，他也要重新认识二木匠和金凤了，一个人做什么事情，无不是带有目的性的，那二木匠要是没有甜头好处，仅凭仁义道德，会那么下力气帮金凤？男的没了老婆，女的守着活寡，都干柴烈火的，不信他们能守得住。

陈金财这番分析，无疑是在给灶膛里添柴加火，让陈九根越觉心情振奋，也越觉有了把握，屁股下面，立时就长满蒺藜，再坐不下去，似乎那对男女已宽衣解带，就等他去捉奸了。

陈九根一走，钱匣子就嗔怪起陈金财，不该鼓动二叔去捉什么奸，就他那没嘴儿的破茶壶，不定啥时候就把你给卖了。再者说，金凤又是陈家门里的姑奶子，真要被整出啥花花事来，她丢人现眼，咱陈家门的脸面，也不好看……

陈金财立马恼了，说道：那个穷贱娘们儿，早不把自己当陈家门的人了，我干啥还要顾及她的脸面？陈金财的恼，似乎没来由，有没有来由，陈金财心里才清楚，那是他的一个鬼，藏在肚里的某个角落，已有些时日。

大木匠和二木匠，是师徒俩，四年前一个春日，他们被外村一何姓人家请去上梁，大木匠就是在那天出的事。上梁是盖房子的紧要环节，也是件很庄重、很隆重的事情，要选择吉日，要在梁上贴红字条，诸如"太公在此，诸神退位""上梁大吉"什么的。还要唱喜歌，要请工匠们喝喜酒等等。何家上梁，也是按这套路。第一根梁上好后，大木匠站在梁下不远处小歇，身旁还站着位帮工。这时有人扛着檩条走上房基，碰撞到稳固房梁的戗杆，戗杆是两个帮工绑扎的，没弄结实，被檩头撞歪后，顶梁的立柱和横梁也随之倾斜。大木匠看到这一幕，下意识喊声，同时快步上前，推搡开那位帮工。房梁瞬间滚落了，大木匠躲避时已经来不及，被狠狠砸倒在地上。

房屋有顶梁柱，每家也有顶梁柱，大木匠这顶梁柱轰隆一折断，他那个家，也开始摇摇欲坠。在大木匠瘫痪后最初那些日子，陈金财曾几次去他们家里看望，以长辈名义，先是对金凤给予同情怜悯，继而小恩小惠笼络，再之后以言语挑逗引诱。有一天，陈金财带着一帮男女割苇子，收工时金凤落在后面，陈金财一时性起，扯住金凤要做那种事，不防金凤回手一抓，在他脸上留下几道血印。打那以后，金凤再没去陈记苇编厂做工，陈金财也没再骚扰她。但一坨大白馍馍没人动则罢，一经发觉被哪个男人吃在嘴里，陈金财还是嫉恨得不行，现在二叔要出头捉金凤和二木匠的奸，再好不过。

大木匠二木匠两家相隔不远，二木匠住的是杂院，大木匠家是独门独院。整天游手好闲的陈九根，这回有事干了，他这才知道，盯梢原来是一件很刺激，也很有趣的事。陈九根的家和木匠师徒两家，是远远的斜对面，中间隔着街路，盯梢距离不远不近，正好。陈家大门口的那棵老柳树，可遮挡日晒，树下那堆干草，可供躺卧，也可做掩饰，所有这些，都为陈九根的盯梢提供了方便。

盯梢到第三天，就发现了情况。这是半后晌光景，陈九根先是看见金凤从家里出来，头戴草帽，肩扛锄头，朝村子西头去了。大约一袋烟工夫过后，又见二木匠从家里出来，也是头戴草帽，肩扛锄头，朝村西头去了。陈九根想象，两人一定是事先有约，男女相约，只是为耪地吗？他们身上那两块地，不也都够荒的……

芦花坞有两片赖以生存的土地，一片是蔚蓝色的，可以收获鱼鳖虾蟹；一片是土黄色的，可以收获五谷杂粮。收获五谷杂粮的土地，差不多都在村子西边，大木匠家种的是玉米，已长有一人高，叶片子层层叠叠，在阳光下闪烁着碧波一样的光芒。金凤一锄锄耪进地里，似一条水中缓缓游动的鱼。随后而来的二木匠，也游了进去……

陈九根在一丛芦苇后面蹲伏下来。芦苇喜水、喜湿，也耐旱，坡岭地上也到处可见，只是长得稀疏瘦小。陈九根的两道目光穿过芦苇缝隙，盯着玉米地里的动静，在他的想象中，这片玉米地已幻化成一铺热炕头儿。

二木匠很快就追上金凤，两人应该停下来，干那种快活事了吧？一旦齐人高的玉米由行走晃动，变成固定范围内晃动，就是在干那种事了，假如他从隐蔽处跑过去，将一对野合男女抓个正着，那该是一道多么美妙、多么刺激的景致……陈九根蠢蠢欲动的心里，一时之间充满了肉欲的想象和热辣辣的期盼……

美妙刺激的景致，一直没有出现。二木匠和金凤耪完几垄地，坐在地头小歇，相距足有十米远，不亲昵，话也稀，又让陈九根失望着。没了玉米叶子的唰唰声响，世界一下子变得很静了，静得能听见血液在血管里的流动声，能听见蚂蚱、蛐蛐的蹦跳声，能听见蜈蚣、蝎子、蚰蜒的爬动声。它们或不经意，或不怀好意，来到陈九根身边，一闻到他身上那股烟臭酸臭混合的气息，又都急急退缩回去。

一条蛇倏倏爬过来，在距陈九根几步远处也瑟瑟停住，是一条"花脖子"，有擀面杖粗细。此蛇无毒，却也会让人见之恐惧。陈九根无恐无惧，只要有蛇被他给撞见，几乎都小命不保，不是被他用石头砸死，就是被他折磨死，冷不丁揪住蛇尾巴，猛劲抖动一阵，再抡上起几圈，朝半空里一甩，啥样的蛇都得筋折骨断。陈九根还经常拿蛇打牙祭，去头剥皮，切成段，用泥巴裹住放在火上烤熟，味道极好。但今天不行，他正做着一件很重要、很隐秘的事情，他没工夫搭理"花脖子"，投过去的目光，却依然凶冷。"花脖子"似乎打了个冷战，赶紧掉头回溜，遁入草丛中。

路上有人来，面孔被草帽遮掩，看那高大魁梧的身形，像是杨大圣。是杨大圣，陈九根一阵恐慌。

杨大圣并没朝这边来。芦花坞东西向狭长，村子中间地段，有条南北向的街路相隔，如同楚汉河界，杨大圣出海打鱼，或去地里干活儿，都是在西南边一带，平时很少涉足东半村，对陈九根阴谋鬼祟的盯梢行为，他毫不知情，这会儿趁炎热渐退，他也是过来耪地的。

不经意间，腥咸的日头又往下出溜了一大截，像一张烙过火头儿的大饼，吊在西边天空上。碧波荡漾的玉米地里，那两条人鱼又游到地头，相互说了些什么，女人回了村里，男人手提镰刀，去了附近那片小树林。

六

二木匠和金凤，辜负了陈九根的期望，陈九根的盯梢热情，却丝毫未减，反正闲也是闲着，倒还省得寂寞难熬。数日后一个月白风清的夜晚，陈九根又发现有情况，二木匠背着捆树枝，去了大木匠家。送捆柴火，非得要夜里？或许二木匠是借引子去跟金凤亲热？陈九根随后跟踪过去，一路热燥燥想象着。

二木匠没察觉身后有鬼影相随，进了院子，把树枝往墙根下一墩，朝正房屋去了。陈九根走街串巷，剜门跳墙打黄鼠狼，夜间也曾多次来过大木匠家院，知道正房西屋住的是大木匠一家，东屋住的是大木匠爹娘，他便没再跟踪，在东厢房对面一堆柴草后面，隐下身子。

二木匠很快就出来了，金凤提了盏马灯相送。走到厢房门口，金凤叫住二木匠，说她已经把厢房拾掇好，让二木匠进去看看。二木匠犹豫一阵，才跟金凤去了屋里。

陈九根从暗处闪出，趴伏在窗根下，听见金凤在劝说二木匠：大兄弟，你跟婶子还是住过来的好，你时常不在家，她身边没个人哪行？二木匠不愿接受，说：嫂子的好意我心领了，这一大家人已经够你受的，哪能再给你添麻烦？金凤说：可不是的唉，是我们给你添了麻烦，要不是我们拖累，你那媳妇也许不会……

二木匠没让金凤说下去。这个老实巴交、勤忙肯干的手艺人，不幸娶了个好吃懒做的媳妇，这也罢了，还骚情，两年前这个时候，竟跟常来村里的小货郎私奔了。这是二木匠人生中最大的耻辱，也是心中永远的痛，最听不得有人提起这件事。金凤见他要走，叹口气，从板柜上拿过叠好的衣裤，让二木匠换上。二木匠扭捏着，说回家再换。金凤说：跟我还膈膺啥？快换下来，今晚嫂子就给你洗了。二木匠拗不过，但只换了上衣，没敢换裤子。金凤看着二木匠壮实的后背，呼吸声由细渐粗、由缓渐急，忽地，就将二木匠抱住了……

伏在窗外的陈九根，已不满足听觉，手沾吐沫在纸窗上抠了个小洞，还要享受视觉盛宴，看到这一幕，他先是感觉兴奋、激愤，然后全身一阵阵酥麻热烫，再然后是膨胀，膨胀……这对狗男女，敢情还真有勾当，撞在了老子眼里，这梢盯得，值，太值！好你个二木匠，老子总算揪住你狗尾巴……高兴半截，二木匠和金凤，很快就分开身子，开门出来。他舅子的，一场春宫戏刚开个头，就这样撤火了？

狗肚子装不下二两香油，当晚，陈九根就来陈家大院，先跟陈金财说起这件事。陈金财听得浑身燥热，两眼放光，到了关键处，却没了下文，也觉遗憾。陈金财说起二木匠时，口气像是怨恨，又像是敬佩，那熟瓜蛋子还真他妈有定力，女人白花花身子都扑到怀里了，还能搂得住火，咱这芦花坞，也出了个柳下惠不成？

陈九根听说过西门庆，听说过潘金莲，柳下惠是哪个？不知道。听陈金财说过后，陈九根悠悠叹道：这世上，还真有这种男人，但愿二木匠不是，他要成了坐怀不乱的柳下惠，那不是没戏了？

陈金财笑道：柳下惠可不是那么好当的，得有金刚之身，那对狗男女没能入戏，我看是火候还没到，也或许是二木匠一时生怯生愧。

陈九根被刺激起情绪，问陈金财：我真要是把那对狗男女按在炕上，咱们该咋办？陈金财说：反正不能凉拌，当年杨润山是怎么处置我那小老姑的，咱就怎么处置他们。陈九根猛捶一下桌子：对！对！这叫一报还一报，他们的奸，老子是捉定了！不过得找个帮手才行，二木匠身强力壮，我一个人怕是胡噜不住他。陈九根毛茸茸的目光，在陈金财脸上打着转转。陈金财有些慌神：二叔，你可不要打我主意，这种事情，我不好出头的。

误解了，陈九根冲陈金财捻捻手指，说这阵子他手头实在有点紧巴，想借俩钱花。陈金财嗯嗯啊啊，喉咙里像卡了鱼刺，借？说得好听，哪回不是肉包子打狗？心里怕着、怨着，还是颤巍巍取来两块光洋，塞到陈九根手里，问他钱用何处，别又是去镇上找那暗门子娘们儿。陈九根脸臊了一下，说陈金财目无尊长，跟二叔也没大没小，扯卵淡。

陈九根找的帮手癞五，也是个游手好闲的家伙。陈九根先把癞五蒙在鼓里，说是带他打黄鼠狼，直到有一天需要拿上绳索时，才跟他露底。这天，陈九根那双狗眼发现二木匠白天去过大木匠家，天一黑下，又去，还将大门插上，他跟那活寡妇金凤，这回八成是要有真戏唱了。大门虽落了门，但难不住陈九根，他随身带有一把小刀，在门闩上拨弄一阵，大门就乖乖地开了，回首招呼癞五一声，两人轻手轻脚进了院子。上演过半截好戏的那间屋里，窗户被遮了布帘，有浅浅的灯光映出来，有轻轻的说话声传出来，陈九根眼睛没地儿可使，只能用耳朵去感觉……他舅子的，这回，老子总算逮住你们了……

一向冷清的大木匠家，忽然热闹起来。男女偷情这种事，不论在哪朝哪代，在什么地方，总是很招引人们的兴趣。芦花坞地处偏僻，人们日子过得单调，难得有这么一场热闹可看。

这回是陈大下巴的寡嫂，那个叫"药罐子"的女人，来杨家大院报的信，"药罐子"家与大木匠家只一墙相隔。杨大圣腿脚快当，比族长爷和庄头父亲先前一步来到大木匠家。看见二木匠被绑在院里一棵香椿树上，金凤被癞五一双污浊不堪的手给扭着，杨大圣腾腾几步上前去，一把推开癞五，又要为二木匠解绳索：有事说事，你们这是干啥？他们咋的啦？

陈九根抢过来，拦住杨大圣，也问他：你这是要干啥？他们通奸乱伦，就该绑，你跑来挡啥横？

金凤骂陈九根放驴屁，我们在拾掇屋子，碍你们啥事了？黑天瞎火撬门入室，该把你捆起来送官！

陈九根从嘴角狞出几声冷笑：大木匠家的，你不要下头软，上头硬，要不是屋门结实，又上了顶杠，我一脚踹门进去，不把你们狗男女光溜溜按在炕上才怪！还狡辩个啥？族有族法，村有村规，你们就等着挨收拾吧！

金凤还要骂，被杨大圣给推走了。

杨德轩与父亲杨润山一起过来，往外劝着众人。但谁也不愿离去，陈大下巴还架秧子起哄：走干啥？这么好的大热闹，哪儿看去？

同样是看热闹，有人似信非信，有人惋惜同情，有人幸灾乐祸，有人辱骂出声，鸡一嘴鸭一嘴的。有的说，应该把二木匠和金凤押到祠堂去，在各自老祖宗牌位前先跪一宿，再行处置；有的说，应该把狗男女一块儿绑了，脖子上挂上破鞋游街示众；还有的说，应该照老规矩，把他们沉了老鳖塘！这话刚落地，就听见有人喊：金凤呢？金凤呢？

陈大下巴和癞五，还有陈族门里几个青壮男人，捋胳膊卷袖要去捉拿金凤。大木匠他爹蔫头耷脑蹲在房檐下，凶巴巴抽着烟，陡地跳起来，操起一只木杈，左一抡，右一抡，呼啸有声：走，都他妈给我走！把他们俩也带走，爱咋咋地，别在我们家乱！大木匠爹是个瘸子，那一蹦一跳的姿态，看着有些滑稽，但其势凶猛，所到之处，人们皆抱头鼠窜。老实巴交的杨瘸子，一旦疯狂起来，可也是不得了。

陈金福陈金财兄弟俩，都巴不得看这一场热闹，闻讯赶过来，却都不急于进院里，故意装傻充愣，问这个，问那个，大木匠家出了啥事，围这么多人看热闹……啥啥？不能吧？杨庄头和杨族长，对本族人都一向严于管教，二木匠和金凤，在村里又堪称道德楷模，怎么会做出这等伤风败俗之事……

被赶出来那些人，跟随陈金福，又呼啦啦涌进院里，陈金财最后才进去。杨德轩向他们兄弟阐明自己的意见，就按有人说的，先将二木匠关进祠堂，让他在列祖列宗面前反省思过。明早，三族族长，再叫上族老们，在议事堂一块儿问案也不迟。有村规民约刻在那儿，触犯哪条就按哪条惩处，他们父子作为庄头和族长，绝不会姑息迁就。

陈金财借着灯光在院里扫几眼，没发现金凤的身影，方才说道：只惩处二木匠一个人，有失公平吧？

陈九根马上推波助澜：谁说不是？母狗不掉腚，公狗上不了身，不能放过金凤。欸，小娘们儿躲哪儿去了？

金凤霍然出现在正房屋门口，看那副凛然的神色，像个女英雄，完全颠覆了众人对她的印象。陈金财心头倏地一紧，缩进人群，不敢再言。按陈族的辈分，金凤应该叫他叔，叔被侄女抓破脸那件丑事，于今还仅是两人之间的秘密，万一金凤不再留情面，他这张老脸，往哪儿都不好搁。

二木匠为金凤喊着冤，千错万错，都是他的错，跟金凤没关系。金凤也揽过在身，刚喊出一句，就被杨族长给噎了回去。争相揽过，是想要拯救对方吗？就算这是义气，是高尚，也难以让杨族长收获感动，也难以抹平心中的怨气和遗憾，金凤你不是要揽过在身吗？那好，今晚你也到祖宗牌位前跪着思过去。杨润山说完去了屋里。杨德轩明白了父亲的心思，随即吩咐杨大圣和几个族人，押送二木匠和金凤去三合堂。众人呼啦啦又围去看热闹，陈九根阻拦不住，拽上癞五，也跟了过去。

处事主动权被杨家父子掌握在了手里，陈金福心里有些愤愤不平，想跟陈金财一块儿拿拿主意，才发觉人已不在。走出院子，看见陈金财从暗处闪出来，问他关键时候咋溜号，陈金财说是尿急，找背人处撒了一泡。他一边撒着谎，一边又怨起了大哥，不该任由杨家父子把二木匠和金凤弄到祠堂去，咱得把他们弄回来，交代清楚！陈金财话说得响亮，人却踟蹰着没动。陈金福不知陈金财心里的鬼，劝他说：算了，还是看看明天杨家父子咋个说法，他们要敢祖护包庇，哼！

热闹地转移，灰尘弥漫的院子里，只剩下杨润山杨德轩两个外人。杨瘸子苦歪着一张瓦刀脸，幽暗的目光里，满是难堪和怨愤。儿媳妇和二木匠，都牙关紧咬，不承认通奸，但凭他那颗不怎么灵光的脑袋，也能想象出他们是怎么回事，就算他们没做那种事，也是想做没有做成，照样是一桩丢人现眼、让村人耻笑的丑事。族长唉，庄头唉，你们说这事可咋整好？瘸腿老汉看看杨润山，又看看杨德轩，他的本意还是希望对金凤能从轻发落，他知道金凤的脾性，更知道他们这个家一旦少了金凤，会是啥景况。

杨德轩想不出啥好主意，牙花子嗑得吱吱作响。

杨润山思索片刻，问杨瘸子：听说海山大侄儿不忍心拖累金凤，几次提出过离婚，金凤一直没答应，也是难得，不知海山写过休书没有？

杨瘸子并不知情，要去屋里问问，让杨家父子也一起过去。杨润山说：我们去没必要，你真心要拯救金凤和二木匠，关键就在你儿子身上……看见杨瘸子似有所悟，杨润山没再往透里说，也不想再逗留，他们父子还要去三合堂看看。

三合堂，是芦花坞杨、陈、鲁三族共奉的一方精神圣地，这三族，很早就各建有祠堂，虽几经修缮，仍显老旧窄小。到了清光绪二十八年（1902年），由于连续多年风调雨顺，鱼粮两丰，三族都有意重修祠堂。时任庄头是杨德轩的祖父，他极力倡导将祠堂统建一处，内可分设，各挂各的牌匾，各供各的祖宗牌位，名为三合堂，寓意三族合力同心、团结和睦。鲁族族长首先响应这一主张。陈族与杨族素有隔阂，却也不想在这件事情上与杨鲁两族相悖，过了两天，也同意了。新建祠堂在村子中心地段，四面圈有丈高的青砖围墙，主门开敞高阔，青砖灰瓦，气势庄严，大门楼上高挂一块黑底烫金匾额，上书"三合堂"三个大字，为时任白河县令所书。在祠堂东侧，还建有一座厅房，供村里议事用。祠堂西侧，是小学堂。大门口正南，有一片空地，可作村人聚会场所。

杨大圣和几个族人，押送二木匠和金凤来三合堂，走至半路，被陈九根一帮人给截了过去，将两人按跪在各自祖宗牌位前，又将其他人驱出堂院，陈九根和癞五手持棍棒，凶神恶煞般守在了大门口。有人在三合堂外树杈上挂起两盏汽灯，好事之徒们三五成群扎着堆，大声说着、笑着，一派嘈杂。

杨润山杨德轩父子俩，出现在白晃晃的灯光下。杨瞎子从人群里闪出来，上前几步迎过去。杨瞎子是村里的公差，他这角色，说白了，就是听命于庄头，跑腿打杂的。村人都叫他杨瞎子，是因为他眼窝子深，眼睛又细小，给人感觉像个瞎子，其实他的视力比常人一点儿不差。

陈九根和癞五，对杨家父子可没杨瞎子那么客气，癞五像是不认识他们，先是眼睛一横，接着将棍子一横。杨大圣过来推他一掌，骂道：你个大傻狍子，长眼睛是出气用的？谁都敢挡？一边待着去！癞五斜了两眼，屁没放一个，就收了棍子。陈九根没横棍子阻拦，把鼻孔朝向天空，故意不睬他们。杨润山与杨德轩目光对视一下，临时起意，又不想进去了。

父子二人离开没片刻，杨大圣也回到了家里。吴大奶子和豆香等一干女人，都在等候消息，她们也想跑去看热闹，都被当家男人给拦住了。对二木匠和金凤做下的这种事，若从人情世故的角度，应该说情有可原，若站在伦理道德高度，应该给予谴责和鄙夷。杨大圣没有谴责，也不会鄙夷，只有同情理解和歉疚不安，这次二木匠招来陈九根的暗算，明摆着是吃了他的挂落。杨大圣恳求两位长辈，得赶紧想个辙，让二木匠和金凤能躲过这一劫。

父亲杨德轩还是龇牙花子，陈九根那条疯狗、饿狗，好不容易叼着根骨头，能那么轻易松口？那陈家兄弟俩，更是乐得逮到这个机会，想折腾折腾咱们杨家。爷爷杨润山，也拿不出什么可行办法，不过这事也没到绝望地步，出水才见两腿泥，他已暗示过杨瘸子，二木匠和金凤能否躲过这场劫难，就看他们的造化了。

这是一个很不确定的希望，杨大圣已经思谋过，父亲倘若被逼无奈，要重演花婆那幕悲剧，他就带上那帮一块儿耍枪弄棒长大的兄弟，把二木匠和金凤给劫走，豁出人脑袋，打出狗脑袋，也要救下他们，那才不枉他这"大圣"的名号……

七

　　族长陈锦堂的屋里，又聚起一群男女，在听陈家兄弟俩讲这桩桃色新闻，直到陈九根过来后，才转移话题。得知杨润山杨德轩父子去过三合堂，陈家父子都没怎么在意，去又能怎么样？料他们也不敢放掉那对狗男女，倘若放掉或让他们逃脱，反倒也好，杨家父子也难逃干系了。但陈九根还想把事情再弄大些，又出主意说：我看咱们应该把花婆鼓动出来，杨家父子包不包庇那对狗男女，都让她借机闹腾闹腾，金福，金财，看看你们谁去找找她？

　　陈家兄弟俩都赞成二叔的主张，却都不想去。陈金财抢先说道：我去也是白去，小老姑不可能给我面子。陈金福跟着也道：小老姑更不可能待见我，我去也是白搭工夫。陈家兄弟俩都当起了缩头乌龟，陈九根又盯住孙子辈：天龙，要不你去一趟？最好彩云也一块儿去。

　　陈六指儿还没及表态，张彩云那里就先一步扯了几下男人的后衣襟，用无声的语言抵触着。陈六指儿嘴里支吾两声，站起身说他们还有别的啥事，跟张彩云一起离去了。陈九根接二连三被卷了脸面，拿张彩云出着气说：这外掰筋媳妇，主意正着呢！

张彩云随陈六指儿过来，是出于好奇，拉着陈六指儿离开，是出于良善。她笑陈家门里那几位男人，太自以为是了，为了跟杨家斗，对金凤一点亲情不顾，还要搬出那个同样也被他们唾弃的花婆，真不知道啥叫砢碜，真叫个脸皮厚。

张彩云很早就听说过花婆的故事。花婆，大名陈文秀，是陈锦堂的堂妹，年龄与陈家兄弟却相差无几。民国十一年（1922年）秋天，芦花坞曾发生过一起轰动事件，一对青年男女因偷情犯奸，被沉入老鳖潭，男的死了，女的却奇迹般地活下来，正是这个陈文秀。

那一年，陈文秀还不满十八岁，正是青春洋溢，对情爱充满向往的人生花季，可她却爱上了一个不该爱的男人。男人也姓陈，大陈文秀三岁，是镇上的教书先生，村人都尊称他陈先生。陈文秀是在上识字班时被这男人俘获芳心的，男大女几岁，不算什么问题，男女同族已出五服，也不算是什么问题，问题是，这位陈先生已经订了婚，两人都明知这是一堵高墙，却还是要逾越。陈先生嫌弃那未婚妻长相不好，性情也粗俗浅薄。陈文秀面孔白净、清秀，性格天真开朗，身上总带有一股七月芦苇般的清新气息，那才是他梦中的那个她。陈先生情感上的苦闷和向往，只愿说给陈文秀一人听，这分明是在示爱了。当然，陈文秀很愿意倾听，并为之叹息，甚至流泪，这分明是愿意接受这份爱了。

陈文秀爱上陈先生，始于崇拜。芦花坞众多青年男子，陈文秀唯独崇拜这个男人，陈先生姿貌俊朗，博学多识，风趣开朗，是这村里的大文化人。他们二人常在芦苇地里约会，陈文秀也喜欢芦苇的清香和芦花的柔白，更喜欢陈先生伸展双臂吟诵的姿态：蒹葭苍苍，白露为霜，所谓伊人，在水一方……这是《诗经》里的一首诗，芦花坞众多男女，可有几个知道《诗经》？有几个知道兼葭就是芦苇？所谓伊人就是男人所爱的女人？又有谁，会有如此这般浪漫的情怀？崇拜上一个人，那人便不再平凡，一举一动，一言一行，都可能对崇拜者构成魅惑。陈文秀，一个涉世未深的大女孩，当她崇拜上这个男人，也就爱上了这个男人，并且爱得奋不顾身。陈先生只是订了婚，陈文秀或许不觉得她的爱有什么过错，勇敢追求自己的真爱，难道有错吗？就算这没错，而后来，陈文秀却真的是大错特错了。

陈先生终究还是跟他不喜欢的女人拜了堂，可陈文秀跟陈先生，或者说陈先生跟陈文秀，到了这会儿还难割难舍。在陈先生婚后的第三天夜里，两人又相约在那个"所谓伊人，在水一方"的地方，陈文秀要将自己那份深情，化作一颗饱满的浆果，奉献给心爱的男人……激情荡漾的芦花丛，却成了他们最后的梦魇，新媳妇带着娘家一群虎狼般的男女，追踪而来……

这起通奸案，是经由时任庄头杨润山处置了断的。一双犯事男女，虽说都是陈族人，杨润山也是别有一种同情和怜悯。但他不敢轻言宽恕，不止有老祖宗立下的规矩摆在那儿，还有新媳妇娘家一帮男女在虎视眈眈，陈族族长、族老及众多陈族男女，对他们的伤风败俗早就气恨得牙根疼，也都主张严惩不贷，这两人被沉入老鳖塘，已成难逃的厄运。

老鳖塘，在村北芦苇地边缘地带，方圆有麦场大小，水深几丈。按老祖宗立下的规矩，村里凡通奸男女，先要在祠堂前被示众一番，然后再沉塘，身上还要坠上石块。现在民国了，社会风尚在变，老规矩也有所改变，被沉塘者不再身坠石块，只缚双手，他们若能扑腾上岸，权当上苍宽宥，命不该绝，不再处罚。可话说回来，被反绑双手之人一旦被投入深潭，要想活下来也难，除非水性过人。

一场大热闹，引来众人观。一双犯事男女即将命赴黄泉，脸上却不见恐惧和羞臊，陈先生目光越过人群，看着眼前如涛似雪的芦花，竟又吟诵起蒹葭苍苍，白露为霜……文秀，好听吗？……好听，还是那么好听，可惜手被绑着，吟诵姿态不够潇洒。潇洒也没用，一群土包子，他们懂得欣赏吗？他们懂得啥叫爱情吗？……土包子们不懂他们的爱情，都当他们是被魔鬼附了身。后来据老庄头杨润山说，陈先生曾向他提过最后一个要求，两人要绑在一起死，杨润山没有答应，说道：孩子，就这样吧，我不忍送你们，一路走好，到那边再做夫妻吧。

犯奸男女被投进老鳖塘后的情景，更让人们感到震惊和不解，那位文雅又疯癫的陈先生，竟然会踩水。会踩水的陈先生，并没顾着自己逃生，而是用牙齿叼住陈文秀的衣服，吃力地将她拽向岸边，在耗尽气力、濒临死亡的最后一刻，又见他猛地调转过身体，朝后一仰，两脚在陈文秀后背用力一蹬，陈文秀顺势往前一耸，就趴伏在了泥岸边，昏厥过去……

陈先生被家人葬在村西头的一块荒地里，像他这种被惩戒而死之人，当然不会被葬入祖坟。陈文秀死里逃生，对陈先生仍痴情不改，在坟墓前日夜相守，数日后，干脆搭起窝棚住了下来。庄头杨润山或许出于怜悯，也或许是被感动，时隔不久，他让几个族人把芦苇窝棚拆掉，原地盖起一间土坯小屋。此后这么多年，陈文秀就一直住在那里，伶仃一人，过着几乎与世隔绝的日子，她不再有浪漫梦想，也不是要等待什么，只有对一份曾经有过的被俗人视为大逆不道的爱情的坚守，直至一头黑发，变成一穗白芦花……

张彩云嫁过来后，曾几次前来看望陈文秀，直到第四次，她才被允许踏入那间神秘而恐怖的小屋，但这么些年里，却无人能进入这个女人的内心世界，于是现在，面对家族里这几个心怀叵测的男人，面对这场历史的重演，张彩云难以猜测她这位小老奶会充当什么样的角色。

陈家大院的几个男人们，在拿花婆陈文秀为例商讨对策之时，斜对门杨家父子几人，也在重温这场旧事。芦花坞村近六百年的历史过往，是一部厚重的大书，其中记载着诸多男情女爱的故事，陈文秀和陈先生这幕生死情爱，可说是浓墨重彩的一笔，也是老庄头杨润山心中一个永久的痛，多少年后的今天，难不成还要再上演这样的悲剧吗？

杨大圣为二木匠和金凤的命运担忧着，杨润山和杨德轩二人，也是不愿在他们父子手上再重演这样的悲剧，这个夜晚，对他们而言，注定是难眠的。

天亮了。村人大多还没吃过早饭，村头忽然喤喤响起敲锣声。是陈九根，扯着公鸭嗓在沿街喊叫：众乡亲都听清楚啦！要在祠堂前问审通奸犯啦！……聚众召事这等事体，本应秉承杨庄头之意，这打锣弄响的角色，也应该由杨瞎子来干。陈九根的越俎代庖，显然是受人指使，他们就是要变被动为主动，想把事情弄大。

庄头杨德轩，杨、陈、鲁三族的族长及一干族老，怀着不同心境陆续来到议事堂。陈锦堂和本族几个族老，到得最迟。祠堂和议事堂外，很快就聚集了众多男女。又是不等杨庄头发话，陈九根就叫上陈大下巴和癞五，把二木匠和金凤从祠堂里推搡出来。

二木匠脸色青灰，抬眼扫视一下黑压压的人群，马上又把头低了下去。

怕又能怎样？仰头是一刀，缩头也是一刀，金凤也觉难堪，头却始终高昂着。

看热闹的人们议论纷纷。自从二木匠帮金凤支撑起那个摇摇欲坠的家，村人们的议论就没断过，对他们之间那种超乎寻常的关系，人们没把它看得那么纯粹，但也没觉得有多么龌龊，大都能给予理解和宽容。他们那种无夫妻之名、有夫妻之实的互助生活方式，在城里、在乡下，本就不鲜见，且无不是出于人生的无奈。按常理，拉帮套的男人一般都是勤劳善良、富有同情心，又值得别人同情的男人。这个家里的女人，也应该是这样一种人，如若不然，女人很可能也就抛夫弃子而去了。因此，当有人偶尔议论起二木匠和金凤时，村人们大都一笑了之。但人们的心理有时又是很古怪的，这个时候，当看见二木匠和金凤被陈九根当作奸夫淫妇给押解示众，搅乱一潭静水时，很多人马上又成了另一种心态，以往的心平气和与善待宽忍，已经或正在被颠覆，有人十分希望出现的那种群情激愤的场面，似乎很快就要酝酿而成……

忽听有人喊嚷起来：让让路！让让路！人们扭头望过去，嗨哟哟，是大木匠被家人给抬了来，更有热闹好看了！

议事堂里一干人物，都闻讯而出，皆面露困惑不安之色，大木匠和家人组团而来，为何而来？人到跟前，杨润山杨德轩父子从杨瘸子脸上，隐隐看出一种利好征兆，但也不敢肯定，无暇多想，只能静观其变了。

大木匠是被砸伤了脊梁骨，胸部以下全无知觉，吃喝拉撒，都得别人伺候，看上去，却不像瘫卧在炕已三年多的人，头脸、身上、被子上，都清清爽爽、干干净净。大木匠颤悠悠的目光，逐一扫过族长族老，最后又落到杨德轩脸上，说道：昨晚我喝多了，早早就睡成死猪样，今天早上才听说我徒弟和金凤被陈九根捉了奸，现在要当众问审惩处，请问庄头，他俩承认了没有？不等回答，大木匠猛一挥胳膊：都是吃饱撑的！有这个必要吗？他们俩，不可能犯那条！

陈九根耻笑起大木匠：你的心可真够大的，大儿子都能跑船了，他们又被我堵在屋里，绿帽子都给你戴到头上，你还在为他俩开脱。

陈族里一个族老，也讥笑大木匠不知道好歹，陈九根哪是管闲事？是在管村里的埋汰事，是在为他讨公道。大木匠并不领情，冲那族老说道：你个老糊涂蛋，少在这儿装明白，他们俩就要结为夫妻了，就算有那种事，也不能算是那种事！大木匠耻于说出"通奸"两字，话有点绕，但听者大概知晓其意，都颇感意外。

杨润山已坦然很多，却故作恍然状，盯着大木匠问：哦？你是说，金凤已经不是你媳妇，你们已经离了？

大木匠说：都是几个月前的事了，我让我爹跟族长过个话，是我爹忘了没说，还是您老忘了这码事？

杨润山拍拍额头：喔喔，好像说过这么一嘴？记不太清了，老不中用，老不中用啰！

大木匠说：我已成废人，哪忍心总拖累金凤？金凤经不住逼迫，总算答应我，却不忍心弃我而去，就这么着拖到现在。前些日子，又是我逼着她把偏房拾掇出来，准备让他们……

陈九根急得截断大木匠的话：扯什么淡！要真是这么回事，昨晚他俩咋不说明白？你那瘸爹，咋也不说个清楚？

大木匠回道：这事别问我，要问你问他们去。大木匠不愿跟陈九根纠缠，从怀里掏出一纸休书，在半空里抖出几声脆响后，递给了杨德轩。陈九根伸手要接，被大木匠一声吼给吓住了：你算哪根葱！

杨德轩接过休书，草草浏览一下，转手给了陈锦堂。

事情来得突然，陈锦堂看过休书，一时有些不知所措。鲁族长身小嗓门儿大，冲杨德轩道：喂哟嚯，原来是这么回事，那还问审个啥？杨大圣一直站在二木匠身旁，随即接过话：说的就是啊，大伙都散啦！散啦！有啥好看的？又朝二木匠和金凤挥着胳膊：你们也走！走哇！

二木匠和金凤都已经做了最坏的打算，哪知峰回路转，会突然出现这么富有戏剧性的一幕。而对于众男女们，这场突如其来的变故，有如一场冷雨从天而降，浇淋着他们的热情火焰，让他们的心理又发生了转变，纷纷没了兴致。看见大木匠一家离去，人们也陆续散去了。

八

　　杨大圣陪同二木匠在三合堂门口呆坐一阵，待村街上稀见人影，又陪二木匠回了家。屁股还没坐稳，二木匠就要去师傅家看看，杨大圣还是放心不下，又跟了过来。

　　金凤先于二木匠离开三合堂，心神凌乱地回家来，在院子里呆愣一阵，她才进到屋里，扑到炕沿前，扑通一声给大木匠跪下，忏悔起自己，给丈夫丢了脸，给家人丢了脸，愿打愿骂她都受着，丈夫说的那事她万不能同意，说啥她也不能离这个家。大木匠头冲外躺在炕上，听着金凤哭诉，如同一具僵尸，没有任何反应。婆婆数落起金凤：我们老两口都清楚你的苦，几次劝你另找个男人，你非要守着我儿子，守着这个家，可你，倒是把自个儿身子也守住啊！

　　瘸腿老汉承受不住屋里的气氛，哀叹连连走出来，看见二木匠在院子里打着转悠，气哼哼砸过一句：你别在这儿驴拉磨，要进就进去，不进就滚蛋！

　　二木匠陡地停住脚，咬了一下嘴唇，噔噔噔进屋去了。杨大圣随后也跟了进去。二木匠叫了声"师傅"，也扑通一声跪下，也是一阵自责……大木匠还是不说话，抖抖索索摸出那纸休书，朝后一甩。那张纸在半空中翻转几下，栽落到地上。金凤把休书捡起，说这不是丈夫的本意，是为他们俩和家人脸面，才弄出的一张薄纸。

大木匠终于开口说话：夫妻一场，师徒一场，都该到此结束了，拿上这纸休书，过你们的日子去吧……高尚的绝情，是由痛楚和无奈而生，大木匠狠狠闭上眼睛，在眼眶里打着转转的泪水溢了出来，变成两尾面条鱼，在战栗的脸颊上无声蠕动着。二木匠和金凤，还在忏悔，还在劝说。大木匠硬硬甩过一句狠话，再不吐一个字。

杨大圣看着眼前这一幕，胸口堵得慌，却不知说些啥才好。杨瘸子重又回到屋里，违心劝说起金凤和二木匠。当爹的最了解儿子的脾性，金凤和二木匠再不听从他，真会死给他们看的。再者说，儿子为保全他们的脸面，已经当着众人把话说出去了，他们不照此办理，不是在蒙骗大伙儿？不还要再惹出麻烦来？

这两个问题，确是需要认真面对的，金凤和二木匠都冷静下来，不再执拗。但二木匠有个条件，金凤不能离开这个家，他可以搬过来住，以后师傅就是他亲哥，两个孩子，就是他亲儿子亲闺女，两位老人，就是他亲爹亲妈，甜日子苦日子，他们一起过。大木匠到底还是英雄气短，听了徒弟这番话，只是轻轻叹口气，没言语，这就算是默认了。杨瘸子老夫妻俩，也默然接受下来。金凤却于心不忍，应了二木匠，她岂不是背叛一个，又坑害一个？二木匠还年轻，会手艺，媳妇跑了还能再娶，还有一大截日子好过，而他们这个家，可是个无底洞啊！金凤真不知道该怎么办好了……

一对苦命男女都陷入无奈之境，陈家二兄弟和陈九根，则都在后悔着，后悔昨晚一时软弱、糊涂，听从了杨润山杨德轩父子的话。大木匠那纸休书，定然是事后他们炮制出来的应对之策。如果昨晚就当众来个三堂会审，金凤和二木匠即使不承认通奸，那也是通奸未遂，大木匠就算想为他们洗白，也来不及拿出字据，洗白不了的。可明知那休书有假，又能怎样？大木匠亲口说的那番话，才是最关键的关键，那就等于是给金凤和二木匠披上了一层铠甲，他们再想咬住不放，也无从下嘴了。

老当家陈锦堂这时说话了：算啦，就到此为止吧，刚才我见众男女们都同情起二木匠和金凤他们一家人了，咱们再不依不饶，不成恶人了？别因为这件事让村人再嚼咱们的舌根。

陈九根不愿接受这个结局，猛然起身，撸胳膊捋袖道：他舅子的，老子白忙活一场不说，反倒成全了那二木匠，不行！老子不能就这么放过他，他躲过了初一，我还有十五！

二木匠住进了大木匠家里，跟金凤俨然成了一对夫妻，但事实上，他们只是有夫妻之名，并没有夫妻之实，每到日落天黑，二木匠就会溜回自己家里。二木匠是独生子，父亲早逝，娘儿俩相依为命多少年，金凤想让老太太搬过来一起住，二木匠也有这意思，老娘一概拒绝了，说：儿啊，就算你是倒插门，带着老娘又算咋回事？娘已经是有今天没明天的人，死，也要死在自家炕头上。

老娘久病成疾，或许已预感到时日不多，说出这话没过多久，一口气没上来，真就死在自家炕头上了。二木匠愧悔交加，安葬完老娘后，不由萌生离家出走之意。杨大圣听说后，叫上豆香一起过来，好一阵劝说，二木匠才按捺住这一念头。但半年之后，二木匠还是走了，是跟金凤一起走的。

大木匠也死了……

村人对二木匠老娘之死，反应相对平淡，一个已在阎王爷那里挂了号的老病秧子，死，还不是早一天晚一天的事。就在二木匠老娘死后不到四个月，大木匠也突然一命归西，村人的反应可就大不一样了，蜚语流言如潮而起。知道大木匠是咋死的不？是被那对狗男女给害死的，咱们这村上，也出了西门庆潘金莲啦！……那些乱嚼舌头的人，只一个陈九根，就已经让二木匠和金凤难以招架了……

合谋害死亲夫、害死师傅的罪名，太过于沉重，二木匠和金凤一起找到杨四爷。杨四爷是这村上的郎中，目睹了大木匠归西的那一刻，他当时已经给出了说法，大木匠应该是死于急性的脑中风，即便扁鹊华佗再世，恐怕也无回天之力。杨四爷也知道大木匠的秉性，执拗、刚烈、争强好胜。这种男人，就如同山里的橡树，木质虽坚硬，可一旦遭遇人生重大挫折，则容易折断。大木匠瘫卧在炕后，曾几次寻死未成，这回算是如愿以偿，一切皆是命，怨不得别人。但处在悲哀中和气头儿上的杨瘸子老两口，却不由得想，我们儿子瘫卧在炕已有几年，为啥金凤和二木匠睡在一起没多久，就突发了要命急病？不是被他们谋害，也是被他们给气死的……

求助谁也没用，还是说不清，道不明。飞短流长难以承受，一个尴尬和现实的问题也让二木匠和金凤难以面对，大木匠一死，他们再住在这个院子里，就更有些名不正言不顺了，杨瘸子老两口，还没狠下心往外撵他们，他们自己就已先觉心虚气短。被人指指戳戳的日子，寄人篱下的日子，实在难挨，走吧，走吧，哪儿的黄土不埋人，对不起了，金凤嫂子……

二木匠已打定主意，执意要离开芦花坞这是非之地了，金凤心头猛地一酸，又倏地一热，将二木匠紧紧抱住，让二木匠别再叫她嫂子，她要正儿八经做他的女人，嫁鸡随鸡，嫁狗随狗，嫁根扁担随着走，要走，她随他一起走！

金凤有个娘家亲戚，早年闯关东，落脚在吉林榆树，金凤出嫁前，娘曾带她去过一次，二木匠听从了金凤，他们打算先投奔到那里看看，不行再另谋生路。二木匠已无牵无挂，说走一抬腿就可以走，金凤不行，她要走，也得带上俩孩子。但她想得简单了，公公婆婆对她都没有要挽留的意思，哪怕他们来点虚的假的，她心里也会好受些，却一点不容商量，非要留下她的一双儿女。两个孩子都哭着喊着，不让妈离开，可这个家，这芦花坞，她还待得下去吗？金凤还是要走，她走得毅然决然，但也走得牵肠挂肚。

　　他们不想让任何人送行，杨大圣和豆香还是早早就来到二木匠家的老屋，杨大圣腋下那只布包里，装着八块大洋，还有二十块发面饼。二木匠和金凤表示，吃食可受，至于大洋则百般回绝，最后还是被杨大圣给塞进行囊中。村街上很静，夫妻二人送他们至村外渡口，东边天际刚见泛红，老龙河畔冷雾缠绵，让离乡者和送行者，越发觉得心头凄凉。

　　故土难留，相别也难，二木匠和金凤眼里都噙满泪水。杨大圣和豆香，两双眼里也是泪水盈盈。上了船，过了老龙河，二木匠和金凤又回头望着被灰蒙蒙的雾气包裹着的村庄，深深鞠个躬，才猛一转身朝前走去。春风料峭的河岸边，一团团高低起伏的芦花瑟瑟飘动，如烟似雾，杨大圣看着两条恓惶惶身影消失不见，才缓缓收回目光，空落落的心里，随之被一件件往事塞得满满的，我的好大哥，就这么背负着恶名窝窝囊囊地走了……

　　二木匠和金凤，是一九四三年三月初离开的芦花坞。陈九根对二木匠的憎恨，已切骨入髓，二木匠这一走，陈九根幸灾乐祸之余，也觉遗憾，争斗几个回合，他还远没尽兴，这对狗男女竟落荒而去，他舅子的！

谁料，只过了两年多光景，怀揣决绝念头投奔关东的二木匠和金凤，就回了芦花坞。

他们并没去关东。离家上路后，他们或搭车，或徒步，一路走走停停，二十几天后，他们到了山海关下，一出天下第一关的城门洞子，就是关外地界了。却见推车挑担拖儿带女的人们，多是从关外往关里走。有好心人告诉二木匠，东三省全都成东洋鬼子的天下了，日子还不如关里好混，你有木匠手艺，何苦背井离乡，去乱糟糟地讨生活？好心人的劝告，让二木匠和金凤犹豫难决，于是找了家大车店，暂时住了下来。

此地关城根儿下，有个王家，是当地首屈一指的大户，青砖高墙的大院里，正在大兴土木。二木匠凭着好手艺，很快就在王家找到了活儿。王家的活儿干完，还有赵家钱家孙家李家。生疏之地，渐成熟地，二木匠和金凤转了念头，不想再贸然去关外，后来金凤也找到了事做，给一户人家看孩子。这种差事，容易触景生情，金凤哄着别人家的孩子，想念着自家那一双儿女，一天甚过一天，常常寝食难安，落泪不止。二木匠心想，总这样下去也不是个办法，不行就回芦花坞吧。故土难离，二木匠也想家了。

他们回来了，但一直与他们为敌的陈九根，却不在了……

九

陈九根死于小鬼子之手。九根娘恨死小鬼子了，也怨着癞五，不是这"白无常"，他儿子也不至于命丧街头。

那天，是癞五拉着陈九根去的镇上。在这几天前，癞五被陈九根怂恿着，俩人又干了件缺德事儿，癞五好处没落着，骂没少挨，觉得太吃亏，于是想让陈九根补偿补偿，吃顿馆子就行。陈九根被磨不过，兜里也正好有俩大子儿，就带癞五去了镇上。癞五心眼儿不够用，有时也会耍点儿小聪明，娘让他去镇上买只马勺，他不想一个人去，孤单单没意思，就来找陈九根，陈九根应了他同去，还应了一顿吃喝，搂草逮兔子，两得哩！

陈九根已有些日子没来小镇了，他先陪癞五办正事，癞五再陪他前街后街闲逛。日头还没到正午，癞五就喊肚子饿，陈九根带他走进一家叫"好再来"的小饭馆，喊了一壶酒，要了两个菜，俩人小酒盅一捏，喝得是有滋有味。

俩人红头涨脸晃出小饭馆后，陈九根在一个货摊前停了下来。摊主看样子是个小媳妇，卖的是针头线脑和烟卷儿。陈九根拿起盒烟卷掂掂，又放下，并没想买，嫌它绵软，不如旱烟抽着过瘾，他是看小媳妇长得不错，借引子放放骚气。忽见附近摊贩纷纷收拾起东西，小媳妇也面露慌张，陈九根回身望过去，才明白怎么回事。他们斜对面，是条胡同，一个身穿中式短褂、身材矮胖的家伙，凶巴巴扯拽着一个女人从里面走出来，就快要到他们跟前了。陈九根没有躲避，癞五也没躲。陈九根看见那女人眼里充满恐惧和哀求，再看时，恍觉那女人有些面熟。

女人叫了陈九根一声：大哥！

叫声叩开陈九根的记忆大门：哦，哦，你，你是那个暗门子。话出嘴边，才意识到不该这样称呼人家，但脑袋晕晕乎乎，想不起这女人叫什么，也无暇去想。所谓"暗门子"，就是窑子行里的个体户，以这种方式为生的暗娼，多是年老色衰的女人，入青楼红馆，已没了资格。但这个暗门子年岁并不大，也有些姿色，好好捯饬捯饬，在专业场所也未必挂末牌，但她要卖，只能在家里，还得忙里抽闲。陈九根听她说过家史，是因生活所迫，才做起这种皮肉生意的。陈九根跟这女人相识，是四年前的一天午后，他喝完酒在街头闲逛，被这女人引诱到家里，那是陈九根首次与女人肉体交合，一经有过体味，就喜欢上了这女人。但说来也够可怜，几年里，陈九根跟这个女人享受鱼水之欢，也就七八次，最后那次，也已是半年前光景。他倒是想常来常往，闲工夫多得是，缺的还是钱。

女人可怜兮兮一声大哥，又是在召唤陈九根，但已没有丝毫引诱、挑逗的意味。陈九根问明白怎么回事，一股怒气随之就从心底窜到头顶，这个王八蛋操的矮胖子，上了人家身子，分文不给，还要把人家弄到他家去继续享用，忒他妈不是东西了！陈九根把并不魁梧的身子，横在了矮胖子前头：你，给我放开她！

矮胖子一胳膊将陈九根推搡开，骂了声：八嘎！

陈九根打个酒嗝，八个？还你妈九个哪！又将身子横过去。

旁边有人提醒：这家伙是鬼子，惹不得。陈九根噗地喷口酒气：去他舅子的，我管他是啥鬼！猛上前一步，将矮胖子抱住，让那女人赶快离开。矮胖子使劲挣扎着。癞五听见喊声，将马勺一丢，两只粗壮胳膊像两只大蟹爪，也从后面紧紧钳住那矮胖子。但陈九根心里明白，这样纠缠下去可不行，要是把别的鬼子给招来，要是这矮胖鬼子把"盒子炮"拔出来，他俩的小命都得交代。陈九根要下狠手了，捡起铁马勺猛地抡起来，一个漂亮的弧线在空中划过后，狠狠砸在矮胖鬼子猪头一样的脑袋上，伴随着一记沉闷的声响，矮胖鬼子轰然倒地。

癞五被矮胖鬼子牵拽着，也摔倒在地上。陈九根将他拉起，看着眼前那血淋淋一坨，一时惶然不知所措。有人朝他们大声喊起来：还傻愣怔着干啥？赶紧跑！赶紧跑哇！一个小鬼子，呜里哇啦已冲到跟前，陈九根手里还拿着铁马勺，又用力砸过去。马勺没能砸到小鬼子，对方的子弹，已经先一步射出了膛……

此时，已不见癞五的身影，他钻进了一条窄胡同里，从那儿出去，往右拐没多远，就是回芦花坞的路口。危难之时，癞五变得聪明许多，还知道在一丛毛柳棵里躲藏了一阵，看见没人追过来，才拔腿朝村里跑去。

人缺心眼儿，肯定也是拙嘴笨腮，癞五妈扯着耳朵听癞五结结巴巴说着事情经过，半天才明白出了啥事，我的祖宗呀！赶紧跑去陈九根家里。

陈九根上有一哥，人送外号"大秧子"。一个时辰后，"大秧子"拽上陈金福陈金财兄弟俩，急惶惶来到镇上，几经打听，方才弄清楚陈九根已死，死于谁手。出事地点在鼓楼街，陈九根的尸体还横陈在街头，上面盖着一张破苇席，"大秧子"不管不顾正要扑过去，被陈金福一把给拉住了。

一张破苇席，只罩住陈九根多半个身子，半截腿裸露在外，好生恐怖，来往过客都唯恐避之不及。陈金福一个人走过来，也没敢靠近，没敢停留，前后左右看过一遍，又看过一遍，幸亏他肚里有过一番掂量，没贸然行事，在斜对面不远的刘记烧饼铺前，陈金福发现两个小鬼子躲藏的身影，明晃晃的阳光下，他们肩头上的刺刀不时闪出缕缕寒光。真他妈悬呐！

几个人悲愤而怅然地从小镇回来，快要到老龙河东岸时，看见庄头杨德轩骑着洋车子迎面而来，车后架上，坐着鲁族掌门人鲁振庭，二人也是为此事要去镇上。听陈金福说完经过，杨庄头和鲁振庭也深感忧虑不安，看来小鬼子现在还不知道陈九根的来处，但谁又敢保证之后不会知道？假如那帮狗杂种想要报复，没准儿整个芦花坞村都要遭殃，须得做个防范才是。杨德轩让鲁振庭跟他们一起回村里，他还是想去趟镇上，说是再探探情况。

"大秧子"叫住了杨德轩，央求杨德轩帮他把二弟给收殓回来，再怎么说也不能暴尸街头啊！他这二弟活得浑噩，做过不少愧对杨家的事，还望杨庄头大人大量。

杨德轩肚子里，硌硌棱棱不舒服着，"大秧子"把他当成啥人了，他心胸要是那么狭窄，这会儿应该心情爽然待在家里，而不是心急火燎要去镇上，他们是应该忏悔，但不该是在这种时候。杨德轩目光复杂地看着"大秧子"，说他一时也没啥好办法。

"大秧子"苦下脸，想起一个主意说：实在不行，就趁天黑把尸首偷回来，你们看行不？

陈金福首先就表示不赞成，杨德轩也觉不妥，还是有些冒险。此时杨德轩已另有想法，他把想法单独说给了陈金福。却见陈金福眉头皱成一团，这行吗？三歪子可是汉奸。再说我二叔那个家谁不知道，穷得耗子来一趟，都得哭天抹泪地走，还是想个别的啥办法吧。

就知道陈金福会有这番说辞，杨德轩故意激将道：他家穷，不是还有你们那一门，你们一大族人吗？他把目光沉在陈金福脸上，在等着他的态度。陈金福不会轻易开那个口的，但也不能没个态度，他的态度，谦恭而模糊：嘻！我一做不了我爹和几个兄弟的主，二做不了族人的主，只能回去跟他们先说说看，再给杨庄头回信，如何？

跟陈家兄弟俩，就不能提钱，这对他们永远是一个敏感的话题，杨德轩挥挥胳膊说：行啊，你看着办。一骗腿跨上车，骨碌碌地走了。

从镇上回来，杨德轩没进家门，直接奔村子西北角一户人家，左右瞅瞅没人，敲大开门，推车进院，从车后架帆布褡子里摸出几个纸包，朝屋里去了。

这是本家一个兄弟的宅院，这院里，隐藏着一个天大的秘密。两个月前的一个后晌，本家兄弟让儿子拴柱悄悄把杨德轩叫过来，原来是拴柱表舅跟他有要事相商。杨德轩知道这位表舅，家住白河县城关镇，很早就外出闯荡。杨德轩此前见过他几面，只是没甚交往，这次他突然造访表姐家，说是有个好兄弟受了伤，想隐藏在这里休养一段时间，也请杨庄头能给予关照。一说到隐藏二字，就有点儿耐人寻味了，杨德轩心有疑惑，让他给予关照不是问题，问题是不可糊里糊涂，便问拴柱表舅道：既然你这么信任我，总应该让我知道你们是哪一路的吧？拴柱表舅迟疑片刻，脸上露出一丝歉意道：冲杨庄头的为人，确是不需再隐瞒。于是便直说了，杨德轩这才知道，拴柱这表舅是冀东抗日司令李运昌的部下。数日前，他带领一连人马去大龙山北部执行作战任务，半路突然遭遇日伪军袭击，队伍被打散，他与十几位战士躲进小龙山，与敌人周旋了一天一夜，才摆脱困境。准备来拴柱家养伤的那个人，是他手下的一位排长，姓童，因腿部伤势严重，无法跟部队一块儿行动。

杨德轩郑重应下拴柱表舅的托付，当天傍晚，他亲自赶着家里那辆马车去山里，在事先约定好的地点，将童排长悄悄接了过来。芦花坞被山水相隔，交通不便，拴柱家又偏居村子最西头，独门独院，后面就是芦苇地，遇有紧急情况也便于脱逃。童排长在这里养伤近两个月，外人都不知晓，杨德轩对家里人也瞒得密不透风。但现在出了新情况，杨德轩对童排长的安危，更得挂在心上了。

天很快就黑了。杨德轩回到家后，一直在等陈金福的回信，一直到次日日上三竿，也不见陈金福过来。九根娘倒是来过，是来哭诉和求助的。杨德轩见时候不早了，就不再指望陈家门那几个"鬼佬"了，他决定独自去找三歪子。

吴大奶极力阻拦杨德轩，儿子杨大圣也劝阻杨德轩不要管这事，他们陈家门就是拿钱拿物，舍脸相求，咱都不该出这个头儿，保不齐还会招惹来大麻烦……杨德轩已顾不得那么多，软硬兼施，从吴大奶手里要了七块大洋往兜里一揣，还是去了镇上。盆打了说盆，碗打了说碗，一码是一码，他是庄头，他是冲陈九根的老娘，也是冲陈九根死得挺爷们儿，才要管这事的。

费了不少周折，杨德轩才找到三歪子。三歪子没等杨德轩开口，一语就道破了他的来意。杨德轩心头颤一下，问他：咋，你已经知道是陈九根了？三歪子喷口烟气，说：你们村里的大名人，我能认不出来？看脸还不敢肯定，一看手指头，就知道错不了。杨德轩冲三歪子抱拳作揖，求他千万不要捅到小日本那里。三歪子说：我不是啥好人，但好歹也是个中国人，哪能干这绝户事？兄弟给日本人当差，还不是为混碗饭吃。

三歪子不像在玩奸弄鬼，他真要想告密，也不会等到现在的。杨德轩松了口气，先奉上大洋，再说自己的想法。三歪子接过大洋在手里掂掂，似乎嫌少。杨德轩肚里骂着，脸上笑着，说他手头一时有些紧，事后再酬谢不迟。三歪子哈哈几声，没再说什么，就算是答应下来了。大热的天儿，让一个死人暴晒街头，用不了几天就得烂臭生蛆，为此镇长大人刚刚也找过三歪子，三歪子现在应承下杨德轩，既得了实惠，也算给了镇长面子，里外都是个赚。

杨德轩心里有了底，一刻不耽搁回到芦花坞，让杨大圣叫上"大秧子"和鲁一斗，坐他们家马车，于近晌时分来到镇上。杨大圣很想躲掉这份晦气差事，终究还是没敢违逆父亲。

在距陈九根尸体不远处，杨德轩让马车停下来，一干人都静静等候着。只五六分钟工夫，三歪子就出现在他们视线里，摘下黄皮帽，冲这边扇了几下，大摇大摆进了耿记布店。少顷，三歪子比比画画领着两个小鬼子从布店里出来，去了对面的醉仙楼。

杨德轩他们开始了行动。车把式老庚将马车赶到陈九根尸体前，刚一停稳，杨大圣就迅速搬下车厢里几捆芦苇，戳挡在尸体一侧。"大秧子"和鲁一斗抻扯出一条破被，将尸体卷巴卷巴，抬到车上，将那领破苇席仍留在原处。杨大圣又迅速将几捆芦苇放回车厢，老庚牵马掉头，驱车快走，当有人发现苇席下不见了死人，他们已远离而去。

按事先说好的，杨大圣和鲁一斗跟随拉尸马车奔石床口，从那里过老龙河，绕走北道直接去坟地。杨德轩跟"大秧子"从渡口处坐船过老龙河回村里，由"大秧子"负责找人，把棺材抬去坟地。他们家里再穷，老娘也不忍心让儿子裹着苇箔走，那口薄木棺材，是老娘提前为自己准备下的屋，儿子走在了娘前头，娘走时哪怕黄土盖脸，这棺屋也得先可儿子用了。

陈九根的丧事办得匆忙且低调。他的死，也被看作是横死，按当地风俗也是不能葬入祖坟的，族里的几位族老，更是惧怕这死鬼给他们带来血光之灾，任凭九根娘和"大秧子"再怎么哀求，都不为所动。陈九根的下葬处，地势高敞，稀稀拉拉的灌木间戳有十几座坟头，陈九根住到这里，倒也不孤寂。

在芦花坞二十几里外的小龙山，盛产灰白色花岗岩，还有一种青石，丧葬人家为逝者勒石立碑，大都选用青石板。一些有钱或有些身份的人家，墓碑做得还会更讲究些，顶部多成突檐穹帽状，上面的雕刻，或龙凤，或松鹤，或荷花。墓碑阴面往往还要刻上歌功颂德的文字。陈九根人活得穷困潦倒，死后坟头上立的墓碑，也相形见绌，是一块窄巴单薄的木板，上面歪歪扭扭写着"陈锦成之墓"五个字。陈锦成，是陈九根的大号，村人知道他这大号的没有几个。一个把自己真名活丢的人，要么可悲，要么可敬。

草草安葬下陈九根，多少天过去，没见小鬼子有啥动静，想那三歪子必是把事情弄妥帖了。但庄头杨德轩仍惴惴不安着，小鬼子一天不灭，他的心总是难以踏实下来。拴柱表舅跟杨德轩有过约定，有机会他要带部队过来，将镇上县上的小鬼子一锅端掉，杨德轩一直期盼着这一天。

期盼落空。多少年后，杨德轩才知道，拴柱那个表舅一回到部队，就奉命去热河一带开辟根据地，一九四五年春天不幸身负重伤，等到他伤愈重回战场，白河县境域已成国军的天下。

十

东洋鬼子终于滚回老家去了，三歪子的皇协军也作鸟兽散，镇公所大门口，重又挂起青天白日旗。江山易主，乡下百姓的日子依然是难过难熬，但庄头杨德轩和村人们，还是都感觉心头轻松了很多。

钱耙子陈金财以前很惧怕东洋鬼子，现在少了顾忌，有事无事就来镇上转悠。陈金财早就眼馋他爹的铺子了，弄不到自己手里，便也想盘家店铺。信马由缰转过一阵，陈金财在福园茶楼坐了下来。在这里，可以喝茶聊天，可以听评书小曲儿，这里是三教九流各色人等的聚集场所，也是各种信息的传播地，陈金财经常光顾。这天他来得太巧，金大嗓说的评书，竟是他那死鬼二叔一马勺怒杀小鬼子的故事：话说咱们双龙镇芦花坞有个叫陈九根的人，可是了不得……陈金财听得认真专注，也听得兴趣盎然。

钱串子陈金福很遗憾没能亲耳听到评书，陈金财带回的翻版，却也一样让他欣喜难捺，这可是件难得的大好事，这说明啥？说明他们二叔是抗日英雄，这也是他们陈家大院乃至整个陈族的荣耀！兄弟俩一起过来找陈九根娘，找"大秧子"，要拉他们去镇上，去县里，除了要为二叔讨个名分回来，还得为他们讨要一份抚恤。

娘俩儿的态度却出乎他们意料，九根娘说：二奶奶老了，腿脚不行了，坐轿都打怵，别说走路了，愿去你们自己去。"大秧子"也懒洋洋打不起精神，说：一个乡下土包子，命薄如纸，官家会拿你们二叔那死蝲蝲蛄当回事？就是去南京总统府，又能怎么着哇？"大秧子"对陈家兄弟俩心有怨气，二弟暴尸街头那会儿，他们怕摊上事儿，怕花钱，都找借口躲着不愿管，这会儿又是要为他讨名声，又是要树碑立传，多是想做给别人看，也好给他们自己挽回些脸面来。

陈家兄弟俩扫兴而归，却并不想放弃这个机会，于是他们就自己去了。这之后没过多久，兄弟俩就为陈九根捧回了一纸褒奖证书，说是县政府颁发的。接着，他们又为陈九根重新立了块青石墓碑，高大厚重，蔚为壮观。石碑正面刻：陈府锦成烈士之墓。背面也没空着，刻上了陈九根怒杀日寇的英雄事迹。易碑这日，场面弄得挺隆重，本族外族男男女女，来了有几百号。杨德轩和鲁族族长鲁振庭也一起到场。陈锦堂拖着病身上门邀请，杨德轩不好不来，也觉应该来，陈九根就算不配戴"抗日英雄"这顶高帽，其行为也不失为义举、壮举，他这个庄头出面，也代表着村人的一种认可。彼一时，此一时，那一刻，积淤杨德轩胸中的怨恨好像一下子就淡去了很多，想这陈九根活了大半辈子，遭村人厌恶了大半辈子，活得轻贱、龌龊，死得却不失英勇壮烈，临了为自己赚来一把赞许和同情，也算没白活一场。

为陈九根讨来名分，也为陈家门争了光彩，陈家兄弟俩不免都有些扬扬得意。得意之际，他们还在暗暗期待着另一个更为重大事件的发生。

几日后的上午，两个陌生人出现在芦花坞村街上，他们一个矮胖，一个瘦高，都一身青黑色制服，屁股下也是同一个牌子的洋车子。那年月，这种交通工具是奢侈品，是稀罕物，整个芦花坞村只有两辆，一辆在杨德轩家，另一辆在陈金福家，他们都宝贝疙瘩似的很少用。两个陌生人一进村子，便很是惹人眼目。

杨瞎子在村公所门外迎住陌生人，问有何公干，他们都不屑言明，问他杨德轩在不在屋里，不在快去找。口气里充满居高临下的傲慢。

杨德轩当时在家里，杨大圣出海回来得早，听了杨瞎子的通报，便陪同杨德轩一起赶去村公所，杨德轩去屋里面见两位公家人，杨大圣待在门口，侧耳听着屋里的动静。但听着听着，就觉得情况有些不对，杨大圣赶紧进了屋，问两个公家人是哪路神仙，找他父亲问事也就罢了，为啥还要把人带走。瘦高个儿从衣兜里掏出蓝皮证件，优雅地晃几下，说他们是县里调查队的，专门负责调查谁当过汉奸。杨大圣一听就炸了：你们把我爹也当成汉奸了？扯啥王八犊子！

杨大圣的愤怒来得凶猛凌厉，让两个公家人有些猝不及防，都变了脸色。杨德轩唯恐惹出乱子，厉声喝住杨大圣，催促他回家取洋车子，又嘱咐他不要把事情告诉家人。

杨德轩跟着两个公家人走了。不做亏心事，不怕鬼敲门，杨德轩走得很坦荡。

两个公家人原打算带杨德轩去县城，一过老龙河，他们又改变了主意，就近在镇公所找了间屋子，胖矮子负责记录，瘦高个儿负责问话。他们要问的几件事情，都记在本子上，杨德轩心里便又明白了几分，他尽管还没掌握诬告者的证据，仍可以做出合理想象，告黑状者，跑不了陈家那兄弟俩。他们之前去镇上、去县里，一嘴为陈九根描红，一嘴往他杨德轩身上抹黑，机会抓得不错。

讯问开始，瘦高个儿先是用一副嘲弄的口气说道：我好像不该叫你杨庄头，该叫你杨会长，杨保长，前边还得加个"伪"字。杨德轩回答：那得看怎么理解这个"伪"，在我们村人看来，它应该是白皮红瓤的意思。那狗屁维持会长，不是我想要干，是被逼无奈，我要不干，小鬼子也会逼迫别人干，与其那样，还不如由我来应付他们。

瘦高个儿和矮胖子都不认同杨德轩，矮胖子说道：你那是没有骨气！杨德轩无声地笑了一下，回敬道：我是没骨气，小鬼子一来，官府的人跑了，中央军也跑了，我一介草民百姓，骨气又从何而来……

杨德轩不卑不亢，绵里藏针，几番对话下来，两个公家人再不敢轻慢。瘦高个儿用手指敲敲桌子，开始正式问话，首先问起杨德轩和三歪子的关系，听说杨会长跟那个三歪子来往密切，经常一起吃吃喝喝，还常送钱给他，那家伙可是地地道道的汉奸，可惜让他逃了。杨德轩承认和三歪子多有来往，但还不是为了村上百姓的平安？一次次花钱免灾，最初是三族分摊，后来多是从自己家里拿，或是外借，那些钱也是辛辛苦苦挣来的，他也心疼不舍，可又有啥办法？说他跟汉奸穿连裆裤，那纯属颠倒是非！

瘦高个儿制止住杨德轩的愤怒，问起第二件事情，说是村里有人揭发，他曾主动派人为小鬼子水警队修过汽艇，这可是彻头彻尾的汉奸行为。

杨德轩又笑了笑，是那种坦然，又有些得意的笑。对这个问题，杨德轩很愿意回答，因为小鬼子的汽艇几次被缠住，直至坏掉，都是他让家人暗中破坏所致，事后又假模假样找人帮着清理修理，是不想让小鬼子察觉出来，他这应该是抗日之举……

在杨德轩被带走接受讯问之后，村子里已是风起云涌，杨家大院更是怒潮澎湃，吴大奶吵嚷着，要拉上族人找县太爷请愿去。鲁振庭听闻后，立即赶过来，劝着吴大奶，要请愿要告状，他们鲁族也跟着，但事情没弄清楚前，不可莽撞行事。鲁振庭带着杨大圣，要去镇上县上先打探一下情况。

在小卖铺门口，他们碰见张彩云，鲁振庭被张彩云叫住，她关切地打听杨庄头的情况。鲁振庭和杨大圣对这位陈家媳妇，都无恶感，鲁振庭也问起张彩云说：你爷公叔公和公公他们，应该都知道这件事吧？事前你没听到点儿风声？张彩云摇头。张彩云听出鲁振庭言有所指，回家来，把酱油瓶往窗台上一搁，就去了爷公屋里。

陈锦堂患有风湿和哮喘的毛病，近几年身体时好时坏。他在镇上开的那家店铺，铺面不大，生意红火，负责经营的大伙计，是他一个磕头兄弟的儿子，人很诚实，陈锦堂对他比对亲儿子还放心，几乎是全权委托，一般都是月末结算时，他才去铺子里。三个月前，他曾遭遇一场不测，在回来的路上被一蒙面客给劫了财。几日后，那蒙面客竟自己浮出水面，是本村的杨老八。

杨族里同样也有败类，在这件事发生前不久，杨老八因偷盗和调戏陈族一个小寡妇，被陈锦堂状告到杨家大院，被杨润山、杨德轩父子动用家法，直打得他喊爹叫娘。杨老八由此记了仇，先劫财，后栽陷，逃离前有意请陈族的一个穷蛤蜊皮去镇上喝酒，借这人嘴告知陈锦堂父子，他劫财，是受杨润山和杨德轩父子所指使。陈家大院立时又炸了锅，陈家兄弟俩都跃跃欲试，要将杨家父子告上官府，是心存疑惑的陈锦堂拦住了他们。杨大圣兄弟几人都赤红着眼，满世界在寻找杨老八的下落。他们陈家也在四处打听，被劫大洋虽说数目不大，也让陈锦堂挖心割肉般疼痛着。一场惊吓恼怒，引发了旧疾，陈锦堂已在炕上躺卧数日，从张彩云嘴里，他才知道杨德轩被当汉奸带走一事。

陈锦堂挣扎着坐起，苍灰的脸上，又溢满惊讶和疑惑：这是咋个说的，这是咋个说的。吩咐张彩云去找陈家兄弟，这些日子，咋老不见他们人影，都在忙些啥？吭吭吭……

陈家兄弟俩都没在家里，直到后晌时分才同时露面，说是去镇上办事了。他们都还没摸准陈锦堂的心脉，回的话都加有斟酌，陈金福说：我才刚知道杨德轩的事，可是有点意思了，咱们陈家门里出了个抗日英雄，他们杨家门里竟然出了个汉奸。陈金财跟着说道：杨德轩要是成了汉奸，杨家可就惨喽！人进牢狱，家产不也得给没收去？惨喽！惨喽！

知子莫若父，陈锦堂从他们兄弟俩的言语表情里，已明白是怎么回事，晃晃头叹口气道：不管做啥事都得有个度，不能太过，你们这是在跟杨家结死结儿啊！吭吭吭……陈锦堂又是一阵大咳。

陈锦堂让兄弟俩感到了陌生，感到有些不可理喻，他们陈家跟杨家争斗了大半辈子，他们的爹怎么突然发起善心来？陈金财想到了那句老话，上前来，认真观察一阵陈锦堂的气色，又摸摸他脑门儿。陈锦堂一把拨开他，说道：你爹我还没到人之将死的份儿上，你们都走吧，让我清静一会儿。

兄弟俩来到东院，在香椿树下石桌前坐下来，话题还是没离开杨德轩。一阵吵嚷声灌进耳朵，陈金福起身要去看个究竟，大门忽然咕咚被撞开，王三桃背着捆柴火进来，黄皮寡瘦的脸上，堆满怨气。陈金福接过柴火，戳在墙根下，问王三桃外边是怎么回事。王三桃气嚷嚷说道：是杨德轩从镇上回来了，吴大奶子跳着脚骂呢，说是有人告她爷们儿黑状。王三桃在身上拍打一阵，又用双手拢拢头发，要出门去：气死我了，我得跟她们掰扯掰扯去！

陈金福劝住王三桃，不要跟吴大奶子置那个气，有捡钱捡物的，还有上赶着捡骂的？让她骂去，骂累了，还得多喝两碗粥。王三桃说：那吴大奶子要不冲着咱们大门口，就是骂破大天，我眉都不皱一下，她分明是往咱们头上赖！哎——忽觉陈家兄弟俩的表情都有些异样，王三桃顿住话，问陈金福道：他爹，该不会真是你们背后捅咕的吧？

一桩隐秘被老婆捅漏了底，那也得赶紧缝缝，陈金福立马冲王三桃沉下脸：你胡吣个啥？杨德轩跟鬼子、汉奸是不是穿连裆裤，咱们庄人都看得见，我们兄弟就是出头奏报官府，也是光明正大，还用得着偷偷摸摸？

大门外，很快又恢复了平静，杨家门的黑脸婆、红脸汉，并没找上门来。

庄头杨德轩又一次选择了沉默、忍让。这天的杨家大院里，一直人来人往不断，杨德轩能安然无恙地回来，让家人们都松了口气。对诬告者，大家却气恨难平，依族长女人杨张氏的主张，当夜就召集村人到三合堂，当着三族列祖列宗，为她这当庄头的儿子正名洗冤。老女人怨着，恨着，也困惑着，她一辈子吃斋念佛，与人为善，对自己男人和儿孙们的所作所为，都看在眼里，听在耳里，不知陈家门哪来那么多那么大的嫉恨，一回回跟他们杨家过不去，世代共享一方水土，干啥就不能和睦相处呢？

这不过是善良者的思维逻辑，大凡有人群的地方，就有江湖，有江湖，就会有恩怨是非。其实芦花坞杨陈两门间的恩怨纷争，也并非杨润山、杨德轩父子担任庄头后的产物，而是由来久远，或许久远到在这荒僻之地渐成村落后，就有了。而族与族之间，一旦隔阂不睦，任何一件事情都有可能成为纷争的理由。据说，就因这村子的名号，陈杨两族间就一直争议不休。

芦花坞村，最早叫陈家窝子。这个古怪粗俗的名字，让陈族之外的村人们都觉得有点不舒服，出门在外，常遇有人问他们是哪个村的，每每得答曰：陈家窝子的，好像他们都成了陈族的后人。而大多陈族人则是另一种感觉，村子叫这名号，说明啥？说明是陈氏老祖最先占据的这块土地，先到为君，后到为臣，在这村里，陈氏家族应为头尊。陈族人想当头尊，杨族人当然是最不愿接受的，依他们的说法，这村子之所以叫陈家窝子，是因那时候陈族人普遍穷困，杨族都已建房筑院了，陈族人大都还住在地窝子里，于是顺嘴就叫成了陈家窝子。杨族人的这种说法，似有轻辱之意，让陈族人很是不忿。彼此间的争议至民国初期，杨族人更觉有了底气，因为他们不再是空口无凭，而是县志有云：

芦花坞地处偏僻，亘古荒凉。明洪武年间，山东多地旱魃肆虐，民不聊生，饿殍遍地，有杨氏兄弟二人逃荒流落至此，生息繁衍，渐成村落。据考证，杨

家老宅门外一株古槐，已六百余龄，为白河县域古树
之首……

白纸黑字，言之凿凿，陈族这回该认可了吧？还是不愿认
可。编纂县志的几位老学究，其中那位领衔者曾是县中学的国
文老师，姓杨，名善一，与芦花坞杨氏家族一脉相承，陈族人
因此有理由认为，杨族的编纂有私心，是罔顾历史，是昧着心
眼子在为本族树碑立传。不过，杨族人对县志所云，也存有些
许异议，认为他们的先祖流落此地不应该是逃荒，而是为避祸，
据一辈辈传下来的说法，他们的先祖本是习武之人，因打抱不
平惹上人命官司，被当地官府追杀，不得已才举家外逃。芦花
坞被山水相隔，出入不便，在没形成村落之前，该有多么孤僻
荒凉，他们的先祖若是因逃荒而来，想必不会选在这里繁衍生
息……

没完没了的村名之争，实际上没有任何意义。一个宗族是
否强盛，是否受尊崇，与祖上的先来后到也没有任何因果关系。
其实在很多事情上，总是陈家大院要跟杨族争个上下高低，但
有一条，不管他们怎么争，怎么不服气，杨族始终是"庄头"
的垄断者。

担任庄头者，品德为上，处事要秉公执断，不枉私情，严
慈相济，体恤众生。其次也需有一定经济实力，遇有零星官派，
迎来送往，骤需资助，自可应付不怠。芦花坞的庄头不是世袭，
是由村民选举产生，五年一选。那年月，村民目不识丁者众，
选举方式也就简而化之，屋里放一长桌，上面放三只陶罐，分
别写着三族推举出的候选人姓名，选民依次进入屋内，从监事
手中领取选豆一颗，中意谁当庄头，就把豆子投到写有谁名字

的陶罐里。芦花坞杨、陈、鲁三个大族，若按人口和综合实力排序，一直是杨族居首，陈族仅次，鲁族为三，而鲁族多少任族长，一向都是以杨族掌门马首是瞻，而且每次选举，陈族的一些人也会偷偷把票投给杨族候选人，故杨族每每胜出，陈族每每落败，自是必然。

但杨德轩早就在后悔当这个庄头了，忍辱负重多少年，他那最大的担心，现在不就成了事实吗？那陈家兄弟俩或许是没舍得出血，也或许是调查队那两人心正不贪，倘若他真帮小鬼子干过坏事，倘若官府被陈家兄弟买通，他都会难逃此劫。

杨德轩已经隐隐感觉出，陈族掌门陈锦堂是不想再和杨家门争来斗去了，或许是累了，老了，没了那股心气儿？也或许有过反省，有了愧意？但那陈家兄弟俩，心气儿还足着，这次没能得逞，肯定又在等待下一个机会。杨德轩是不想给他们任何机会，但他们偏要跟杨家门过不去，跟他这庄头过不去，这件事又岂是他所能掌控的？

十一

关于芦花坞，有两个美丽的传说。

一是说很早很早以前，有位云游高人曾在这村里小住三日，走时坐船到老龙河对岸，当着艄公留下这样一段赞颂：河海为屏，青山为障，远离纷扰。田禾丰茂，粮鱼两仓，世代安享。此乃一方宝地也。幸哉，幸哉。

二是说有一位远道而来的风水大师，对芦花坞也曾有过一番感慨：得上天庇佑，依山无恶兽侵扰，傍海无风潮之虐，临河无洪涝之灾。偏安一隅，得民风之淳厚。出行障阻，而绝兵匪之祸……

两位高人，说得都有点儿神玄，不过也并非荒诞无稽，有个事实一直是被村人们广泛认可的。这一代一代，该有多少年，这芦花坞确像是有某种神灵庇佑，从没发生过风灾水患、兵匪之祸，听起来就如同一个美丽的神话。美丽的神话，终于被破灭，是在一九三七年的秋天，人祸天灾，天灾人祸，那段历史记载是笔蘸老陈醋，写下满纸尽是酸哪！万没想到九年之后，也就是东洋鬼子滚蛋一年后的秋天，芦花坞又遭劫难，相比之下，或前或后发生的诸多灾灾难难，都显得无足轻重了。

这场灾祸，也来得突然。不是天灾，是匪祸——

劫匪是从村子东北角芦苇地窜进来的，地点和时机，他们选得都不错。最先发现劫匪作恶的人，是儿时和杨大圣过家家的小媳妇，大菊子。这时候的大菊子已是两个孩子的妈，嫁的男人，也是玩船走海汉，出远海已有多日，这天，刚好俩孩子都在婆婆家，就大菊子一个人在家里，时间是上午天光大亮时分，村里的男人们，不是在海里忙活，就是在地里忙活着。

大菊子拾掇完屋子，来到后院，把残羹剩饭倒进鸡食槽里，目光攀过不及人高的院墙，看见东院秋月姑娘在晾衣服，招呼一声，两人隔着墙头有说有笑唠起家常。后来秋月回了屋里，大菊子去了茅房。解了裤子，还没等蹲下，忽听得吱呀一声响，秋月家后院大门被轻声打开，随即窜进两人，贼头贼脑在院子里环顾一圈，朝屋里去了。茅房墙也不高，上面横有树枝做遮挡，大菊子把这一幕看个清楚，心跳得咕咚咕咚险些从嗓子眼儿里蹦出来。秋月也是一个人在家，父亲和大哥打鱼去了远海，娘在陈记编席厂做工，溜进屋里的那两个人，是匪是偷，对秋月都是危险。大菊子胡乱系上裤子，想要去前街找人，又吱呀一声响，自家后院大门也被弄开，也窜进了两人，他们先钻进屋里，很快又出来，一人奔向羊圈，一人奔向鸡窝。

大菊子是个爱干净的女人，把十几只鸡都养在露天网箱里。看来那偷鸡贼很在行，先将支撑渔网的木棍一一踹倒，网落地，鸡被罩住，想跑也跑不成。偷鸡贼把网掀开一角，拽出一只鸡，将脑袋一拧，朝翅膀下一窝，然后才塞进袋子里。再拽出一只，再一拧，一窝，一塞。大菊子眼睁睁看着，感觉就像在拧她的脑袋。

两家院子里的劫匪，差不多同时离去。北门外没有人家，再走几十步就是芦苇地，大菊子等到四周静悄无声，才两腿打战走出茅房。庆幸自己一泡尿来得正是时候，若是被劫匪堵在屋里，吓也吓死了。她隔墙喊叫秋月几声，不见回答，大菊子从南大门去了秋月家，又喊，还是无声无息。大菊子爹着胆，掀帘进屋，旋即就跑出来，腿脚一软跌坐在地上。爬起来，又往外跑，跑到街上，跑到杨德轩家里，又跑去海边。

杨德轩没在家里，在海边看风景呢。九月芦花泛白之时，也是鱼肥蟹满之季，村里年轻力壮的玩船走海汉们，都远走大石山渔场，家门口这片海里，只剩下几条又小又破的渔船，船上的人不是老，就是小。这样的风景已没啥看头，那杨德轩也爱看。

一条小船靠上岸来，船上有两人，年长的是杨德轩的堂兄，年轻的是杨德轩的亲侄儿大壮。杨德轩站起身，脚下一颠一颠走过去，半个月前，他右腿被大车挤了一下，伤还没好利索。大菊子就是在这个时候，跟跟跄跄大呼小叫地跑来报送凶信，大菊子尚不清楚劫匪都犯下啥罪恶，仅秋月被残害这一噩耗，就足以让杨德轩惊骇万分、悲痛万分了。

杨德轩急匆匆来到秋月家，屋里已聚集了一群人。秋月还横陈在炕头，身上盖了一条白布单，有一片片血迹洇出来，像怒放的花朵鲜艳而狰狞。屋里的血腥气，也招引来一群苍蝇，嗡嗡嘤嘤，来回飞舞，丝毫不解人间的怨恨悲哀。

秋月妈被人给找回来，当她掀开被单，看到女儿的遗容惨状，一声号啕未尽，人就栽倒在炕沿下面。

杨德轩不能只沉浸于仇恨和悲伤，还有更重要的事情在等着他。从秋月家出来，杨德轩迎面碰上鲁振庭，他让鲁振庭不必去秋月家，赶紧去找陈金财，他去议事堂等他们。

杨德轩已先给堂兄和大壮派了任务，让他们去查看都有谁家遭了劫。他们先于鲁振庭来到议事堂，身后还跟着一群男女。杨德轩从他们的讲述和一群男女的哭诉中，对这场劫难已能知道个大概，遭劫的人家共有十五六户，被劫财物大体如下：肥猪两头，羊九只，家禽若干，粮食若干，大洋若干……这些损失，在杨德轩看来都算不得什么，让他愤怒和揪心的，是秋月的惨死，是劫匪还掳走了三个年轻女子。杨庄头，得赶紧把她们救回来呀！杨庄头，我们家日子还咋过啊！……议事堂里，哭声，骂声，哀求声，乱成一片。

鲁振庭披挂着满脑门子白毛汗，到这会儿才来。这一趟他找得够辛苦，陈金财家里、陈记苇编厂、海边、铁匠铺，他都去了个遍，也没能找见要找的人，钱匣子也不知陈金财去了哪里。钱串子陈金福倒是在家，鲁振庭费了半天口舌，他才答应过来，可也没见他来呀？

杨德轩回鲁振庭话：已经来过，打了个照面就离开了，说是去找陈金财了。那钱串子来也没啥用，他那半死不活的族长爹让他当陈族掌门，那就是个聋子耳朵，摆设，陈家真正主事的，是钱耙子。

鲁振庭说：就是摆设，他也不该借故躲避，这钱串子，也忒他妈吃凉不管酸了，日他姥姥的！鲁振庭忍不住骂了。

杨德轩也是这样想，他急着让鲁振庭去找陈金财来，是要赶紧商议一下对策，劫匪作了这么大的孽，仇不能不报，人不能不救，怎么报？怎么救？这可是天大的事，也是整个芦花坞的事，三族掌门人要思想统一、步调一致才行，而钱耙子陈金财却不知去向。杨德轩又气又急，也想骂娘。

杨德轩还在等一个人。复仇，首先需要知道仇者是谁，大龙山那伙歹人，已于两年前被官府给剿灭了，现在白河县一带，除大嘴岛上的姜黑子一伙，杨德轩还没听说有别的"绺子"。芦苇地的河汊可通向老龙河，杨德轩由此对劫匪的来路已有个初步认定，但为保险起见，他还是让杨瞎子去渡口找鲁老贵回来。

鲁老贵没到，先来了个杨葫芦，他左手一杆猎枪，右手两只野鸭。杨葫芦似乎有些怯，先将圆乎乎的大脑袋探进屋，听见杨德轩问他来干啥，才拔起腰板进来。这杨葫芦，也可说是杨族里的异类，正经营生不愿干，就爱干打鸭射鸟捉獾逮兔之类的勾当，难怪杨德轩看他横竖都不顺眼。

杨葫芦把野鸭放在了地上，凑上前，习惯性地摸一下扁塌塌的鼻子，问杨德轩说：六叔，听说村里遭了匪劫，你知道歹人是哪个道上来的不？杨德轩说还没弄清楚，问：看来你知道？杨葫芦又往前凑凑，说：我还真就知道，一准是大嘴岛那帮海兔子干的。也是巧遇，我追野鸭追到歪脖儿老柳那地方，猛然发现河汊里停着一只大船，见船上没动静，我想过去看看，芦苇地里忽然一阵乱响，从里面钻出一群人，有的抬着猪羊，有的背着口袋，中间还有三个女人，都哭啼不止，要不是顾及她们，我这一筒枪砂打过去，咋也撂倒几个！

杨葫芦啥时候也忘不了吹牛，搁以前，杨德轩断不会有好话，这会儿没做计较，还给杨葫芦以鼓励，让他把枪砂准备足，有他施展身手的时候。杨葫芦目光颤了一下，六叔这是想要找海匪报仇哇？就靠咱们村人，怕是不中吧？杨葫芦说出自己的忧虑。这等大事，还轮不到他操心，杨德轩挥挥胳膊，意思是他可以走了。

鲁老贵来得匆忙，乱蓬蓬的头发里，像藏着只小蒸笼，咝咝冒着热气。鲁老贵是听杨瞎子说过后，才知道村里遭了匪劫，杨德轩让人找他来，是要问问他，见没见过姜黑子的那只大船。

鲁老贵回答肯定，见过的，大概一个时辰以前，那只大船经由渡口去了海里，但他没发现船上有啥异常动静。至于大船是啥时从海里过来的，他就不知道了，应该是在夜间吧。

后边这个问题，已经无关紧要，现在可以认定了，是匪祸，就是姜黑子那帮人所为。送鲁老贵出来，杨德轩定睛看看树梢，把心里的打算说给了鲁振庭。鲁振庭担心着他的腿伤。杨德轩说不碍事，说完故意跺跺脚。

杨德轩要去白河县城。去县城可乘船逆老龙河而上，行驶四五里后右转进入东白河，从水路到达。老龙河今天涨得满，估计马车过不了石床口，于是他选择了走水路。

到了渡口，鲁老贵从河汊里划过一只小船，这是专门为有人从水路去县城准备的交通工具，平时由鲁老贵负责照管着。

杨德轩被大壮扶上船，半倚半卧在船舱里，一路上脸色始终阴沉着，很少说话，脑子却没闲着，翻来掉去，都在想那个姜黑子。姜黑子据岛为匪之前，是阎家埠兴隆货栈的船头。阎家埠在老龙河上游大龙山尾巴根处，衔山接水，地理位置优越，是粮食和杂货的集散地。姜黑子掌领的那只大船上有船工十余人，时常往返于老龙河至蒲河口码头，芦花坞河段是必经之路。豆香有位表哥，在姜黑子手下当船工，杨家通过他曾几次借大船之便，往蒲河口那边捎带过货物。杨德轩对姜黑子也曾有过回谢。

姜黑子由船头成为匪头，是因一场巨大变故。有天他领船运货，在老龙河入海口处突遇小鬼子水警队，货物悉数被劫，只留得一条船和船工性命回来。只会窝里横的阎掌柜，却把罪过赖在姜黑子头上，将他贬为船工，娘和十九岁的妹子，也被拉来做工抵债。没过两个月，妹子就出了事，被阎掌柜给糟蹋后，不堪羞辱投河自尽。寡妇娘承受不住强烈刺激，一下子就疯癫了，不久也自溺而死。姜黑子一连失去两位亲人，又该是怎样的一种大悲大恨？但在阎掌柜面前，脸上只见悲伤，不见仇恨。数月后，姜黑子重又做起船头，领船往蒲河口那边运送货物，阎掌柜说他已经打通关节，只要把标旗一挂，河路海路，尽可平蹚。一路果然顺畅，但姜黑子要搞鬼了，在即将驶近入海口时，姜黑子将大船靠左岸停下，这才说出蓄谋已久的打算，大家兄弟一场，就此作别吧。船工兄弟们都在权衡利弊，一个名叫猴子的手下先站出来，说道：咱们还回去干啥？阎掌柜就是饶过咱们，也是白给他卖苦力。患难兄弟，本该有福同享，有难同当，咱们不如效仿绿林好汉，江湖为生，活得更他娘自在。接着是一位车轴汉，说起落脚之地。此人打鱼出身，上过几次大嘴岛，小岛不大，但四周水域险恶，很难靠近。上面有淡水，有石头房子，还有座炮台，据说大清年间驻过兵。他们这些弟兄都命里多水，钻山林不如上海岛，一等到把这船货物卖掉，他们手里有了钱，有了真家伙，小鬼子和官府也奈何不得……姜黑子被说动了心：那就听弟兄们的，咱不沉船，也不散伙，就上大嘴岛，腿长在咱们身上，那里待着不行，再换个去处又能咋！

阎掌柜是在数日后才探知姜黑子他们的下落的，正想请县保安团帮忙捉拿，不料姜黑子先下了手，带上他的兄弟，趁黑夜乘大船悄至阎家埠，先取了阎掌柜性命，又一把火点了阎家的宅院，终于为死去的亲人报了仇，雪了耻。

豆香那位表哥，也曾跟着上了大嘴岛，不过今年春天逃回来了。杨德轩从豆香的转述里，一经弄清楚姜黑子一伙的沦落过程，心中怨气顿消大半。事实上，当地村民百姓对他们并无多大憎恨，都当他们是义匪，他们据岛为匪两年多的时间，打劫对象都是为富不仁的大户人家，又都是舍近去远……个驴日的，那姜黑子今天是中了哪门子邪？竟然打劫起芦花坞来，杨德轩想了一路，也没能想个明白。

十二

　　船在小北关码头泊住，由此上岸，往南再走两里旱路，就是白河县城。

　　杨德轩满怀希望而来。他的希望，寄托在县长谷云清身上。谷云清来白河县任县长只有几个月时间，与他们杨家却渊源颇深。谷云清青少年时期，大半是在白河县城度过的，那些年，他的祖父在县政府任参事，与杨润山堂叔杨善一私交甚好，而谷云清，又是杨善一最得意的学生。杨润山自贬"野塘一根芦"，在县衙却也是知名有号的人物，与谷云清的祖父，多有交往。谷云清曾陪祖父到芦花坞考察民情，杨家的铁锅炖鱼贴饼子，让祖孙俩赞不绝口。杨德轩也曾随父亲去谷家做过客，一壶香茗，几样小点，同样也是让他们念念不忘。这些交往，虽然说不上有多深厚，然而在村人看来，却是非常难得了。但杨家父子，都还知道自己几斤几两，谷云清来白河县几个月里，他们只是礼节性拜访过一次，再无叨扰。杨德轩今天急急上门来，实属无奈之举，再难矜持，不等坐下就开门见山。

　　谷云清显然还不知情，惊异地"啊"了一声。原来在今日凌晨，县城大户齐家也进了土匪，谷云清目前掌握的情况，只知道土匪打劫未果，现将两起劫案前后一联系，很有可能是同一伙土匪所为。

　　杨德轩认可谷云清的分析。他的思路已渐明晰，姜黑子那帮海匪，应该是冲齐家大户而来，打劫不成，又不甘空手而归，才顺路劫了他们芦花坞。这个驴日的姜黑子，再怎么说你们也不该呀！

　　谷云清对芦花坞的遭遇，深表愤慨和同情，又在自责有失县长之职，治理有疏，一副体恤黎民的姿态，让杨德轩心里一阵温暖，又一阵酸楚。这时他才道出真正来意。

　　谷云清喝着茶，突然像噎住了，抿着嘴巴，两腮不停蠕动着。杨德轩目光颤颤地看着他：是不是让谷县长为难了？谷云清如同找到台阶：德轩兄，还真让你说着了，小弟我来白河县时日不多，根基尚浅，权威未树，唯恐与同僚相左，于事无成，还望德轩兄见谅。

　　一番之乎者也，让杨德轩有点晕。起初，杨德轩以为谷云清是出于谨慎，要与县保安大队长商议后，再给他个答复。然而却不是，谷云清连这个头也不愿出，他提出让杨德轩自己去找，堂堂一县之长，这个主都不敢做？不过，看他那副样子，好像的确有些憷保安大队长。

　　杨德轩也有些憷，憷也得去。杨德轩与县保安大队长，也算有过交往，保安大队组建之初，经费匮乏，四处募捐，杨德轩自己慷慨解囊，还动员族人和村民，曾捐助一百块光洋。年景不好，生活都难以为继，他们能捐出这些钱，已相当不容易，当时把保安大队长感动得，一个劲儿冲杨德轩打躬作揖：杨庄头，谢啦！谢啦！

　　养兵千日，用兵一时。现在芦花坞遭遇匪劫，依杨德轩的想象，即使没有谷云清那层关系，县保安大队也理应救民于水火，保一方百姓平安，这本就是他们的职责嘛。谁料，保安大队长却大嘴叉子一咧，粗声大气地笑了：杨庄头你是有所不知，我手下那些弟兄，都他娘的半吊子、旱鸭子。今儿一早，又被齐家借走六个去看家护院，剩下这十几个人、十几条枪，还敢去招惹那帮海匪？别扯啦！杨庄头。

杨德轩料想海匪不敢再打齐家的主意，让保安大队长不妨把那些弟兄叫回，啥事得分个轻重缓急不是？那帮海匪，也就十几条枪。

保安大队长受不得别人催逼，说烦就烦了，脾气也见长：杨庄头，你可别小瞧那帮胡子，他们出海是虎，入海是龙，更何况大嘴岛四周暗礁密布，水深浪高，听说当年小日本的海警队，都没敢把他们咋样。杨庄头，对不住，对不住了。

个驴日的，真可惜了那些大洋，花在他们这群人身上，还不如买几块骨头喂狗哪！杨德轩在谷县长那里，心就已凉了半截，等到他从保安大队那里回来，彻底凉了个透……

杨德轩去县城搬救兵的事，鲁振庭并没透露给其他人，但这消息还是像长了翅膀，很快就在村里传开了，鲁振庭在议事堂等着杨德轩回来，外边老槐树下，一大群男女也聚集不散。

总算把杨庄头盼回来了。看着他那副面目表情，不需问结果，鲁振庭就已经揣摩出七八分。跟鲁振庭一起等在议事堂的，还有山里的猎户刘双来父子。刘双来跟杨德轩，是拜把子兄弟，今天一早，刘双来打了两头黄羊，给杨德轩送来一头，得知芦花坞遭遇匪劫，杨德轩去了县城，他们父子一直等着没走。

杨德轩疲惫地坐下来，简单说完事情经过，又说起下一步的打算，得赶紧派人去七里海报信了，这个信使，回来路上他就想好，大壮最合适。大壮是被三弟硬给留在家里，说保不齐会有个啥事，还真留对了，关键时刻，真就派上了大用场。

鲁振庭和刘双来，都不放心大壮，杨德轩也没想让大壮当独行侠，问刘双来说：我想让你家猛子跟大壮一块儿去，行吗？两人想到了一起，刘双来爽声应道：有啥不行？当然行！猛子跟大壮年龄相仿，也长得人高马大，胆气十足。大壮有猛子做伴，再把他家的大黑带上，尽可放心了。

七里海不是海域，是个渔码头，清后期就有了，历经半个多世纪，已渐成规模。那里水陆交通都便利，连北平城、天津卫很多鱼商客户，也常光顾于此。一九四二年至一九四五年间，那里也成了小鬼子的天下，狗日的们一滚蛋，芦花坞才又开始组织船队，赴大石山渔场秋捕。那里渔汛好，尤盛产对虾，海货可就近在七里海出售，人和船也可驻泊于此。从芦花坞走水路去七里海，需得绕过龙头礁，再斜掉头往东北方向，顺风顺水，也得小一天。若走旱路，要穿过大龙山老狼谷，然后朝西南方向至甘河口，也得小一天。这时候启程，无论水路旱路，多半路程都得靠夜行。去年杨德轩带大壮去过七里海，走的是旱路，今天这趟信使差事，也得走旱路，但只能靠一双脚板了，几月前，老狼谷被雨水冲下的落石给堵塞，已经走不了大车。

刘双来和两位小将一起离开的芦花坞。临走前，刘双来撂话给杨德轩，一旦定下哪天打大嘴岛，提前给他个招呼，他必到！回山里后，他还要联合几个猎户兄弟，共助大哥一臂之力。杨德轩没客气，刘双来能有这种胆魄、这份情义，他很感激，也正需要。送他们到村口，杨德轩和鲁振庭又回了议事堂，继续等候钱耙子陈金财。将近下午快要日落时，驴日的总算露面了，一问，说是去了双龙镇，一大早就去了。

陈金财一个人老往镇上跑，不是去推销苇箔苇席、渔网渔具，就是去麻将馆，要么就是找老相好。后面这两件愉悦快活之事，在芦花坞都属违规违禁之事，陈金财是村上有头有脸的人物，现又是本族的实际掌门人，不说要起表率作用，起码也得顾及点儿脸面，可他又偏好这两口，只有避开村人眼目，来小镇上潇洒。陈金财不像大哥陈金福，挣点钱就串起来，攒够一定数量多用来买地。陈金财能划拉钱，也能花钱，不过大都是花在自己头上，对别人，该铁公鸡还铁公鸡。钱花在自己头上，也是能省则省，比如去麻将馆，陈金财从来不大赌，大赌伤财，小赌怡情，这条古训他记得很牢。再比如找女人，陈金财找的那个女人，比他小不了几岁，是个寡妇，模样说不上俊，也说不上丑，就是个白。女人家境并不差，跟陈金财相好，精神需要大于物质需要，有时心情愉悦，倒贴都愿意。

陈金财是在渡口坐船时，从鲁老贵那里得知村上遭了匪劫，听得有些笼统，回到家来听钱匣子讲过，他方觉后怕，劫匪要不是来去匆匆，要是从村子西南头儿进来，他们家一准在劫难逃。这样一想，庆幸中他又觉有些遗憾，劫匪要是只打劫杨家大院，那该有多好！

钱串子陈金福陪着两个女人从东院过来，一见陈金财，她们又开始哭天抹泪。大香妈称陈金财是大当家：大当家的，我们家大香可是你还没出五服亲亲的侄女，说啥你也得救她。海花妈唯恐被轻慢，往旁边攘着大香妈说：我们家海花虽然嫁到杨家门里，可到啥时候，她也是咱陈家姑奶子，不管你们兄弟俩谁掌门，我老婆子就指望你救她了……两个女人，都已是半疯半魔状态，好不容易才将她们劝走。

陈家兄弟俩，说好一起去议事堂，出门来，陈金福弯腰捂肚，说他这几天闹肚子，要去趟茅房，让陈金财先走一步。陈金财知道大哥在找借口躲避，撇了一下嘴，自己去了。

杨德轩想要商议的事情，已经跟他那位族长爹和鲁振庭达成一致，就看他们陈族是何态度，陈金财倒是沉得住气，手抚下巴，不紧不慢道：要找海匪报仇、救人，勇气诚然可敬，但也需三思再三思，这关乎多少人的身家性命，咱们可不能拿肉脑袋硬往石头上撞。陈金财说出他的想法，很简单，也最实用，派人去趟大嘴岛，把那三个女人赎回来，不就万事大吉。杨德轩说：这办法怕是行不通，不过也可以试试。问陈金财大概得多少赎金。陈金财一阵摇头晃脑：这可不好估摸。杨德轩说：我看最少也得一千大洋，让那三家子卖房卖地，也拿不出的，我看只有本族掌门多担当喽！

陈金财目光僵住，像被灌了哑药，按下话头，再不敢提。

这个想法，只是在杨德轩大脑里一闪即逝，海匪不是绑花票，是也难为，到哪里凑那么多钱去？被鬼子汉奸折腾这么些年，他们杨家这大门大户的日子都尚且过得紧巴，更何况平常人家。退一步说，就是能将人赎回，这仇就不报了？这耻辱就忍下了？杨德轩不会轻饶罪恶的，那是软弱，也是罪过。

大哥不来也好，遇有不愿定夺的事情，可以往他身上一推六二五。陈金财把话头转回来，说他这陈家掌门只是个门面支撑，老爷子糊涂不理事，他上面还有长兄，长兄为大，大主意还得他拿。

这陈家兄弟俩，对这么严重急迫的一件大事，竟然又都玩起惯用套路，都自以为很聪明是不是？但现在杨德轩不想跟他们较这个真，现在他还没铁定下要打大嘴岛，这件事情太重大，需得杨鲁两族那些青壮汉从七里海回来后，才能做最后定夺。

陈金财从议事堂回到家里，还没等进屋去，就被陈金福叫到东院，陈金福遇事时不愿出头露面，却又总是放心不下。陈金福问起议事情况。陈金财先是习惯性地撇撇嘴，然后说道：看杨德轩那架势，真要组织义勇队打大嘴岛，凭仗啥呀？就凭他们杨家门里会耍枪弄棒？顶屁用！那鲁小个子，也跟着装大尾巴狼，脸盆里扎猛子，他们都太不知深浅了。哼，他们谁愿意拿脑袋去撞石头，尽管去撞，咱们犯不上陪他们。

陈金福猛眨巴几下眼睛，问陈金财：你该不是这么直截了当回绝的杨德轩吧？看见陈金财摇头，陈金福说：这就对了，咱们可以这么想，但不可这么直说，无论是说啥话，做啥事，都要留有回旋余地，尤其是这件事，咱们更得想个两全之策。不急，杨德轩不是派大壮去七里海了吗，等他们那些人回来后再说。

陈金财面露忧虑，说他有点儿担心。陈金福问：担心谁？大壮？没有咱们的话，他还敢"假传圣旨"不成？陈金财说：不是大壮，是老三，他可别再带着咱们族那些人，也跟着一起回来。

去大石山渔场，陈族的船头是他们的三弟陈金禄。同是一双奶头上吊大的兄弟，陈金禄的为人处世，与陈家兄弟俩却大相径庭，于是村里时常有人犯疑惑，这陈金禄，是他们的亲兄弟吗？也或许是一个妈俩爹的？外人嚼嚼舌头也就罢了，有一回，哥仨因意见不合又闹起别扭，陈金禄摔门而去，陈金财气咻咻对陈金福说：我看老三这家伙，真不像是咱爹的种。陈金福没觉二弟大不敬，竟然也说不像。这话，不知怎么落到老娘耳朵里，把陈家兄弟俩一顿臭骂：瘪犊子玩意儿，没见过你们这号当儿子的，连亲妈亲爹也埋汰！

知道三弟与他们貌合神离，陈金财担心会发生的事情，就具有了一定的合理性，陈金福也忧虑不安起来，嘱咐陈金财多留点心……

老婆钱匣子在等陈金财吃饭，没来得及发泄的那股怨气，又漫上脸来，钱匣子数落起陈金财，说他缺心少肺，二叔去了阴间地府，大哥又开始拿他当枪使唤，他还觉着挺受用，出头儿的椽子先烂，这你都不懂啊？数落完，又一伸手掌：你不是说去镇上结账，钱呢？

陈金财有些心虚。去结账不假，只要回不到十块钱，八圈麻将打下来，手气一直不顺，输掉近一半，剩下那些，都被老相好给掏了去。也别怨那女人下手狠，他已经白睡人家几次了，也该掏点银子了。现在他兜里已空空如也，钱匣子还要掏，只剩下谎了。

看钱匣子那副眼神和举动，显然也起着疑，凑到陈金财跟前，抽抽鼻子，一股淡淡的雪花膏味儿，脸当即一沉：哼，把钱都填到你老相好那无底洞里了吧？你可是当爷的人了。

陈金财在为匪祸闹着心，让钱匣子一搅和，更觉烦躁，把碗朝饭桌上一蹾：不是跟你说过咋回事，还胡诌白咧个啥？盛饭！

钱匣子把碗拿在手里，一转念，又蹾回桌上：也长着手，不会自己盛？钱匣子造反了，不伺候了。陈金财终归心里有鬼，没再跟钱匣子较劲，自己盛碗饭闷头吃起来。

十三

　　杨家也有人在焦急地等待着杨德轩，是自家的二弟。二弟叫杨德耕，一家男女早早就搬离杨家大院另过，平时都很少来老院走动。杨德轩兄弟姐妹七个，就这二弟爱种地，有时甚至到了痴迷的程度，即使村里遭遇匪劫，也心无旁骛，没耽搁去地里。傍晚收工后，他听说杨德轩派大壮去了七里海，要组织什么复仇义勇队，他这才慌了神，一等见杨德轩回家来，就一副兴师问罪的架势。

　　杨德轩可以容忍二弟有不同想法，但不问青红皂白，一开口就怨气滔天，杨德轩就难以接受了，俗话讲，好汉护三村，好狗护三邻。芦花坞遭受这么大的劫难，他这庄头要是先当起缩头乌龟，那还不如一条狗！杨德轩也来了脾气。二弟被撅到南墙上，又试图从父亲身上找突破口，同样被撅回，最后冲杨德轩哗地一甩袖子道：想当英雄豪杰你们当去，可别拉扯上我们家儿子！说完就摔门而去了。杨德轩喟然长叹，这还没到动真格的时候呢，自家兄弟就先离心离德了……

　　一个焦困不安之夜被艰难地送走了。吃罢早饭，杨德轩打算去遭人劫的那三家看看，一出门又改了主意，去又能管什么用，尽快把那三个姑娘媳妇救回来，才是对她们家人最大的安慰。杨德轩牵挂着三个女人，对她们的性命并无太大担忧，海匪既然不是绑花票，就不会撕票，但一想到羔羊落入狼群里的那般处境，他心里更别有一种焦灼不安。

在议事堂待过一阵，杨德轩去了秋月家里，然后来到海边，拣个阴凉处坐下，一颗接一颗抽着旱烟，直抽得满嘴发麻。海面上，依然只见鸥鸟飞，不见船影来。杨德轩也知道的，如果大壮和猛子不耽搁，船队也顺风顺水，那些青壮汉最快也得今天后晌才能赶回，是他过于心急了。盼得心急，便会觉得时间就像老牛拉破车，啥叫望眼欲穿？啥叫度日如年？就是他现在这种感觉。

吴大奶派大孙子伟生，将杨德轩找回家里。豆香回来了。

豆香一大早去的娘家，也没说有啥事。回来时，身边多了一个矮壮男人，是豆香她二姨家那位表哥，杨德轩几乎认不出了。杨德轩知道他逃离海匪窝，至于什么原因，尚且不知，也不知这些日子他躲避何处，今天他来得正好，大嘴岛上的海匪是个啥情况，杨德轩现在太想弄个清楚了。

豆香表哥先说起逃离原因，一是放心不下爹娘和老婆孩子，二是不愿作恶。说他们是义匪，干的毕竟是强盗勾当，时间长了，义匪也难免会变成恶匪，现在不就是吗？话说到这里被杨德轩截断，问他道：芦花坞这场劫难，你也认为是大嘴岛海匪干的？豆香表哥说：是，但很可能是二当家带他们作的孽，那个家伙满肚子坏水，曾在大龙山当过胡子，遭剿时侥幸逃脱，他是在我逃离三个月前，才上的大嘴岛，也不知怎么跟姜黑子勾搭上的。

杨德轩骂句：个驴日的！问起匪窝里的情况。豆香表哥说：我逃离时，大嘴岛上有十二个人，十条长短枪，估计现在多也多不了几个，少也少不了几个。但有了二当家调教，那帮人从身手到心眼，想来一定变化不小，跟他们动刀枪，可得小心啊。

杨德轩点着头，嘴里也嗯嗯有声。到这时，杨德轩才明白豆香的用意，是想借表哥的嘴说服他知险而退。知道他们都是出于好意，杨德轩心里，仍隐隐有些不快。

豆香表哥不愿久留，走时又将蘑菇草帽扣在头上。豆香送表哥到村头，用求助的语气对他说：刚才你已领教了我公公的脾性，我们家大圣兄弟几个，也都是这种宁折不弯的性格，到时他们真要跟海匪动刀动枪，还望表哥能助一臂之力。表哥嗫嚅：哦，哦，再说吧，再说吧。

豆香是通过二姨找到的表哥。表哥没住在村子里，对于他目前隐身何处，讳莫如深。临走他又嘱咐豆香，不要跟别人提起他来过芦花坞的事儿。豆香应允着，但眼神里分明有了股蔑视的意味，表哥原本一个堂堂的汉子，怎么变得畏畏缩缩，像只老鼠了？

一个熟面孔从渡口方向走过来，是蔡师傅，左胳膊紧抵在腋下，衣服里面像是藏着什么东西。豆香表哥将草帽往低一拉，趁豆香跟蔡师傅寒暄之际悄然走掉了。蔡师傅从村东芦苇地边缘小路去了苇编厂，神态也有几分鬼祟。自受聘任那日起，蔡师傅一直在杨家苇编厂效力。后晌时分，豆香在杨家大院又见到了蔡师傅，左胳膊还是那么抵在腋下，还是那副有些鬼祟的神态。

蔡师傅是来找杨庄头的。杨德轩招呼他坐下，沏杯热茶递过去，问他道：组织义勇队找海匪报仇救人的事，我还犹豫着，村里已是沸沸扬扬，蔡师傅见多识广，依你看，我是出这个头好，还是低头忍下的好？蔡师傅稍作思索，回道：与海匪兵戎相见，死伤难免，也有可能会失利，杨庄头必然要为之担责。倘若隐忍自保，则会落个怯弱寡义之名。两害相权，就看杨庄头如何取舍了。

话意深刻，却不明朗，杨德轩笑一下，问蔡师傅，是在试探他，还是在用激将法。蔡师傅说都不是，杨庄头向来豪气义勇，敢作敢为，对这件事想必已有权衡，他来只是想尽一份微薄之力，有一物相送，到时定能派上些用场。说罢，他从怀里掏出一个小布包，打开给杨庄头看。杨德轩目光倏地弹跳几下，咦！是一支黝黑黝黑的匣子枪，还有十颗黄澄澄的子弹。

蔡师傅说起枪的来历。他有个外甥，在县城里当过伪警察，小日本投降几个月前洗手不干，偷逃了，但没舍得把枪丢掉，就藏在了蔡师傅家里。蔡师傅怕惹出麻烦，跟谁都没敢透露，今天拿给杨庄头，也是费了思量。

杨德轩让蔡师傅不必多虑，他定会守口如瓶，说完就把枪小心翼翼包好，藏在了板柜深处。这东西，好是好，若没人会使，还不如烧火棍。蔡师傅要是知道外甥的下落，杨德轩甚至可以亲自去请，遗憾的是，蔡师傅真不知道。

送走蔡师傅，杨德轩卷颗烟，慢慢抽着，心绪还缠绕在那支枪上。眼前猛一亮，拴柱兴许会摆弄这玩意儿？想到了拴柱，那个还不为人知的秘密，跟着就变成若干画面，在杨德轩眼前拉起洋片儿。那天，杨德轩去拴柱家送药，正看见童排长在摆弄匣子枪，拴柱蹲在一旁，缠着童排长教他学打枪，童排长答应下拴柱，说找机会去山里教他。杨德轩对这场遇见和后来的事，都没怎么在意，现在很想问个清楚，但不行，拴柱去了大石山渔场。

日影西斜，杨德轩在家里还是待不住，又来到海边，来到西湾子。西湾子那边，还有个东湾子，是陈族的泊船地。两个湾子中间，隔有一个岬角，高出海面十丈有余，被当地人称作望归台，上面建有一座海神庙。登高好望远，杨德轩看见望归台上，也等候着一群人。

浸满腥咸气的日头徐徐朝下坠，西边天际，晚霞如火，映衬得海面像汪着一层血汤子，海岸边一丛丛细细瘦瘦的芦苇芦花，也被浸染得血红。忽见有人从望归台上飞奔而下，舞动双手朝这边大喊：回来啦！船队回来啦！

去大石山渔场的三族共计四十一条渔船，一条没落，都赶了回来。杨族船队由杨德轩三弟杨德书掌领，少壮派杨大圣是副船头。

杨德书也已另置宅院分家单过，但他没急于回自己家，跟随大哥来到老院。一会儿，四弟杨德林也过来了。杨德轩让豆香多拿几副碗筷，招呼三弟、四弟、大壮和猛子一块儿上桌吃饭。

拴柱过来的时候，他们刚撂下碗筷，杨德轩从板柜里拿出那只匣子枪给拴柱，见众人皆惊异出声，概不理会，两眼只盯着拴柱：柱子，会使不？拴柱颤巍巍接过枪，翻来调去看一阵，说道：也没啥难的，这枪跟那个……哦哦，这枪是德国造大镜面匣子，可厉害了，一气能打二十响。就是膛子老了点儿，子弹也少了点儿。

拴柱及时改口，守住一桩秘密，是由于杨德轩那两声及时的咳嗽。杨德轩眼神里，还在传递只有拴柱才能读懂的信息，看见家人疑惑重重的目光，都聚在拴柱脸上，杨德轩为拴柱、也为自己解脱着说：有些事情不想让你们知道，是还没到时候，该让你们知道的时候，我自然会告诉你们的。

拴柱没让杨德轩失望，杨德轩心里却在纠结。拴柱家，就他这么一个儿子，还没娶妻生子，爹妈都拿他当着宝疙瘩，打大嘴岛，与海匪生死相搏，爹妈能舍得吗？就是舍得，杨德轩也有些于心不忍。

拴柱揣测着杨德轩的所思所想，这时说道：我爹我妈都跟我说过了，一切听从六叔吩咐，我要是当草鸡，他们也不会答应的，六叔要立生死碑，头一个刻上我大名！拴柱胆气十足，语气轻松。杨德轩在他肩头狠狠捶一下：大侄儿真乃血性汉子！好，这把枪叔就交给你使了，那十几头海匪，你能用它干掉三几个，就算立头功！

杨族门里的四梁八柱都在跟前，都赞同组织义勇队雪耻复仇。至于本族那些玩船走海汉们，杨德轩刚才在海边也都问过，也都看到了，都嗷嗷地要跟海匪拼杀一场，这让杨德轩心里踏实许多。但作为组织者，作为一庄之主，切不可意气用事，他也须得让大伙儿知己知彼。对能否顺利登上大嘴岛，杨德轩是抱有自信的，杨鲁两族的玩船走海汉们，有人不止一次两次征服过它，姜黑子据岛为匪之后，有人因躲避风暴也曾上去过。让杨德轩缺少自信的，是他们手里的家伙事儿，除了这支大镜面匣子，还有五支猎枪，两只老火铳，另外还有两支猎枪待定，再有就是大刀、鱼叉之类了……

够了，杨大圣觉得这些已经够了，忍不住打断父亲，说道：不要小瞧这些土枪，一打一大片，也够厉害！咱们还可以多准备些燃烧瓶、土炸弹什么的。海匪出来进去，全靠大嘴洞里那一大一小两只船，万一打不过他们，能把船烧掉，就等于断了他们两条腿，困也能把他们困死！爹，三叔四叔，干吧！不用怕那帮海兔子！

坐在炕头上的老当家杨润山，吭吭清理着喉咙。杨德轩转过脸，问声：您老有话要说？杨润山说：嗯呐，我听你们说得都不错，胆气可赞。但打仗光靠人多势众，靠血性士气也不成，要想以弱胜强，须得有谋略，兵法有云：兵者，诡道也……老当家不简单，还懂兵法。其实杨德轩刚才那几句话，也是这种意思，只是不像老庄头这么深奥。

杨族那些玩船走海汉们，没顾得和老婆孩子亲热，草草吃罢晚饭，就陆续聚到杨家大院，共商组织义勇队打大嘴岛一事。杨大圣将两盏汽灯悬于树上，杨德轩借着光亮扫视人群，没见二弟和他那两个儿子，神色不禁有些怅然。三弟杨德书已经知道原委，劝大哥别想那么多，他们来不来又能咋？大海里三泡尿，有他们不多，没他们不少。杨德轩听后苦笑一声，复又抖擞起精神。

鲁振庭带着儿子鲁滩生来到杨家大院时，众人刚刚散去。鲁族那些玩船走海汉们，晚饭后也都聚集到族长家里，也已是上下一心，庄头杨德轩和杨族若确定下组织义勇队，他们定会积极响应，既然同仇敌忾，就要同舟共济，生死与共。

杨德轩的回答是十分的肯定。

杨族没问题，鲁族没问题，就看陈族了，不知他们那边现在是个啥情况。

十四

陈家兄弟俩，都没去海边凑热闹，但三弟将本族船队带回来的消息，很快就传到他们耳里。陈金财头顶蹿着火苗，要去找三弟，出门来，陈六指儿正兴冲冲往里走，父子俩差点撞个满怀。陈金财问儿子三叔去了哪里，陈六指儿说还能去哪儿，回他们家呗。陈金财更觉气火攻心，嘿，我们这里急得火上房，他倒成了没事人一个，让儿子赶紧去叫三叔来老院。陈六指儿却脖子一歪：啥？我这刚刚从远海回来，一身臭汗淋漓，气还没喘匀，你也好意思使唤我？你真是我亲爹。要去你自个儿去，要不让别人去，反正我不去。

陈金财被扫了颜面，不骂上几句，心气难平，便就骂了：你个小兔崽子，还知道我是你爹呀，你都成我爹啦！走出大门口，脑门子被冷风一吹，陈金财也不想去了。气恼恼回来，朝厢房里溜一眼，正看见陈六指儿跟媳妇搂抱在一起，肚里又骂：小兔崽子，瞧那点出息样儿！

陈金禄没等谁去找，吃过晚饭后，自己上门来了。老大老二都没个好脸色，陈金福头一嘴就问陈金禄，是大壮让他把族人带回来的，还是他自作主张。陈金禄回道：村里遭了匪劫，杨族鲁族那些汉子们，都急吼吼要回来，咱们族人再待在那里，于情于理都说不过去的。陈金福说,哎呀呀,三弟你好糊涂,杨德轩和鲁振庭让本族船队回来,是要组织义勇队找海匪复仇,你说咱们是参与还是不参与?你找个借口待在那儿,或是拖延几天再回来,这事也好办些,生生是让你给弄砸了!

陈金财的怨气,还远没发泄够,接着大哥的话又说道:我看老三的意思,是想跟他们一起干了?你怎么也洗脸盆里扎猛子,不知道深浅?就他们那帮人马刀枪,还想跟一帮海匪死磕,能有几分胜算?

陈金禄跟大哥二哥的确尿不到一个壶里,他抖落着双手说:我这不是成罪人了吗?人和船,反正我都带回来了,你们爱咋整咋整,我不管了行不行……

兄弟三人的争议声,透过门窗,漫过黑夜,钻进东厢房里,虽听不出个所以然,但话不投机是可以肯定的。张彩云坐起身来,推推陈六指儿,让他过去看看,兄弟几个别再打起来。陈六指儿一双手仍在张彩云身上忙活着,说道:我才懒得管那些闲事,他们爱打打去,咱们快活咱们的……哎哎,三叔好像走了。

是陈金禄走了,脚步声重重地从偏屋窗前划过去,似乎也带着股怨气。稍后,又听见有人从正房屋里出来,是来关大门,咣当一声响过后,院子里静得只闻秋虫鸣叫声。陈六指儿欲望升腾,忽地将张彩云扳倒,又翻身上马。张彩云推搡他几下,很快也心无旁骛,压抑过久的欲望又化为潮水般的激情,以一种忘我的精神状态,全力迎合着男人的凶猛以及形式变换,直至两人从巅峰一同跌下。

从巅峰跌下的陈六指儿,如含甘饴,很快坠入梦乡。张彩云趋于平静的心潭,像是被砸进一块石头,倏忽又泛起一阵涟漪。感觉有点不对头,她男人跟船队出远海,干的不是摇船撒网的粗活儿，是在七里海鱼码头负责销售海货，据说每天所得比打鱼人还要多，可男人拿回的钱，却相去甚远，这是其一。由其一，便就想到其二，男人刚才在她身上花样翻新，且淫声浪语不断，在以前是没有过的，难道是在七里海那个地方有人调教过他了吗？……张彩云脸上的潮红在猜疑中淡去，随即就被一层阴云给笼罩住了。

这一夜，芦花坞注定会有众多男人女人难以入眠。庄头杨德轩更期盼着天能早点儿亮。杨鲁两族尽管已确定下要组织复仇义勇队，一些具体事宜，还需待天明后到议事堂再议，陈族参与也好，不参与也罢，一吃过早饭，杨德轩还是派杨瞎子去陈家大院，给陈家兄弟都打了招呼。

来议事堂参会者，有三十几个人，几族掌门必不可少，杨鲁两族的族老、船头、副船头也都到场了。当杨德轩先问起陈金禄时，陈金财随口就来，说陈金禄从渔场一回来就闹起病，卧炕不起，杨庄头要是决定下打大嘴岛，陈族连船带人可由他掌领，要说行船走海，他也是把好手哩！

杨德轩颇觉意外，干脆把话挑明了说：我们杨鲁两族子弟虽然不惧与海匪刀兵相见，意志已决，但并无必胜把握，结局凶险莫测，陈掌门可要拿定主意哟。

陈家兄弟俩，都觉这话很不受用，他们陈族就是当缩头乌龟，也无所谓的，杨德轩应该是这个意思吧？陈金财容不得被轻慢，说道：杨庄头这是拿我们当局外人了？我昨天那些话，其实完全是出于担心，权当是探讨，不算数的，到了动真格时，你们要做英雄好汉，我们也不能当怂包软蛋！陈金福的说辞，也是铿锵有力。

这兄弟俩，越来越让人难以捉摸了，昨天夜里，没见陈族那些玩船走海汉聚会，也没见他们兄弟俩有所表示，是什么原因，让他们的态度发生如此之大又如此之快的转变？杨德轩和那些不知情者，都觉得困惑茫然。但愿他们是知耻而后勇。

议事会只开了不到一个时辰就结束了。会议确定下的方案，义勇队不搞大帮呼隆，人要挑好汉，船要选好船。杨族出船七条，二十二人；陈族出船五条，十四人；鲁族出船四条，十二人。共计船只十六条，队员五十七人，其中含刘双来等四个猎户，还有三族之外的五个人。总统领杨德书，行动时间定在当晚子时。

种地看节气，出海看天气。杨润山杨德轩父子俩，对观测气象都有独到之处，他们预测当夜风浪不大，风向偏北，后半夜会有雾，这样的天气，对义勇队的行动利大于弊。大嘴岛，在望归台东南方向约十四海里处，若不出意外，两个多时辰船队即可到达。这时辰，海匪们应该睡得正死，正可打他们个措手不及。

三族都在为战事做着准备。也许是忙碌紧张的原因，村人都感觉今天比往常过得快，不觉天就黑了下来。

刘双来和他的三位猎户兄弟，日落前来的杨家大院，还带来两只野兔。杨德轩让家人宰杀了两只鸡，连同野兔一锅炖了，吩咐三子杨礼海去找鲁振庭和陈家兄弟俩过来，一起吃晚饭。鲁振庭招之即来。陈家兄弟俩都说有事，推脱了。杨德轩心说，他们不来也好，端起酒杯先敬四位猎户兄弟，是感谢酒，也是壮行酒。今夜之行，关乎生死，四位猎户兄弟都决然慨然，侠肝义胆，让杨德轩心感欣慰，又觉忐忑，万一他们哪个命赴黄泉，他这后半辈子的每一天里，都将会与自责和愧疚相伴的。

四位猎户兄弟，都将杯中酒一饮而尽，常猎户抹了一下嘴巴，说道：我们三人与杨庄头，虽然没拜过把子，也如同兄弟。我们有难之时，杨庄头慷慨相助，现在杨庄头遇有危难，我们也当义不容辞，都已将生死置之度外，不劳杨庄头牵挂后事。

杨德轩冲四位猎户兄弟又拱手抱拳，表示谢意和敬意。然后捶了一下大腿，说他伤得真不是时候，不然也会随他们一道共赴生死。杨德轩这两天走路过多，伤腿又见肿胀。

庄头敬过猎户兄弟，鲁族长也得有所表示。杨德轩和鲁振庭都是走过海的人，都善饮酒，四位猎户兄弟，也都英雄海量，但今天谁也不敢多喝，唯恐耽误大事。稍后，村人们还要为壮士出征举行仪式，以壮声威。

杨德轩和几位族长族老，都是提前到的三合堂，大院里已是人潮涌动了。义勇队员们被召集到一起，没有一人退缩，全部到位，灯光映衬下，一张张黧黑的面孔越显血性十足。时辰一到，仪式开始，杨德轩率先端起一碗鸡血酒，这一时刻，他的心情尤为激动、悲壮：

倭寇溃走年余，家匪无道凶猖，光天化日，犯我村庄，杀戮劫掳，视我姐妹如羔羊，前所未闻。如此祸殃，若忍辱苟且，愧对祖宗上苍。我辈义勇，誓言铿锵，复仇雪耻，纵是裹尸还乡。酒壮行色，蹈火赴汤，祈天佑正道，除恶尽，凯旋归，滩头庆功场。生死碑留名，与日月昭彰！

这血性激扬的讨匪檄文，出自老庄头杨润山之手。杨德轩高声诵毕，将鸡血酒举至额头上方，然后一饮而尽。院子里黑压压的人群，此时都静穆肃然，只闻壮士们痛饮鸡血酒的咕咕声，酒碗蹾在木桌上的咚咚声，声声撼人心魄。仪式结束，杨德轩又率领众人，将义勇队壮士送至海边……

一湾海滩，被松油火把照得通红透亮，放眼朝黑黝黝的海面望去，浪涌果然不大，风向也顺，行船扯帆正可借势。只是雾气比预想得要大很多。不过也没什么，杨德书的船上有罗盘，雾天出海用过几次，定位很准。每条船上，还都备有嘎斯灯或马灯，用三角灯罩固定在船尾部，只后面透出光亮，船队行走时，后船咬着前船屁股，雾天也不容易走散。

灯罩是杨德轩找陈木匠做的。二木匠和金凤回了芦花坞，没过几月，又双双离去。回来后他俩日子依旧难熬，人前背后，还是常常被人戳戳点点，更难为的是，连个窝都没了。二木匠家院里那间土坯房，被三爷三奶给占了去，就是赖着不搬，金凤只好厚着脸求到老娘那里，俩人才暂时栖下身。金凤那两个孩子也都不愿认她，他们已被奶奶、姑姑教唆成亲妈的敌人。二木匠和金凤都难以接受眼前的变化，于是又一次选择了屈服，闯关东去了。二木匠一走，杨族里再没人会木匠活儿，杨德轩只能找陈木匠。

一切已准备停当。杨德轩拥着三弟杨德书和儿子杨大圣，走近船前，两手在他们肩头用力按了按，要说的话，都蕴含在沉厚的目光里。杨德书转过身，跳上船，长喊一声"走起哟——"，就摇橹先行了。

杨大圣看见豆香和儿子伟生站在人群前，朝他挥着手，心头蓦地生起一股生离死别的悲壮，腾腾几步走过来，俯身与他们相拥一下，才上船去。

小船一条咬着一条，杨大圣压阵在后，朝海雾里钻去。陈族那些船，随后也驶出东湾子，紧咬在他们后面。黑森森的雾气，很快就将一条条船融化掉了，只能看见一串长蛇般微弱的光亮在游动。又很快，那串光亮也消失不见了。

十五

已望断灯火，杨德轩仍木桩般戳在沙滩上，他能感知到身后还站着许多人，也能感知到那一束束目光的分量。他有些不敢回头。对这场复仇之战、捍卫尊严之战的后果，他已思量过无数次，再怎么安慰自己，也挥不去深深的忧虑。一些上了年岁的男女，有的在自家神龛前，有的去了海神庙，他们虔诚地燃香跪拜，祈求上苍保佑那些义勇的壮士们打败海匪，平安归来，杨德轩则是在心里，为他们不停地默默祈祷着。

深秋的夜晚，海边别有一种湿冷的寒意，鲁振庭把杨德轩拉到一块礁石后坐下。有人抱来干芦苇和几块老船板，燃起了篝火。杨德轩身上渐暖，疲惫和困意也随之袭来，却难以入睡。这大半辈子里，他经历过无数次等待的过程，但从没有感觉像今天这般漫长，这般煎熬。

天终于放亮了，雾气已淡去很多，海面复又见其浩瀚远阔。有船从大嘴岛方向朝这边缓缓而来，又是望归台上的人最先发现的，他们兴奋的喊叫声，让等在海滩上的人们陡然振奋起了精神，所有目光都朝一个方向聚了过去。这又是个等待的过程，对杨德轩和众人，更觉漫长难熬。

船队驶近岸边，一条，两条，三条……怎么只有八条船？

其他那些船呢？岸滩上的人们，心都被提吊在半空里打着秋千。站在人群前头的豆香，已经做好当寡妇的准备，看见杨大圣的船最先拢滩靠岸，心中亦喜亦悲，眼里又涨满泪水。在她要扑过去时，胳膊忽然被谁给攥住，攥得生疼，扭头看去，是二妯娌吴水英。豆香在她后背轻抚几下，安慰着：二妹别担心，义海不会有事的。

杨大圣跳上岸来，没理会扑过来的豆香，脚步踉跄朝杨德轩奔去，悲戚戚叫一声：爹呀！就泪如雨下，痛哭出声。

杨德轩喝道：你要还是个爷们儿，就给我咽回去，快告诉我，是打败了，还是……

杨大圣揩把眼泪：没有，咱们胜了，海匪全部被灭掉了，人也都救回来了，可咱们……杨大圣哽咽住，转身朝海面上望去。

被解救回的三个年轻女人，在杨大圣之后的船上，没等这船靠岸停稳，她们的家人就哭着喊着扑了过去。仅仅几天时间，她们就被糟蹋得不成人形了，着实可怜，她们都耻于再面对人世，刚被搭救上船那会儿，若不是被看得紧，怕是都一头扎进海里了，气得杨大圣流着眼泪好一顿骂，她们这才不再寻死觅活。

死者和重伤者，在后面的几条船上，被一一抬了下来。海滩上，顿时爆起一阵凶猛的哭声。杨德轩见海面上已无船影，焦灼地问杨大圣：怎么不见你三叔四叔和义海他们？还有陈族那些人？杨大圣狠狠抹把眼泪，说起原委……

杨德轩陷入巨大的悲痛、震惊和困惑之中，怎么会这样？怎么会这样啊？杨德轩张开双臂，冲向海面哀号几声，转过身面对躺在沙滩上的几位死者，忍着伤腿的疼痛，扑通跪下来。杨德轩让杨大圣把眼泪咽回肚里，而此时，他也呜呜哭出声，任凭泪水在脸上恣意滂沱。他身后，忽又一阵混乱，有人哭得背过气去，是吴水英……

拴柱爹妈颤巍巍走了过来。杨德轩忙上前搀扶住他们：老哥老嫂子，我对不起你们，对不起你们哪！杨德轩已做好被怨、被骂的准备，却听拴柱妈说道：你没逼迫拴柱去，不用说对起对不起。她挣开杨德轩的搀扶，问起杨大圣，她家拴柱打死几个海匪。杨大圣回答：至少三个，他是头号大功臣！拴柱妈说：好，好，我家柱子死得值了，值了！

杨德轩紧抿嘴唇，没有言语，他已感觉出憋在喉咙里的是什么，紧走几步到水边，哇地吐出来。抓把沙土，想要把血盖住，浪花似乎理解他的心思，迅速涌上来，将一摊血溶解掉了。他擦擦嘴角，又将湿漉漉的两眼朝大嘴岛方向望过去，目光收回时，发现停在东侧的那条船上，有个半截人影在晃动，起初以为看花了眼，再仔细瞅瞅，没错，遂问杨大圣道：那船上，怎么还有个女人？

杨大圣哎哟一声，回过头，用目光寻找着杨葫芦。这女人，也是他们从大嘴岛解救下的，杨大圣把她放在了压后阵的船上，让杨葫芦负责照顾着，这二货，把人家扔在船上不管不问了，杨大圣心情悲怆急乱，也把这女人忘到了脑后。

杨葫芦在人群里，在陪护拴柱爹妈。杨大圣没叫他，自己蹚水到船跟前，将那女人背上岸来。这女人二十四五岁年纪，一团蓬乱的头发，半裹着一张憔悴但不失俊俏的脸。上穿一件碎花小袄，下边是一条青黑色长裤，都皱皱巴巴不成样子。女人畏畏怯怯，躲闪着众人的目光，却躲不掉众人的疑惑，这女人是谁呀？是谁呀？相互都这么问着……忽听有人瓮声瓮气说道：海匪婆！

海匪婆这三个字，不啻一颗炸雷落入人群中，激起的愤怒，如同飞溅的金属碎片，呼啸有声。先有几个女人呼啦啦扑上来，又有几个女人呼啦啦扑上来，喊打之声，震天动地，吓得那个女人抱头护脸蹲在地上，瑟缩成一只肉球。极度的悲愤，能让一群女人变成一群母狼，顷刻间就能把一头猎物撕碎。

杨大圣用高声喝喊及时制止住了一场暴行。女人们收敛了疯狂，眼睛还都凶狠地咬着海匪婆不放。杨大圣狠狠剜一眼刚刚那个惹祸的男人：净添乱！我不是跟你们都说过，这女人也是被抓上大嘴岛的，是我的救命恩人，也是咱们大伙儿的救命恩人，哪儿来的海匪婆！

杨大圣把女人领到豆香跟前，让豆香带她去苇编厂，跟蔡师傅老两口好好说说，让他们先负责照顾一下。豆香心神不安地盯着那个陌生女人，没应声。杨大圣推了豆香一下，让她别犯寻思，有啥事，以后再说。

海面上，又见一队帆船从大嘴岛方向朝西湾子飘忽而来。杨德林带人进大嘴洞寻找三哥杨德书，还是活不见人，死不见尸，只好凄然而回。跟他们一起回来的，是陈族的船队，船少去一只，人员去时多少，回来还是多少，也都全须全尾。

陈金福和众多族人，都待在西湾子这边，陈金福陪杨德轩悲伤着，也愤愤地怨着陈金财，一等陈金财上岸来，就被他扯拽到杨德轩面前：快跟杨庄头说个清楚，你们是咋弄的嘛，咱们陈族的脸面可是让你们丢大了！丢大了！

陈金财冲杨德轩连连打躬作揖，请杨德轩恕罪。说起原因，怨他，也怨雾太大，他掌领的头船不慎触上暗礁，船底严重漏水，堵了半天破洞，最后还是沉没掉了。其他那几只船，因此也被耽搁了行程，紧追快赶前边的船队，又因雾大走错了方向。等到他们听闻枪声，回返找到大嘴岛时，天已放亮，杨鲁两族的好汉们已得胜回朝，他们只捡了个剩落儿，在一处礁石堆里，捉到一个受伤的海匪。

哦嚯——陈金福怒冲冲的脸上顿时涌上一丝惊喜：还捉了个活的？人在哪儿？他奶奶的！

受伤的海匪，被几个人从船上提拎下来。海滩上，又是一阵惊天动地的喊打声。陈金福对杨德轩说：杨庄头，我看最好先留这家伙一条狗命，等到德书兄弟他们下葬之日，咱们再拿他的人头祭坟头。杨德轩无语，脸色阴沉地点了一下头。陈金福说：那就让他的狗头在肩膀上再戳几天！

他们想等，大伙儿可不想等，他们的愤怒已成一只大火药桶，不知哪个喊了声，他们一下就将那海匪围住，一顿疯狂暴打。等杨德轩费力地把他们喝住，再看那海匪，已成一摊肉泥。大嘴岛上十四个海匪，到这会儿，才算是彻底被消灭掉……

愤怒而又悲哀的人们，陆续回到村里，四位死者，都被抬到了杨家大院。杨德轩心里剧痛，眼里充满泪水，浑身疲软得再唤不出一丝力气。三弟杨德书死了，二儿子杨义海死了，磕头兄弟刘双来死了，本家侄子拴柱死了，三儿子杨礼海和鲁滩生身负重伤，生死难测。此外，他们还损失了三条渔船……他们胜利的代价是不是太沉重了？他的喉咙里，忽又泛起一阵腥辣，哇地一口血吐了出来……

陈家兄弟俩最后离开的海边，然后一起到杨家大院打了个照面，才回到家里。离开众人的视线，紧绷的神经松弛下来，兄弟俩已是另一种心情，陈金财一进家门就冲老婆喊：快给你家爷们儿烫壶酒，炒俩鸡子儿！钱匣子已经知道陈族的人都毛发无损地回来了，这会儿见到陈金财，仍表现出万分惊喜，大吁一口长气：当家的你可回来了，我这心悬在半空都快吊不住了，你和天龙要是有个三长两短，我这老婆子还有啥活头儿……钱匣子也流泪了。

陈金财舒展着腰身，回手在钱匣子肥嘟嘟的屁股上拍了一掌：快别整景儿啦，我不是跟你说过，不用担心我们，你家爷们儿要是没这份把握，不会当这个船头，更不会拉上儿子一块儿去。

钱匣子抹把眼泪，大嘴一咧笑了：看把你能的，赶紧洗手，洗脸，炕头等着去，我这就去给你弄嚼裹。

陈金财来到东院找大哥，陈金福已酒盅在握，下酒菜是昨晚剩下的一把花生豆，也觉喝得有滋有味。二弟家的下酒菜，比他家丰盛得多，除一盘炒鸡蛋，还有一凉两热，兄弟俩在炕上盘腿一坐，举杯相向，你一口我一口，比独斟自饮也更多了滋味。

陈金财跟大哥是有事相商。他那套雾大迷航误事之说，是他们兄弟俩事先就编排好的，那只船从触礁到沉没，则是陈金财伺机有意而为。别人可以说这是阴谋，陈金财则认为是智慧，陈族那些人能全须全尾地回来，不就是凭着他的这智慧吗？事先，陈金财也知道海上有雾，没想到会有那么大，真是老天爷相助，让他有这可乘之机，也有了更合乎情理的说辞。但算起账来，他终究是吃了亏的，担着风险和骂名，又搭上一条八成新的渔船，亏的可是不小！陈金财要将损失从陈族那些人身上补回来，他不好张这个口，想让大哥出面，遇有啥事，大哥总是在背后摇羽毛扇子，这哪儿成？

陈金福左右摇晃着脑袋，又在肚里过着筛子，慢悠悠说道：大哥不是不愿出这个头，是不能够，你仔细想想，若让本族那些人来分担损失，不把真相挑明，他们会觉得没道理，因为这是整个芦花坞的事，杨鲁两族的损失，他们是不是也要分担？若挑明真相，那又会是个啥后果？陈金福让二弟别计较自家这点儿损失，比起杨家来，那又算个啥？再惜财，也不能迷了心窍，坏了一桩好事。

说到杨家的损失，陈金福掰着手指算起账来：拴柱和猎户刘双来的后事，肯定得由杨家负责料理，四口上等棺木，加上其他葬品及人吃马喂，一场丧事办下来，得多少钱？这是一笔；刘双来撇下的一家老小，拴柱年迈的爹妈，杨德轩也不可能撒手不管吧？管，就得花银子，这是一笔；杨礼海重伤入院救治，花费肯定也少不了的，这是一笔；杨家损毁渔船三条，如果他们还想吃海路饭，需得添新再造吧？这又是一笔。另外，还有以后的生计，啥啥不得花钱？这一笔那一笔，料他们杨家再也拿不出几个大子儿了。这些年，你看杨德轩还人五人六的，那是驴粪蛋子搽胭粉，外面光，那是癞蛤蟆垫床脚，鼓着肚子硬挺，往下你就瞧好吧……

陈金福俨然一副杨家账房先生的模样，一笔一笔账，算得门儿清。陈金财很是信服，就像喝过速效止疼药，心疼的感觉很快淡去，变得熨帖了不少，情绪也盎然起来。大哥被王三桃叫走后，他一个人还在喝，看见钱匣子进来，又让她去小卖铺买罐头。

钱匣子嘴噘得能吊住油瓶：嚯，喝着辣的，又要吃甜的，大哥给你灌了啥迷魂汤，让你这么傻高兴？船毁了，就是没了银子，你不心疼啊？

陈金财说不是他想要吃罐头，是准备看望两个伤号要用。钱匣子听后，又歪鼻子撇嘴，一阵唠叨。陈金财烦了，恼了，把杯子往桌上一蹾：老娘们儿家，你懂个啥？！

十六

坑洼不平的土路上，送伤号去县城医院的马车疾驰前行，马车是鲁振庭借来的，鲁七斤是车主，也是车把式。鲁振庭坐在车上，心情是从未有过的焦急和复杂，这场战事，杨德书和杨大圣都执意带本族人打头阵，杨族牺牲惨重，不能说与此没有关系。他们鲁族那些子弟，尽管也都奋勇当先，只两人受伤，一轻一重，重者是他的儿子鲁滩生，腹部和左腿根被子弹咬了两个大血窟窿。而杨礼海伤势更重些，左腮被子弹击穿，身上多处骨折，右鬓角下和头部有三道深度划伤，一直处于深度昏迷状态。两位重伤号的媳妇，都将自己男人抱在怀里，一路悲悲戚戚。

跟车同来的，还有一个叫五宝的年轻汉。五宝与杨礼海，同族同辈，两人一条船上滚了多少年，这次进大嘴洞共赴生死，五宝有幸毛发无损。

大嘴洞位于大嘴岛北端，洞口上方，横悬一块扁状巨石，形似巨鲨张着黑森森的大口。大嘴岛不过几个麦场那么大，突出海面最高处，也只二十几米，但四周岩壁嶙峋，水面暗礁丛生，浪潮汹涌，熟悉路径者要驾船靠近跟前，也没那么容易。杨德书带领船队驶近它时，天色已微微发亮，雾气也见稀薄。

进大嘴洞烧毁匪船，从下往上进攻，本应由陈族负责，这是遵从陈家兄弟俩的意思，在议事堂里定下的方案，或许他们认为危险系数相对要小些。但在杨德书看来，也未必如此，进入大嘴洞，水道同样艰险，大船上有没有海匪，有几个，也都是未知数。如果岛上偷袭不得手，海匪一旦退进洞里做拼死一搏，那将又是一种更复杂的局面。为此，杨德书对陈族那路人马一直心存担忧，却怎么也没想到，他们会半途失踪，缺席战事，原定方案不得不重新调整。幸好事先有准备，他们杨族几条船上也备了柴火。

杨德书把岛上的战事交给了杨大圣和鲁滩生。进大嘴洞烧匪船，还须得与小岛上面配合好，要择准时机，杨德书不放心让别人挑这个头儿。论行船走海，论对大嘴洞的熟悉度，杨德书自认为都强于别人，他选中杨礼海和五宝，也是因为他们俩有着过人之处。

开始行动了。杨德书独自驾着装满树枝的小船，依然走在前边，杨礼海和五宝紧随其后。两条小船，都顺利进入洞内，静气悄声，宿鸟无惊。大嘴洞进深十丈开外，高约三丈，阔七丈有余。右侧石壁陡峭如削，左侧势缓，上面有一道人工开凿的台阶，可通至小岛上面。借着光亮，他们看见海匪那一大一小两只船，都停泊在洞里。光亮来自大船桅杆上那盏汽灯，大船在浪涌里起起伏伏，灯光随之左摇右晃，整个大嘴洞也在晃来晃去，晃得他们直犯晕。

在距大船十几丈开外，他们停下来。小船上一捆捆干树枝，已经用煤油浸过，一旦上面响起枪声，他们立刻就会把船贴上去。杨礼海看着那只黑黢黢的大船，又觉一把火烧掉太可惜，悄声对三叔道：咱们要是把它弄出大嘴洞，断了海匪的腿，又白得一条好船，这可是一举两得的好事。杨德书也有些舍不得了，让他俩都等着别动，他上去看看大船上有没有海匪，万一遇到不测，他们就按原计划行事，豁出性命，也要把匪船烧掉。

杨德书轻声下到水里，朝左侧石壁游过去，攀上半人高的一道石坎，踏上台阶。台阶陡峭湿滑，光亮忽明忽暗，杨德书每走一步，都加着十二分小心。台阶快要到尽头时，已经看见拴固大船的缆绳，只要再攀几步，左转跨上那个小平台，就可以把缆绳解开，把大船撑出大嘴洞。不防脚下忽然踢到一只铁皮罐头盒，咣啷啷一路脆响着，朝下面滚落下去，大船上若有海匪值守，这便是报警器了。

日他娘，还真有海匪，大船上陡地竖起一坨黑影：谁呀？吓唬爷哪？杨德书忙蹲下，将身子贴在岩壁上。那海匪朝船边走过来，又喊：别他妈躲，大爷看见你了！不知海匪是在诈唬，还是真的看见了，杨德书沉不住气了，猛然现身。他待的地方，距大船不足两丈远，手里要是有杆猎枪，一团铁砂打过去，那海匪不死也得重伤。可惜，他手里只有一把砍刀，杨德书可以把砍刀舞得水泼不进，这时却只能当梭镖用了。他将砍刀投掷过去。海匪矮身躲过，直起身时，已操枪在手，啪！啪！啪！一连射来三颗子弹……

几乎就在同一时刻，小岛上面也响起了枪声。

杨礼海和五宝已顾不上三叔，将小船迅速贴靠住那条大船，点着树枝后，两人迅速跳进水里，躲避着大船上射来的子弹，又将三叔那只烧起来的小船推过去，插进两条匪船中间。杨礼海将后面的事，交给了五宝，他手持鱼叉游向那道石坎，攀上石阶，要去找三叔，去找海匪报仇。

两条匪船已经燃烧得噼啪作响，大嘴洞被火光映得一团血红。杨礼海在石阶上没找见三叔，再往上攀，将到顶端，已经看到洞口上方的铅灰色天空，还是不见。大船上的海匪，无法阻挡大船被烧，惶惶逃去，一见岛上面杀气汹涌，又惶惶退回。杨礼海与海匪碰个正着，将鱼叉刺进海匪胸口的同时，自己也被子弹击中，顺着石阶滚落下来，如果不是五宝搭救及时，恐怕也跟三叔一样葬身水底了。但现在，杨礼海仍在鬼门关里徘徊着……

　　两位重伤号被送到县城医院救治。鲁振庭和鲁七斤回到芦花坞，已是暮霭临窗。鲁振庭家门不进，直接就去了杨家大院。这时候的杨家大院，已是一个正承受着巨大悲痛的旋涡和焦点，每一个角落里，都弥漫着压抑而悲壮的气息，感受不到一丝胜利的喜悦。人们在为死者悲痛、哭泣，也在为伤者哀怜、担忧，鲁振庭带回的消息，让他们多少能感到些欣慰。

　　家人也在等鲁振庭回来。杨大圣送鲁振庭到大门口，问他相不相信钱耙子那套说辞，杨大圣说：反正我是不信，打死我也不信。事出反常必有妖，那陈家兄弟俩一向狼狈为奸，事先他们一定有过谋划，要不是我爹被他们给蒙蔽住，不让我追究，我不会就这么放过他们！

　　杨大圣心中所疑，也同样萦怀于鲁振庭心头，但鲁振庭没有当即表明态度。一是出于慎重，二是出于对杨庄头的理解，杨庄头是个精明人，哪儿那么容易被蒙蔽？这件事牵涉到的，不只是陈家兄弟俩，还有陈族多少门、多少户，杨庄头不让杨大圣和家人追究下去，是担心会引发各族间的矛盾，甚至生死争斗。这些话，鲁振庭现在不好跟杨大圣说透，只能劝说杨大圣，不要违逆父亲的意愿，眼下最要紧的是处理丧事。

　　古老的村落很快就被夜色笼罩住，变得一团模糊。鲁振庭吃过晚饭，还准备出去，不料陈家兄弟俩却上门来了，他们跟他说起打大嘴岛那一仗，先是自责，再道委屈，最后又说要去医院探望伤号，最好能与鲁族长同往。

鲁振庭说，明天他去还是不去，啥时候去，都还没定。鲁振庭不愿与他们兄弟为伍，也没拿他们的话太当真。第二天一早，他走水路自己去了县城。

陈家兄弟俩，却不是随口一说，还真来了医院。他们显得有点多余，伤号及家人都待他们冷漠，连一句应付场面的感谢话都不愿出口。杨礼海已经清醒，头上、脸上裹满纱布，只露出一双乌青肿胀的眼睛，他忍着疼痛把脸转过去，宁可看墙上的污渍斑驳，也不愿看那两张假惺惺的面孔。陈家兄弟俩窘迫着，尴尬着。本就是想做做样子，还是赶紧撤吧。

鲁振庭送他们出来，陈金财又道起委屈：唉，我就是浑身长满嘴，也难说清道白了，还望鲁族长能明鉴。鲁振庭说：我这俗头巴脑、肉眼凡胎，能明鉴个啥？我只记得有句老话说得好，人在做，天在看，抬头三尺有神明。陈金财说：鲁族长言之有理，在这件事情上，我们心里无鬼，只有愧。鲁振庭说：那就好，有道是真的假不了，假的也真不了，心里无鬼，才能活得安然自在。

鲁振庭的话不急不忿，却字字带刺，专往兄弟俩神经上扎。出了大门口，陈金财对陈金福说：这鲁小个子，话头不对呀。陈金福嘿嘿一笑：那又能咋？无非还是猜疑，发泄发泄怨气而已……

他们是从镇上租毛驴车来的县城，一路不紧不慢，优哉游哉，回小镇时，心情也大抵如此。陈金福心情爽快，也变得不再那么抠索，要请陈金财在镇上吃顿馆子。陈金财应着，忽然想到钱庄田掌柜和棺材铺孙掌柜，问是不是把他们也叫来。陈金福明白二弟的用意，心疼一下说：行，离得也不远，你去找他们。

这顿饭陈家兄弟俩吃得都比较尽兴，与两位掌柜拱手道别后，陈金福在镇上还有事情要办，陈金财或许有了顾忌，没去找老相好，去双合杂货铺逗留了一阵，便一个人回了芦花坞。走至半路，后面轰轰隆隆驶过来五辆马车，每辆车上所载都一般长短高低，上面都盖着苇箔。陈金财溜了一眼，便看出来是啥货物，等到第三辆马车到跟前，他才打定主意，冲车把式招招手：大兄弟，是去芦花坞不？麻烦捎个脚吧。

车把式让车慢下，嘿，还真有不嫌晦气的，那就走吧。陈金财一跳脚坐到前辕板上，扭过身来，用力在棺材上捶打几下，声音很沉厚，哈，寿材不错呀！车把式说：敢情，清一色柏木，板料足有巴掌厚，光是大漆就上了四道，一般人家，用不起这么好的寿材，是给杨家大院送的。陈金财疑惑了：这五口棺材都是吗？他们家不是死了四口子吗？车把式说：你还不知道哪？就今儿前晌的事，你们杨庄头他爹杨老族长，也没了，听说是一口气没上来。唉，杨家这一门可真是……

遇到了健谈的主儿，车把式把话题又转到了活人身上，问起陈金财大号，又问起他老子是哪个。陈金财没敢据实相告，开始有些恐惧这车把式了。好在前边不远就到岔路口，几辆马车需得绕道石床口去芦花坞，陈金财宁可受点儿累，也不愿再坐了。

陈金财刚回到家里，就被陈锦堂差人给叫过去，以为有啥大事，一经问过，陈金财先是觉得有些好笑，过后又蹙起眉头。去杨家吊祭，不过几沓纸、几炷香的事，但于陈金财而言，未必就这么简单轻松了。陈金财敷衍着陈锦堂：也不是啥急迫事，等大哥回来，我们一块儿去。陈锦堂还是催促：又不是让你去演双簧，还得搭个伴儿，赶紧的！杨家要是撵咱们，是缺乏大度，咱们不去，是失了礼数，会遭村人笑话。我要不是病着，也用不着使唤你们。陈锦堂话说得有些急，吭吭一阵大咳。

陈金财只能去了，先去小卖铺买烧纸，然后去了三弟家。陈金禄一娶上媳妇就分家另过了，现住在村子东头，陈金财先套着近乎：三弟还在生我气吧？二哥那样做，其实也是为你好，以后咱陈族的船队还由你掌领，我家那只船，也还便宜租给你。见三弟反应冷漠，方才进入正题，说是爹发的话，让三弟代表陈家去杨家大院吊唁一下。陈金禄肚子里没那么多弯弯绕，也能看出二哥在绕他，哼声说：别是光知道不受杨家待见，也得多想想为啥不受待见，今天我不想说这事儿，我去就是了。

老婆侯翠花拦住了陈金禄，侯翠花说：咱陈家门里但凡有啥好事，你抢都抢不上槽子，这种事知道谦让给你了？在杨家人眼里，你以为你是块香饽饽？侯翠花并不在意二大伯子在跟前，就是要点他的穴。陈金财知道这女人不那么好惹，嘿嘿干笑两声，没敢搭言。

陈金禄没听从老婆，还是去了杨家。但他很快就回来了，那几沓黄纸被陈金禄狠狠摔在炕上。侯翠花嫌这东西晦气，一把抓起来塞进灶膛，问陈金禄：咋样，让我说着了吧？我送你两个字：活该！

沉重的挫败感，让陈金禄再没了那股男人气。以他的感觉，在他们兄弟四人中，只有他能入杨家大院那些人的眼，跟杨大圣相处也算不错。可今天他一过去，杨家人都待他冰冷不说，杨大圣还把他好一顿贬损，说他装病，说他是芦花坞头字号怂包软蛋……陈金禄满腹委屈，只能跟老婆诉说，冤得眼圈发红，几乎落泪，却还是没收获半丝同情。侯翠花说：还不是怨你自个儿？肩膀上扛着张嘴，不光是用来吃饭的，你干啥不跟他们说个明白？侯翠花又送陈金禄三个字：窝囊废！

窝囊废就窝囊废，陈金禄也不能照实说，那会让事情变复杂，况且他对大哥二哥也只是怀疑，把他们卖出去，他就能撇得清吗？撇不清的，我的傻老婆。

五天后，杨家门要出大殡了，陈金禄对死者吊祭不成，对杨家心有怨气，仍觉欠着一份大情，便将一条白布贴肉皮系于腰间，也过来为死者送行。同陈金禄一起来的，还有侄女陈天秋。陈天秋是陈金福的二闺女，跟杨大圣的五弟杨信海，同在县城上中学。杨大圣兄弟五个，谁都不愚笨，但四个哥哥都喜欢玩船走海，但不喜欢读书，只有小老五爱啃书本，家人都希望他能出人头地，将来在城里做个公家人。陈金福不服气杨家，这事也要争个高低，大儿子天开不用提，老二老三都鬼精，却也都不是读书的料，陈金福只能拿二闺女跟杨家抗衡。陈天秋聪颖好学，又颇有男儿之志，陈金福相信她会有个好前程，就是担心她和杨家老五打上连连。两人经常同来同往，日久天长难免心生爱慕，所以一当陈天秋回家来，陈金福夫妻俩总是嘱咐再嘱咐。陈天秋烦得要命，本就不得意他们和这个家，以后再回来，索性住到了三叔家里。

杨家大院门口，被众男女围得里三层外三层。陈天秋挤到前面，目光罩住一群披麻戴孝的人，在寻找杨信海的身影。悲壮的唢呐声骤然响起，稍许，就见从大院里一气抬出五口黑森森的棺材，那些戴孝和不戴孝的人们，无不是悲从中来，陈金禄和侄女陈天秋，此时也是泪水滚滚。送葬队伍中，还有不少陌生面孔，他们里面有县长、镇长，有周边村寨的庄头寨主，县保安大队长和手下那帮吃货，居然也来了。

芦花坞自发组织义勇队，灭掉大嘴岛一撮海匪，其英勇壮烈之举已传遍白河县境域，人们无不唏嘘感叹，这帮吃货听到那些议论，会感到羞愧不安吗？县长谷云清会感到羞愧不安吗？都不清楚，能让芦花坞人看个清楚的，是在这之后谷云清以县政府的名义，制作了一块匾额，亲自送到杨家大院，匾额上"除恶安民，忠烈千古"八个大字，是他亲笔所书。死者下葬这日，谷云清又亲自主持葬礼，并扶棺送行，此举一时也被传为佳话。杨德轩顾及谷云清的脸面，任凭他是弥补过失也好，还是捞名声也罢，始终耐着性子，没有任何失礼之处。县保安大队长的表现，也似乎不错，在出殡起灵和棺木下葬之时，他让手下那帮吃货又是列队，又是鸣枪，把场面弄得庄严而隆重。

葬礼结束，谷县长和镇长等人一同离去，保安大队长带着一帮吃货，又回到杨家大院，这时他才露出真实嘴脸，以官府名义，将义勇队缴获的那些枪支，强行给缴了去。杨大圣本来心里已有打算，想用这些枪组建一支护村队，哪知还没来得及跟父亲商量，就遭这伙儿官府强盗的打劫，真是没地方说理。

十七

丧事办完，杨大圣才有暇顾及那个叫夏苇花的女人。三天前，杨大圣逮空来过一次苇编厂，看见蔡师傅老两口对夏苇花关照得不错，夏苇花也不再那么失魂落魄。他稍停片刻便离去了，相互没说上几句话，眼神也都躲躲闪闪，不敢直视对方。夏苇花的怯，不只因为和杨大圣还生疏着，也源于她内心深处那种强烈的羞耻感。杨大圣的怯，则是出于那种与生俱来羞于面对陌生女人的天性，他只知道这女人是被姜黑子骗上大嘴岛的，其他都还是谜。

杨大圣这次过来，有意选择在傍晚时分，苇编厂里，只有蔡师傅老两口和夏苇花。杨大圣带来一包豆腐丝，一包干鱼，几根鲜藕，还有一小袋高粱米，说要和他们一块儿吃晚饭。蔡师傅说：那可太好了，叔陪你喝两盅，给你解解忧愁。

夏苇花还是那般怯怯的，跟杨大圣打个招呼，就去忙自己的事了。蔡师傅陪杨大圣在苇编厂转过一圈，回到屋来，问杨大圣打算怎么安置夏苇花，他和老伴儿能善待她，那帮女工可没有谁能容她。杨大圣让蔡师傅别急，还是先问问夏苇花有啥打算，要是不想走，咱们也不能糊里糊涂就把她安置下。蔡师傅说：嗯，这话在理。

对这外乡女人的来历，蔡师傅已经知道个大概。听夏苇花说话的口音有些侉，就知道她也是河北人，老家在滹沱河岸边。去年她们家乡遭遇特大水灾，村落和粮田都被冲毁殆尽，她娘也死于洪灾水祸。今年春夏，又遇大旱，她和父亲是逃荒出来的。数日前，他们流落到白河县城，在鼓楼街找了个地儿，父亲吹糖人，她卖针头线脑，有时也唱唱小曲儿，借以讨俩赏钱。县城大户齐家有个三少爷，带着几个混混在街头游逛，被小曲儿声招引来，见夏苇花长得俊模俊样，便上前百般调戏。父亲气愤难耐，不顾身体孱弱，与几个混混发生撕扯，被齐家三少一脚踢中胸口，倒地时，脑袋又猛地磕在石板上，登时就断了气。齐家三少和小混混见状，都迅速逃走了。夏苇花人生地疏，孤苦无助，又身无几文，但总不能让父亲暴尸街头，便捡根苇草往头上一插，当街一跪，要卖身葬父……

蔡师傅刚说到这里，老伴儿和夏苇花一前一后进屋来，一人捧着饭盆，一人捧着饭碗。打兑好饭菜，她们要去外边吃，被蔡师傅叫住说：这么生分干啥？大圣又不是外人，刚才我和大圣正说着苇花的遭遇，说到卖身葬父那一段，后面那些事，还是苇花自己说吧。

夏苇花面呈难色。

老伴儿怪怨起蔡师傅，不该这时候提那些伤心事。蔡师傅说：把伤心事憋在肚子里，会更伤心，苇花你孤苦伶仃一个女人家，以后也只能在这村里落脚，可很多人还拿你当海匪婆，容不得你，现在你跟大圣说个清楚，弄个清白一身，他才好帮你呀！

夏苇花没想对杨大圣隐瞒自己的遭遇，杨大圣能把她救下来，保护下来，就足可看出这个男人的仗义和善良。她已经把杨大圣当成了依靠，要不是这几天杨家有丧事，她会主动找杨大圣，把自己的来历和遭遇，都说个清楚，即便是不堪回首，即便是羞于启齿，或许还有可能招致怨恨，她也不会隐瞒的……命运这个东西，太难以捉摸，短短几天里发生的那些事情，让夏苇花都恍若一场噩梦——

姜黑子要为夏苇花买棺葬父，是在看过她容貌后才有的善举。他的善举，可以感动众多围观者，而于夏苇花，只感到屈辱和无奈。夏苇花已在地上跪得两腿酸痛，仰头打量要施善举的男人，显得有些吃力，也不敢细打量，恍惚觉得这男人比她要大许多，身材不高，面孔粗黑，举止言语都有一种生猛气势。穿着倒还体面。胡乱猜测过这个男人的职业，就是没能想到，他会是个海匪头儿。

姜黑子是在带夏苇花去大嘴岛途中，才透露出自己真实身份的。他还跟夏苇花说起头天晚上他做的那个梦——老娘突然水淋淋上大嘴岛来，问他怎么还孤身一人，该娶个老婆回家好好过日子了。姜黑子说他不是不想娶，是还没遇见想要娶的女人。老娘呸了他一口说：整天待在这小孤岛，见个母耗子都难，你得经常到街面上转去，才能找到老婆，以后再不要干打家劫舍的勾当了，会遭报应哩！话音未落，就听石屋顶上，咔嚓嚓滚过一串炸雷，姜黑子猛地惊醒，方觉是场梦。

从大嘴岛乘小船来白河县城，直线距离没有多远。姜黑子多次让猴子陪他来县城排遣寂寞，从没像这天这样关注年轻女人，他在期待能尽快圆昨晚那个梦。好个老娘，咋就这么巧，真就遇上了梦中的女人。

猴子是姜黑子当船头时收留下的一个偷儿，一串响头磕在地上后，猴子发誓从此再不做贼，却当了匪。当匪没几天，他又做了一次贼，从岸边偷来一只小船。小船平时都是用铁链锁着，只有姜黑子和猴子才可动用。猴子忠诚，精灵，办事得力，姜黑子要为夏苇花葬父，买棺打墓请工夫，都是猴子跑前跑后。事后夏苇花曾想过，当时要不是姜黑子说出那句要替她报仇雪恨的话，要是没有猴子那番开导，说不定没等到大嘴岛，她就一个猛子沉海底了。

夏苇花战战兢兢跟姜黑子上了大嘴岛。他手下那群喽啰，都聚在一个朝阳挡风处，分成两拨在赌钱。姜黑子为拢住人心，任凭喽啰们从早到晚地赌，每隔一段时间，还会让猴子去县城，从堂子里雇几个窑姐上岛来。赌博能让日子不那么枯燥，女人能让性饥渴得到平息，而喽啰们手里，也会一次次从有钱到没钱。钱大半会落回姜黑子手里，于是他们还得继续跟姜黑子干打家劫舍的勾当。

吵嚷声骤然停息下来，喽啰们盯着夏苇花，都瓷了一般。姜黑子哈哈笑道：瞅瞅你们一个个熊样儿，几辈子没见过娘们儿咋的？这是你们嫂子……道完事情经过，姜黑子黝黑大脸往下一沉，说道：对那齐家大户，我一直想动没动，现在成了咱们的仇家，还管他窝边草不窝边草，明天夜里，我要带弟兄们干了这宗肥票！

二当家也赞成吃这窝边草，却不赞成姜黑子带人去吃，喜庆之日，大哥刀头见血不吉利，还是在家好好陪嫂夫人吧。二当家想要挑这个头儿，喽啰们也众口一词，姜黑子不好再坚持，拱拱手道：那就有劳二当家和弟兄们了，今晚都好好歇息，洞房就别闹啦！哈哈！

姜黑子自己住一间小屋，与喽啰们的住处相隔有百步远，是夜，这间小屋成了新婚洞房。是姜黑子的新婚洞房，是夏苇花的魔窟，即使在以后多少年里，夏苇花只要一回忆起那几个夜晚，心头就会潮起一阵巨大的悲哀和耻辱……

猴子曾到齐家踩过点儿，姜黑子为稳妥起见，次日又让猴子去打探，探得的情报与上次无异。是夜子时许，二当家带上所有喽啰，乘大船离开大嘴岛，去了白河县城。

夏苇花不想再等什么结果，姜黑子说要带她逃离小岛，隐居过二人小日子，现在走不正好吗？姜黑子却变了心思，说他手里没攒几个钱，本想借打劫齐家捞上一把，不成了，只有等弟兄们干完这宗肥票回来再说了。说着话，两道目光里又浸满淫邪……

二当家掌领大船出海入河，一路顺风顺水。他们将大船藏泊在小北关码头不远处的芦苇丛中，只留下一人看守。齐家在县城东北角，高门大院，门房里有更夫值守，还有恶狗看家。这些都难不住猴子，猴子攀上墙头，将一只浸过毒的馒头抛过去，那狗畜生很快就倒地毙命了。猴子顺着绳索，下到院里，将一泡尿浇在门轴上，再轻拨门闩，打开大门，几乎听不到任何响动。在更夫那里，遇到点儿麻烦，两个海匪悄悄朝门房摸过去，没等进入屋里，就被更夫察觉，叫出声来，当一把冰冷冷的快刀从他脖子划过去时，他手里那只老套筒，也闷闷地响了。

二当家和一干海匪，都没拿枪声太当回事，跟着猴子朝正房屋扑过去。却没料到，又有枪声响起，比刚才那声枪响要清脆得多。刚分辨出子弹来自何处，从西厢房里面也啪啪射出一串子弹。二当家一仄耳朵，就知道是啥家伙事儿，日你娘的猴子，情况不对呀？弟兄们，扯呼吧！

打劫失利，其实怨不得猴子，齐家大院情况有变，是当晚才出的状况，在国军队伍里当团副的齐家大少，突然回家来，还带着一个马弁。齐家大少睡在前排正房西屋，马弁睡在西厢房南屋。到底是打过仗的人，睡中也警醒着，一觉有劫匪上门来，他们即刻就做出反应，或许是因为不知道劫匪底细，才没敢贸然追出来。

匪船趁夜色逃入老龙河，驶到芦花坞河段，天已放亮。二当家不甘空手而归，听一个喽啰说猴子到芦花坞也踩过点儿，一个罪恶的念头顿时生出来。猴子劝阻不成，被逼无奈也充当起帮凶，将大船引进了一条河汊里……

他们两次打劫的经过，都是夏苇花从猴子嘴里套出来的，她惘惶惶等来的，竟是这样一个结果，这让夏苇花无法接受。腥凉凉的海风里，不时传来女人的哭叫声，当然还有海匪们的浪笑声。夏苇花乞求姜黑子，赶紧让猴子把三个女人送回去。姜黑子不以为然地敷衍和调笑着，让夏苇花对他心存的那点儿感激荡然无存，那种可怜的期待和幻想，也彻底破灭。跟这种男人生活在一起，我宁可死！绝望中的夏苇花，把一线希望寄托在了那三个女人身上，官府或村人一旦来解救她们，她也就有希望得救了。

没想到，在黑暗与黎明交替的那一刻，希望很突然地到来了。

罪恶的新房里，一直亮着灯光。当枪声噼噼啪啪响起时，睡成死猪样的姜黑子也被惊醒，但脑袋还糨糊糊的。猴子去县城齐家踩点儿，顺便还买回几挂鞭炮，昨天傍晚在新房门前噼噼啪啪放了个痛快，姜黑子懵懵怔怔，又以为有人在放炮仗，故意惊扰他的美梦，扒着窗户骂出去……

接下来发生的事情，也成了杨大圣刻骨铭心的经历——就在姜黑子懵怔时，杨大圣凶神恶煞般闯进屋来，先闻到了一股酒臭味儿，他马上就认出了姜黑子，姜黑子浑身猛一激灵，想必酒也醒了，然后就见姜黑子忙回过身去，在枕头下摸着什么，却摸了个空。他急急问夏苇花一句：他娘的，枪呢？我的枪呢？

没有回声。夏苇花蒙头盖脸，蜷缩进被窝里，浑身颤抖，簌簌有声。

姜黑子来不及寻找，杨大圣已挥刀扑到跟前。姜黑子赤手空拳，哪里是杨大圣的对手？没几个回合，就成了刀下鬼。杨大圣一把掀开被子，又要置夏苇花于死地，杀气腾腾的目光，却陡地惊呆在女人白花花的身子上。他抹把眼睛转过脸去，很快又转回，手里那把淌着血的刀，同时也举了起来。夏苇花极度恐惧着，突然喊了声大哥，大哥不要杀我，我是被这海匪给骗来的，刚才是我，我把他的枪扔到床底下了……

枪很快被杨大圣找到了，是一把二十响的大肚匣子，里面压满了子弹。杨大圣嘴里吸溜一声，后背上也倏地窜过一股凉气，姜黑子若有这把枪在手，对他将意味着什么，对他们那些人又将意味着什么，他心里再清楚不过了。

夏苇花的哭求，唤醒了杨大圣的理智，也软化了他的铁血心肠，被夏苇花藏起来的这把杀器，也成了她的一道救命符。他们两人，都应该感到庆幸，是杨大圣那短暂的迟疑，让夏苇花有了求生的机会，才没有被无辜枉杀。而倘若不是夏苇花急中生智，把枪藏起，杨大圣十有八九也会命丧黄泉，当然也不可能会有那个短暂迟疑的机会。杨大圣留下夏苇花一条性命，也留下一个活口，杨大圣和村人这才有机会知道，姜黑子那撮海匪怎么会打劫芦花坞……

一场匪劫，其中竟然会有这么多的偶然。当时岛上战事未了，杨大圣顾不上多问夏苇花什么，就转身奔赴血火之中。现在，这个外乡女人的谜团已解，杨大圣相信她所说的这一切，萦绕在心里的除了感激，还有同情和怜悯……

十八

夏苇花被安置在拴柱家里。

拴柱有两个姐姐，都嫁到了外村。拴柱这一走，家里就剩下了老两口，两个闺女都还孝敬，但毕竟都不在跟前。杨大圣要将这份责任担当在身，先认了老两口干爹干娘，事后才拉上亲爹一起过来，跟他们说起夏苇花的事儿。老两口都善心如佛，当即就答应下。夏苇花得知拴柱家里的情况后，愿意过来住，并且也认他们做了干爹干娘。

杨大圣曾想过让夏苇花住到杨家大院，首先就招致豆香的反对，杨德轩和吴大奶也都不赞同，他们倒不是担心杨大圣万一跟夏苇花搭瓜上，大圣没那花花肠子，是因为家里实在没地方了。丧事办完后，杨德轩两次去山里，总算说服刘双来的遗孀刘山妹来芦花坞落户，为安置她一家人，杨家把磨坊都腾了出来。

逝者不再有痛苦悲哀，烦恼忧愁都留给了活着的人们。遇上横遭劫难的年头，老天爷似乎也心怀叵测，时令刚进初冬，就突降大雪，天冷得嘎巴嘎巴作响，勤忙苦做的乡下人，不得不提前进入冬闲期，这让他们杨家更觉日子难挨。收山罢海的季节，仅靠苇编厂那点儿进项，要维持一大家人的生计显然不够，看来非得借贷不可了。

杨德轩不好意思再去找钱庄田掌柜。小镇上，还有一家盛记钱庄，杨德轩跟掌柜也是熟人，结果笑脸上门去，那掌柜面都没给他见。在吴大奶的催逼下，杨德轩最后只得来酒坊找莫掌柜。莫记酒坊的老掌柜，跟杨润山交情深厚，当年莫记酒坊从镇上搬到小龙山双眼泉，杨润山曾多有资助。几年前老莫病逝，小莫当上掌柜，对杨家才渐渐疏远。但杨德轩厚着脸皮求上门来，多少还是抱着希望的，却没想到，小莫掌柜那穷哭得比叫花子还惨，半文都不愿慷慨。杨德轩知道的，小莫掌柜不是没钱，是怕他们杨家借钱有日，还钱无期。

因腿伤未愈，杨德轩来酒坊时坐了自家马车，车把式老庚是本家五叔。老庚也感慨着人情冷暖，世态炎凉，心头还有一种愤愤不平：杨家大院为啥会落到这种地步，村人心里都应该清楚，将心比心，这个时候大家伙不该伸手帮帮吗？老庚让杨德轩可别再断了胳膊还往袖里藏，要是觉得难为情，他出面去找那些族人们。

杨德轩忙说不可，村人的日子没有几家过得宽裕的，想看杨家大院热闹的，不会出手相帮；有心想帮的，又无能为力。大嘴岛之战，是他这庄头的主张和组织，他们杨家即便由此落入困境，也不能向族人、向村人伸手化缘，因为那样会被村人轻看的……

老庚是理解杨德轩，但有户人家，老庚还是要去的，在杨族众多门户里，现在就他家还宽裕。

杨德耕夫妻俩都在忙着，男人笨手笨脚在绑扎笤帚，女人在择芦花，说是用来装枕头，可以清脑安神。老庚拿过把笤帚抖落几下，笑杨德耕道：看你扎的这玩意儿，比老太太棉裤裆还松，谁会买呀？杨德耕说没想要卖，是自己家用。老庚又笑，买一把也就毛八钱，你何苦来的？杨德耕说：毛八钱也是钱，能省则省，穷人家的日子，就得这种过法儿。

老庚逮住话头儿：这倒也是，老话说一文钱也能难倒英雄汉，还有句老话，叫有钱男子汉，没钱汉子难，你大哥现在就这般境况，二侄儿，你得帮帮他，你们毕竟是一奶同胞……

话被打断，杨德耕把笤帚往地上一摔，说道：我大哥那是木匠做枷，自作自受，他那些能耐现在都跑哪儿去了？自己捅出的大窟窿，还想让别人帮着填补，也好意思！

老庚再听不下去，说：二侄儿，你不帮说不帮的，不该这样骂你大哥。我上门来跟你说这些，完完全全是我的主意，跟你大哥没丁点儿关系。老庚抽了一下自己的嘴巴：我也是他妈贱！是自找！

老庚青黑着脸回来，坐在大门口连抽两锅烟，心绪平稳后，才进了院子，发现杨德轩正待在马棚里，左手抱着马脖子，右手摩挲着马脸，跟马说着什么。在芦花坞，能养得起胶轮大车的没有几户人家，杨家这匹马，正四岁口，年轻健壮，通身枣红色的毛发，泛着缎子一般的光泽，深得杨德轩喜爱，但像今天这般亲昵，还很少见。老庚忽然有了种预感。

让老庚给猜了个着，杨德轩的确是想卖掉枣红马，连大车一起卖。鲁七斤家那辆马车已经破旧，马也老迈，曾透露过换车换马的意思，杨德轩让老庚先去找找鲁七斤，看他是啥意思。

老庚去得不情愿。他很快就回来了，跟杨德轩说：鲁七斤对杨家的枣红马和大车，心里都有数，有意一起买下，可吭哧半天，又没个准话，好像怕落个趁火打劫的嫌疑，你说这人，是不是有点儿好笑？咱们愿卖，他愿买，那应该叫成全。

杨德轩尚不解鲁七斤的用心，不好说什么，让五叔再等等看，一两天内鲁七斤那边若没动静，他就和五叔一块儿去镇上的骡马市。

没用一两天，当日傍晚，鲁七斤就主动过来了，再不见有啥顾虑，就按杨家说的价码，他要连马带车一起买下。考虑到杨家还有不少活计要用大车，他可先付一半定金，马车还由杨家用着，等明年开了春，他再一手牵马拉车，一手付余款。

杨德轩和老庚都一脸茫然，这般买马买车，明显是吃了亏的，鲁七斤怎么会变得如此爽快？又如此善意？杨德轩让鲁七斤考虑仔细，别是出于同情而勉为其难。鲁七斤连说不是，是心甘情愿要买。杨德轩还是觉得其中有故事，他想到了鲁振庭，还料定鲁振庭明天一准会来杨家大院。

所料不错，次日刚吃过早饭，鲁振庭就来了。当杨德轩说起卖马卖车之事，听鲁振庭所言像刚刚才知道似的，而观其神色，岂止只是知情……一个人在落难之时，也是心理最脆弱之时，往往会更在乎自尊，杨德轩已然明白，鲁振庭在暗暗帮他，不让鲁七斤说出原委，自己也佯装不知，或许是担心会伤及他的自尊吧？一股感激之情温暖在杨德轩心里，也是按下不提，但那张脸，还是感觉热烫了。

鲁七斤预付的那笔定金，对杨家大院而言可谓雪中送炭。杨德轩把它们分成五份儿，自家留下一份儿，给三弟家、刘山妹家、拴柱家、鲁振庭家各送去一份儿。三子杨礼海的治疗费用，都是鲁振庭东借西凑给垫付的，他们家的日子也到捉襟见肘的地步了，他能忍心看着吗？

田掌柜和孙掌柜的嗅觉真叫灵敏，在镇上，都能闻到大洋的味道，第二天就结伴来到杨家大院。晚了，杨德轩摊着两手告知他们，那点钱都用于还债了，对不起了两位掌柜，让你们白跑一趟。两位掌柜都拉长了脸，埋怨杨庄头偏心眼儿，他们几家缺金短银，我们就宽裕吗？是我们对杨庄头太宽余了。

杨德轩嗫嚅，苦笑，双手打拱，再表歉意。

田掌柜扫一眼孙掌柜，说道：这上门催债也不是个办法，我看咱们得跟杨庄头签个抵押文书，到期再还不上钱，杨家这高宅大院，还有那三十几亩上等好地，就用来做抵偿。孙掌柜说：也只能这样了，就按田掌柜说的办。

杨德轩胀痛的脑袋，又大了几圈儿，这两大件抵押物，可是他们杨家几代人创下的基业呀，两位掌柜也真敢惦记。慢着，慢着，田掌柜，孙掌柜，咱们还是再好好商量商量……

杨大圣一直躲在门外，隔着棉布帘听着里屋的动静，忽地撞进来，但也是捺着性子，求着两位掌柜。田掌柜首先直言道：我当然不会来这穷乡僻壤居住，整天坐船过河，就得腻歪死，但我可以转卖呀，即便是吃亏受损，也认了。杨大圣说：怕是不那么好卖的，外边人不会看好，我们村里有人想买，有那能耐吗？田掌柜说：也未必吧？陈家老大和老二，就买得起。

田掌柜本不想透这个底，还没到时候，不想顺着杨大圣的话，嘴一秃噜就说出来了。杨大圣按捺的火气被点燃，目光咝咝作响，质问两位掌柜，陈家兄弟俩是不是早就和他们串通好了，还说他们这是狼狈为奸。两位掌柜又气又急，脸都涨成了猪肝色，田掌柜转身看着杨德轩，像抽羊角风般抖落着双手说：杨庄头，你看你看，反倒成我们的不是了。

杨德轩将杨大圣推搡出来，发现吴大奶也待在门外，母子俩一起被撵出了堂屋。但片刻，吴大奶又悄声返了回来。

田掌柜还在气鼓鼓地抱怨着杨德轩：咱们朋友一场，你凭良心说，我田某人是那种不讲情义的人吗？先前你左一次右一次从我手上借的钱，已经不是小数目，这次杨家遭遇大难，你那头找孙掌柜赊棺木，这头又找我借钱，我要是无情无义，还能借给你吗？但桥归桥，路归路，规矩是规矩……

杨德轩先前几次借贷的事，还属于他跟田掌柜之间的秘密，不想被田掌柜给捅出来，他想要制止，已经来不及。他有些神经质地瞅瞅门口，扭过脸对两位掌柜说道：欠债还钱，无钱物抵，乃天经地义，不就一纸抵押文书吗？我签就是。二位掌柜请放心，我杨德轩一向重诺守信，真到了那步田地，我和家人就是露宿街头，就是要饭吃，也会把宅院和地抵偿给你们的！

杨德轩话语铮铮，气势坚挺，让两位掌柜都觉有些尴尬。将他们送走后，杨德轩站在院子里，两眼看一阵高屋大房，又转向天空，忽然一声长叹，那股精气神儿跟着就衰败而去，腰背也驼了下来。老庚待在马棚前一直默默看着他，这时走过来，轻声问道：大侄儿，你给五叔一句实话，这道坎儿咱们真就迈不过去了？

杨德轩又一声叹息，无言。

吴大奶在等杨德轩回来，剧烈起伏的胸脯里似有岩浆在涌动。刚才在门外，吴大奶把两位掌柜和杨德轩的那些话，都听了个清楚，听得心头凄凉，也听得心头震怒。但她一直忍着，等到杨德轩送走客人回屋来，她再不想忍了。多大的悲痛和苦难，她都能与丈夫一起承受，丈夫的多少过失，她也可以宽宥，就是不能容忍欺骗，丈夫先前几次到钱庄借贷，那些钱都干啥用了？

吴大奶将杨德轩推坐在椅子里，让他说个清楚。这个时候，杨德轩应该有所愧疚，可他却没有，而是表现出不被信任的恼怒：我杨德轩不赌，不抽，不嫖，借钱还能干啥用？不是用来应付鬼汉奸，为村上消灾避祸，就是用在了村人身上。

杨德轩先说起村里修渠，二狗子摔成重伤，是他帮着垫付的治疗费，到现在也没能还上。接着说起对几个孤寡残独的资助，然后又说起……说了那么多，片字没提为八路军排长买药疗伤那些花费。最后他为自己找着借口：这些七七八八的挠头事，我总不能看着不管吧，谁让我是庄头呢？瞒到现在，是不想给你添堵。

吴大奶可不这么看，说：你哪是在顾及我的感受，你就是怕我拦阻，拿我没当回事！狗屁庄头！需要操心、需要花钱时，你是庄头，现在这村里，这族里，还有多少人拿你当庄头？让你当庄头，也没让你败家，这家不是你一个人的，你凭啥这么糟蹋！这日子还怎么过？！吴大奶每一句话，都重重地戳到了杨德轩的痛处。此刻，吴大奶只觉一吐为快，过后才感到懊悔。

杨德轩也是如此，那份本该有的理解和容忍，都瞬间变成了一股火气，顺着炮捻子，呲呲往上蹿着，粗声恶气回敬吴大奶一句：不想过你就走，少了你，我们还不活了？！

这话刺伤力太大，会让一个女人的自尊瞬间坍塌，吴大奶浸有泪水的目光，在杨德轩脸上狠狠顿一下：走就走！开始收拾起东西。布包打好，忽又抖散在炕上，扑塌往炕沿上一坐，掩着面哭泣起来。

吴大奶嫁给杨德轩三十几年，在芦花坞堪称模范，当然，他们这模范夫妻未必就总一团和气，偶尔有个争执，闹个别扭，也是人之常情，一口锅里抢马勺，哪有马勺不碰锅沿的？像今天这么大动肝火地吵架，他们还是头一回。

老庚闻声而来，劝说起夫妻二人，先是为杨德轩摆好，而后也有责怪：有句老话咋说来着，叫慈不带兵，义不掌财，大侄儿你就是吃了太仁义的亏，老干往外搭钱搭物的事，到头来，咳，现在说啥也没用了，晚了。老庚无儿无女，拿杨家大院当自己家，拿杨德轩夫妻当儿子儿媳，又劝说起吴大奶：事情已经做下，再怨再气又能咋样？这些年你跟德轩患难相扶，往后，更得同舟共济才行……

十九

杨大圣被父亲撵走后，黯然神伤地去了拴柱家里。村里那些议论，已经让杨大圣有所顾忌，但该来他还得来。没有其他事情可做，就帮忙担水，隔个三五天，他总得来一趟。

夏苇花今天有些反常，一个人待在屋里，杨大圣哗哗啦啦两担水倒进缸里，也不见她出来打个照面，啥情况？是病了？杨大圣总是不好意思去夏苇花屋里，拴柱妈悄声告诉他说：这两天苇花老是吐，八成是怀了孩子。杨大圣心头猛一震：这，这，不会有错吧？拴柱妈说：错不错的，最好去镇上看看郎中，苇花也有这个意思。让杨大圣回去问问豆香，看她能不能陪苇花一块去。杨大圣说：这有啥能不能，正好明天五爷要赶车去镇上送蒲垫，她们可以搭车去。

杨大圣大包大揽，一回到家里，就跟豆香说起这事儿。看得出来，豆香的心思有些复杂，村人对杨大圣的那些议论，豆香也有耳闻，现在杨大圣又关心起干妹子的肚皮，豆香即使不想扳缸倒醋，即使答应下杨大圣，心中还是有些不安和不快。

豆香带夏苇花来镇上，找的是回春堂的老郎中，七十岁年纪，银发白须，面容清瘦，习惯穿一件青灰色长袍，颇有些仙风道骨的模样。他将手指往夏苇花腕上轻轻一搭，下巴微翘，双目半阖，似在谛听天籁之声。稍许，微微一笑道：恭喜夫人，是有喜了，已足仨月。

夏苇花闻言变色，心想，这哪是什么喜？是悲哀，是孽障，是耻辱啊！夏苇花虽已有心理准备，此刻还是让她陷入了惊惶、恐惧和绝望之中。不，她不能生下这孩子，她要把他打掉！

老郎中面露惊异，有孕在身，本是喜事一桩，身体并无其他病症，为何自弃？他不由得怜悯起女人肚子里的这个小生命。

夏苇花耻于坦露实情，凄哀哀看着豆香。豆香也在为夏苇花感到不幸，同时也隐隐有着一种轻松和踏实。看着夏苇花那副痛苦难堪相，豆香在心里替她算了下日期，她肚子里这孩子，应该就是姜黑子那死鬼播下的孽种。豆香陪夏苇花来看郎中，是出于姐妹情分，也是想要弄个明白，夏苇花有孕若不足仨月，她听闻的那些闲言碎语，就有可能是真了。豆香轻叹一声，对老郎中道：她不要这孩子自有她的道理，老先生要是有打胎药，就开给她，谢谢了老先生。

老郎中开的打胎药，或许是假冒伪劣，并不见效果。夏苇花后来又从别处讨过药，还是没能把孩子打掉。再后来，她还采用过自残的方式，但那孽种仍死缠着她不放。夏苇花绝望了，她怀的莫非是一只身上长满吸盘的八爪鱼不成？

肚子日渐显怀后，夏苇花耻于见人，每次她出现在村街上，那些长舌妇和无聊男们，就免不了冲她嘀嘀咕咕，指指戳戳。有天她去"大白鹅"家的小卖铺，走到门口，正听到里面有人在议论她和杨大圣，说到下流开心处，都笑得嘎嘎响。夏苇花正想离开，孙二娘从里面出来，粗眉恶眼看看她的脸，又看看她的肚子，说道：咋不进去呀？怀揣野种也好意思出来显摆？夏苇花知道这女人不好惹，把一腔冤屈和怨气狠狠忍在肚里，东西也没买，就匆忙回家了。

对那些飞短流长，杨大圣也是苦无对策，有人眯着心眼儿，偏要把他和夏苇花往一块儿扯，他们再气愤、再辩白，左右都是那么回事。愤愤无奈的杨大圣忽然想开了，让干娘转告夏苇花，以后再有人拿她肚里的孩子说事儿，干脆就说是他的，等她把孩子生下来，他们在芦花坞或许还能好过些。

杨大圣要豁出自己的名声不顾，但夏苇花是绝不会这么做的，她无力制止别人往干哥哥身上泼脏水，但她也不能再往干哥哥头上扣屎盆子啊！有天大的屈辱，还是让她一个人来承受吧。

院子里阳光很好，夏苇花坐在屋前搓着苞米棒子，心里又在品咂杨大圣那几句话，大门的响动声，让她不禁有些紧张和窘促起来。抬眼看过去，不是杨大圣，是豆香，不知因何事上门。

夏苇花身怀六甲，脸蛋儿还是那么白皙、清秀，身子还那么细溜儿，不显笨拙。豆香夸了她一句，心头不觉泛出一股酸意，想到自己怀孕时，身子臃肿得不像样子，皮肤也变得粗黑，脸上还生出几片讨厌的蝴蝶斑，要多碜碜有多碜碜。女人跟女人，真是有着很多不同，夏苇花都能在她这吃酸喝醋的女人眼里如此赏心悦目，要说自己家那个男人不喜欢她，那怎么可能。

豆香正是为杨大圣而来，借看望夏苇花之名，她想要问个明明白白，夏苇花肚里的孩子跟杨大圣到底有没有关系。豆香性子直爽，也不绕弯子，开口就直接问出来。这是一个令人难堪的话题，豆香的口气虽不失平和，那也如同一把削皮刀，削着夏苇花的脸皮。可她却没急没恼，苦笑一下问豆香道：嫂子，庄上那些污言秽语你也信？豆香回道：我是不愿相信，可有人说这话是大圣亲口跟他们说的，我家大圣，不是二杆子，不会拿这种事开玩笑吧？

夏苇花脸上又淡出一抹凄苦的笑，让豆香不要错怪杨大圣，他一直拿她当妹子待，她也一直拿他当大哥待，他们绝不会做出那种龌龊事。嫂子，你们两口子过了这么多年，大哥是啥样的男人，你应该更了解……

夏苇花说话时，一直看着豆香，目光坦然、沉静，一个心中有鬼有愧的女人，会这么坦然和沉静吗？豆香的信任似乎又回归了，她不再问什么，临走说了句：真是少见哪。夏苇花没听懂她说的是啥意思。

把送豆香出门，夏苇花又搓起苞米棒子，两手搓得红肿，还在不停地、下狠力地搓着。她已几天没出过门，愁苦、寂寞、愤懑之时，几乎都是在用自虐的方式排遣。举目无亲孤栖身，满腹心酸事，诉说与谁听？……

村里那些长舌妇、无聊男们，不只是对夏苇花这外乡女人的肚皮感兴趣，本村那三个苦命的女人，也成了他们的漱口水，种种掺杂想象的议论，也一样的荒唐龌龊。那三个女人的肚子倒是都没见鼓凸过，或许孽种没生根发芽，或许发芽后被及时铲除了，虽说比夏苇花少了一劫，但她们的命运，也同样落得悲惨可叹。

先说海花。海花很快就被嫁出去，嫁得很远。一个有模有样的大姑娘，嫁给一个比她大六岁的男人，长相不济，一只肩膀还有点斜。结婚那天，海花从娘家到婆家，眼泪疙瘩就没断线地往下掉，脚下硬巴巴的黄土路，都被打得精湿泥泞。都说女人如同芦花，飘到哪里哪是家，她飘落到一个新家里，又将会是什么样的景况呢？

再说五梅。五梅是从外村嫁过来的媳妇，小日子原本过得很如意，就因为被劫匪掳上大嘴岛，一个被村人公认的孝顺贤惠女人，转而就成了败坏门风的扫帚星、有失妇道的贱货，遭婆家人轻慢，被丈夫鄙弃。

五梅被休回娘家，是在海花出嫁的四天前。她已经意识到自己就要被扫地出门了，还有心思给海花送来一份贺礼。她们这一走，都说再不想回芦花坞，海花却未必，父母家人都在这里，她能割舍得下吗？五梅可以决绝的一点是她还没有孩子，回了娘家，肯定不会再来这伤心之地找不自在了。

大香的情况稍好些，丈夫和婆家人待她还不错。但在家人和村人面前，大香也是自觉矮了七分，怎么也回不到过去那种日子里，谁又知道以后会怎么样呢？

五梅临走前，和海花结伴来到杨家大院，向杨德轩和他家人道别致谢。看见她们屈膝要跪，吴大奶和豆香忙上前将她们扶起，吴大奶说：孩子啊，你们这礼太重，我们承受不起。都别伤心了，再苦再难，能活着就好……两个不幸的女人，含泪说起劫难后的不幸，把杨家人还未结痂的伤口，也一道道撕扯开了……

愁苦难挨的日子，照样如云飞兔走一般，转眼就到了年根儿，进了腊月。过完小年第四天，鲁振庭和儿子鲁滩生，村小学校长冯汝坤及杨族几位族老，相约来到杨家大院，除送问候，还各带了些年货。瓜子不饱暖人心，东西不多情义重，杨家人都觉受之不安，心里却也觉熨帖许多。冯校长还送来几副对联。他们组团过来，还有件事要说，往年正月十五元宵节，杨鲁两族都要弄场热闹——耍龙灯，都是由杨德书负责操办。今年情况有变，弄还是不弄，要看杨庄头是啥意思，听说陈家兄弟准备从外边请秧歌，要弄场大热闹给村人看哩！

在白河县一带，龙就是官家和百姓们的精神图腾，从地名上便可见一斑，这里的山，有大龙山、小龙山；河，有老龙河、白龙河；镇，有双龙镇、龙口镇；村，有龙湾村、龙尾巴村。名字带龙的人，也比比皆是……而耍龙灯，也不只是为弄场热闹，这已成为人们的一种精神象征和寄托。鲁振庭一干人等，都认为他们今年更应该操弄这场热闹，没啥少啥咱们怕，不能没了精气神！

杨德轩感受着他们的心气儿，也觉自己的心气儿在升腾，那就弄，振庭大哥说得对，不能让有些人当咱是病猫！

年味儿渐浓。有些人家的孩子已经等不及，早早就把新衣服穿上身，放起炮仗。一向被芦花坞人注目的杨家大院，到了除夕这日，才噼里啪啦放起炮仗。年饭却吃得沉闷悲凄。杨德轩邀请的四家人，只三弟媳娘儿四个没有来。杨德轩提前去请时，就被三弟媳给婉拒，说她这人眼窝子浅，又爱犯寻思，这几天睁眼闭眼都是德书的影子，到了饭桌上保不准会哭出来，会搅大伙儿兴致的。杨德轩听她这么一说，也就没再勉强。

三桌年饭，都摆在一间屋里，炕上一桌，地上两桌，主桌上坐的是杨德轩、老庚、拴柱爹、杨礼海和杨大圣。还有五个空位，是为逝者所留，也摆上碗筷酒杯。头一杯酒，杨德轩要先敬他们，是时，屋里所有人都满眼泪水，坐在炕上的二儿媳吴水英，忍不住哽咽出声。

这年的春节，对杨德轩和家人来说，真是在过"年"。这个"年"不是节日，是凶煞，是传说中的一种怪兽，头长触角，凶猛异常，长年深居海底，只是到年三十儿这天才爬上岸，吞食牲畜，伤害人命。但"年"最怕红色，怕光亮，怕炸响声。人们贴对联、放炮仗，除夕夜点灯熬油坐在屋里守岁，就是为把它驱走。从这个意义上说来，过年并不是什么喜兴事，而是在与凶煞抗争，是在过生死关，是在经历心灵的煎熬。挨到初一这一天，亲朋好友互相拜年，问安祝福，说得直白些，就是互相看看有没有谁被"年"给吃掉。杨德轩不想等候有人上门拜年，草草吃过早饭，就躲了出来。晚辈上门拜年，要给压岁钱的，杨德轩不是舍不得，没多有少，他是觉得愧对别人的问安祝福。

从村北一个胡同口出去，杨德轩来到芦苇地附近的一条河边。大年初一头一天，阳光很好，冰封的河面上，泛动着银灰色的光波，与岸边的芦苇芦花相映成景。芦苇们已枯黄，依然散发出阵阵清香气，依然还那么韧直飘逸，在肃杀的冬日里，也能让人感受到一种爽然和暖意。杨德轩倚靠在一棵倒伏的柳树上，神色沉稳，心里却涌动如潮，清静之地也难抚慰这愁肠百结的落魄人。

突然，身后传来说笑声，是杨大圣被两个儿子缠得没辙，陪着他们滑冰车来了。杨大圣没想到父亲会一个人待在这里，两个孩子都为见到爷爷兴奋不已，没等杨大圣发话，就扑通跪拜：爷爷过年好！爷爷过年好！爷爷有些窘促，摸摸衣兜：那个那个，等回家里爷爷再给压岁钱好不好？

杨德轩心绪见好，下到冰面要陪孙子们玩儿。杨大圣便想要回去，他和鲁滩生负责组织起舞龙队，今天要练手。跨上河岸，看见陈六指儿和二鲇鱼朝这边走来，一个肩上扛着冰穿子，一个手里拿着鱼篓和网抄子。杨大圣秉性耿直，要是膈应上哪个，话都懒得说上一句，等到两人走过去，他才离开。

西湾子海滩上，鼓声阵阵，杨鲁两族的一帮青壮汉们，擎着两条绸布彩龙已经操练上了。鲁滩生吆喝一声叫停大伙儿，让杨大圣给他们讲两句。杨大圣说也没啥好讲的，就一句话，大伙儿都好好练，今年正月十五舞龙灯，咱们要舞出点儿新花样，更要舞出一种精气神！一群青壮汉们，表情都那么认真、庄重，心里都明白杨大圣的言外之意，那也正是他们的所思所想。

事与愿违，正月十五这日，在三合堂前小广场出尽风头的，是陈家兄弟请来的地秧歌，杨鲁两族的舞龙队，连面都没见露一下。这又是怎么回事？问题出在杨族那条九节龙上，本来很结实的一条神物，正月初十那天操练，正当高潮迭起，龙骨突然折断坍落，舞龙人有的被戳破脸，有的被戳破眼。龙骨重新绑扎好，又继续。正月十四后晌，他们在小广场上操练了一阵，就把两条龙都放置在三合堂院内。次日吃过早饭，杨大圣第一个过来，一下子就惊呆了，杨族那条龙又出了状况，被烧出好多窟窿，龙头已面目全非。从现场迹象看，应该是有人在附近燃放二踢脚，带火纸屑落在了龙身上，咋就这么巧？正逢杨家门走背运之时，冥冥中，杨大圣和族兄族弟思量来思量去，不是兆头不祥，就是恐有不吉。杨大圣振奋起的精神，再度萎靡衰落，便对鲁滩生说道：看来是天意难违呀，今天这场热闹，你们自己弄吧，我们就算了。杨鲁两族，历来都是双龙会，他们鲁族一条独龙还舞个啥劲儿？杨大圣一打起退堂鼓，鲁滩生也就兴味索然了。

兴味索然，并不等于心甘情愿，过了正月十五，还有个"二月二"。这是传说中龙抬头的日子，每年的这一天，附近村子的打鱼人及众多善男信女，都要来海神庙祭祀祈福。这天也是庙会日，场面比正月十五闹元宵要热闹得多。鲁滩生又听到一个消息，据说这回是陈金财陈六指儿父子俩起意，要从外边请舞龙队，在庙会上再壮陈家门面。鲁滩生更不服气了，来苇编厂找到杨大圣，他们那两条龙，还得舞起来。

庄头杨德轩和杨大圣父子俩，在铡裁苇料，杨大圣负责按铡刀，杨德轩负责把芦苇往铡刀下送，咔嚓！咔嚓！芦苇从梢头处被截断，灰白的花穗遭遇惊吓，绒毛四处飞舞。鲁滩生替下杨德轩，帮着干了阵活儿后，才说起来意。

又失望了，杨大圣依然精神不振，又是上次那句话。但鲁滩生不想单出头，还是要与杨族共进退，叹声说道：那就只能看着陈家再大出风头喽！杨大圣怪怪地笑了一下，说：就让他们折腾去吧。

一旁的杨德轩也没给杨大圣以激励和鞭策。

二十

　　孙田两位掌柜跟杨德轩签下两纸抵押协议，期限都是三月底，杨德轩现在比任何人都清楚，这对杨家大院又将是一场劫难，他已无力扭转，一等到那个日子，他们杨家就要落得一败涂地了，所以，眼前跟陈家门逗一时之气，还有什么意义呢？正月一过，杨德轩便开始让家人归东拢西，准备腾房让地了。家，肯定是要搬，至于搬到哪儿，杨德轩心里还没个准谱，两大家几十口子，就是有人家接纳，也得分散开住才行。鲁振庭让杨德轩别急，再等等看，万一孙田两位掌柜发慈悲，能宽限个一年半载，他们或许能挺过这一关。杨德轩又苦笑。

　　杨家大院日渐冷落，鲁振庭却来得更勤，这会儿上门，是要跟庄头通报一件事。昨天晚饭后，陈金财到他家去了，说起庄头选举，直言杨家大院气数已尽，也该他们陈家门坐坐庄了，透露出要当庄头的意思，希望他和鲁族人能审时度势，助陈家门一臂之力。

　　你说这钱耙子，不是欺人太甚吗？

　　是有些欺人太甚。但见杨德轩一副无所谓的平静模样。

　　是的，无所谓了，杨德轩曾几次表露过，希望鲁振庭来当这个庄头，都被婉拒。现在陈金财迫不及待跳出来，就让那驴日的当好了，杨德轩也会让族人投他票的。算了，还费那事干啥，杨德轩让鲁振庭去跟陈金财说，明天他就让位给他。

就这么拱手相让？也太便宜那钱耙子了吧？鲁振庭使劲晃着脑袋，仿佛不胜沉重。在鲁振庭心目中，杨庄头一直是个硬铮铮的汉子形象，这会儿，他算是真切地见识到了什么叫英雄气短。面对杨庄头不失明智的选择，他也只能哀其怜、叹其悲了。

鲁振庭极不情愿地来到陈家大院。

钱串子陈金福在堂屋灶台前干着什么，看见鲁振庭走进院子，在厢房前驻足打量着，赶紧迎出来，抱拳打拱道：哎哟，稀客稀客，鲁族长能光临我这老房破院，可是蓬荜生辉啰！今天咋这么有闲？鲁振庭赶紧用手捂捂腮帮子：陈掌门快少来这酸文假醋，我这满口牙都要倒了，我今天是闲人登高门，要问点儿闲事。

陈金福把鲁振庭让到正房屋里，让座到太师椅上。鲁振庭马上又站起身，脚下踱步，两眼在屋顶上左旋右转着，转得陈金福有点儿蒙：鲁族长，你是要买房子咋的？鲁振庭停住脚：买是买不起，想租，你家前院厢房棚房，都空闲已久，近日听说有出租之意，暂时先租给我，等你们搬到杨家大院，我再考虑换租这正房屋。

陈金福的胸口像被撞了一下，脸上浮现出惊愕的表情，说道：这房子，这院子，我们住得好好的，啥时候说过要租要卖？要搬到杨家大院去？净扯淡！鲁振庭说：不是我扯淡，也不是别人扯淡，是陈掌门在装糊涂蛋。杨家还债无望，孙田两位掌柜就会把抵押物转卖给你们兄弟俩，这件事都已经在村里传得有鼻子有眼了，陈掌门能不知道？陈金福有些急了，刚要表白，鲁振庭摆了下手又道：你最好别说没有这事，省得自己打自己嘴巴，我不妨跟陈掌门透个底，杨庄头那里已经让家人开始归拢东西了。

陈金福不觉哦了一声，接下来的话，已是半遮半掩，说孙田两位掌柜是跟他念叨过这事，但村人只知其一，未必知其二，他们兄弟俩并不想花钱买多余，也拿不出那么多闲钱，问鲁振庭：听鲁族长的意思，也不想让我们买？

鲁振庭哂笑：我哪有这个权力？又凭啥不让你们买？言归正传，咱还是说咱的事，我们家老二，也要娶媳妇进门了，小两口都不愿跟一大窝人挤在一个院里，新房又盖不起，只好先串房檐子。陈金福心神飘忽间，鲁振庭已从兜里掏出四块大洋，往他手里啪地一拍：这算是定金，租金和其他的事再议。明天，我就让人过来收拾房子，以后咱们两家就常来常往了，还望陈掌门多行方便。话里透着几分亲近，又有几分不可违拗的强硬。

陈金福就见不得白生生的大洋，一见就不想撒手，这，这，行啊，行啊……眼睛粘着"袁大头"，嘴里答应着鲁振庭。过后，他才意识到自己的失误，为时已晚。

有陈金福这个传声筒，鲁振庭不想再跟陈金财废什么话，没去西院。他刚一离开，陈金福就乐颠颠去了。

陈金财也是没有想到，杨德轩会将庄头之位送给他。哈哈哈，终于有了这一天！终于有了这一天！陈金财兴奋难捺之时，陈金福又道出第二喜，杨家大宅院和那三十几亩上等好地，也都将不保，他要拉上陈金财把它们都买下，是吃亏，是占便宜，那都是经济账，要算，还得算政治账，他的政治账没有太多含义，就是脸面。杨家那大宅院，在周边十里八村也是首屈一指，正房偏房，都一水青砖到顶。柁、檩、椽子，都是一水儿的松木，且直溜粗阔。房顶打的是厚厚一层焦子灰，雨下得再大再勤，也不会渗漏一滴。杨家大门大户的最重要标志，是那大宅院，杨家衰落的最重要标志，也是那大宅院。从某种意义上说，它就是芦花坞的紫禁城、金銮殿，如若落到他们兄弟俩名下，不只是自家门庭的荣耀，对整个陈族也都将具有划时代的意义！

陈金福沉浸在满满的愉悦里。这当然也是陈金财一直在做的好梦，梦就要成真，他又心生不安，孙田两位掌柜跟他们兄弟俩，还只是口头协议，到时若变卦，岂不是空欢喜一场？陈金福料两位掌柜不会食言，不过再夯实一下也好，于是说道：明天咱们就找他们去，二弟这一当上庄头，跟他们再还还价，我看也没啥不可以。

陈金财更有些得意了，说：是该把这事儿弄个踏实，但明天不行，我得去给老丈人做寿。

陈家兄弟俩是两天后一早去的镇上，后晌才回。陈金福心情正好，推门进院，陡地被惊吓住，院里乱哄哄一大群人，出啥事了？原来是鲁振庭趁他不在，把家当都搬了过来，全家都要过来住，这又是咋个说的？

鲁振庭事前就已想好了说辞：是这样陈掌门，我本想借给儿子办婚事，把所有房屋都收拾收拾，搬箱倒柜一看，他妈的，到处都是大窟窿小眼儿，门窗和屋顶，也多处糟烂，非得大收拾一番不可了，没办法，一家人只好暂时都住过来。

你啥时成了蔡师傅徒弟？也学会了编。陈金福讥笑起鲁振庭：拿我当吃粑粑孩子哪，我已经听说了，你儿子只是刚订婚，你租房迁居，是想把宅院让给杨德轩一家人住吧？脱了裤子放屁，多费这道事干啥？劳你给杨德轩递个话，我们两家也可以互换宅院，差价多少，我补给他就是。哦，不行，他得拿宅院抵债，到那会儿就不属于他们杨家喽！

鲁振庭不再觉得有啥可难为情，有啥可歉意，说道：陈掌门好得意，你倒是想让杨庄头屈居你家屋檐下，可人家还不至于可怜到这份上。这人哪，做啥事还是悠着点儿好，得着便宜不要太得意，得意也不要太忘形。常言说得好，人情留一线，日后好见面。陈掌门心里应该明白，人家可是给你们留着面子呢。

陈金福被扎疼耳朵：振庭你看你这人，说话老是夹针带刺，好像是我故意害他们杨家的，要换个爱计较的人，非跟你酸脸不可。好啦，搬都搬过来了，还整这些没用的干啥？你们抓紧收拾，有啥用得着我的地方，尽管说。陈金福将两手朝身后一背，迈着方步回屋里去了。

陈金福猜得不错，鲁振庭确实是打算把自家宅院腾出来，让给杨德轩一大家人住，待收拾完后，再跟杨德轩提搬家一事，现在露了底，需尽快过去说个明白才好。

杨德轩的态度正如鲁振庭所料。吴大奶和杨大圣娘儿俩，尽管也是不愿接受他这份好意，却都没像杨德轩那般固执，先告妥协后，娘儿俩也跟着一道劝说，杨德轩这才勉强答应下，而后是一声长叹。鲁振庭家在村子东头，一座老宅院，远比不上杨家大院，好在房间多，庭院也够宽敞，杨德轩和刘山妹两家人都搬过来，也能住得开。鲁振庭一大家人搬到陈金福家的三间偏房里，可就得忍憋受屈了，为此，杨德轩深觉愧疚不安，任何感激的话，都觉苍白无力。

老话说，富挪坟，穷搬家。杨家一门众男女搬离世代居住的大宅院，心里难受不已，也都觉脸面无光。搬家那日，葛掌柜带着两个儿子也过来帮忙。葛家已早于杨家落败，几代兴旺的买卖，生生毁在三歪子和小鬼子手里，他们不需要阴谋，从来都是明火执仗，吃了葛家这豆腐那豆腐四年多，几乎就没付过钱，直到豆腐坊入不敷出，关门歇业了事。葛掌柜劝慰杨德轩也别太悲观，三十年河东，三十年河西，谁敢说杨家就不会东山再起？谁敢说这大宅院就不会重新回到杨家手中？杨德轩还是报以苦笑，只当是亲家在给他解心宽。

来杨家帮忙的，还有鲁振庭鲁滩生父子，秋月大哥和鲁七斤等人，直到忙活完他们才离去，饭也不曾吃一口。刚送走让一家人宽心暖胃的外姓人，就来了个往一家人胸口塞麻添堵的自家人。是杨德耕，又朝大哥发泄起怨气：当初你要是能听我劝告，哪至于落到这步田地？祖宗留下的家业，就这么让你给败掉了，家人族人也都跟着受连累，颜面扫地……

杨德轩不想再跟二弟弄得脸红脖子粗，用沉默和躲避应付着。吴大奶可不想忍受，为啥要忍受？对杨德耕说道：不错，杨家大院和那些良田是祖宗所留，但该你得的那一份儿，早就被你给要走了，跟你还有半毛钱关系吗？如今败了家业，其原因你也不是不清楚，列祖列宗在天有灵，都不会怪罪你大哥，好家伙，你一上来就五马长枪的，不觉得太过分了吗？……

吴大奶对几个小叔子，一向宽宏大量，不失长嫂风范，对杨德耕这么不客气，还是头一次。杨德耕被一阵狂涛巨浪拍得有点儿蒙，梗着脖子挣扎出一句：我就五马长枪了，咋的？这是我们杨家的事，用得着你掺言搭语？

这本应是吴大奶该说的话，没有说出口，是想给杨德耕留点儿脸面，可这无情无义的二弟，太不知趣，非得她这当嫂子的往外赶他了。不料，婆婆先她一步，手里那只油光铮亮的长杆大烟袋，已经朝杨德耕挥舞过来：你个二王八犊子，还嫌你大哥家里事少是咋的？有忙不帮就会添乱，你给我滚！滚远远的！

添堵添乱的二弟被赶走，那如乱麻似的万般愁绪，仍纠缠在杨德轩心头不散，他倏地眼圈儿一红，两腿一屈给老娘跪下来：娘，是我对不起你，让你跟着我们受苦了……

又没有想到的是，杨礼海对父亲杨德轩，竟也怀有诸多怨气，在这一时刻突然爆发。吴大奶和杨大圣娘儿俩，一个呵斥着，一个劝说着。杨礼海斜眉竖眼不服气，却没敢再言，抹把眼泪，身子一歪一歪跑出屋去。

经历过生死攸关的杨礼海，在医院躺了两个多月才痊愈，腮部和嘴边留下严重疤痕，腿也没有接好，走路一跛一跛的，让杨氏家族又多了个瘸子。颜面变得丑陋，脾性也生变异，杨礼海一气之下跑出去，竟跑到了黑寂无人的海边。杨大圣和三弟媳几个人，四处寻找半天，才在望归台上找到了他。

他们回到家来，可父亲又不见了……

杨德轩是晚饭后出去的，说是去散散心，很晚了却仍不见回来。杨大圣兄弟几个，把他们能想到的父亲可能去的地方，都找了个遍，也没有找到。吴大奶让他们再去三合堂找找，应该在那里。杨大圣这时也感觉出，杨瞎子一定是撒了谎，他们再过来时，杨瞎子经受不住一问再问，这才将祠堂门钥匙给了杨大圣，说这事怨不得他，是杨庄头不让告诉给任何人知道。

祠堂里静寂无声，木案上一盏麻油灯，静静泼洒出一团浑黄的光亮。杨德轩坐在蒲团上，面对列祖列宗喃喃自语着，多是跟家人没有表达过的自责。杨大圣默默伫立在门外静听，一时不忍打扰。

杨大圣没能将父亲劝回，想让娘跟他一起再去劝，吴大奶凄凉凉叹声道：唉，就由他去吧。

杨德轩独坐祠堂一夜，早上回到家来，头发几乎白个透。

家人见了，还以为是落的白灰，吴大奶用手摩挲几下，眼眶里倏地就涌满泪水……

杨家大院和三十余亩良田，到底还是抵给了孙田两位掌柜，没出几天，就到了陈家兄弟名下。钱串子陈金福多有积攒，又有开油坊的连襟做后盾，买下杨家大院东边的四间正房，三十几亩良田也全部被他拿下。陈金福不喜欢种地，却喜欢买地，杨家那块地肥沃得很，插根筷子都能抽出芽来。陈金福自从搬进杨家的高房阔院，脸上总挂着一副志得意满的神情，若在大门口看见有外人经过，就愈发昂扬，真有了一种住进金銮殿的感觉。

钱耙子陈金财比不得大哥，只买下大院西边的两间正房。但他心里也有算计，两间正房是三间宽的宅地，等过几年手头宽裕些，把那片空地盖上房子，再把北院大车门改建成青砖灰瓦大门楼，与大哥那边就不显逊色了。花出一大笔银子，陈金财夫妻俩并没搬过去，说是让给大儿子一家，实则也是被逼无奈。张彩云却十分不想搬过去，总觉得有种趁火打劫和鸠占鹊巢的不光彩，但她这胳膊，终究没拧过大腿，两个小叔子都惦记着前院她正住着的那三间偏房，她家说搬还没搬，爹娘就被鼓动着把房子分给了他们。

陈金财没住金銮殿，心情同样愉悦，不论有事没事，他每天都要到村公所坐上一阵。杨瞎子的公差角色，已经被陈大下巴给顶替了。陈金财坐镇村公所，有陈大下巴茶水伺候，来街上或去别处公干，有陈大下巴在身后当跟班儿，那种感觉，是从未有过的美妙……

二十一

　　芦花抽穗时节，一个非同寻常的小生命来到了芦花坞，夏苇花生了。春去夏来，身心交瘁的杨德轩终于病倒。杨大圣成了家里的顶梁柱，里里外外，大事小情，都得他操心，而这些日子最让他放心不下的，就是这个外乡女人。

　　夏苇花用了那么多办法，都没能打掉肚里的孩子，生时，小东西却急不可待，扑扑噜噜就从娘肚子里钻出来了。一声嘹亮的啼哭，昭告着一个新生命的到来，围在夏苇花身边的几个女人，脸上都绽出放松的欣喜，似乎这条小生命，也与她们有着某种亲缘。但夏苇花汗涔涔的脸上露出的疲惫笑意，只是出于对身边几个女人的感谢，只一闪即逝，然后见她闭上两眼，把头扭向一边，对新生儿看都不愿看上一眼。身边的几个女人，似乎都理解夏苇花的举动，随之也都变得阴郁沉闷起来。

　　杨大圣和拴柱爹两个男人，人待在院子里，耳朵都一刻没放松，听着屋里的动静，夏苇花母子平安，他们才放下心来。杨大圣见不需要他再做什么，告别离去。大约半个钟头后，吴大奶和豆香婆媳俩，也一起回家来。杨大圣显得有些急不可待，向豆香问起夏苇花儿子的长相。豆香没见过姜黑子，只听说过，新生小儿方头大脸，皮肤黢黑，应该是姜黑子的种。但豆香故意含含糊糊，说还看不出那孩子像不像姜黑子，反正不像他妈，长长也许会像别的哪个男人？杨大圣品咂出这话的意思，刺了豆香一句：你就会瞎琢磨。

吴大奶拎过两包槽子糕，让杨大圣给接生婆七婶子送过去，以示感谢。吴大奶也曾担心七婶子不待见夏苇花，提前多日就上门去，跟她做下约定。在夏苇花生下儿子一个多月后，钱串子陈金福家里，也添丁进口，傻小子陈天开在他三十一岁之时，终于娶上了媳妇。

搬入杨家大院不久，陈金福的老婆王三桃，又曾去西后岭找过媒婆马巧凤，这回马巧凤没拖泥带水，没过几日，就登门反馈，说董家庄有个姑娘，二十四五岁年纪，模样还行，干啥活计也都行，就是人不够聪灵。家里就父女俩，日子过得勉勉强强，当爹的想把闺女嫁个富裕人家，一来别让闺女受苦，二来当爹的也能跟着沾点儿光，男方砢碜点儿憨点儿，都不打紧。情况就是这么个情况。

王三桃笑得灿烂，一把拉过马巧凤的手，在上面拍打着说：这姑娘要是能嫁到咱家来，就对撸子喽！你把她领来好了，只要她能相中咱家天开，能跟咱家天开一心一意过日子，提的那些条件都不算个事儿。王三桃跟马巧凤，一口一个咱家，亲姐妹似的。

转天，马巧凤就把姑娘领进了陈家门。王三桃仔细端详一番，姑娘脸盘儿看着还顺眼，白白的，胖胖的，女人脸蛋儿一白就受看。明显缺陷是在脸盘子下面，肩膀过宽，还有点儿斜，身子偏胖，腿也有点儿短……由表及里，看过外表还得看谈吐。王三桃事先已嘱咐过儿子天开，要少说话，尽量不说话，看来这姑娘也是有所顾忌，但架不住王三桃左一句右一句地问，姑娘话还没说上几句，就露了破绽，的确是有些缺心眼儿。不过比起天开的智商来，还是要高出一大截，王三桃没理由再挑剔人家，虽心有遗憾，并不想舍弃，啥马配啥鞍，就认了吧。

芦花坞办喜事多选择在秋季。陈金福家是大门大户，儿子天开的婚礼，却办得低调冷清，陈金福夫妻俩连一个亲戚朋友都没请。他们不是图省钱，是担心两个缺心眼儿会闹出啥笑话，家人也跟着丢人现眼。依他们的想法，等二儿子结婚时再热热闹闹大办一场，把面子挽回来。不承想，一群孩子跑来凑热闹了，拥在大门口，扯着嗓子猛劲儿喊叫：

芦花白，白芦花，
陈家有个大傻瓜，
娶个媳妇大傻丫。
大傻瓜，大傻丫，
生个儿子小傻瓜，
生个闺女小傻丫……

芦花坞有首民谣，头一句就是"芦花白，白芦花"，后面是小媳妇怎么怎么，有些少儿不宜。孩子们喊的这段顺口溜，应该是哪位成人的改编之作，孩子们或许是受其蛊惑。

这不是故意糟践我们陈家吗？王三桃摔下筷子跑出来，抡胳膊甩袖驱赶着，这群孩子却一个个都赖皮得很，王三桃累得呼呼大喘，也没能把他们赶走。

老当家陈锦堂吭吭唧唧地出来了，往每个小赖皮手里塞了几颗水果糖，这才解了围。却遭王三桃白眼：我就预备那么点儿水果糖，干啥白搭给一帮小屁孩，你倒是大方！一扭屁股回了屋里。

王三桃是从外村嫁到芦花坞的，村人送她外号小气包。啧啧啧，就没见过这么抠的娘们儿，苍蝇叼她家一颗米粒都得追出二里地去，抠过屁眼子的手都恨不得嘬几口。这句诙谐幽默的评价，不知出自哪位村人之口，虽有些夸张，但足可见王三桃抠到啥程度。这时陈锦堂冲她背影翻翻白眼说句：真他妈小气到家了，不愧是王大抠的闺女，随根儿！

日子总是一天推着一天在往前走，永远不会停滞。不觉间，一片片、一丛丛芦花又白了头，又到了去大石山渔场赶渔汛的时节。当钱耙子陈金财得知杨鲁两族双双告怂，不再组织船队前去时，并没表现出庄头应该有的缺憾，他心想，不去才好，他不但要组织本族船队去，还要披红挂彩地去，要浩浩荡荡地去！

但看情形，陈金财恐怕要落个白张罗。首先三弟就不捧场，陈金禄鱼都不想打，还当什么船头？他想要种地了。接着是秋月爹秋月哥父子俩，也不愿去。此外还有自家门里的儿媳张彩云，张彩云不会管别人的闲事，只想管住自己的男人，她是再不会让他到七里海那鬼地方了。再放任他去，那还不弄个五毒俱全回来？张彩云已经从东院陈天业嘴里探知，七里海确实有暗娼窑姐，至于她家男人是否跟那种女人鬼混过，陈天业没亲眼见过，不敢妄言，张彩云只能凭感觉，凭想象，她已经感觉过，已经想象过了。在七里海，她男人还学会一样，赌钱。总而言之，说啥也不能再让他去那鬼地方了。

张彩云的阻止，让公公陈金财颇为不满，陈六指儿却笑说是在成全他，那个齁腥烂臭的地方，他也不想再去，去上一回就够了。家里多好啊，每天吃着老婆做的可口饭菜，夜里还能搂着老婆睡，还是家里好。张彩云呸了陈六指儿一口，让他别净想美事，在家里也得务正业，也得想法儿挣钱养活老婆孩子。

陈六指儿说：那是当然，你那兜兜就等着装钱吧！

陈六指儿忽然想要学做买卖，他先是打起爷爷店铺的主意，老狐狸身子病病恹恹，脑子却还没糊涂，任凭他百般套近乎，就是不吐口，老子辛辛苦苦创下的家业，凭啥交给他这孙子打理？再说这孙子也不是那块儿材料。

陈六指儿算计爷爷不成，又打起了爹的主意。陈金财在镇上盘下的那家店铺，是跟一单姓朋友合伙，陈金财也是没参与经营，雇个伙计盯在那里。陈六指儿想要去店铺当二掌柜，一等时机成熟，就把店铺整个儿接管过来，让那个老单拍屁股走人。

陈金财已经见惯陈六指儿性情散淡，疏于正业，现在能有这番心志，按说是件好事，可陈金财却喜中有忧，他这儿子能说会道，脑子活泛，倒是块儿经商做买卖的材料，把心思放在正道上，保不齐他就是他们陈家的财神，可要是走了邪道，那就是个瘟神。但爷是爷，爹是爹，陈六指儿在家里一向霸道强硬，陈金财即使不愿成全，恐怕也是不行的。

几日后，陈六指儿带着爹娘唠唠叨叨的嘱咐，信誓旦旦去了镇上。这时节，店铺里生意比往常要忙很多，陈六指儿每天都是早去晚归，不辞辛苦。最初一段时间，张彩云盯问得很勤，直至把陈六指儿惹恼怒，说她：你已白纸黑字跟我约法三章，还这么不放心，那天天跟我一起去好了！张彩云心生歉意地笑笑，或许是自己过于担忧和敏感了吧？紧绷的弦，渐渐松弛下来。

眨眼几个月过去。这日上午时分，张彩云在村街上偶遇老单。老单是要去黑坨寨看山货，从渡口坐船过来，陈杨两家大院外是必经之路。张彩云两月前去过一次店铺，难得在家门口见到老单，自然又会问起她家男人的情况。老单正期望着能有这么个机会，想说什么，又吞吞吐吐，勉为其难的样子，想必是啥砢碜事儿？这下张彩云就更得问问清楚了。

陈六指儿所犯的过错，比张彩云想象得要好一些，但她也是气得不行，恨着自家男人，也怨着老单，没尽到掌柜和长辈的责任。老单苦下脸说：我不是没劝过他，不听啊。我也想过应该早点告诉你们，再想想，还是算了，你家天龙非跟我翻脸不可。有爹有妈有老婆，我又算是哪个庙的……

陈六指儿来店铺之初，表现尚好，对老单和小伙计，都能谦恭尊让。没过一个月，就露出真性情，一忙就嫌累，一闲就受不住寂寞，开始找借口去街上闲逛。有了老婆的温存，陈六指儿没再犯过作风方面的错误，可管住了下半身，却没能管住两只手，有天他闲逛，路过麻将馆，听见里面哗啦啦的声响，忍了几忍，还是被吸引进去了。

麻将馆分上下两层，楼下大堂里的几桌赌客，都是小打小闹。陈六指儿站在一边看着热闹，看场子的拎把大茶壶走过来，对他说道：我们这里不欢迎看客，你要想玩儿，那边正好三缺一，若兜里没钱，你就——胳膊朝门口一伸，做了个往外请的手势。这是一种激将式怂恿，陈六指儿乜斜大茶壶一眼，如鬼使神差般，朝那张赌桌走了过去……

老单派小伙计盯梢时，陈六指儿已迷恋上赌博，要不是他几次从柜上借钱，老单才懒得管他是赌是嫖，总不来店里才好呢……老单现将这种阴暗心理装饰成惋惜，嘱咐张彩云一句，把褡裢往肩膀上挺挺，扭身走掉了。张彩云原本不错的心情被败坏，小卖铺也没去，去了陈家大院。张彩云想用约法三章笼住自家男人，那不过是一具纸笼头。

日落时分，才见陈六指儿精神疲惫地回家来。看见爹也在，娘也在，都跟张彩云一样板着面孔，喘着粗气，陈六指儿心里毛了一下，问出了啥事。张彩云的怨气刚要爆发，钱匣子那里先炸响了：是你小子有了事了！你真行啊，放着正经营生不好好干，偷偷在麻将馆里赌起钱来！

　　陈六指儿知道已隐瞒不住，嬉笑着说：我那也不叫赌，有时闲着没事，就是找找乐子，磨磨手指头。陈六指儿看见几个人都撇嘴，把脖颈又往高挺了挺：真的，没哄你们，你们是听谁奏的本？老单？可不能听他的，他是不想让我参与店铺经营，有意挤对我。

　　陈金财不言老单，说道：要是闲来无事，偶尔小玩儿几把也没啥，小赌怡情，大赌伤身，伤身就是伤财，天龙你要是敢玩儿大的，我们都饶不了你，听见没？

　　陈六指儿认错态度十分诚恳，让他们都放宽心，以后他小麻将也不再玩儿，一心扑在经商做买卖上。就这么一句真假难辨的话，竟让陈金财有些小激动起来：这就对啦天龙，我把铺面交给你，你那两个兄弟都气鼓鼓地盯着呢，你得给我们这当爹妈的争点儿气呀。

二十二

陈六指儿可以将郑重承诺当作儿戏，但现在无论怎么表白，也再难赢得张彩云的信任了。数日后，张彩云一个人来到镇上，要探个虚实。

在店铺里，没见有陈六指儿。张彩云摘掉草帽，老单才认出她，迎过来说：侄儿媳妇来得正好，把我腿脚省了。张彩云即刻品咂出这话的含义，忙问老单，她家男人是不是还在赌。老单说：你们要是没让天龙借钱家用，那就是了，今天他一来店铺里，张口就跟我借钱，打的就是这旗号。张彩云说：他撒谎！老单说：我也怀疑他撒谎，要不咋没借呢。借钱不是用在正道上，我帮他就是害他，他那亲爹你那老公公，也会赖上我的。可你家天龙不依不饶，说我有钱不愿借，就把陈家的股金退给他，陈家单家，以后两清，唉，可有啥法儿⋯⋯

老单一声哀叹，事情肯定严重了，张彩云提着口气，盯着老单眼睛：你把股金退给他了？

老单不急不慌，去里屋抱来一只小木盒，从里面拿出一张毛头纸，冲张彩云抖落几下说：可不是退了，因为我手头没那么多钱，先退了一半，这是字据。张彩云阴沉下脸，这么大的事情不跟陈家人说一声，就敢私下应承她那不争气的男人，哪有老单这样的？她没好气地把字据摔在柜台上。

张彩云气得胸脯子乱颤，老单肚里那股怨气，又跟谁撒去？侄儿媳妇，你是没看见那会儿你家男人，哈，眼里呼呼直蹿火苗子，我要是还不应，被打个鼻青脸肿那是轻的。老单让张彩云回去转告陈金财，他们之间还得补立个字据，这门店，要么合给陈家，要么合给单家，再这么下去，说不定哪天会惹出祸端。

张彩云没心情听老单唠叨，也不会当这传声筒，让老单带她去麻将馆。老单说带她去可以，但不能跟她一块儿进去。张彩云依了老单，她是不知道地方，就让老单当个向导。

麻将馆一楼厅堂里，没见有陈六指儿的身影，陈六指儿已经升格到了二楼雅间。入麻将馆之初，陈六指儿的确是为了消遣，手气也还不错，渐渐胆子就大了，玩得也大了，不光是玩麻将，还支色子、推牌九。赌友也换成了大眼儿灯、老溜子、和尚。和尚不是庙里来的出家人，脑袋也不秃，谁知怎么叫了这么个绰号。在一间烟气缭绕的屋里，这几人又赌得正欢。陈六指儿没料到张彩云会找到麻将馆，也没料到这温柔贤惠的女人发起怒来，又会那般狂烈可怕，把和尚他们也震惊得直愣神儿。

陈六指儿跟着张彩云回到家里，如同一只笼中困兽，焦急不甘的神情里，也透露出丝丝惶恐不安。那些股金被陈六指儿还完驴打滚儿的赌债，其余所剩不多也已输个干净。此外有件更严重的事情，他还没敢跟张彩云交代，但已经沉不住气，眼神不时在屋顶上晃来荡去。张彩云都看在了眼里，猛然一悸：这败家爷们儿，该不是……于是急慌慌奔向屋子东北角，登上板柜朝椽缝里望去，立时一阵晕眩，数日前她偷偷藏匿在这里的小油布包，不见了！陈天龙，你是不是把房契拿去做赌注，把房子给输掉了？快说呀你！

陈六指儿朝张彩云斜了一眼，耷下脑袋。

张彩云脚下像踩着棉花垛，整个身子，也像是被掏空了，瘫坐在椅子里没了一丝力气。民间有种说法，叫什么劝赌不劝嫖，张彩云总觉这话很狗屁，这时想想，这狗屁歪理邪说还真有些道理，一个男人再怎么好嫖，嫖到身无分文，也不至于把房子卖掉当嫖资。赌，可就难说了，赌徒都有这种心理，越输越想捞本儿，一旦输红了眼，别说房子土地，老婆都敢拿来当赌注的。陈天龙啊陈天龙，你就这么给陈家门增光添彩呀？！张彩云忽地站起身，脚下跟跄着去了陈家大院。

陈金财和钱匣子听了张彩云的哭诉，都蒙了、傻了。蒙过一阵，傻过一阵，他们一起冲出屋来，要去找陈六指儿算账。陈六指儿就垂头丧气立在屋门外，陈金财兜头盖脸骂过去：你个败家子儿！好好一个店铺，让你给赌没了，逞强巴力买下的宅院，也让你给赌没了，日你奶奶的，你是不想让我们活啦！

真是气懵了，气傻了，骂过后，陈金财两眼左环右顾着，陈六指儿情知不妙，掉头朝外跑去。陈金财没找到顺手家伙事儿，脱下千层底布鞋，狠狠砸过去。没能砸到败家儿子，砸到一只大公鸡身上，大公鸡猛地蹿起，冲陈金财嘎嘎大叫，像是在问为啥要砸它。群鸡们受到惊扰，也一阵上蹿下跳，弄得院子里烟尘四起。陈金财穿好鞋，又要追出去，被钱匣子给拽住了：家丑就别再外扬了，还嫌丢人现眼不够？

陈金财捂着胸口，一屁股坐在木墩上，骂起钱匣子，养了这么个混账王八蛋儿子！钱匣子不服气：是我一个人养的？那可是你的种。子不教，父之过，还不都是让你惯的宠的！陈金财被怼得没了脾气，又冲张彩云来了：还知道哭，有句老话说得好，家有贤妻，男儿在外不作恶，你不是挺有能耐的，怎么不管住他？

公公这些话让张彩云很受伤，她还不够贤惠吗？她管得还不够严吗？还要她怎么样？要怨，只能怨你们这儿子不走正道，怨你们当爹妈的迁就纵容。当初我就跟你们说过，耍钱闹鬼，早晚得出事，可你们是怎么说的？这回他玩大了，败家了，反倒怨起我来！

愤怒，绝望，也可以激发出勇气，张彩云对公公婆婆如此疾言厉色，还是破天荒头一次，把两人都呛得直翻白眼儿，她自己也有些惊愕。看见陈金财猛然起身，张彩云以为是要打她，本能地朝后退缩着，陈金财打的，却是自己的脸：彩云，爹是气糊涂了，怎么能怨你？都怨我，怨我……

张彩云抹泪而去。

陈金福和王三桃一起从东院过来。弄清楚事由后，陈金福肚里又是一番掂量，说这件事恐怕不是那么简单，让陈金财问问天龙，那三个赌徒是否跟他说起过杨德轩家的事。陈金财明白大哥言下之意，说道：这不大可能，杨德轩最厌恶那些个吃喝嫖赌的，跟和尚他们那号人会有来往？陈金福说：会与不会，还是侧面问一问的好，杨家落到那步田地，不会善罢甘休的。以后咱们凡事都要多留个心眼儿，多加点儿小心。

陈金财点头称是。钱匣子却在心里骂着：净整这马后炮，宅院都输给了人家，再留心眼儿，再加小心，还管个屁用！钱匣子挂念着大儿子那边，拽一把陈金财说：别光顾着生气，气破肚子又能咋样？赶紧过那边看去，不定闹成啥样子了。

他们来得正是时候，张彩云把自己几件衣服和随身用品打成一个布包，正要回娘家去。两个儿子都哭成了泪人儿，扯拽着不让她走。陈六指儿刚刚也劝说过，被张彩云给戗了回去，缩在一边，再不敢言语。看见爹妈过来，陈六指儿想溜边儿，被陈金财揪着衣领，狠狠给按坐在炕沿上：看见没有？好端端一个家，就要被你弄散了，不争气的东西！

钱匣子夺过张彩云手里的包袱，像得着件宝贝似的死死抱在胸前，哀求着张彩云：扔下孩子不管，回娘家，你忍心吗？千万千万不能走，就算给妈个面子中不？没了住处，咱们再想办法，这个家可不能说散就散哪！转过身，在陈六指儿脑门上猛戳几下：都是你做的孽，快给彩云认个错儿，下个保证，以后再敢进赌场一步，我和你爹就是认彩云当闺女，也不会认你这个败家儿子！

张彩云挣脱着儿子的扯拽，还是非要走不可。陈六指儿双腿一屈，给张彩云跪了下来……

陈金财急急去了趟镇上，把事情彻底问清楚了，心也彻底凉了，他买下的杨家宅院，已经被败家儿子输给那个狗日的和尚了。完了，完了，他是庄头又能咋？这种事没人会同情，只会被当作笑柄，就是能筹借到钱把宅院再买回来，看和尚那意思，也不见得会卖给他。完了，阎王爷下帖子，没得救了。

陈金财也找了老单，他不能认可老单跟儿子立下的协议，那笔钱，老单你就当是暂借，容我们慢慢还行不……陈金财把怨气按捺在肚子里，跟老单好说好商量。老单那儿却没得商量，他也不是原来那个老单了，回的还是那句：这店铺，要么合给我单家，要么合给你陈家。要老命呢，他要是能拿出现洋来，还用得着费这吐沫？这店铺，也只能眼睁睁看着落到了老单名下，让老单捡了个便宜。陈金财又气恨恨骂起陈六指儿：从今往后，你也不用找借口再去镇上了，不然我打折你的狗腿！彩云，你一定给我看住他！

陈六指儿发誓再不进赌场，一连三天待在家里，门都没出，到了第四天头上，人却忽然就不见了，当然是又去了镇上。张彩云拿他实在没办法，一个长着腿脚的活物，看能看得住吗？她也没那闲工夫看着他，除非用条狗链子，把他拴住。

和尚和那几个赌友，这回可都是真心在劝陈六指儿，别再赌啦，啥事不能强出头，该罢手就得罢手，该认输就得认输。陈六指儿还是不认，陈六指儿要把抵输掉的宅院赢回来，风水轮流转，他就不信自己总走背字儿，这回他要跟和尚支色子，三把定输赢！

和尚似乎很无奈，既然陈老弟非要一条道儿走到黑，他也只好奉陪。但还是那句话，赌场无父子，愿赌服输，如果这回他输了，宅院可以归还给陈老弟，如果陈老弟又输了咋办？咱们还是得白纸黑字，先立个字据。

陈六指儿那颗被驴踢过、被门挤过的脑袋里，现在就一个念头，一定要把宅院赢回来，赢回来！至于再输该咋办，他还没想过。他已经等不及，哪儿那么多啰唆，痛快儿的！

老溜子充当着和事佬，让和尚别太较真，规矩是要讲，可也得讲个朋友情分。陈老弟已拿不出真金白银，也没了可抵押物，总不能把老婆抵上吧？……老溜子话还没说完，就见陈六指儿脱下外罩，往桌上猛一摔：咋不能？就是她了！

赌场上的输赢，往往在一瞬间，而这一瞬间往往就能改变一个人的命运、一个家庭的命运。陈六指儿又输了，这一刻，他感觉自己那颗脑袋轰的一声被炸成无数碎片，人不见了，屋子不见了，整个世界都不存在了……

二十三

　　天已过晌，张彩云一个人坐在屋里，心神不定地纳着鞋底，忽然有说话声钻进耳鼓，张彩云放下手里的活计，走出屋子，见是三个陌生男人在院子里晃荡，她有几分惶恐地问过去：你们找谁呀？三人都没搭话，脸上挤着笑容互相看几眼，而后都盯在张彩云身上，显得那么轻浮不正经。张彩云在身上拍打几下，像是要把令她讨厌的苍蝇拍落下去，又问了一句。那个圆头肥脸的人眯着细长眼回话说：别人都叫我和尚，弟妹不认得我了？我们跟你家掌柜是朋友，咱们见过面的。

　　张彩云表情僵了一下，陡地充满愤怒之色：说得好听，什么朋友？应该叫你们赌贼，叫你们骗子！

　　和尚一副大肚能容的姿态，又那么笑眯着一双细眼，说道：弟妹觉得这么叫痛快、解恨，就随你意。不过事儿得说明白，你家掌柜进麻将馆，上我们的赌桌，都是自己情愿，输房子输地，只能怪他手艺不精，运气不佳，你要怨要骂，不该冲我们来。

　　张彩云耻于跟他们再争辩：我们孩子他爹不在家，这宅院，不是还没到抵押期限吗？到时我们会腾给你的，你们赶紧走！赶紧走！

　　一个女人的悲哀，很多时候就在于她能忍辱负重，在于她对自己男人过于宽容和依附。张彩云为人贤惠善良，也不乏精明，这时却丝毫没有意识到，她活生生的一个人，竟然会被丈夫当作赌注，赌输给眼前这个肥头大耳的男人。她只是见丈夫没跟这几个人搅在一起，心里竟然还感到有几分庆幸和安慰。

就在这个时刻，和尚把那张字据拿给了张彩云，而后让老溜子去大门外找陈六指儿。张彩云念过两年私塾，又上过识字班，字据上的几行文字和自己男人的签名，都能认得出，那不是字，是一把把尖刀在捅她的胸口，是一把把铁锤在砸她的脑袋。她努力坚持着，才没让自己倒下，眼里已涌满泪水。

陈六指儿害怕见到张彩云，躲在大门口没敢进院子。和尚推搡着他走进屋时，张彩云正在叠衣服，要打包裹带走，情绪似乎已稳定下来。和尚说：弟妹你这样就对了，你就应该想开点儿，再跟陈老弟这号男人过下去，我都替你抱委屈。

张彩云猝然转身，血红的眼睛死死瞪着和尚：你以为我要跟你走？啊呸！非要我跟你走也行，只能抬着我的尸首！张彩云从针线笸箩里拿起一把剪刀，抵在自己胸口上。

和尚没急没慌，对陈六指儿努努嘴：哎，看到了没有，你手上，可要出人命了。

陈六指儿已魂魄出窍，话都不成句。在赌桌上输掉老婆那会儿，陈六指儿一时意识全无，一觉活了过来，扑通就给和尚跪下了。现在，他又哀求和尚能慈悲为怀，放过他们。见和尚还是不为所动，陈六指儿惶然无措着，想要劝说张彩云，又唯恐激怒她，真弄个白剪刀进，红剪刀出。

和尚斜眼看着陈六指儿，似在看一只无头苍蝇、一只落水老鼠，讥笑道：知道自己为啥落得这么惨吗？就在于你这人浮躁轻狂，不自量力，又贪念过重。在这赌场里，你才熏染多久，不但敢下大赌注，还敢跟我们玩奸使诈。今天这场赌，实话说我是暗中做鬼赢的你，但只是想给你个教训。那会儿你要说赌胳膊赌腿，我还会拿你当条汉子，可你竟拿这么好的老婆当赌注，也太不够爷们儿了！

和尚把那张字据举起来，像是在做一道手工，慢慢地，先撕成一条一条，再撕成一小块一小块，雪花一样扬撒在陈六指儿脸上。一旁的老溜子和大眼儿灯都看得一头雾水，和尚这是要干啥？就这么便宜了陈六指儿和他老婆？和尚确是这种意思，事前并没跟他们透露，老溜子正想张口问问明白，却见和尚冲他们猛挥了一下胳膊：回，咱们回啦！自顾朝大门外走去。

狗日的和尚，没这么吓唬人的，陈六指儿长舒口气，追着和尚，又问起这宅院。和尚讥笑出声：喔嗬，还得寸进尺啦，别他妈做梦，还是那个期限。

陈六指儿灰了脸，还有件事要问和尚，他跟杨德轩杨大圣父子，是否熟悉。和尚神情有些错愕，问陈六指儿说：怎么的，你怀疑我跟杨家背后有啥交易？陈六指儿赶紧说不是这意思。和尚说，不是这意思，那又是啥意思？他拍了拍陈六指儿的肩膀又道，陈老弟，如果杨家跟我们背后有交易，这宅院我一准儿会卖给他们家，对吧？但我告诉你，买主已经有了，并不姓杨，姓甚名谁，现在还不便相告，随你瞎琢磨去。

弄不懂是什么原因，和尚会网开一面，放过张彩云。张彩云心中那深深的怨愤、忧愁，那已近极致的悲伤、绝望，却丝毫未觉减轻。当陈金财两口子赶过来时，张彩云已经带着两个儿子满怀悲怆走在了回娘家的路上。陈金财夫妻一路追过去，没能追上，在村头打了半天转转，终归还是没敢去张彩云娘家。

次日，钱匣子带着陈六指儿上门请罪，好话说尽，张彩云始终闭门不见。亲家公亲家母，也都没一句客气话，就差往外搡他们了。三天后，他们再去，还是如此。陈六指儿一出张家大门口，就愤愤地骂起张彩云：杀人不过头点地，一回回的，她这是干啥？离就离，还能……后边的话，被钱匣子一个大脖拐子给打回肚子里：放啥狗屁！这种话，还轮不到你说！

是的，这话从张彩云嘴里说出来，才是理所应当，在陈六指儿赌输掉宅院后，张彩云就已经萌生此意，这几天正处在犹豫不决中，陈六指儿又将她往绝望的泥淖里推了一把。但仅凭她这一厢情愿，未必就能如愿，钱匣子那一个大脖拐子，把陈六指儿一时冲动的离婚念头给打了回去，从此他牙关紧咬，再不提离婚二字，弄得张彩云进退不能。夫妻俩于是就这样说合不合，说离没离，分居两地打起了冷战。

三个月后，是老当家陈锦堂的突然离世，才让这桩即将分崩离析的婚姻出现了转机。

陈六指儿赌输掉的宅院，被和尚转卖给了镇上的牛大锤。牛大锤是屠夫出身，主业杀牛，没牛可杀时，猪、狗、驴、羊也杀。杀牛是力气活儿，需得几人联手，将牛捆结实后，才可动手。牛大锤大多时候都是自己干，也不用那么麻烦，别人杀牛是用刀，他是用大锤，让人把牛牵过来，扔一把草过去，趁牛低头不备，大锤猛地抡起，照准牛脑门吭当砸下去，牛即刻倒地毙命。然后迅速下刀放血，杀出的牛肉一样清鲜。后来有一次杀牛，牛大锤也是按这套路，看着牛被砸倒在地，挣扎一阵不再动弹，他正要下刀子，那牛又猛然站起，先给他来了个犄角钻裆，接着是高挑活人，一下子把他摔了个半死。这起事件，一时成为小镇上最热门的话题。有人笑说，这牛大锤猪杀得，狗杀得，驴杀得，羊杀得，就这牛杀不得，他本家嘛。牛大锤得了教训，猪狗驴羊也不想杀了，自此放下屠刀，转行干起卖卤肉的营生。

牛大锤已经四十好几，还没娶上老婆，放下屠刀不再干杀生害命的营生以后，很快就有了女人缘，娶的是芦花坞一个陈姓的寡妇，带着一双儿女。牛大锤平时除了爱喝口小酒，没啥别的不良嗜好，手头积攒不少，对老婆和两个"拖油瓶"，都善待有加。陈寡妇日子过得知足，对居住环境却不看好，左邻右舍，净出泼皮混混儿。儿子牛二一天天在长大，整天跟那些人厮混一起，早晚也会成泼皮混混儿的。近朱者赤，近墨者黑。陈寡妇虽然没文化，这个道理还是懂的，于是也想学孟母择邻。正好听说和尚在芦花坞有宅院要卖，她便动起心思，鼓动牛大锤把宅院买了下来。

陈六指儿孤身一人，灰溜溜搬回陈家大院，还要住那三间厢房。老二老三兄弟俩都心有怨气，都不愿为这败家子腾房让屋。陈金财劝说他们不成，钱匣子又劝：你们这大哥是太不争气，落得这惨状，要再没个窝住，张彩云就更难回心转意，他们那个家就彻底散啦！……钱匣子哭出来，膝盖也见软，要给两个儿子跪下来。老三总算被打动，同意腾让房子，但也说了，他完全是冲大嫂的为人，是同情怜悯两个侄子。要是冲那个败家子大哥，门儿都没有。

陈六指儿有了单独住处，还不知足，还是气不平，三间偏房，以前是他们一家人住，这回是他跟二弟家各一间半，出来进去，总觉别别扭扭不自在。二弟和二弟媳，当然更觉住得憋屈，日子一长，矛盾也越发见多。有天中午，陈六指儿和二弟夫妻俩，又因为堂屋那点地方你占多他占少，吵成一锅粥。陈金财和钱匣子过来劝架，战火刚平息下，就见老娘拧着双小脚急惶惶跑过来，冲他们大呼小叫：快！快！你爹不行了！……

陈锦堂已卧病多日。孙子陈六指儿太不给陈家门长脸，赌输掉宅院不算，又差点输掉老婆，气得陈锦堂直拿脑袋撞墙。病中，陈锦堂几次嘱咐陈金财和钱匣子，一定要把张彩云劝说回陈家大院，他这爷公也给她赔不是了。张彩云还是不为所动，只是把大儿子陈胜阳给放了回来。陈六指儿和二弟夫妻俩吵架之时，正是陈锦堂与阎王爷抗争之际，忽觉胸口咕咚撞来一团热胀腥咸，又迅猛窜到喉头，他哇地一口吐出来，随之整个身子就僵硬住了……

人活一口气，这口气，陈锦堂是说没就没了。

陈金财派侄儿陈天业来西后岭给张彩云报了丧。没能在爷公活着时见上最后一面，张彩云为此感到遗憾和歉疚。

嫁到陈家门这些年，张彩云总觉幸福时光过于短暂，还不到两年时间，对她恩爱体贴的丈夫就判若两人，就让她落入失望和无奈的泥淖。在村人瞩目的陈家大院里，那些个长辈，只有爷公和奶婆，能让她感受到慈爱和温暖，让她感觉亲近些。感情这东西，也是相辅相成，他们之间的亲近和认可，都是在最初的看法相互转变之后才有的，爷公能获得张彩云的尊重和亲近，尽管是这几年才有的事情，她仍然很看重这份情感。爷公病重之际她没有回去，现在爷公命赴黄泉，她再不回去尽孝，就有些说不过去了，毕竟她还是陈家门的媳妇。

很难得有这个机会，公公婆婆奶婆，妯娌小姑子小叔子，都逮着空劝说起张彩云。让张彩云最受不住的，是大儿子陈胜阳可怜巴巴的哀求。等到爷公丧事办完，张彩云再想绝情而去，那双腿，哪里还迈得动？

陈锦堂的丧事，办得很隆重，但又能怎么样？陈金财夫妻俩，以至整个陈家门，还是都觉挂不住脸。人都有一死，只是死因各有不同，杨族老当家杨润山，也是一口气没上来撒手而去，人家的死，那叫悲壮。陈族老当家陈锦堂，是死于孙子败家之后，又是死于孙子吵架之时，他的死，那叫悲哀。

　　一个家族或家庭的兴衰荣辱，都有着这样那样的因素，在芦花坞的历史上，因赌钱输掉宅院、输掉老婆，陈家门的子孙陈六指儿，是绝无仅有的一个。村人们一说起这件事，没有不撇嘴的。钱耙子再能划拉钱，家里有这么个败家儿子，那钱匣子还不就是个掉了底的漏斗？……打那以后，很多人已不再叫"陈六指儿"的这个外号，而是开始叫他"败家子儿"，还有人叫他"气死爷"。

二十四

这世道，说变就变，小日本滚蛋了，国民党复又回来，还没出三年呢，白河县域大小衙门口的青天白日旗，换成了鲜艳艳的红旗，成了共产党的天下。

这个值得纪念的好日子，是一九四八年十月二十五日。

几日后的上午，鲁老贵从老龙河对岸载过来四男一女，除一人外，身上都背着方块状背包，有三人穿着同一颜色的军装。进村后，他们直奔村公所而来。这时节，村上一些上了岁数的男人们，总喜欢在村公所墙根儿前扎堆晒太阳，扯闲篇儿，尽管他们已经知道共产党坐了这方天下，对时局都还混沌着，一经看见穿黄衣服的陌生人，心里不免又咚咚打起鼓来。

陈大下巴一个人待在村公所里，听见有人喊他，慢慢腾腾晃出来，五位陌生人已近跟前，陈大下巴点头哈腰，怯怯地问：老总们有何贵干？五位陌生人都笑了，那个耳根下有条月牙疤的人问陈大下巴，见没见过解放军，就是过去的八路。陈大下巴说：你们就是八路？听说过，今儿是头一回见。月牙疤说：我们现在是工作队，是来你们村搞土改的，土改就是让大伙儿都有地种，都有饭吃，不再受少数人剥削压迫。陈大下巴说：哈，这可是大好事。他腿肚子不再打战，让工作队去屋里等候，他这就去找陈庄头，哦不是，现在时兴叫村长。

工作队要找的人，却是杨德轩。杨瞎子也在墙根儿那群人中，看见陈大下巴愣着神，他喊声：我去找！老兔子似的一蹦一跳着去了。

杨德轩自一场大病后，这两年身体一直欠佳，从家里到村公所，没有多远路程，都走得有些气喘。五位陌生人都等在村公所外边，那个年龄稍长当官模样的人，上前来一把握住杨德轩的双手，问还认不认得他，他姓周，那年……

杨德轩哦哦几声：你是拴柱表舅，瞧我这老眼昏花的。月牙儿疤是工作队的头儿，他告诉杨德轩，这位现在是白河县周县长。杨德轩又哦哦哦，又是一个没想到。那个让他伤透心的谷县长谷云清，刚刚离开白河县，又来了个周长河，一个与他也有着某种渊源的周县长，这世上事，真是变幻无常，不可捉摸。

两人相互问候着，杨德轩忽然想起那位童排长，一问才知，童排长痊愈归队后没多久，就牺牲在战场上，杨德轩不由一阵悲伤感叹。周长河说：为了劳苦大众能过上好日子，我们共产党人，我们的战士牺牲无数啊！……周长河对杨德轩组织义勇队灭掉大嘴岛海匪的壮举，在县里时就已听说过，作为一个带过兵打过仗的人，对此他也尤感敬佩。对杨家大院这些年的遭遇和变故，周长河已在船上听鲁老贵讲了一番，心中也已了然，看着杨德轩沧桑憔悴的面容，就能感知到他所承受的伤痛和苦难该有多么沉重。现在好了，屈辱和苦难的日子该结束了。

周长河与土改工作队一同来芦花坞，主要是为看望表姐夫妻俩，杨德轩想陪周长河一起去，被婉言谢绝，说眼下最需要他的，是叶队长和土改工作队的吃住安排，还有下一步的工作开展，都需要他的帮助。杨德轩连连点头：没的说，没的说，这本是我应尽的地主之谊。说着，顿觉精气神足了很多。

陈大下巴还是把陈金财找了来。陈金财见叶队长和工作队员都对他这村长不屑一顾，没好意思往跟前凑。杨德轩从陈金财眼里，看到一丝灼灼有声的妒火，他也没搭理他，领着工作队去了自己家里。叶队长坚持要住村公所，那也得把火炕盘好后再说，天儿一天比一天凉，睡冷板床哪行。

杨大圣和豆香把屋子腾让出来，他们一家住进后盖的简易小屋里。女工作队员小陆，被安排跟三个半大姑娘住在一起。小陆年轻，性格开朗，很快就跟她们打成一片，教她们学文化，学唱歌，院子里欢声笑语不断。

杨德轩就是在这一天，终于向家人道出了那桩秘密。家人们一波惊异过后，皆神采飞扬，又肃然起敬。敬佩着杨德轩，也敬佩着拴柱和他爹妈，在鬼子汉奸统治时期，家里私藏八路养伤，那可是要掉脑袋的。现在好了，成了有功之臣，光环照顶了。

土改工作队刚安顿下来，叶队长就过来找杨德轩谈话，说是要马上成立什么农协会，希望杨德轩当这个主席，还要发展他入党，尽快把村里的党组织建立起来。杨德轩心有顾虑，他一个落魄之人，又是多病之身，怎能堪此大任，会误事的。叶队长就认准了杨德轩，说：没经验不怕，可以边干边学，你能把庄头当好，同样也能把农协会主席当好。怕身体吃不消，可以选搭档、配副手，人选就由你定夺。

让杨德轩定夺，非鲁振庭莫属了，这么多年里，他们二人困苦相扶，危难相济，往后更得如此。鲁振庭应得倒是很爽快，心情比杨德轩还显兴奋：老天开眼，咱这芦花坞，又由杨庄头执掌了！

杨德轩让鲁振庭不要再这么叫他，说道：刚才叶队长给我讲了半天革命道理，什么庄头啊，寨主啊，都是封建社会的叫法。咱们芦花坞，马上要建立新型民主政权，除了农协会，还要成立土改工作组和民兵队，人选嘛，叶队长让咱们先拿拿主意。

鲁振庭说：民兵队长不用费琢磨，我看大圣最合适。杨德轩说：也合适，也不合适。这小子从骨子里喜欢玩船走海，以后让他掌管一摊事，最好还是当船头。鲁振庭又提议：那就让礼海干。杨德轩摇头：他现在瘸了吧唧的，哪干得了这差事？不行不行。鲁振庭说：礼海真刀真枪跟海匪打过仗，是英雄，让英雄当民兵队长，应当应分。腿有点儿瘸，走路并无大碍，脸盘子有疤痕，不怒自威，干民兵队长正合适。鲁振庭让杨德轩别管这事，他去跟叶队长说，保准会同意，礼海也保准愿意干，也保准能干好。

鲁振庭这双保票，都没打错。杨礼海上任后，很快就把民兵队组织起来。叶队长让手下队员"小东北"帮着杨礼海一块儿搞训练，还通过关系，从县里弄来四支"三八大盖儿"和五支"七六九"。杨礼海还没确定下让谁背这几杆真枪，杨葫芦就拎着两只野鸭找上了家门来。牛二比杨葫芦来得还早。杨葫芦皱了下眉头，想走，又不舍。牛二比杨葫芦小两三岁，但看他那副做派，倒像是个长者，就像在自己家里一样，招呼着杨葫芦说：坐呀，夜猫子进宅无事不来，你小子，是不是也想弄支真家伙背背？

杨葫芦本就有些牛皮哄哄，见不得别人跟他牛皮哄哄，有意踩着牛二说：那又咋了？想当年我可是义勇队的一员，真刀真枪跟海匪干过仗的！杨葫芦冲杨礼海叫声三哥，话出口，啪地打了自己一小嘴巴：看我这张破嘴，应该叫杨队长，以后我就鞍前马后跟定杨队长了。杨礼海经不住忽悠，成全了杨葫芦，然后神气十足地对杨葫芦和牛二说道：叶队长让咱们民兵队明天就开始巡逻值夜，村里哪个要敢转移偷藏浮财，咱们见一个抓一个，见两个抓一双，决不能留情！

杨葫芦背上了"七六九"，但跟牛二一比，还觉差着一截，不知牛二从哪儿淘弄来一顶旧军帽和一条旧军用皮带，这么一戴，一扎，越发牛气得不行，让杨葫芦看得眼热。后来不久，杨葫芦也淘弄来这两样东西。两人整天跟在杨队长屁股后面转，都神气活现的，嘴里还时不时甩出几句新词儿，都很是有点儿人模狗样了。

那一阵，整个芦花坞都处于一种骚动不安之中，有人欢喜，有人忧愁，也有人恐惧。搞土改，划阶级成分，各地有各地的情况，各村也有各村的不同。芦花坞人多地少，没有多少人家占有过多土地和生产资料。但就是从羊群里找骆驼，从矬子里拔将军，也能分出三六九等来。划成分之前，杨礼海按照土改工作组提供的名单，带着几个基干民兵逐户收缴房契地契，这些人家，要么有土地二十几亩，要么养有渔船或拴有车马，要么雇有长工短工……按上边定的标准，他们都有可能被划为地主或富农。

收缴房地契工作还算顺利。临近杨德耕家大门口时，杨礼海借故躲回村公所，等候着消息。不多一时，牛二跟杨葫芦一起回来，说起杨德耕夫妻如何如何，杨礼海再不想回避，也无法回避，气冲冲去了二叔家里。

杨德耕夫妻俩已料到杨礼海会来，但没料到会来得这么快。他们不愿交出房契地契，跟牛二和杨葫芦玩的是软磨硬抗，这时跟杨礼海，打的是亲情牌，脸上都挤满笑容，"三侄儿三侄儿"

的叫得亲切。二婶儿还睁着两眼说瞎话，夸赞着杨礼海：看看我这三侄儿，多英武豪气……

杨礼海听得浑身不自在，不是感动，而是反感，他把胳膊猛一甩说道：少跟我整这里格儿楞！你们亲口说过再不跟我们来往，现在认我这亲侄儿了，没用！亲不亲，阶级分。杨礼海警告起二叔二婶，别不识时务，逆历史潮流而动，否则只能是自取灭亡！现在他就要他们一句话，这房契地契，交还是不交。

杨德耕跌坐回椅子上，埋头不理杨礼海。一按膝盖，忽地又站起，抵近杨礼海跟前，声嘶力竭地问着：我们家的房子和地，是偷来的吗？是霸占来的吗？是辛辛苦苦挣来的！让我们交出房契地契，接下来是不是要把房、地分给那些穷蛤蜊皮？凭啥？凭啥？

杨葫芦上前两步，为杨礼海挡着吐沫星子：嗨，嗨，这话你最好别问我们杨队长，我们都是磨道里的驴，听喝的。你也别不服气，你说你家房子和地都是靠辛苦挣来的，可我听说也有放高利贷赚来的。

杨德耕说：放高利贷怎么了？那是你情我愿的事儿，一个鸡蛋打一尿盆羹，把你还出息了，一边儿待着去！杨德耕火气冲天，喷射出的吐沫星子跟枪砂一样，打在杨葫芦脸上。

杨礼海把杨葫芦扒拉到一边，用坚硬目光迎着二叔的坚硬目光：你胆子可真不小，这时候还敢说这种话，那就别怪我不客气了！杨礼海说不客气，并不见动手，朝哼哈二将摆了一下头，脚一踮一踮地走了。

杨葫芦和牛二心领神会，把枪从肩头摘下来，故意弄出很大声响，牛二问杨德耕：还没想明白？要不我带你去个地方，到了那儿，保准你乖乖的。杨葫芦也配合做着动作，把手里的绳子抖得刷刷作响。

杨德耕再扛不住了⋯⋯

成分划定工作终于尘埃落定。

在群众大会上，女地主"药罐子"，就是陈大下巴那个寡嫂，当场就哇哇哭起来。"药罐子"十六岁嫁到芦花坞，婆家富足殷实，男人却是个痨病鬼，她嫁过来没两年，男人就去了阎罗殿，留下个儿子，打一出生也是病病歪歪的。寡妇女人经不住生活磨难，后来也弄得一身病，长年累月离不开药罐子，家里的三十几亩地，一半租出去，一半靠雇工收种，可按土改划定的杠杠，"药罐子"就成了女地主。

紧挨着"药罐子"坐的，是陈金禄和老婆侯翠花。他们家原本没有几亩地，族长爹死后，老娘要将四十几亩薄地分给儿子们，陈金福有好地，不愿要孬地，陈金财天生不愿种地，他们把分得的那份，都便宜卖给了陈金禄，钱不够，欠着也不打紧。这一搞起土改，陈金禄肠子都悔青了，哪是捡便宜，是捡了个木枷套在自个儿脖子上了。陈金禄和侯翠花没哭出来，也都满肚子泪。

有哭的，就有笑的，笑得最响亮的人，大概就是陈金财家那一门四户，他们都被划为贫农成分。陈六指儿自认为是他给家人带来的好运，开完大会一回到家里，他从爹娘开始逐个问着：你们还骂我败家子儿不？还骂我败家子儿不？⋯⋯陈金财庆幸着，也遗憾着，他这个短命的庄头，这次连个屁大的官儿都没捞得上做，他们陈家门，又得被杨家踩在脚下了。

二十五

　　祸兮福所倚，福兮祸所伏，杨家大院也属幸运者，如果不是家道败落，芦花坞最大的地主帽子，定然会落到他们头上。搬回大院那天，杨大圣兄弟几个把炮仗放得噼啪震响。老女人杨张氏，还要设神龛，要烧香敬佛，杨德轩想拦没拦，肺腑之言却不能不说：娘啊，要敬你就敬共产党，敬毛主席，敬土改工作队……庆幸之余，也深有遗憾，杨家大院缺去了半边，牛大锤一家被划为下中农成分，不属于被土改的对象，他家花钱买下的宅院，住得理所应当，他们只有跟牛家做邻居了。

　　一个人要想省却烦恼，需得学会放下，放下那些已经不切实际的念想。对已经成为牛家的半边宅院，杨德轩和家人一时都还放不下，倒也可以理解，大宅院那一砖一瓦，一椽一檩，可都凝结着杨家几代人的心血和情感呢！不可理喻的是陈六指儿，到了这会儿，他还在觊觎被他赌输掉的宅院，闲来无事，两手一背就又溜达了过来。

　　牛大锤正在院子里晒着太阳，靠椅旁边的木墩上，放着一只大号茶缸，一只旱烟笸箩。听到动静，牛大锤懒洋洋地抬起眼，见是陈六指儿，爱答不理地问是不是找牛二，他没在，刚被杨队长给叫走了。陈六指儿说谁也不找，就是随便看看，说完装模作样跟牛大锤套起了近乎，问这问那的。牛大锤有些烦，他早就烦陈六指儿了，今天也正赶上牛大锤心情不顺，刚跟牛二生过气，陈六指儿偏这当口过来，在他身边缠来绕去，嗡嗡嘤嘤，就像一只牛虻。牛虻于牛而言，越是热情，越遭讨厌，牛大锤嘴里自然也难有好话。

　　陈六指儿被戳了脸面，脾气也上来了，说：我来这院里转转怎么了？问问多少钱买的又怎么了？这宅院，是万恶旧社会的几个赌徒从我手里蒙骗走的，被你捡了个便宜，我就是心不甘，怎么了？

　　牛大锤朝地上呸了一口，让陈六指儿到他跟前来。陈六指儿说：干啥？你还想打我咋的？牛大锤说：我哪儿敢打你这土改积极分子，就想摸摸你这张脸，到底是人皮，还是牛皮，咋这么厚？还好意思说被蒙骗，谁骗的你你找谁去，跟我有啥相干？你就是把钱庄搬来，这宅院我也不会卖给你！

　　陈六指儿气得七窍生烟，开始骂了：你一个外来户，一个老绝户，少在这村上充大爷，看在你一大把年纪上，我是不愿跟你一般见识！

　　骂人别揭短，打人别打脸。牛大锤娶了寡妇女人，十分想亲生个一儿半女的，几年里没少下力气耕种，就是不见出苗。找老中医看过，不是女人那块地不行，是他种子不行，这才断了念想。有儿有女，不是亲生，严格说还是个老绝户，牛大锤就受不得谁骂他老绝户，一张倭瓜脸，登时成了一只大紫茄子，两眼瞪得有牛卵大，回骂陈六指儿道：你家倒是不绝户，可要你这样的儿子又有啥用？我要是你爹，豁着把那东西甩到墙上喂苍蝇，也不会生养你这号败家儿子，你这"气死爷"！

　　牛大锤这张嘴，也够恶毒，陈六指儿这回可是领教深刻，又见陈寡妇气呼呼出门去，大概是去找牛二了，他赶紧挂起免战牌，走时恶声恶气甩下一句骂：老屠夫，接着晒你的盖子吧！

陈六指儿回到家里，坐在房檐下点了支烟狠狠抽着，傻堂哥天开从东院过来，冲陈六指儿嘿嘿笑了声，将挂在房檐前的干辣椒扯下一串，往脖子上一挂，又嘿嘿傻笑着跑回了东院。陈六指儿先前那股怨气，还在头顶上呼呼窜着，傻堂哥这不是又在点火捻子吗？陈六指儿没去讨要辣椒，只想骂，于是连大妈王三桃也捎带上，骂得很是难听。

陈金财从屋里走出来，看见他气哼哼的样子，问是怎么回事。陈六指儿不提牛大锤，没说傻堂哥，而是从阶级立场角度，让陈金财把两院间的通道口堵死，以后少跟大伯一家来往，他们啥成分？咱们啥成分？两个阶级了……陈金财担心隔墙有耳，冲陈六指儿做了个住口的手势。陈六指儿歪歪脖子，把后面的话咽了回去。陈金福和家人灰头土脸搬回老窝，正房屋已被分给老庚和刘山妹两家，留给他们家的，是前院三间偏房和对面两间棚房。陈金财冲两家翻身户，恨不得在他们搬来当天，就把通道口堵上，冲大哥一家人，总觉有些不妥，陈六指儿这主意是利是弊，他都不想听从。

也是凑巧，此刻，陈金福正待在院子里，把陈六指儿的一番话听了个清楚，当即也把话甩过来：还是赶紧堵上得好，省得你们落下跟地主阶级划不清界限的嫌疑。世事难料哇，要是知道会有这么一天，我还不如也让儿子吃喝嫖赌，把家业给败掉。

陈金福还以颜色，抽打起他们父子的脸，让陈金财脸上一阵烫。陈六指儿无所谓的，类似这样的嘲讽、调侃，他听得多了，并不觉得自己可笑，可笑的恰恰应该是那些笑话他的人。

这时，牛二突然出现在东院。陈六指儿听见他粗横的说话声，赶紧躲进屋里。不料却是白遭一顿惊吓，牛二是冲地主分子陈金福而来的。他像押解犯人一般，带陈金福朝村西北去了。王三桃苦歪着脸过来找陈金财，求他去看看：那牛二舞刀弄枪的，要拿你大哥干啥呀？陈金财到大门外望几眼，就心神不安地回来了，他没有胆量去问牛二，更不用说跟过去。

陈金福被牛二带到一片稀疏干黄的芦苇地里，在靠近河边处，有间土坯小屋。陈金福越加恐惧，这牛二要杀人害命不成？走进屋来，猛然看见杨礼海凶头巴脸坐在里面，陈金福心里咯噔一响，浑身又抖抖索索筛起糠来。

杨礼海冷冷地看着陈金福：害怕了？害怕，是因为你心里有鬼！那年打大嘴岛，你们陈族船队半途出岔，啥他妈雾大迷航，我就从没信过钱耙子那套邪说，那是你们事先就密谋好的，故意整的一出骗人把戏，对不对？！还有我们杨家苇编厂那把大火，也跑不了你们！

陈金福心里这两头鬼，都是能要他们命的鬼，可是放不得。他连忙说：杨队长，我们真的没有啊！这些年我们跟你们杨家，虽是没少明争暗斗，可那得看是啥事情。

牛二咣当砸来一枪托：钱串子你他妈放明白点儿，你现在是地主分子，是反动阶级，再敢隐瞒罪恶，只有死路一条！

陈金福从地上爬起来道：杨队长你就是一刀一刀剐了我，我也还是这话，信不着我，你们可以去问别人，那天，陈金财触礁船沉，他们都是亲眼看见的。陈金福呜呜哭起来，像寒风吹拂着干枯的芦苇叶发出的声音……

杨礼海在陈金福身上白费了心思。随后又用同样的方式，提审了地主分子陈金禄，也是没逼问出什么。杨礼海知道自己这样做，有私设公堂之嫌，事前事后，都没跟父亲和大哥说过，但还是很快就被他们知道了，杨德轩把他好一顿训。杨大圣只是觉得有些遗憾，遗憾没能问出个子丑寅卯。世道不公啊，钱耙子陈金财要是被划为地主富农，他非挤出他的蛤蟆尿来不可！还有陈六指儿那"气死爷"，竟然成了他们陈家的功臣，还成了土改积极分子。

杨大圣只要一说起陈六指儿，就一脸的不屑。杨礼海却让他别老是从门缝里看一个人，那败家子很有些旁门左道的，听说他头一次去工作队驻地，就先扒皮亮丑，还说要做一个什么"旧社会把人变成鬼，新社会把鬼变成人"的典型。没过几日，就跟那个"小东北"弄得挺近乎。

借着话题，杨礼海又点拨起大哥来：人活于世，得顺应时代潮流，你还看不出形势吗？叶队长其实挺看重你的，大哥你得跟工作队多来往，多亲近组织，得入党，得当村干部，要想重壮咱们杨家的门面，靠的就是这些个了……

杨大圣听着三弟的话，似有所悟。

土改工作队在芦花坞待了近三个月，才留有遗憾地离去。他们有负周县长的希望，没能当上先进典型。这主要是两次斗争大会都没开好，第一次没开好，如果说是准备不够充分，那第二次应该够到位了，大场合小场合，一次又一次，他们可是没少对群众启发教育。叶队长还特意让杨德轩和鲁振庭找到重点翻身户做工作、开小灶，结果还是事与愿违。

杨德轩最先找的重点翻身户是五叔杨老庚。杨德轩将大车和枣红马卖给了鲁七斤，老庚也跟了过去，还是当车把式。鲁七斤本想把自家的老马旧车淘汰掉，见本村外村拉脚活计不少，一时拖延下来，哪想到会有土改这档子事，就凭他家拴有两挂大车，地富分子就当定了。杨德轩启发着老庚说：过两天又要开斗争大会，你得上台诉苦申冤，你是雇农，再不上实在有点儿说不过去了。

老庚从没犯过这么大的愁，愁得牙都疼开了，他对杨德轩说：你让我上房揭瓦都行，那土台子，可是忒不好上，我能说啥呀？这两年在鲁七斤家，我确是没少吃苦受累，但东家也是一样，待我也不薄。现在他成了地主，成了剥削阶级，可再怎么着，我也不能昧良心不是……老庚的思想觉悟，总是在这个高度晃来晃去，后来或许是看杨德轩太为难，也或许是受了许诺的诱惑，总算答应上台诉苦申冤。

鲁振庭先找到的重点翻身户是铁匠李。铁匠李是山东德州人氏，小时候跟父亲逃荒出来，落脚芦花坞已有些年头。他父亲早就作古了，铁匠李现在是跟儿子搭伙计，父子俩都好手艺，锄镰镐杖，刀铲锅勺，船锚船钉，没有他们不会打的。就是性格太木讷，儿子还不如爹，爹三杠子能压出个屁来，儿子得五杠子。父子俩也都不善经营，总是等别人上门来。这里面的商机就被陈金福捕捉到了，他先让铁匠李父子打了几套物件，由他拿到镇上去卖，都很抢手。从此后他便成了代销商，利用铁匠父子的手艺和力气，从中赚了不少银两。鲁振庭说：啥是剥削压迫？这就是。

父子俩都闷着头，半天不吭声。小铁匠媳妇走过来，把一碗白糖水递给鲁振庭，又去忙自己的事情了。鲁振庭润过嗓子，把话题转移到小媳妇身上。小铁匠好不容易娶上媳妇，这里面有陈金福老婆王三桃的一份功劳。这媳妇，原本是王三桃托人给她外甥介绍的对象，外甥没中意，王三桃不想浪费这难得的资源，把姑娘领回芦花坞，转手介绍给了小铁匠。俩人一相看，嘿，都对上了眼，一桩婚事就这么给弄成了。这以后，小铁匠也成了陈金福家的好使唤、白使唤，但凡有费力气的活儿，总是忘不了他。鲁振庭又启发着铁匠李父子俩说：啥叫剥削压迫，这就是……总算没白费口舌，铁匠李也答应下了鲁振庭。

那天，老庚先上来诉苦申冤，当与鲁七斤目光相对时，他忽又愧怍无语，呆愣结巴一阵，心想，就这样蔫退下去，跟杨德轩怕是不好交代，便上前几步，将鲁七斤脑袋往低按了两下，转过身，又冲人群举了三下胳膊，就下了台。杨德轩看在眼里，急在心上，我的五叔哎，这就完事了？真是干着急没办法。

铁匠李接着上来，底下一双双眼睛都盯着这老侉子，看他能说出个啥一二三来，竟然是照葫芦画瓢，上演的也是老庚那一出。负责喊口号的"小东北"和妇女主任大菊子，这次反应很快，一见铁匠李举起胳膊，他们也胳膊一举，高声喊起口号：打倒地主分子陈金福！打倒地主分子鲁七斤！打倒一切剥削阶级！……于事无补，鲁振庭也只能徒唤奈何。

杨大圣、杨礼海、鲁滩生等几个积极分子，也先后上台批斗发言，也都像是在应付差事。再往下，是陈六指儿、牛二、陈大下巴、"蛤蜊皮"等几个人。他们还不如不上来的好，人群中不时响起嘘笑声，不说陈六指儿，不说牛二，就说这陈大下巴和"蛤蜊皮"，平时都肩不挑担，手不提篮，不受穷才怪，还觍着大脸上来诉苦申冤？

县上和镇上的主要领导，也参加过其他村子的斗争大会，比起人家那场面，叶队长这芦花坞村，该怎么说呢，差的可不是一星半点儿。杨德轩当着贫协主席，或许觉得不好跟叶队长交差，第二次斗争大会刚一结束，他就像黄花鱼一样溜了边儿。鲁振庭没溜，被叶队长叫到了村公所。

芦花坞广大贫下中农的阶级觉悟和斗争精神，总是这么不温不火，让叶队长感到苦闷和困惑，这个结究竟缩在哪里，他需得讨教一番，希望鲁振庭不要含糊其词。

鲁振庭被点透心思，郑重地说：好吧，那我就直说了。常言道，冤有头，债有主，有多大的冤屈，就有多大的仇恨。依我看，咱们村广大贫下中农缺乏革命斗争性，是因为对那些地主富农，还没仇恨到那种程度。反过来说，也是那些地主富农没恶到那种程度。不然，就说明杨家门多少任庄头没有当好。至于说杨德轩对其中某些人过于宽容，那是因为他担心会引发宗族间的仇怨，怕被人说他是公报私仇。

鲁振庭一番话说得有些含蓄，但叶队长已明解其意，他认可鲁振庭的看法，从理解，然后到宽容，心中那股怨气便随之淡去很多，感觉自己从一个理想主义者渐变成一个现实主义者，这以后，他再没组织召开过批斗大会。

工作队临走前的最后那顿饭，是在杨德轩家里吃的。叶队长跟杨德轩曾有过一次长谈，杨大圣和杨礼海兄弟俩也都在场。叶队长对杨德轩由衷表示感谢和敬佩，也不客气地指出了他的弱点：思想有些右倾保守，斗争性不强。他已经是村支书，一味抱守以德服人、与人为善那套治村理念是不行的。新中国就要建立，社会上的封建残余、阶级矛盾无处不在，各种积弊错综复杂，咱们无产阶级，必须有大无畏的革命斗争精神……叶队长说了很多，最后跟杨德轩父子下了一个断言，"土改"只是个开端，以后还会有一场场触及灵魂的革命运动，我们每个人，都需要在革命斗争中经受洗礼和考验……

二十六

日出日落的每一天，是自然界里最单调的重复，人生一代一代的交替，也总带有一种似曾相识的熟悉。这一年，杨大圣的大儿子杨伟生，陈六指儿的大儿子陈胜阳，都已经十八九岁，也到了婚娶的年龄。早成家，早立业，早得儿子早得济，向来被乡下人视作是家业兴旺的象征，陈家大院如果还在拿儿女婚姻与杨家门争着高低，那么这一次，杨家大院应甘拜下风，杨大圣的儿子杨伟生，连对象还没谈过，陈六指儿的儿子陈胜阳，可是就要娶媳妇进门了。

陈胜阳的结婚喜日，是陈六指儿定下的，确切地说，是数月前陈六指儿找白眼侯儿择定下的。白眼侯儿是双龙镇人，刚出道时走村串寨给人算命，后来在镇上、在县城里都摆过卦摊，开过相术馆，号称"侯半仙"。解放后，政府号召破除迷信，倡导新风，他才收了招牌回到家中，但暗里仍装神弄鬼，旧业未弃。

陈六指儿信服白眼侯儿算命打卦那一套，始于十一年前那场匪劫之后。那天正值杨德轩组织村人积极备战，准备与海匪刀枪相见，陈金财却要找白眼侯儿卜测凶吉，把陈六指儿也带了去。大嘴岛战事后不久，陈金财又带陈六指儿找过白眼侯儿问财运，也是被白眼侯儿给言中。打这以后，陈金财父子就都信服起白眼侯儿来，老子信得死心塌地，儿子信得五体投地。

陈六指儿为人小气，为给儿子择定婚日，却是少有的慷慨，给白眼侯儿拿了烟酒点心，还请白眼侯儿在聚仙楼喝了顿小酒。张彩云对陈六指儿如此破费很是不爽，不是小气，是认为没必要。八月初八，谁不知道这是个约定俗成的吉利日子，还用得着花钱搭物，找一个半瞎老头掐算？其实也用不着选什么日子，丁是丁，卯是卯，哪天结婚哪天好。

张彩云的不以为然，似乎亵渎了神灵，让陈六指儿很是生气。陈六指儿从白眼侯儿那里回来，先去了陈金财屋里，父子俩猫腰撅腚，又查看了半天老皇历，陈六指儿这时问张彩云说：白眼侯儿择定的日子，你知道老皇历上咋个说的吗？听好了，此日有两宜：一宜嫁娶，二宜求子嗣。另外而且，此日四个吉数里面，其中两个数，与胜阳和招娣儿的生岁正合，你说巧不巧。咱们肉眼凡胎，以为带八带六就是吉日，看的那只是皮毛表象。人家白眼侯儿，则是由表及里，天干地支阴阳五行生辰八字贯穿一体同卜于心，道行深着呢！

陈六指儿说得玄乎，如讲天书。张彩云听得一愣一愣的，如坠五里云雾，那半瞎子还真成了仙不成？还是觉得好笑，不过也觉得没必要再费口舌，男人认定哪天好，定下就是了。

为大儿子的婚事，陈六指儿很是舍得，还想把他们夫妻住的正房屋，腾让出来做新房，但陈胜阳明白事理，说什么也不同意。偏房老旧，可以修补，陈胜阳正在学木匠手艺，师傅陈木匠也过来帮忙，修完房子，又打家具，师徒俩忙了近一月。

张彩云当然更是忙得不轻。婚期近在眼前，张彩云在心里捋捋，该准备的已没啥欠缺，就等到时大红喜字一贴，迎娶新媳妇进门了。思前想后觉得已经很是周全了，可有一件事情，张彩云和家人却都没能预料得到。他们肉眼凡胎，难能预料突发变故，那个白眼侯儿，不是号称侯半仙吗，事先怎么也没掐算出来？陈金财陈六指儿父子俩，在这之后就开始骂起侯半仙来，狗屁，都他妈狗屁！

农历八月初六，距儿子陈胜阳大婚还有两天。这天一早，陈金财照例又身背粪筐出了家门。土改划过成分，陈金财还真有点贫下中农的样子了，人变勤快了，也喜欢侍弄土地了，他还弄了只粪筐整天背在肩上。开始只是想做做样子，渐渐习惯成自然，每天他都要早早起来，肩背粪筐去地里转上一圈，才觉得浑身舒坦。

这天，陈金财起得稍晚了些，天色虽已泛白，但村街上，仍少有人走动，海潮的喘息声都清晰入耳。走近杨家大院门口，两扇黑漆漆的大门，一扇半开着，里面好像有人在哭。陈金财又往前凑了凑，哭声清晰了些，是大人的哭声，这一大早的……哈，该不会是杨德轩那老梆子嗝儿屁了吧？

有说话声传过来，陈金财赶紧迈步朝村西走去，还不时回头张望。他看见杨家大院里出来两个人，往门垛子上贴着什么。陈金财没心思再去地里，等那两人回了院子，他又折回大门楼前，发现门楼两边砖垛子上，分别对角贴有一张白纸，在左边砖垛子上，还竖贴着一张白纸，上面趴满黑字：

故显考杨府太君德轩老大人，因病卒于一九五七年九月三十日，享年六十三岁。不孝儿杨仁海及全家不孝男女顿首泣告，恕报不周。

陈金财有点不相信自己的眼睛，又速速看过一遍，便大步腾腾回家去了。钱匣子刚起床，两手捧着黑黢黢的尿盆，要去大门外把尿水倒在灰堆里，这可是上好的肥料。陈金财咣当推门进来，把钱匣子结结实实吓了一跳，两手猛一抖动，尿汤子随之汹涌澎湃，洒了她一身，怨陈金财道：多大岁数了，还这么毛愣。她把尿盆放在矮墙头上，撩起围裙抹抹手，又问陈金财：看你这满脸喜气，捡到金元宝了咋的？

　　陈金财此时的心情，跟捡到金元宝也差不多少。杨德轩沉疴不起已有时日，今天命赴黄泉，得说阎王爷对他够宽容，陈金财早就期待这个时刻了。杨德轩已不是村里的书记，两年前就让位给了郑有全，可他仍是芦花坞的一杆大旗，有这杆大旗戳在那里，陈金财和他们陈家门总觉精神压抑，心虚气短，抬不起头，哈哈，今天大旗总算倒下了。陈金财心情大好，不由笑出声来。

　　对同一件事情，女人和男人的心理反应往往会有差异，钱匣子是在感叹一番后，脸上才现出了一抹笑意。但她的笑意又突然僵在了脸上，随即一拍大腿说道：哎呦呦，麻烦了，麻烦了，杨德轩如果停灵三天，他的丧事跟咱们大孙子的喜事，不是撞到一块儿了吗？

　　陈金财也突然醒悟过来：可不是吗，光顾着高兴，竟忘了还有这么一搭。陈杨两家斜对门儿住着，咱们陈家大门前披红挂彩，欢欢喜喜迎亲，他们杨家大门前扯黑挂白，男哭女号办丧事，这叫什么事？陈金财再也开心不起来了。

　　陈六指儿还在被窝里睡着，张彩云也是刚刚起床，蓬头素面还没梳洗。他们都被叫到爹娘屋里。期待已久的一桩大喜事里，突然搅进了一桩丧事，让他们夫妻更加心头麻乱，气恼不已。陈六指儿不怨自己，怨白眼侯儿没把日子选好，也怨杨德轩死得不是时候，又骂起阎王爷，要是早几天把那老梆子收了去，哪儿还会有这档子闹心事？晦气！晦气！

埋怨，发愁，都没用，得赶紧商定下胜阳的婚事该咋个办。陈金财和钱匣子，都主张推迟婚期，让白事冲了咱们家红事，大不吉利哟！

张彩云也觉应该往后推，可办婚事用的鸡鸭鱼肉，都已准备齐当，在冰坨里镇个三两天还行，时间长了，非发臭变味儿不可。另外还有，两边的亲戚朋友都已经给了信儿……真是左右为难。

陈六指儿不赞成往后推，说：咱们不妨掉个儿想想，他们杨家哭哭啼啼办丧事，咱们陈家热热闹闹办喜事，不也是给他们添堵？现在就是还不清楚，那老梆子是停三还是停五，要是停五，送殡日和迎亲日就不会相撞了。

陈金财说：杨家是大门户，杨德轩又是族长又是庄头的，我琢磨着，至少也得停灵五天。钱匣子让陈金财别光自个儿琢磨，必须早点儿弄清楚。陈金财说：当然得弄个一清二楚，咱们家人都不受杨家待见，不好去打听，彩云，这事就交给你了。

张彩云没说去，也没说不去，把皮球又踢回给陈金财：杨老爷子病故，再怎么着你也得过去吊祭一下吧？跟他们打听打听，不就知道了。

陈金财脸上掠过一丝不快，说张彩云想得太简单，把目光转向陈六指儿道：听说二鲇鱼跟杨家那哥儿几个相处不错，你让他出面，把这事儿帮咱们盯问清楚。

事关儿子的婚事，陈六指儿没二话，只是时间有点儿早，说一等吃过早饭，他就去找二鲇鱼。

二鲇鱼大名陈远路。他爹他娘是弹棉花的，当年带着一双儿女四处漂泊，来到芦花坞是民国二十四年的秋天，临时落脚在陈金福家的两间棚房里。棚房虽已闲置多年，陈金福也不可能让他们白住，一番讨价还价，最后说定每天租金两毛。两毛就两毛，只要有钱可赚，陈金福蚂蚱腿也不嫌瘦。外来夫妻在一坨坨破棉絮上讨着生活，不知走过多少村寨，芦花坞成了他们的最后归宿，可来这村里才七八天，男人就因病而亡了。

陈远路他爹得的是绞肠痧，肚子疼了几天，一直没在意，实在挺不住才去找郎中，人已经不行了。男人把尸骨扔在了这里，寡妇女人不想再拖儿带女四处漂泊，后经陈锦堂撮合，嫁给了陈族的一个光棍儿汉，这倒省了事儿，一双儿女，姓也不用改了。陈远路当年十岁多点儿，像个跟屁虫，整天和陈六指儿混在一起。过了些年，后爹让陈远路跟他一起出海打鱼，陈远路却怎么也迈不过晕船这道坎儿，一上船就吐得翻肠倒肚，气得后爹没少骂他，不是我的种，就是他妈不行。

陈六指儿来到陈远路家里时，他那胖媳妇正在院子里晾衣服，上身穿一件灰色短褂，把一对浑圆的奶子勾勒得生动活泼。两臂上举，又露出腰际一条肉晕晕的白。陈六指儿这时竟还有心思调情，轻手轻脚过去，在胖媳妇肚皮上抹了一把。胖媳妇看清来人，脸臊一下，佯怒道：你属猫的？这也许是说陈六指儿进来时脚步轻，吓她一跳，也许是说陈六指儿像猫一样，馋腥。陈六指儿并不在意，呵呵笑过后，问陈远路去了哪里。胖媳妇说：还能去哪儿，不是去芦苇地里逮鹌鹑套鸽子，就是去海边钓鱼捉蟹，整天不干正事，还不都是跟……后边的什么话，被胖媳妇咽了回去。

没等多大工夫，就见陈远路肩挎鱼篓手持鱼竿回家来。听陈六指儿说过来意，陈远路一阵惊讶过后，满口应承着：没问题，大哥的事就是小弟的事，容我吃口饭再过去，不晚吧？还有胜阳的婚事，有啥需要小弟帮忙的，大哥也尽管开口……

陈远路长了张好嘴。

二十七

历经重大磨难的杨家大院，再次被巨大悲痛所笼罩。两个多月前，杨德轩旧病复发，卧在炕上就没再起来。家人们先是不舍昼夜守在身边，时间一长，都有些吃不消，便由群守改为轮值。前些天，杨德轩已出现濒死征兆，里外三新的寿衣都已穿戴好，喉咙眼儿那口游丝之气，却似断非断，绵延不绝。昨天半夜后，是三儿子杨礼海守在病父身边，其他晚辈一干人，不在老院住的也都没回去，在隔壁屋里和衣浅睡，生怕老爷子归西时不在跟前。病入膏肓之人，生死往往一念间，那口气啥时会断，谁也说不清楚。

鸡已叫过两遍，天将放亮。杨礼海昏沉沉打着瞌睡，忽听有人在耳根叫了声，一下子就醒了。跟前并不见有人，迷瞪瞪朝炕头望去，父亲打二十几天前就口不能言，刚才听到的那声叫，难道是幻觉？杨礼海醒来得很是时候，他看见父亲喉咙一阵蠕动，发出轻轻的咕噜声，有呼无吸，这是父亲人生最后一刻的不舍和挣扎，跟奶奶临死前一个样子。对父亲的死，杨礼海不觉突然，但还是有些不相信，身心还是被巨大的恐惧和悲哀给攫住了。

家人们闻讯哭着喊着跑过来时，杨德轩终于咽下了最后一口气。

吴大奶还在那边屋里睡着，儿女们都没叫她，一会儿，却见她颤颤巍巍走进来：你们都哭喊个啥哩？别吵醒了老爷子。吴大奶也身体多病，最近这些日子，脑子又出了问题，一阵清醒一阵混沌。大闺女杨正茹把她哄劝离开。

杨德轩的身体在迅速变冷、变僵，眼睛还未闭合，家人们无不觉得奇异和痛楚，心事未了，才死不瞑目啊！杨大圣拨开杨礼海，爬上炕去，一边用手摩挲着父亲的眼皮，一边哭着说：爹呀，你老就安心地走吧，陈家欠咱们的那些，儿孙们都一笔笔记着呢，总有一天会跟他们算个清楚……父亲莫非在天有灵？杨大圣说出这些话后，父亲合上的眼睛再没睁开。

家人们的哭声，又涨潮般涌了起来，过了好一阵，大潮才见回落，变成断断续续的哽咽。杨正茹伏在父亲身上，嘴里来回叨叨着那句：爹呀，你怎说走就走了呢……杨大圣抹把眼泪说：咱多能熬到现在也是不容易，今天走了，还挺是时候。这话，听着咋那么别扭，杨正茹揪把鼻涕摔在地上，问杨大圣是啥意思，嫌咱爸麻烦你了？拖累你了？身边一群男女，都被杨正茹的责问引入误区，眼珠子都骨碌骨碌，在杨大圣脸上碾过。

杨大圣正要解释，杨礼海已先明白过来：后天是陈六指儿家娶媳妇的日子，咱们正可用丧事搅一搅他们家的喜事，大哥，你是这意思不？

杨大圣点了下头，说：这些天咱爸虽然昏迷不醒，心还明白着，一准是听到咱们议论陈家娶媳妇的事，才把一口气坚持到今天，给咱们创下这么个机会。

杨大圣神化着父亲，将父亲的谢世之日，也赋予一种近乎伟大而神奇的色彩。家人们这时谁也不想探讨它的真实与否，宁愿信其有，心中又陡增几分对父亲的敬仰与不舍，哭声又潮水般涌了起来。

芦花坞每遇红事白事，都各有专人掌领帮办，掌办红事的，被称作知宾；掌办白事的，被称作执事。执事鲁一斗没用杨家去请，就主动上门来了。鲁一斗跟杨家走得近，跟杨大圣交情尤好，之前他已经知道杨德轩命悬一线，天刚放亮又过来探望，见杨老爷子逝去，心里也是一阵难过。

执掌白事，鲁一斗算是世家出身，干这行比他父亲和他爷爷还要出色，周边七村八寨，也都知道他的名号，遇有丧事想办得体面些的人家，都愿请他过来执掌。当然也不是白请，管吃管喝是必须的，完事儿后，还有酬谢。鲁一斗不要金不要银，只要粮，不多要不少要，就一斗。他随身带的那只斗，出殡时用来装纸钱，回家时用来装粮食。芦花坞地少粮贵，鲁一斗家里又养着一窝半大小子，粮食更为珍贵。

杨德轩的遗体已被放置在堂屋东北角，他黄布盖身，胸口压瓦，口含铜钱，手里攥着打狗饽饽。头前置一小方桌，碗里供的是倒头饭，桌上燃的是长寿灯。谁家炕上都死过人，谁家都有过来人，这些白活儿一般人家都懂，也能做。但这些只是简单的部分，乡下办丧事讲究旧俗老理，说道多，尤其大户人家。鲁一斗执掌丧事，向来以东家意愿为尊，尽管自己经验老到，也不轻易擅自主张。鲁一斗让杨大圣把兄弟姐妹、叔舅姨姑都召集到一起，先商量一下丧事该咋办好。大家七嘴八舌头，有的说应该大办，不能让乡党们特别是陈家门小瞧了杨家；有的说不应该大办，新社会了，政府倡导新风尚，况且老五信海又是公家人……

家有千口，主事一人。最后他们都看着杨大圣。杨大圣不敢做主，把目光转向四叔杨德林，父亲兄弟四个，二叔已形同陌路，就剩这亲亲的四叔了。

四叔来了个折中，别大办，也别小办，中不溜儿地办，停灵五天出殡……

鲁一斗心里有了底，开始行使执事之责。四叔把杨大圣拉到背人处，又说出另一番打算来。杨大圣似乎觉得不妥，踟蹰着，片刻，狠狠咬下牙说：行，就听四叔的，咱们杨家对他们已经够宽容忍让了，我这就跟一斗说去。

前来吊祭和帮忙的人们，纷至沓来。杨礼海一踮一跛指挥几个人拾掇着北院，大壮把一截木头朝西墙根扔过去，砸出一声闷响，也砸出一声惊叫：嗨嗨，干啥哪？墙那边，是牛家的茅房。牛二提着裤子，听见杨礼海的说话声，隔着墙也不忘讨好：喔，是杨队长，我刚从外边回来，我这就过去。牛二没扯谎，他是昨天后晌去的镇上，又去找那帮狐朋狗友喝酒、玩牌、胡扯淡，闹腾了大半宿，刚回家没多大会儿。

牛二胖眉肿眼地来到东院，跟杨礼海没说上几句话，陈远路腋下夹着一沓黄纸，面色悲戚地进门来。陈远路为人处世圆滑，不好捉摸，人送外号"二鲇鱼"，是因为在他前面村里已经有了个"大鲇鱼"。处世圆滑者，大都善于忍让，牛二叫着陈远路的外号，又不加掩饰地调笑着，但也不见陈远路气恼，嘴里仍牛哥长牛哥短，很亲热的样子。

陈远路叫杨礼海三哥，先是一番宽心暖肠的安慰，接着是表心迹，有啥需要他干的三哥尽管指派。然后才揣着心机问起杨礼海，怎么没见搭灵棚。杨礼海说正在搭，搭在了南边大门口。陈远路眼神闪动几下，问怎么没搭在北门口，北边才是主街。杨礼海说：谁知道哇，都是我大哥的主意。牛二充起诸葛亮：陈六指儿家过两天不是要娶媳妇吗，大哥准是怕搅扰他们家喜事。陈远路紧跟着奉承道：难得大哥这么宽容、厚道、体谅，你们杨家这一门，最让我敬佩的就是这一点。南门为正，灵棚搭在那头儿，也对。你们杨家是大门大户，丧事可不能马虎，杨老爷子停灵几日定下了吗？杨礼海说：五日，是我四叔和大哥商定的。

陈远路心里有了底儿，还想再有把握些，去堂屋里吊祭过后，他又来到南院，看见杨大圣独自坐在房檐下，脸上满是忧伤，凑过去也是一番宽心暖肠的话。杨大圣反应有些冷淡。陈远路借口去帮忙搭灵棚，躲开了尴尬。

鲁一斗从屋里走出来，被杨大圣叫住，两人嘀咕一阵，鲁一斗也朝南大门口去了，他刚一露面，劁猪匠焦一刀就问过来：鲁执事来得正好，我们是听你的，还是这"大明白"的？搭灵棚这种事他也跟着瞎掺言。鲁一斗扫了"大明白"一眼，说道：这样吧，我考你两个跟白事有关的问题，你要能说上来，今天就帮我一块儿忙活，说不上来，你就哪儿清净哪儿待着去。头一个问题，啥叫三长两短？

这个问题不难，"大明白"却挠起头皮。焦一刀说：人死了，都得进棺材，三长两短，就是棺材的意思，"大明白"你连这个都不明白，还在这儿装啥大尾巴狼？

哄笑中，鲁一斗说出第二个问题：棺材的六块板，上下、左右、两头儿，都各叫什么？

"大明白"迅速抢答：上边，叫棺材盖儿；底下，叫棺材底儿；左右，叫棺材帮儿；两头儿，前叫前棺头，后叫后棺头，这还不知道？

说得不错，但过于俗浅，鲁一斗的问还有后一句，除此外它们分别还叫什么？这一问，不但"大明白"，连焦一刀和其他那几个人也都不知所以了。鲁一斗眯眼看着"大明白"说：量你也不知道，听好了，棺材盖，也叫天；棺材底，也叫地；棺材两帮，叫日月；棺材两头儿，前叫彩头，后叫凤尾。这么叫的意思就是……

"大明白"没再往下听，自己给自己找着台阶，赶紧溜了。

陈远路离开时，杨大圣把大壮叫到跟前，一阵耳语后，大壮随后跟了出去。没多大会儿，大壮就回来，向杨大圣报告，说"二鲇鱼"去了钱耙子家里。杨大圣脸上闪现出一丝轻蔑、诡谲的笑。

陈远路给陈金财一家人带回的信息，让他们紧绷的神经得以不同程度的松缓。杨家大院南北进深足有三四十丈，灵堂搭在南边大门口，响器也一定在那里吹打，死者又停灵五天，对他们家办喜事几乎就没啥搅扰了。张彩云认为这是杨家善意所为，心里有点儿小感动，也有点儿小得意：我就说嘛，他们杨家人不会那么没心胸，借机整事儿跟咱们过不去。陈六指儿还没踏实到这份儿上，剜了张彩云一眼说：你别还没见到真菩萨，就烧香说好话，杨家人不定憋着啥坏水儿呢！

陈金财肚子里，也在掂量杨家一门男女，未必会像儿媳说得那般敞亮，也未必会像儿子说得那般诡诈，但杨家已表现出善意的姿态，那他们父子是不是应该过去吊祭一下？

陈六指儿忙表态，他不会去的，也不同意爹去，说道：你咋还不长记性，就说前年杨大圣他奶办丧事，你好心好意过去吊祭，结果咋样？这次再让杨大圣撺鸡打狗地给轰出来，你一张老脸没处搁，我们也跟着臊得慌。陈金财被陈六指儿一顿抢白，又没了主张，说：也是啊，人家左右就是不待见，咱们何苦再上赶着找不自在，算球喽！

　　陈金禄倒是想去，可是念及自己"四类分子"的身份，又有些望而却步。心里犯着纠结的还有张彩云，她思量再三，选在傍晚时刻，人没进杨家大院，让一个半大孩子把吴水英叫出来，从衣襟下掏出一沓黄纸，委托吴水英替她烧给杨德轩，这是她的心意，跟陈家门无关。吴水英理解张彩云的难处，说：你不进去也罢，我就替杨家谢谢了。张彩云不敢接受这个谢意，为杨老庄头祭上一沓黄纸，她权当是在赎过。

二十八

陈家一门男女来不来吊祭，对杨家人来说无足轻重，也不觉意外，让他们深感意外的，是陈家门里那个著名女人——老花婆陈文秀的突然出现。一听说她来了，杨大圣和几个家人闻讯而出，都下意识堵在了门口处，都有点担心这疯癫女人会搅扰丧事。却见陈文秀默然无声，也无进屋之意，在院里撮起一个蘑菇草帽大的土堆，将三支雪白的芦花穗插在上面，合掌拜三拜，然后朝屋里瞥去一眼，就飘然离去了。

这老怪物，她啥意思啊？有人问杨大圣。杨大圣似乎有点明白，又不知该如何表述，他把目光转向鲁一斗。鲁一斗说：这世上很多人不论高低贵贱，心里往往会有某种神圣之物，听说陈文秀就把芦花看得很神圣，她撮起土堆，权当坟头，把芦花插在上面，是为吊祭，如果当是灵幡，有让死者入土为安之意，也有驱避鬼神之意。鲁一斗的说法，平息了人们的骚动不安，陈文秀到底是不是这种心理，倒也不重要，只要她不是来搅扰丧事的就好。

陈文秀走后不久，又来了一位陈家门的女人，谁呢？陈金福家的二闺女，陈天秋。

这座院子，让陈天秋感到有些陌生了，她已有十年没来过这里，这也就是说，陈金福一家人搬到这里近两年时间，她这个当闺女的竟然没登过门。而在十年前，陈天秋无数次跟杨信海结伴从学校回芦花坞，她常常是不回自家，先来杨家大院，对杨德轩和吴大奶，左一口叔，右一口婶，都叫得亲切。杨家人对陈天秋，也都很是亲热，即使在他们被陈家门弄得落魄衰败之后，依然如故。但这年初冬的某天，一向宽宏大量的杨德轩，却再难淡定，因为有人在芦苇地里看见杨信海和陈天秋待在一起，这还了得！非婚男女一起钻芦苇地，历来被芦花坞人视为伤风败俗之举。

发现者是老郎中杨四爷。每当白露季节过后，杨四爷总要采上几袋芦花用来做药，芦花味甘，性寒，可治吐泻，可治蟹毒，还可用于止血。杨四爷发现杨信海和陈天秋并排站在土埂上，虽然没见他们有亲昵举动，也没好意思上前问他们来芦苇地干什么。回到家后，杨四爷几番寻思，还是把这件事说给了杨德轩。这之后，就是一出棒打鸳鸯……

杨信海和陈天秋，都觉冤枉和无奈。他们并不否认他们完全有可能结成夫妻，但那时他们只是感情纯洁的同学，即使相慕相悦，也都被理智约束着。那天，两人一同来芦苇地，是为近看芦花。语文老师以花为题，让学生们写篇作文，他俩决定不写牡丹，不写荷花，不写菊花，偏要写不受人们待见的芦花。

　　芦花，大概是这世上最不像花的一种花，它们总是悄然绽放着自己，开得最盛时，也不见一丝艳丽颜色，也闻不到一丝香气，就连最爱逐花的蝴蝶、蜜蜂，也极少见来它们身边起舞嗡嘤。但我对芦花总是有着一种特别的喜爱，它们拙朴无华，它们坚韧顽强……

霜降后的田野上，百花枯萎，一派萧瑟苍凉，唯有我眼前这大片芦花还顽强挺立着。或许是水土原因，我发现芦花坞的芦花很柔，很白，姿态也很飘逸潇洒，在风中起伏荡漾，像银涛雪浪，似云卷云舒……

杨信海和陈天秋的两篇作文，都得到老师的好评和推崇，但两人之间却从此疏远，形同陌路。后来两人同在县城工作，偶尔见面，也只是简单寒暄几句，别无他话。

陈天秋这次回芦花坞，是因为堂侄陈胜阳的婚事，在渡口坐船时，她才得知杨德轩病逝，从"大白鹅"家小卖铺买了沓黄纸，直接就过来吊唁了。

陈天秋进了院子，是被杨大圣先看到的，他也没言语，快走几步回了屋里。少顷，就见杨信海走出来，从陈天秋手里接过黄纸，两人对视的目光里，都有一种难以言说的沉重和复杂。杨信海没往屋里让陈天秋，一番寒暄也有几分勉强的味道。陈天秋脸色快快，对杨信海说道：你是怕你们家人给我难堪？还是觉得我不配来？杨信海感到了歉意，说道：你能来吊祭我父亲，让我很欣慰，也很感谢。我确是担心我们家人给你难堪，你若不在意，就进去好了。一缕青烟过后，但愿你心中的怨恨也随之散去。

陈天秋受不得后面这句话：信海你又来了，跟你说过的，我从来没怨过杨叔和你们家人，是我们陈家愧对你们杨家。陈天秋把那沓黄纸又一把抓过来，自己进屋去。

堂屋里一群男女，都眼睛红肿，面色憔悴，身上被孝衣孝帽裹得白花花的，像是一群羊挤在一起，显得有点儿滑稽古怪。

陈天秋视他们如不见，直奔尸床前，深深三个鞠躬后，跪下来，淌着眼泪将黄纸在火盆里一张张烧尽。然后又不嫌不怵，掀开死者脸上的盖布，端详起遗容。按风俗，前来吊祭者若是男性，当由死者的儿子们陪哭；若是女性，当由死者的闺女和儿媳们陪哭。以杨正茹为首的闺女媳妇们，或许是不想陪陈天秋哭丧，也或许是被陈天秋的举动所惊呆，直到陈天秋走出屋子，她们一个个好像才恢复神智。

杨信海将陈天秋送出大门外。屋里几个女人随后出来，大姐杨正茹对几个弟媳说道：陈天秋这女人可是不错，知书达理，模样长得也俊，跟咱们家五弟，要多般配有多般配，可惜两人有缘无分，怨就怨她不该生在"钱串子"家。也是怪了，都说谁生养的像谁，这陈天秋可是一点儿都不像她爹她妈。

二弟媳吴水英接过话：这不算啥稀罕，不是有那句，一树之李有酸有甜，一母所生有愚有贤。

这几个女人里，吴水英更显面色悲凄、憔悴，她已记不得哭过多少场，昨天下午爹妈过来吊唁时，她哭得尤为投入。她在哭公爹，也在哭自己死去的男人和自己的不幸，十一年了，那一把把辛酸泪，都被她强咽在肚子里，借这机会，一股脑儿哭出来吧。

堂屋里烟熏火燎，几个女人都没急于回去。杨正茹忽然竖起耳朵：哎，你们听，好像是吹喇叭声。吴水英也听到了，说句：是陈家请来吹炕头儿的吧？所谓吹炕头儿，就是在娶媳妇的头天，男方家里要请唢呐班子过来，在新房里吹奏一番，说是要将晦气和邪恶给吹走。杨正茹没认可吴水英的猜测，吹炕头儿应该是在傍晚，是在新房里，时辰和地点都不对，想必是他们杨家请来的喇叭。他们总算来了，可怎么在街头就吹上了？鲁一斗这时从屋里出来，听了一耳朵，说道：这老庚，可真有他的。说完就拔腿出门去了。

芦花坞已从初级农业社进入高级农业社，老庚又在社里当起车把式。昨天上午，老庚就受指派去镇上接李家班，李班主和老庚不陌生，起初以为老庚是为陈家而来，不由心生诧异，陈家的喜活儿在明天傍晚和后天，他跟陈六指儿的约定，是他们自己过去，怎么来大车提前接了？老庚听李班主这么一说，才知道弄叉劈了，心里怪起杨大圣和鲁一斗，事先也没打听打听，陈家请的是哪家唢呐班子，害得他白跑一趟。李家班没了指望。双龙镇往北十几里的窦家庄，往东二十几里的马家集，还有唢呐班子，老庚先去窦家庄，后去马家集，也都白耽误了工夫。窦家庄的唢呐班子，在外村正干着白活儿。马家集的马家班，去了几十里外的大营子，说是那地方在搞什么庆祝活动，请了几个唢呐班子前去助兴，其中还有大名鼎鼎的任家班。老庚不想空车而归，又驱车去了大营子，要去请任家班来，他这五爷爷，今天就替杨大圣做这个主了。

对任家班，老庚也早闻其名，班主大号任启瑞，艺名"筱核桃"，祖籍河北抚宁，出身一个以吹鼓乐为业的五代世家，他十一岁从父学艺，十五岁时，又拜唢呐名家"金铁嘴"为师，学艺五年，其名其艺渐盖师傅，被誉为"唢呐王"，在冀东一带和东北三省广为人知。吹奏艺人一向被视为下九流，解放了，新社会了，任班主才有机会登上大雅之堂，几首吹歌被灌成唱片，后来还被天津音乐学院聘为教授。任班主这次远道来大营子献艺，是受同门师兄邀请前来捧场助兴的。老庚赶到大营子时，已是后晌四点多钟，庆祝活动已近尾声，晚上还有场吹歌比赛。老庚找到任班主说明来意，任班主没有丝毫犹豫，就答应下来，明天一早他就带全班人马去芦花坞。当年芦花坞人与大嘴岛海匪那场战事，轰轰烈烈，传播甚远，任班主对杨德轩也是早闻其名，敬慕已久。

老庚去时不顺，回来时在石床口也耽误了些工夫，马车进了村子，已快中午时分，正碰见杨大圣杨礼海兄弟俩过来送纸哭庙。庙，是一座很小很小的土地庙，就在三合堂南边不远处。老庚吁了一声，让马车停下，先将杨大圣和任班主相互做过介绍，再说起事情经过。杨大圣想到父亲出殡时将不走街里，也不吹唢呐，五爷好不容易请来任家班，不让他们在村人面前展示一下，岂不遗憾。便同任班主商量，可否在这里吹奏一场。任班主应声痛快：行，听东家的。

任班主这年四十五六岁，个头不高，圆脸盘，细长眼，嘴巴有点扁，脚还有点外八字，这两种特征，或许与他从小就学吹唢呐有着一定关系。他们一共九人，六人吹唢呐，一人吹笙，一人司鼓，一人掌钹，阵容可谓齐整庞大。任班主在前头一站，唢呐一端，一看那副架儿，就显出与众不同。

咚咚咚咚……鼓声先起，一上来就那么猛烈、急促，如一群野马狂奔而来，令人心神麻乱。鼓声戛然而止的瞬间，唢呐声骤然响起，先是任班主一人吹奏，紧接着是两只，五只，合成一道低长嘶哑的悲腔。笙鼓钹几样响器这时也一同奏响，唢呐声随之一转，吹奏起《大悲调》。再看那六只唢呐圆圆的头部，就像六只痛苦的头颅，时而仰天，时而俯地，其声高亢、嘶哑、悲切，如同一群男女在号哭。《大悲调》结束，接下来是《黄泉路上慢慢走》，其声低沉、凄婉，又像是一群男女大悲大恸后，仍在伤心哭泣，在倾诉着对死者的依依不舍。

小庙前已是人头攒动。乡下人大都喜欢看、喜欢听唢呐吹奏，丧曲喜曲，都喜欢。在芦花坞，每逢有婚丧嫁娶，几乎都要请唢呐班子，李家班、马家班常来常往，但他们还是头一次见识任家班，如此庞大齐整的阵容，如此声情并茂的吹奏，也似乎有着更强大的感染力和穿透力，即便是那些与死者无亲无故的人，也动情生悲起来……

陈金财一大家人，被这唢呐声弄得心慌意乱。吃过午饭后，他们隐隐听见唢呐声在杨家南门口吹奏着，才觉安稳很多。

逝者已停灵两天。这两天里，前来吊祭者不计其数，县里和镇上的官方，也都派人过来吊唁和慰问。鲁一斗冲众人感慨道：漫说咱这芦花坞，就是十村八寨，也就杨家大院能有这份荣耀，别人家遇有丧事，村支书能露个脸，就算顶了大天了，杨庄头这辈子也算值了。杨大圣难能体会到这份荣耀和自豪感，心里只有苦涩、遗憾和悲伤。对每一位吊祭者，不论是本族人，外族人，也不论是什么身份地位，杨大圣心里都存着一份感激和谢意，他最希望能见到的一个人，却一直没有出现。

五年前的这个时候，夏苇花带着儿子突然离开了芦花坞，只留下一张纸条，让干爹干娘干哥哥不要再找她。杨大圣理解夏苇花为啥选择逃离，但还是想把他们母子找回。然而时至今日，也没能发现他们的踪迹。杨大圣始终相信他们不会离开多远，若听到他父亲去世的消息，夏苇花定然会露面的。杨大圣期盼着这个时刻，都已经有些等不及了，今夜，将是父亲在阳世间的最后一个夜晚了。

任家班的师傅们吃过晚饭，又开始吹奏，如诉如泣的唢呐声，又在搅动一颗颗悲伤的心灵。晚上吹奏唢呐，谓之"做夜"，杨大圣不想做得过晚，一到九点钟，就让师傅们收了工。唢呐声消停了，院子里的嘈杂也渐渐平静下来，除了几个守灵人，都各找地方困觉去了。丧事很熬神，到了子夜时分，几个守灵人也困得哈欠连天，杨大圣把他们都劝去休息，他一个人守着。

难得能跟父亲单独说说话，想要说的话，太多太多了。杨大圣恨起自己，有很多话，早就应该跟父亲说的，他一直搁在肚里，总觉得有些不好意思说出口，或是觉得不需要说。现在想要说出时，父子俩已阴阳两隔了。但现在杨大圣还是要说的，就当父亲还活着，还能感知到他的心情……熬了多少白天黑夜，杨大圣也是困倦得不行，不觉打起了瞌睡……

不知过了多久，杨大圣听到有人说话，睁眼看去，屋里，院里，都静悄无人，是幻觉吗？揭开父亲脸上的盖布，发现他两个眼角有水光闪现，用手摸摸，湿漉冰凉，是眼泪？一个死去两天的人，怎么还会流眼泪呢？杨大圣心头一酸，不禁潸然泪下……

二十九

陈家即将娶进门的新媳妇，是西后岭老孟家的二闺女招娣。这桩婚姻，也是媒婆马巧凤撮合而成的。西后岭与芦花坞，两村相距不远，张彩云也是从西后岭嫁过去的媳妇，故而，老孟夫妻对陈家一门男女，也多有了解。起初，老孟夫妻俩都有些犹豫，俗话说，买猪还得看圈呢，冲陈六指儿和他爹娘的名声，他们家招娣似乎不可嫁入陈家，冲张彩云和她儿子陈胜阳，又似乎可嫁。胜阳这后生，从壳子到瓢子都像他妈，长相好，品行好，年纪轻轻就学会了木匠手艺。一个男人立于世，不能仕途为官，就得学得一技在身。老孟对手艺人一向看重，最上眼的就是木匠，总觉木匠手艺很神奇，一堆乱七八糟的木头，被他们三鼓捣两鼓捣，就变成了一件件家具或别的啥玩意儿。干木匠的人都聪颖灵透，手艺高于其他行当，木匠的祖师爷鲁班世人皆知，其他手艺人的祖师爷都是哪个？老孟没听说过。

马媒婆受了陈家的小恩小惠，一心想促成这桩婚姻，她的理论是：嫁闺女是要看男方家庭，但主要该看啥？除了经济条件，就是看男方本人和他娘。做了媳妇，主要是跟这俩人相处，他们品行好，媳妇就不愁没好日子过。马媒婆跟老孟夫妻下着结论说：你家招娣嫁给胜阳，到啥时候也错不了的，我敢拍这胸脯子！

娶媳妇嫁闺女，是头等大事，老孟慎重点头之前，也找某位高人掐算过，他家招娣和小木匠命相正和，这一桩姻缘看来也是天注定。然后，老孟夫妻就开始等待。等到一顶花轿终于把招娣接走，夫妻俩却又像被摘走了心肝，肚子里一阵阵空落落的难受。方桌上的一堆礼品是陈家带来的：两包糖、两包点心、一小捆大葱、一小捆宽粉条、一块带有两根肋骨的猪肉。这五样礼品，都各有说道，寓意最深最形象的，应该是那块猪肉。它被称为"离娘肉"，说是新郎把新娘娶走后，等同割走了岳父岳母的一块心头肉，得补上这么一块。此外，它还寓意着女儿虽然出嫁，仍和爹娘骨肉相连。

接亲花轿已走了大半个时辰，老孟的老婆仍有些怅然若失，眼里还汤汤水水的。忽听院门咣当一响，去当新亲的大闺女来娣和三闺女唤娣回来了，都是气急败坏的模样。老孟老婆不问青红皂白，过来就一顿训斥：招娣结婚的大喜日子，你们姐俩又要性子闹别扭啦，想干啥呀？来娣急狠狠跺了一脚，说道：嗨呀，还结个啥？结不成啦！

老孟夫妻得知原委后，都惊得天昏地暗，急急出门去了。

新媳妇、新郎官儿、马媒婆，还有那些七姑八姨，都待在村头路口，马媒婆手忙脚乱地还在努力劝说着他们。老孟老婆走过，一把捉住马媒婆胳膊问道：你不是去芦花坞打听清楚了，婚事丧事两不相扰吗，咋还撞到一起啦？我的活祖宗，这可咋好啊！

马媒婆猛劲抖落着两只手，几乎要哭出来。她确实打听得真真的，谁知杨家会突然变卦，改在今天出殡，我看他们就是故意整事儿。也怨他们陈家疏忽大意，斜对门儿住着，长着鼻子眼睛耳朵嘴，都干啥吃的！

陈家的接亲队伍，是在回来路上的一个胳膊肘拐弯处，与杨家的出殡队伍撞在一起的……

陈六指儿聪明反被聪明误，他暗派陈远路盯着杨家的动静，杨大圣也有眼线，也在盯着他们陈家的动静。早饭后，陈家门前好一阵热闹，当新郎官披红戴花，骑一匹枣红马，领一顶红呢小轿及一干吹鼓手离去后，才暂时安静下来。在他们走前二十几分钟，陈六指儿让陈远路以帮忙效力为名，又到杨家大院打探过情况，但他屁股还没落座，杨大圣就撵着他说：你身上沾满陈家的喜气，几次往我们家跑，这是犯冲，明白不？我们家老爷子后天才出殡，你真心想要帮忙干点儿啥，明天过来也不晚。陈远路走后，杨大圣吩咐大壮守在北大门口，陈远路或陈家门再有人来，一律挡回。接着，便开始让鲁一斗安排出殡事宜，并将他的打算和盘托出。却见鲁一斗面露难色：不能这么干吧？杨大圣主意已定：没什么不能，你要不愿干也行，我可以找别人……

披麻戴孝的众男女们，都聚拢到南院来。死者要入殓了，棺材已在院里摆放停当，鲁一斗亲自下到里面，在棺底铺上一层黄纸。有人感觉有些不对头，不是说停灵五日吗，装棺入殓的仪式应该在出殡头天下午才合时宜，这鲁一斗，该不是忙昏了头？

人们疑惑的目光又移到杨大圣脸上。鲁一斗看见杨大圣打个手势，心领神会，高声对众男女说道：杨家各位长辈，各位孝子贤孙，请容我代逝者长子杨仁海做个解释。杨老先生于前日凌晨不幸病故，令家人、族人及亲朋好友不胜哀痛，无不希望逝者于阳世多留几日。怎奈天气骤热，不孝男杨仁海唯恐先

221

考仙体生变，故将停五改为停三，今日出殡，虽显仓促，与礼数并不相悖，仁海泣望诸位能理解其用心。有道是，家有千口，主事一人，有父从父，无父从兄。请诸位无须多议，节哀顺变。

遇有父母丧事，再孝顺的儿女也得自称"不孝男""不孝女"，以示对父母大人的恭敬和愧意，这也是这一带的风俗。父母于儿女而言，都是有恩的，儿女于父母而言，总是有愧的。鲁一斗这家伙肚里也是真能编，编得又这么圆。

众男女们还都在半蒙状态里，死者已被几个青壮汉抬出，又听得鲁一斗拉着长腔喊道：跪——！人们都扑通扑通在棺头前跪下来，一时间，哪还顾得上琢磨鲁一斗的这番说辞。死者被放入棺中，盖上棺盖，众跪者哭声一片，鲁一斗又拉着长腔喊：逝者入室安息，不宜恸哭惊扰，请诸位节哀！

掌钉师傅开始上钉，钉棺盖左边，众跪者各喊着对死者的称谓，左躲钉啊！钉棺盖右边，大家又都喊右躲钉啊！生怕里面的人被钉住似的。杨大圣眼里满是泪水，在心里说着：爹，委屈您老人家了，儿子要干一件不好明说的事，就不能用三十六杠抬您走了，用大车送你走，一路颠簸，请爹不要怪罪……

入殓仪式结束，鲁一斗指挥一帮青壮汉，把棺材抬到南门外大车上，围盖上花圈和纸人纸马，绑扎妥当，就等杨大圣发话起灵。杨大圣掏出怀表，在看时间。

五弟杨信海对乡下婚丧嫁娶的诸多民俗，知之甚少，这时问杨大圣道：斜对门陈家今天娶亲，你临时起意，把咱爸出殡日改在今天，合适吗？半路要是碰到一起怎么办？

杨大圣回道：也没啥不合适，他娶他的亲，咱出咱的殡，大路朝天，各走一边，两不相碍，要说犯冲，也是互相的。这些日子，咱们一家人都被折腾得够呛，就让老人家早点儿入土为安吧。五弟杨信海对大哥一向信赖遵从，便没再多说什么。

　　杨家这次出殡，完全没按套路来，一没请杠夫抬棺，二没让唢呐吹奏，三没走村里主街，是从南门绕道村西出口，去的杨家祖坟地。如此一来，跪接路祭，在小庙前打场子祭酒，这些程序自然也都省略掉了。任家班一干吹鼓手们，倒是乐得省气力，心里却犯着嘀咕，别人家出殡，无不是图个场面隆重热闹，芦花坞这杨家，却是要图个冷清，少见，太少见。

　　先前被蒙在鼓里的众男女，有人已察觉出杨大圣的意图。他们脚下这条去杨家祖坟的路径，也是陈家接亲的必经之路，按当地婚俗，接亲花轿需在十点半到十一点之间到男方家，杨大圣选择这个时辰为老父送葬，是想把他们堵在半路上？猜测得不错，杨大圣就是想导演这样一出恶作剧，有些细节，他也琢磨过，如果不出什么差错，将接亲花轿堵在前边那个胳膊肘弯处，应该没问题。驴日的钱耙子，狗日的陈六指儿，我会让你们哭都来不及！

　　杨大圣这样恨恨想着的时候，陈家大院正一派喜气洋洋的忙碌景象，临时搭建的两只炉灶，火烧得呼呼作响。几样蒸菜已经进了笼屉，一缕缕香气咝咝往外窜着，院里盛不下，又窜到了村街上，吊人胃口去了。陈远路那胖媳妇，这时也过来帮忙，跟张彩云说起她刚看到的一幕，杨家众男女从南边绕道村西头路口，一群羊似的往西边去了。陈金财站在一旁，把话也听得清楚，问着胖媳妇，也在问着自己：该不会是出殡吧？胖媳妇说没见有人抬棺，看样子像是去烧纸活儿的。所谓纸活儿，就是用秫秸和纸扎的花圈、纸人、纸马等祭品。陈金财觉得蹊跷，杨德轩如果是停灵五日，烧纸活儿应该是明天后晌才做的事情，不对头哇。让张彩云快去找大儿子来。

陈六指儿和陈远路一同去了杨家大院。坏菜了！坏菜了！杨家哪里是去烧纸活儿，是出殡！选在这时辰出殡，杨大圣定然没怀好意。陈六指儿脑袋嗡的一声响，眼前跟着一黑，再看天上的日头，恍惚是杨大圣那张脸，上面吊满诡异的笑。陈六指儿心急火燎跑回家，去爹娘屋里推出一辆自行车，让陈远路骑着去给接亲队伍报信。这辆自行车，还是陈金财从大哥家里争得的土改果实。

杨家的送葬队伍，已隐没在青纱帐中。陈远路自行车骑得不够熟练，一路晃晃悠悠追过来。丁零零，丁零零，陈远路不住按着车铃，却不见有人避让，都聋了瞎了一般。这条田间土路只有一丈宽，两边是大片的庄稼地，路左侧是条水沟，右侧沿着高粱地边，疏疏密密戳着一溜洋槐树，树上芒刺毕露。胶轮大车走在路中间，两侧又都跟有行人，陈远路想要超过去，除非长上翅膀。

大壮遵照杨大圣的安排，拉着二亮走在队伍最后面。二亮是吴水英的儿子，这年十四岁，性情顽劣，更喜欢恶作剧。两人心里都坏坏笑着，期待陈远路过来。陈远路下了自行车，看见有人在躲让，他想推车挤过去。大壮瞅准时机，搡了二亮一下，二亮身子一歪，就撞到了自行车上，陈远路猝不及防，连人带车朝水沟里栽去，溅起一片惊慌慌的水花。水没腰际，陈远路扑腾一阵，薅住一丛芦苇才站起身。想骂大壮和二亮，大壮却怨起他：你长眼睛干啥用的？咋往我们身上撞？陈远路呸呸吐着泥水：大壮你少装好人，是你们故意害我，臭小子，快点的，帮我把车子弄上去。

大壮没管陈远路：你不是属鲇鱼的吗，从水沟里游过去吧。

陈远路又叫二亮帮忙。二亮忽然朝水里一指：哇，长虫！

长虫!

陈远路一跃而起,三下两下爬上来。回头朝水里望去,方知又遭戏弄:二亮你个臭小子!

不会有人帮忙的,都在看笑话。陈远路又跳下水沟,费了半天劲,才把自行车弄上来。陈远路不敢再穿越送葬队伍,抹着湿漉漉的脑袋想想,我这不是给自己找冤家吗?何苦来的,回去,该死该活脚朝上,这个"狗腿子",不当也罢。

看着陈远路狼狈而去,杨大圣暗自得意。前边不远,就是那个胳膊肘弯了,鲁一斗看见杨大圣冲他做着手势,知会地点点头,将双臂一举,让送葬队伍停了下来。众男女们,又皆面露疑惑。鲁一斗对此已有预料,指着西侧的庄稼地说:大家伙儿都知道的,这是杨家的祖地,也是杨老书记的荣耀之地,在他担任合作社长那几年,就是在这块地上,种出了全县产量最高的白薯和高粱,还被县上树为参观学习典型。如今斯人驾鹤西归,途中在此逗留,是为诀别,也有后人祭奠先考之意,呜呼哀哉!鲁一斗这通忽悠,让披麻戴孝的人们,又觉悲从中来,膝盖发软,呼啦一片跪在地上。杨大圣燃起一沓黄纸。待黄纸化为灰烬,人们才站起身。

杨大圣和鲁一斗,是在等待时机。

三十

喜庆的唢呐声，漫过密匝匝的庄稼，隐隐传了过来，鲁一斗和杨大圣又相视一眼，亮开嗓门儿长喊一声：起灵——车轮滚动，脚步隆隆，送葬队伍重又缓缓朝前走起。期待的时刻就要到来了，杨大圣心情复杂，说不出是兴奋，是紧张，还是别的什么。鲁一斗走在送葬队伍最前边，低沉的空中，不时有他抛撒的纸钱飘飘落落，这时鲁一斗走近任班主跟前，告诉他可以吹奏了，师傅们尽可铆足劲儿吹。

悲壮的唢呐声，冲天而起，田野里一穗穗高粱，在高亢悲壮的唢呐声中瑟瑟抖动，像一只只哀痛叹息的头颅。水沟边一穗穗白芦花，在高亢悲壮的唢呐声中瑟瑟抖动，像是一只只飘动的灵幡。当迎亲队伍听到这边的唢呐声时，杨家的送葬队伍正由胳膊肘弯处缓缓而来，他们猛然看到前路上白花花一溜，都兀地惊呆住，我的老天爷，怎么跟送葬的撞在一起啦！马媒婆让花轿落地，屁股一扭一扭跑过来，前后左右查看一番。过，过不得；让，让不得。这可真叫"冤家路窄"呀！

送葬队伍还往前走着，悲切的唢呐声骤然停了下来，杨大圣问任班主怎么回事，怎么不吹了？任班主朝接亲队伍努努下巴，说道：这还能吹吗？杨大圣说：咱吹咱们的，不用管他们。

任班主没再言语，却也没听从杨大圣。

　　走在前头的鲁一斗，被马媒婆给截住：大兄弟，不是说停灵五天，怎么又今天出殡了？鲁一斗张嘴就来：你听谁说停灵五天，我怎么不知道？马媒婆挥舞着两手：罢了罢了，咱不说这个，说也晚了，还是说这眼巴前，大兄弟，劳你跟东家通融通融，往后退个一二十丈，我看那地方宽敞些，两家相互错一下，就都能过去了。

　　鲁一斗不会去通融，杨大圣也不会容他通融，这不正是他想要的结果吗？鲁一斗对马媒婆说：要退让，也只能是你们退，死人不能走路，马车没有倒挡。丧事天怜，死者为大，活人让路给死人，从古至今都是这个理儿。

　　马媒婆从扣襻上扯下手绢，擦着满头汗，一张精瘦窄巴脸，像九月的高粱穗，涨得通红发亮。他不想再跟鲁一斗磨嘴皮子，想找杨家兄弟，心里又怵着，不用看他们的一张张脸和一双双眼，光那大白熊似的一身身披挂，就让她瘆得慌。马媒婆不知所措了，这是她出道以来，从未遇见过的难堪场面。看见花轿在调头回返，马媒婆慌忙追过去，让轿夫拣个稍宽敞点儿的地方停下，等到送葬队伍过去，他们再走，不管咋说，这婚也不能不结呀！

　　这时，招娣儿的二姑把话呛了过来：你上下嘴唇一碰，说得轻巧，撞上这样的凶煞晦气，这婚还能结吗？让我侄女踩着满地纸钱去陈家做媳妇，不得倒一辈子霉？呛完媒婆，她又冲新郎官发难：谁家办喜事不是图个吉利，看看你们陈家，把这桩喜事整成啥了？我们回去！回去！

　　马媒婆急了：她二姑，可不能啊！招娣上了花轿，出了娘家门，就是陈家的媳妇，没拜堂就回娘家，又算是咋回事？我这当媒人的一手托着两家，咱都别自己给自己添堵行不？就当是一阵阴风刮过去行不？喜事该咋办还咋办行不？马媒婆往花轿前推着陈胜阳，让他好好劝劝新娘子，关键就在她身上。

招娣儿已六神无主，只知道嘤嘤地哭。新郎官陈胜阳，眼里也含满屈辱的泪水。

送葬队伍逼近跟前，他们窄巴地方窄着走，宽敞地方宽着走，成心不让迎亲队伍错过去，此时要是有悲切的唢呐声助阵，就更有戏剧效果了。但这只是杨大圣和部分家人一厢情愿，一干吹鼓手们，都用眼睛瞄着任班主，任班主那支唢呐，只要夹在胳肢窝里，任凭东家和执事再怎么催促，他们也不会听从的……

沉寂下的唢呐声，在杨德轩下葬那一刻，才呜呜咽咽重又响起。一曲《黄泉路上慢慢走》结束，任班主让杨大圣安排一辆马车，他们要从墓地直接离开。杨大圣起初没答应，师傅们忙活大半天，怎能让大家空腔瘪肚地走？再说工钱也没结。任班主说：杨老爷子是我们敬仰的前辈，为他吹奏送行，我们就当尽一份情谊和义务了。任班主还是执意要走。

杨大圣不想欠这份情，回到家后，立刻派人带着工钱去追他们。杨大圣心里明白，任班主一定是看出他们杨家在借丧搅婚，认为有失德礼，故以罢吹和拒受饭食报酬来显示任家班的艺德。杨大圣这样想着，心中不禁有些怅然。三弟杨礼海的看法不尽相同，说道：任班主也许是不好意思，咱们恭恭敬敬好吃好喝地待他们，他们拢共也没吹奏几场，关键时候又当起哑巴，咱们没跟他们较这个真，也得说是够意思。

五弟杨信海也发话了，是戗着他们而来。杨信海恨自己愚钝，怨大哥做事偏激、鲁莽，他一向敬重的兄长，怎么会干出借丧搅婚这种事？四叔、大姐、三哥他们，也是糊涂，知情后不劝阻，还认可他、支持他。任班主和那些师傅们，就是艺德高尚，三哥还好意思怨怪人家？

杨礼海要耍毛。

杨大圣把话抢过来，说道：主意是我出的，事儿是我干的，五弟还想说啥都冲我来。大哥混沌了半辈子，到现在才明白一个理儿，对有些人就不能以德报怨，就应该以牙还牙。借丧搅婚这事，做得是有些过，可比起陈家对咱家用的那些手段，还差得远！不是他们一次次暗中使坏，咱们杨家不会落那么大难，咱爷不会一口气窝回去，咱爸也不会大病一场垮掉身子，刚六十几岁就离开人世，我咽不下这口气，咽不下！

五弟杨信海还要辩个山青水白：那都是过去的事儿了，冤冤相报何时了？咱们就不能大度一点儿，宽容一点儿吗？咱爸在病中也没忘嘱咐咱们，为人处世，要以仁义礼智信为本，要以宽容和善为怀……

杨礼海急赤白咧打断五弟的话：快拉倒吧老五，我们都是粗人，听不懂你这"道德经"……

四叔杨德林这时候进屋来，让他们都别再呛呛，老父刚刚入土，几个兄弟就闹起内乱，让外人知道得咋笑话咱们？五弟纠正四叔，他们不是在闹内乱，是在明辨是非。四叔和着稀泥说：是，我知道，可事情已经做下了，就是弄出个谁是谁非又能怎样？这件事是我鼓动大圣干的，哪个要怨、要怪罪，都算在我头上。四叔也劝杨信海不要太书生气。好啦，这一篇儿就当掀过去了，一大堆事儿呢，都该干啥干啥去。

兄弟几个正要散去时，忽听有唢呐声传来，应该是斜对门陈家。怪了，新娘子不是回娘家了吗，又吹吹打打要干什么？

陈家的婚事，被搅得一塌糊涂，接新娘的花轿也是空着回来的，陈家上上下下白忙活了一场，鸡鸭鱼肉也要白白糟践掉，有多可惜不说，贺喜随礼的众多亲朋好友，都眼巴巴等着肥吃海喝一场，就这么让他们馋哈哈回去，也说不过去呀！陈金财抹了把脑门儿上的热汗，这可不行，我大孙子的婚事，还得今天办。大家都觉得荒唐可笑，陈六指儿问陈金财：爹，你是不是气糊涂了？没了新娘子，让胜阳跟谁拜天地？就是现做个木头人，也来不及呀。张彩云也说这婚没法儿结，总不能让胜阳跟花轿拜堂成亲，村人还不得笑掉大牙？

陈金财还就是想让大孙子跟花轿拜堂，到时把杨家借丧搅婚这件事，如实说给大伙儿，大伙儿要笑话，要怪怨，也会笑话怪怨他们杨家，什么仁义忠厚，什么宽容大度，都他妈扯淡！咱们东西没糟践，还会赚来大把同情。等过几天，老孟家那边的气消了，咱们再一顶花轿接媳妇，好吃好喝待新亲，胜阳这终身大事就算完结了。

陈六指儿心有所动，看着张彩云：这法子，行吗？

张彩云愁苦着脸：我也不知道行不行，唉，不行还能有啥好办法哟。

只他们说行，还不行，这出荒唐戏要接着往下唱，新郎官这个主角如果不愿登场，他们想唱也唱不成。陈金财和陈六指儿一起过来劝说开导，陈胜阳置之不理，接着张彩云又过来，陈胜阳执拗好一阵，才含泪答应了他们，当着众人和一顶花轿拜了堂。照样有唢呐声，有鞭炮声，唯不见有家人的笑声。

陈六指儿在芦花坞的历史上，已留下标新立异的人生记录。儿子陈胜阳这场别出心裁的婚礼，也同样留下了深刻的历史记忆。他们陈家尽管赚得不少同情，但吃亏受损丢脸面的，终究还是他们。陈六指儿咽不下这口窝囊气，上门找到村支书郑有全，要状告杨大圣杨礼海兄弟俩。

从一九四九年初到一九五五年底，杨德轩当了六年多村支书，在他下葬之时，正逢继任者郑有全去镇上开会，后晌四点多钟才出现在杨家大院。进门来先赔礼道歉，没能最后送老书记一程，很觉愧疚不安。然后刮一眼杨大圣，又刮一眼杨礼海，话就转了向：你说你们兄弟俩，一个是渔业社社长，一个是民兵队长，大小都是村干部，对陈金财一家积怨再深，也不该利用丧事搅人家的婚事啊！那个啥，你们都是明白人，心胸一时犯窄，往下应该怎么做，就不用我再磨叨了吧？看见杨家兄弟俩都七不服八不忿的样子，郑有全像是怕被纠缠住，说要去看看吴婶子，在吴大奶屋里屁股还没坐热，就借口有事离去了。

五弟杨信海希望大哥能按郑有全所说，上门去给陈家道个歉，以求得到谅解。大哥还没来得及表态，三哥那里就回怼过来：别听他的，凭啥给他们道歉！杨大圣也不愿输这口气，说道：要我给他们认错，他们得等，等哪天我想明白了再说。

陈家门现在需要的，并不是杨家能上门认错，而是尽快把新媳妇娶进门来。荒诞不经的婚礼过后第二天，张彩云就带上儿子陈胜阳，去老孟家商议择日接新娘的事宜。孟家同样愁云笼罩，待他们娘儿俩不冷不热，老孟夫妻都是一个态度，不说黄，也不说补办，只说招娣心情不好，等等再看，连招娣的面都没让他们见。

张彩云愁苦难耐，三天后，正准备去找媒婆马巧凤，马巧凤自己上门来了。张彩云以为她会带来啥好消息，急切切问过，老孟夫妻还是没吐口。张彩云又长吁短叹，她家胜阳已一连几天闷在屋里，不吃不喝，再拖下去，还不得把命搭上？多么好一桩婚事，不会就这么黄了吧？马巧凤说，那倒也不至于。她给张彩云出主意，她再去老孟家时最好拉上杨家哪个兄弟姐妹，或者让他们单独去一趟，表示一下歉意。借着这个机会，老孟夫妻也想调和调和两家的矛盾。斜对门儿住着，低头不见抬头见，老这么疙疙瘩瘩的，招娣儿嫁过去不也得别别扭扭的。张彩云有些为难，问马媒婆：这可是老孟夫妻的意思？马媒婆回道：他们没明说，但说话听声，锣鼓听音，他们好像有这么个意思。杨家借丧搅婚，对陈家再怎么理直气壮，对老孟家，就不觉愧疚吗？马媒婆想去杨家说和说和，又怵头怯脚。张彩云也有这想法，也是顾虑重重。

张彩云找鲁一斗来了。鲁一斗借故想溜，被张彩云按坐在炕沿上：咋的，心虚了？害怕了？你的账咱们以后再算，今天我是有事相求。张彩云说出来意。

鲁一斗叫起苦，让张彩云还不如骂他一顿、打他一顿得了，就杨大圣的脾气秉性，他去也没用。张彩云说：我真恨不得打你一顿，咱们两家远日无仇，近日无怨，没想到你会跟杨大圣合谋害我们家……你也不用找借口往外择自己，没有你帮着做鬼使坏，杨大圣唱不成独角戏。

老婆也怨起鲁一斗：别怪彩云嫂子生气上火，常言说宁拆十座庙，不破一桩婚。你和杨大圣做的那事，确实不咋地道。你重情讲义，你要帮朋友，那也得看是啥事。彩云嫂子现在让你去说服杨大圣，你就当是将功补过。

鲁一斗不想敷衍，他去一趟也没啥，可事情明摆着办不成，不是白耽误工夫吗？要不这样吧嫂子，我陪你去县城找找杨家老五，让他出出面。

张彩云没领鲁一斗这份情：喊，用不着，我又不是不认识他，又不是没长腿。

三十一

张彩云带着儿子陈胜阳一起去的县城，先到县中学找到陈天秋。陈天秋没能参加堂侄儿荒诞不经的婚礼，那天她从杨家吊祭回来，不去面见爹娘，跟张彩云待在一起，二哥怨冲冲找上门来，两人话不投机，陈天秋借口单位有事，当天就回了县城。现在听张彩云说起杨家借丧搅婚一事，陈天秋于气愤和遗憾中，也感到些许欣慰。

陈天秋让张彩云母子俩等在县政府大门外边，她自己去找杨信海。很不巧，杨信海要陪领导下乡，吃过午饭就走，得走六七天时间。杨信海为让陈天秋相信他不是推脱，指指桌上说：你看，需要带的东西我都准备好了。杨信海让陈天秋转告张彩云，也别太着急，他回来后就找大哥大姐做工作，如若做不通，他就去给孟家道歉，管不管用，他也要走一趟。

要等上六七天，时间太漫长，张彩云哪有这份耐性，一回到芦花坞，又来找吴水英。吴水英已经搬离杨家大院，住在村子东头儿，一间半偏房，是土改时分得的胜利果实。张彩云来吴水英家，一般都会带几样青菜，这次还带来一块酱猪肉。吴水英对青菜习以为常，对酱猪肉，则受之不安。张彩云说：这得念你那大伯子的好，不是他借丧搅婚，这块方子肉能剩得下送给你？

话这样开了头，很自然就扯到正题上。吴水英说张彩云是在赶鸭子上架，她那大伯子大姑姐小叔子，哪个能听她劝说？让她代杨家去给老孟家赔不是，杨家人会骂她吃里爬外，老孟家也不会拿她当根葱。吴水英也是劝张彩云，不要太着急，再想想别的办法。张彩云说：好姐们儿都不愿意帮忙，还有啥办法好想？让我别着急，你是没摊上这闹心事，站着说话不腰疼。我们那个家，本来就是麻袋上绣花——底子不好，胜阳能娶上招娣那么好的姑娘，不容易呀！

说到伤心处，张彩云流泪了。眼泪会引发同情，也会起到感化作用，吴水英叹声说：那好吧，管不管用，我应你就是了。张彩云表过谢意，又表歉意，说她心有急火，话有些冲，让吴水英别见怪。吴水英说：打一巴掌揉三揉，你就别跟我整景儿啦！

天色渐晚，二亮一身灰土地回家来。张彩云已经离去，执意留下的那块肉，还放在桌上，散发着诱人的香气，二亮先撕扯下一块塞到嘴里，才向姐姐问起肉的来处。娟子记着娘的嘱咐，不能实话实说，谎却没能撒圆。二亮人小鬼大，明白了，吴水英这时进屋来，二亮小脸儿一酸问道：陈六指儿老婆是不是来过？吴水英怒了：你这孩子，怎么说话哪！她跟你妈我是同村好姐妹，你应该叫她大姨，她是来过，怎么了？二亮说：你说怎么了，我大伯大姑他们，都不让你跟他们陈家人来往，你总是不长记性！

二亮的脾气秉性，不像爹，也不像妈，简直一个野生出来的小混蛋，又跟可怜兮兮的寡妇妈杠上了。吴水英气得脸煞白，你个小混蛋，教训起你妈来了，孩子家家的你懂个啥？少掺和大人间的事！二亮说：我怎么不懂？她这叫小恩小惠，你这叫没志气！吴水英说：好，好，你有志气，这肉多香啊，你要有志气，就看着我和你姐吃，馋死你个小混蛋！二亮的馋虫已经被勾出来，他可以跟妈过不去，不能跟肉过不去，又撕下一块酱肉塞到嘴里。

吴水英已经和张彩云约定好，她们一起去老孟家，张彩云要先走一步，在娘家等她。次日早饭后，吴水英先去的杨家大院，把这件事没有半点隐瞒都说给了大妯娌豆香。出殡那天，豆香是在半途才看出杨大圣的意图，当时没有阻拦，是担心杨大圣会怨她多事，也觉为时已晚，又以为杨大圣只是想戏弄一下陈家的接亲队伍。事后，豆香心里一直有些歉疚不安，看杨大圣的神情，也觉做得有些过头，可想给人家赔礼道歉，又磨不开脸面。吴水英得知大妯娌大伯子原来是这样一种心态，感觉心安了很多。

这次努力，张彩云没再失望，两天后，老孟夫妻就让马巧凤传话过来，陈家可以择日把招娣接走。老孟夫妻的转变，跟吴水英没有几丝关系，他们坚持到现在才松口，不过是想为孟家找找面子，这就好比抻猴皮筋，抻到一定程度就得松劲儿，不然会崩断的，吃亏的终归是他们闺女招娣，若另嫁他人，即便还是姑娘之身，那也是二婚头儿了。通过这场风波，老孟夫妻也看得更清楚了，招娣儿跟胜阳这俩孩子，谁也割舍不下谁的，再拖下去保不齐会闹出人命来，得饶人处且饶人，该放手时需放手，夫妻俩都觉已到火候，又见张彩云拉着杨家的寡妇一起过来说情，正好借坡下驴。

陈六指儿没再找侯半仙择定什么吉日不吉日，三天后，就把新媳妇接进了家门，没请唢呐，没放鞭炮，酒席也只摆了三桌。村支书郑有全曾抱怨没喝到喜酒，陈六指儿这次亲自上门去请，郑有全了却一桩心愿，陈家也觉脸上有了几分光彩。好事多磨，张彩云操心忙累多少天，等到这天晚上人走屋静，她才感觉身心疲惫得不行，却不觉困倦。望着从新房里透映出来的暖暖光亮，想象着儿子儿媳以后的日子，看着身边鼾声阵阵的男人，张彩云也咀嚼起自己的人生，那一件件伤心往事，不由让她悲从中来，真想找个背人处，痛痛快快哭上一场……

世上没有不透风的墙，吴水英为陈家当说客这件事，豆香不曾跟任何人说起过，还是很快就被婆家人知道了。这天是杨德轩的"三七"日，大姑姐杨正茹一见到吴水英，就夹枪带棒一顿数落。大姑姐给吴水英的印象一直都不错，这些日子，不知怎么变得那么爱挑剔，又这么尖酸刻薄。豆香为二妯娌开脱着，说水英不去孟家，大圣也会去的。杨正茹又一连三问：他去干啥？去认错？你鼓动的吧？豆香否认：才不是的，是大圣自己想要去。杨正茹还是有说道：大圣要去也不是不行，就是没有水英去的份儿。

大姑姐这话的潜台词，吴水英不需品哑就能明白，她克制着没有争辩，只是解释了几句。公公的祭奠日，一大家人都聚在一起，心情又都悲悲戚戚，吴水英不愿在这种时候跟大姑姐弄得不愉快，将满腹委屈带回家里，只能诉说给死去的丈夫听。隔天，张彩云又来串门儿，吴水英也是不吐不快。

张彩云心有歉意，也愤愤不平，对吴水英说道：我可不是撺掇你，是真心为你着想，在这杨家门里，你不能只想着怎么委曲求全，也得想想迈出这道门槛了，你为杨义海守了十一年，还嫌守得不苦？

这个话题很敏感，改嫁这种事儿，吴水英不是没想过，每次想来，都被忧虑甚至恐惧所羁绊。男怕入错行，女怕嫁错郎。

她要改嫁，哪个男人对她能像义海那样恩爱体贴？能善待她的两个孩子吗？能挣来好日子吗？还有，杨家人会怎么看她，村人又会怎么看她？吴水英叹息一声，说道：嘻，我就这命了，都快成老太婆了，没那念想了。

张彩云喊了一声，让吴水英别在她面前卖老，三十六七岁，你就成老太婆了？还有几十年好光景可过呢，找个好男人，再生养几个也不成问题。

吴水英臊红了脸，上下看看自己，就我这水桶腰，这褶子套褶子的脸，又带着俩"拖油瓶"，哪个男人会看上我？

张彩云在吴水英后背摩挲一下：别自个儿瞧不起自个儿，你一点儿不显老，也不显胖，顶多叫丰满，比我这要胸没胸，要屁股没屁股的，中看多了。

吴水英好像不认识张彩云了，上下左右打量她一阵：你这腰身才招男人稀罕呢，苗条细溜儿的，像没开过怀的小媳妇……

两个命运多舛的女人，都露出真性情，互相开起玩笑来。玩笑归玩笑，张彩云今天提起这事，可是认真的，候选人都为吴水英物色好了。那男人大她两岁，会手艺，为人忠厚老实，老婆五年前病故，有个十二三岁的闺女……

不用再说，吴水英已经知道是谁了，是陈木匠。张彩云几次劝吴水英改嫁，从没具体到某个人，今天这一嘴来得有些突然，吴水英缺少心理准备，不免有些惶惶然，让张彩云赶紧打住，这媒她做不成的，改嫁到陈家门里，吴水英更不敢想象。张彩云说：村规，国法，哪条哪款规定杨族寡妇不能改嫁给陈族的鳏夫？陈木匠跟我们家，关系是不错，但村人都看得清楚，咱们两门的恩怨是非跟他没有半点儿牵连。在咱们这芦花坞，杨陈两族男女结成夫妻的有多少？就你怕？

女人半路守寡难，男人半路打光棍儿，日子更难，张彩云也几次劝过陈木匠续弦再娶，直到近日，才见他松口，张彩云也才敢做这个媒。以陈木匠和吴水英的为人，俩人若结成夫妻，一定错不了。她又劝道：人生苦短，水英妹子，你就别再苦着自己、苦着孩子啦！

张彩云已是苦口婆心，吴水英还是心怯，让张彩云别再说这事，要是她家二亮一会儿回来听见，非跟她翻脸不可。张彩云看出吴水英有送客之意，站起身说：我看你那胆子，都没个芝麻粒儿大，这也怕，那也怕，你后半辈子就在苦海里泡着吧！不用你撵，我这就走，我找陈木匠给你做块贞洁牌去。

张彩云走了。吴水英虽然没有答应她，沉寂多年的心潭，却已被搅得翻花冒泡，再难平静。她强迫自己不去想陈木匠，越是这样，那个男人的影子越是缠绕不去。几天后的晌午，吴水英有些困倦，靠着被垛似睡非睡间，忽然听到陈木匠在说话，以为在梦里，睁开眼一看，哪是梦，陈木匠就活生生站在她面前。

陈木匠是来修门窗的，而且是不请自来，显然是张彩云搞的鬼。吴水英想拒绝陈木匠的热情，又难下决心，老窗老门再不修，也真是不行了。这张彩云，怎么不让你家胜阳跟师傅一块儿来？慌乱不安中，陈木匠已开始修起屋门。这是个不善表达的男人，自顾埋头干着活儿，只有在不得已时，才跟吴水英说句话，显得比吴水英还要窘促不安。

陈木匠的闺女小玲，从外边登登跑进来，手捂着胳膊，满脸细汗。陈木匠心头骤然一紧：玲儿，怎么了？小玲怯怯看着陈木匠，松开手，胳膊无伤，是衣袖刮了个大口子。陈木匠松口气，在小玲头上摩挲几下说：没事的玲儿，到外边玩儿去吧。

吴水英没让小玲走，拿过针线，要为她缝补衣服。陈木匠更觉不安：这事儿哪好麻烦你，等干完活儿回去，我给她补。吴水英像是没听见陈木匠说什么，将小玲的上衣扒下来，衣服虽旧，却干净，上面已打有五六块补丁，都粗针大线的。吴水英心里泛起一阵酸楚和怜悯，把小玲搂过来，为她拢拢头发，又贴下脸，从心底轻叹出声：没妈的孩子，真是可怜。

陈木匠上门修门窗这件事，有二亮那个小传声筒，甭想瞒住杨家一门男女，在大姑姐杨正茹看来，吴水英无疑又是犯了忌。一晃又到杨德轩的"五七"日，一大家人又要相聚老院，然后一起去烧纸祭奠。吴水英是从家里直接去的坟地。祭奠结束，她借口娘家有事，又从坟地去了西后岭。杨正茹对吴水英满腹怨气，没有发泄而出，或许是觉得场合不对，但表情却冷冷地挂在了脸上。

一家男女都没在意吴水英有些反常的举动，让他们犯琢磨的，是另一件蹊跷事，在杨德轩坟头前，有一堆新近烧过的纸灰。杨大圣记得很清楚，给父亲烧"三七"那天，因为风比较大，纸烧完后是他用锹铲土把纸灰给掩埋住的，这堆纸灰，不可能是上次所留，也不大可能是本族哪个晚辈的祭奠……杨大圣想到了夏苇花，难道是她偷偷来过？

夏苇花那年不辞而别，杨大圣当天就打听清楚了，她既没坐渡船，也没坐大车过老龙河，由此可以认定，她并没有回老家去。夏苇花曾跟杨大圣说过，她父亲一死，这世上她再没有亲人，失去家园且再无亲无故，她还回老家干什么？那她现在的家又在哪里？杨大圣当年暗地里寻找过夏苇花的下落，附近那些村子差不多他都去过，还去过小龙山那座尼姑庵——静空庵。不过刚跨进门，就被一位老尼阻挡住了，那地方是女人们逃离尘世、皈依佛门的心灵净地，忌讳男人的打扰。他又缠着老尼询问一番，也没问出个什么。杨大圣现在想来，是他忽视了那个神秘之处，那里，应该就是夏苇花隐居的理想之地。

由坟头一堆纸灰，想到干妹子夏苇花，杨大圣又心起波澜。他把想法说给了豆香，还要豆香跟他一起去静空庵。豆香也心起波澜，但她与杨大圣的心思却不相同，对夏苇花母子，豆香尽管也时常挂念于心，而随着村里那些闲言碎语的淡去，又觉少去一块心病。安稳这么些年，杨大圣又猝然起意，要找回他们母子，豆香知道劝说无用，还不如大度些。她选择服从。

静空庵坐落在一个山坳里，四周树木阴森，一座灰墙灰顶的庵舍掩映其间，沉寂中透出一种空灵虚幻的神秘。庵门外，一位老尼正在挥帚扫地，像是在做着每日的功课，动作不紧不慢，扫帚掠过粗糙地面发出的沙沙声响，远远都能听得见。芦花坞和附近村子里的女人们常来静空庵烧香许愿，可豆香还是头一次，她心里毛茸茸的，感觉很新奇，也有些激动。

豆香被老尼领进庵舍里，没过半个钟头就出来了。杨大圣问她咋这么快，话里隐隐透出一种不信任。豆香说：你想干妹子想得大半宿都没睡，我哪敢敷衍你？庵堂旮旮旯旯我都看过，那些尼姑的面孔也逐个儿审视过，又认真打听一番，她们都说不知道夏苇花这个人。豆香表白完又补充了一句：你要是不信，就自己进去找。杨大圣当然不会去的，他心情怅怅地离开静空庵，还不时回头张望，总感觉夏苇花就躲在庵堂里，或外边某个地方，在默默地看着他们……

对夏苇花的不辞而别，杨大圣能予理解，但不能理解的，是夏苇花的决绝，五年多了，连一点儿信息都不给。父亲坟前那堆纸灰，如果确是夏苇花所留，杨大圣料想她还会再来的。为父亲烧过"五七"后，还有百日，还有周年，然后还有寒衣节和清明节两个重要祭奠日，这些个日子，都成了杨大圣的期待。

　　又在父亲坟前看到一堆莫名纸灰，已是次年的清明时节，杨大圣的等待过于漫长，也不尽人意，纸灰是谁所留，还是个不解之谜。临近清明节，杨大圣让家人借在地里干活儿之机，都盯着点儿祖坟地里的动静，他出海回来，从前晌到傍晚也去过多少回，那个偷祭父亲的人，难道是夜里或天没亮时来的？杨家祖坟地里松树成林，大白天也阴森森令人畏怯，夜晚更觉恐怖，想夏苇花一个女人家，怕是没有这个胆量。如果不是她，又会是谁呢？

三十二

　　自从镇上成立起水产公司，又在老龙河入海口处建起一座小型鱼码头，芦花坞就再不用组织船队去大石山渔场了。家门口这片海域，鱼鳖虾蟹也不少，也可就近销售，何苦再撇家舍地去远海讨生活。一页页湿漉漉沉甸甸的日历，不觉已翻至一九五八年春天，一过完正月十五，就是惊蛰，半月后就是"二月二"龙抬头的日子，芦花坞那些玩船走海汉们，似乎更心急，一等祭祀过海神爷，就纷纷将渔船推下水，扬帆出海了。

　　杨大圣从渔业互助组组长，到渔业合作社社长，已干至第六个年头，仍本色不改，只要没有其他公干，照常跟船出海打鱼。扬帆掌舵行走于浩瀚波涛，扯网上船摘得满仓鱼虾，这个过程让杨大圣很觉享受。这天，杨大圣替五宝掌船出海，意外捕获一只大海龟，弄上岸来一称，好家伙，重达四百零九斤。在芦花坞这片海域，很少见有海龟，捕获如此巨大的海龟更是前所未有。杨大圣原本打算让玩船走海汉们看个稀罕后，就把大海龟放归海里。村人们闻讯，也纷纷跑来看稀罕，这一耽搁，镇水产公司不知怎么得到了消息，县水产公司也被惊动，都派人过来，要把大海龟弄去县城展示。当大海龟被抬到马车上，杨大圣看见它朝大海的方向拧着头，眼里像含着泪水。几日后，有消息传来，大海龟被做成了标本。杨大圣为此后悔不迭，内心处也不时涌出一种忧恐不安。

社里赶造的一只新渔船，在岸上检验完毕，还需下水一试，秋月大哥笑呵呵过来找杨大圣：美不美，头一水，新船初航，还是由杨社长掌舵才吉顺。杨大圣一连多日没再出海，心头一痒，精神抖擞跨上新船，驶向海深处……秋月哥的吉言，成了妄语，新船回返没走多远，竟然遭遇不测。

这场海难，来得也是邪性，原本微风习习的海面上，突然就刮来一股龙卷风，与他们撞个正着。杨大圣驾船紧躲慢躲，也没能躲掉，船被涨满邪风的布篷拖拽，猛地一打斜，瞬间就扣了瓢。杨大圣和秋月大哥凭借运气和好水性，从船下钻出，游出二百多米远后，才被搭救上另一条船。三愣儿就没这么幸运了，被扣在船底，死前连天空都没能看上一眼。三愣儿是自己争着要乘新船出海的，却阴差阳错丢了性命，若在天有灵，不知该有多么后悔。

出事之际，离他们最近的那只渔船，是陈金禄在掌舵。陈金禄家里没养渔船，他是给本族一个亲戚当船工，发现有船出事，急急赶来搭救。四月天的海水，仍凉意袭人，水冷刺骨，秋月大哥被人扯拽着爬到船上，杨大圣这时全身都已僵硬麻木，眼瞅着就要沉入海底。陈金禄再顾不得自己，一身热汗跳进水里，在下面用力托举，船上人用力往上拉，才把他们弄上来。

劫后余生，杨大圣应该感到庆幸，感到欣慰，但又万般纠结着。他十五岁就跟三叔出海打鱼，风里钻浪里闯，学得一身硬本事，这回可好，翻了船，死了人，已觉灰头土脸，被谁搭救不好，偏偏是地主分子，是仇家门里的陈金禄……杨大圣半躺半倚在被垛上，对鲁振庭说着经过，又陷入迷糊状态，怨自己触犯了海底的神灵……世伯你说怪不怪？在海里扑腾那阵，我发现水面上好像有只大海龟，一双鼓突突的眼睛一直随着我飘动，在我被搭救上船后，仍在眼前漂浮不散。

鲁振庭不觉有什么怪异，说道：那应该是你心里的一种幻觉，出海打鱼，本就是险象环生的行当。鲁振庭让杨大圣不要听信鬼神之说，那只大海龟被杀生害命，就算是触犯海底神灵，当事人也不是他。玩船走海的人，对大海确是更应该有所敬畏，但敬畏和迷信，完全是两码事。

杨大圣神色戚戚，仍难以越过心中的那道篱笆墙，是神灵惩罚也罢，不是也罢，这水路饭他是不能再吃了，说啥也不能再吃了……

吴水英得知杨大圣遭遇海难，已是事出大半天之后，左右彷徨一阵，她还是过来看望了。

吴水英跟大姑姐杨正茹已经闹僵。清明节头天，杨家一门男女上坟祭扫，中午又要一起吃饭，吴水英和几个妯娌，都抢着干这干那，杨正茹怪声怪气说道：就让水英多干点儿吧，以后她再进出这大门，咱们得当客人待啦！吴水英还没反应过来，杨正茹揽过二亮又说：傻小子，叫我声大姑，你妈要是嫁给陈木匠，你也不再是杨家子孙了，知道吗？一会儿大姑给你讲讲《鞭打芦花》的故事。

豆香也知道那个故事，把话接过来说：大姐你别把二亮给吓着，那是后娘干出的事。杨正茹说：纸墙不是墙，后娘不是娘，后爹就是爹了？我这苦命的侄儿哎。为渲染出悲剧效果，杨正茹还用上了哭腔，又冲着父亲遗像说道：爹你看见了吗？咱们杨家门里要出矸碜事了……

吴水英被置于无比尴尬的境地。

陈木匠第一次上门为吴水英家修理门窗，忙活大半天，一口饭没吃，一文钱没要。之后不久，张彩云又让儿子胜阳和陈木匠一起为吴水英家修过屋顶，也是分文不取。吴水英很觉过意不去，给陈木匠做了双布鞋，给小玲做了件衣服，作为回报偷偷送了过去。过后，又拉上张彩云为他们父女拆洗了一回被褥。大姑姐想必也听闻到那些风言风语了，并没问过吴水英什么，现在省略了程序，让羞辱来得如此直截了当。吴水英承受不住羞辱，也不想承受。我啥时说过要嫁给陈木匠？嫁给陈木匠就是大逆不道？就该被羞辱？说我给杨家门丢脸，怨我，嫌我，以后再不登这大门又能怎样！吴水英饭也没吃，拽过娟子登登回了家里。

豆香和三妯娌拾掇完碗筷，一起过来看望吴水英，劝她别再生大姐的气，她那人你还不知道？刀子嘴，豆腐心。吴水英说：哼，冻豆腐！豆香忍不住笑了，把话扯到陈木匠身上，问吴水英，是不是真要嫁给他。吴水英说：昨天我还不敢有这想法，今天还真得好好想想了。豆香说：现在是新社会，寡妇改嫁已不是啥伤风败俗的砢碜事，做女人难，寡妇女人更难，这些年你是怎么熬过来的，我和三妹心里都清楚，陈木匠那人不错，你真要嫁给他，我们姐俩都祝福你，你大哥也是这意思。

大伯子能给予同情和理解，妯娌们能过来看望，话又这么通情达理，让吴水英心里涌动起阵阵暖意。但从那以后，她再难回到过去那种感觉里，也再没过过杨家大院的门槛。

吴水英这次来探大伯子的病，本不想见到大姑姐，还让娟子事先侦察过，才进的院子，可还是没能躲掉。就在吴水英准备离开时，杨正茹拎着几瓶水果罐头进门来，身后还跟着那个小冤家二亮。吴水英挤出一丝笑容，叫了声大姐。杨正茹在喉咙深处嗯嗯两声，见吴水英要走，说句：啥时候办喜事别忘给个信儿，怎么着也得随份礼呀。羞辱，又是在羞辱。吴水英却当是没听见，把目光转向杨大圣说：大哥你好好养着，我走了。吴水英在用沉默维护着自尊，也在用沉默表达着轻蔑。

人已经离去，杨正茹还是要数落几句，不然肚里难受。杨大圣打断她的话说：水英好心好意过来看我，你又往陈木匠身上扯啥？改不改嫁，那是她的自由，咱们都没权干涉，你何苦一回回给自己添堵，给人家添乱。

这言语口气，让杨正茹感到惊异：听大兄弟意思，是我管得太宽了？宽窄我也得管，我是为我侄子侄女着想，她要嫁给陈木匠，有男人搂男人疼了，那俩孩子不得遭罪呀？大圣，你别这么看我，我知道，因为夏苇花，你对我也心有怨气，是，我是上门说过她几句臭话，那还不是为了你，为了咱们这个家？夏苇花带儿出走，主要是孙二娘欺负她们，不容她们。

杨大圣不愿跟大姐说起夏苇花，既然大姐先提起了这个话头，不妨就说个透亮：大姐你也知道的，夏苇花对我和我们那几十号人，都是有救命之恩的。她孤苦无助落脚在芦花坞，一直把咱们家人当作亲人，把咱们这个家当作依靠，你对她说的那些话，在她看来也代表着家人，要比孙二娘的辱骂，更让她伤心难过……我是怎么知道……不，是在她走后干娘告诉我的，她不愿跟我说，也不想让我知道她要走，是伤透了心……

豆香送吴水英回来，见姐弟俩言语不和，不论谁是谁非，她只能责怪自己男人。杨正茹有了台阶可下，连忙换了一副温暖可亲的口气，让杨大圣别再唉声叹气，大兄弟能逢凶化吉，是福大造化大之人，也是咱们杨家积德行善的因果回报，大姐给你开瓶罐头，败败火……

吴水英跟杨正茹一旦弄到撕破脸皮的地步，也彻底想明白了，索性就嫁给陈木匠，再怎么着，也不至于把他们沉了老鳖塘吧？彩云大姐说得对，总是被忧虑恐惧所羁绊，不可能有勇气迈出这一步，不迈出这一步，又怎能知道以后命运如何？好日子，有时就得靠勇气去追求。吴水英打发娟子把张彩云请过来，见面头一句，就直奔主题，让张彩云给陈木匠过话，他要是没啥意见，就定个日子，早点儿把她娶过去。

　　张彩云喜出望外：水英妹子，你总算是想明白了。吴水英说：我不是想明白的，是被骂明白的，是我那大姑姐逼我这寡妇走这一步的。日子反正都是个难，就当赌一把好了。

　　杨家大院的寡妇女人要改嫁陈家门，的确是需要些勇气的，张彩云感慨。都说她们女人是水做的，但一旦严寒成冰，也会有棱角，有刚性。神情忽然一转，张彩云又有了几分凄然：水英妹子，咱们姐俩命都够苦的，你嫁了个好男人，早早就守了寡，我没守寡，还不如守寡过得如意，要是有下辈子，我再不想做女人……

　　张彩云从吴水英家出来，就去找陈木匠了。

　　吴水英也出了家门，去了望归台。丈夫活着的时候，每逢出海遇有大风天，或回来过晚，吴水英都会来这里等他，那种生死相依巴心巴肝的牵挂，对她无疑是一种熬煎和折磨。而当那个血腥的日子过去之后，丈夫再不可能风里浪里地回来，她才感到，曾经的那种煎熬何尝不是一种幸福？这十一年里，吴水英没少来这里吊祭丈夫的亡灵，今天来，她是想告诉丈夫，她要嫁人了，要离开杨家门了。丈夫是个通情达理的人，一定会理解她的苦衷，一定会赞成她的选择……

　　吴水英把要说的话，都寄托在袅袅青烟里，几沓黄纸缓缓燃尽，心里的诉说仍未尽。有风掠过，青黑色的纸灰在半空里飞舞一阵，纷纷朝崖边栽落下去，吴水英眼里的海面，已是一汪模糊。

陈木匠和吴水英商定下的结婚日期，是两个月后的阴历初六。两人都是二婚头儿，吴水英的想法是越简办越好，双方各找几个亲近的人，一起吃顿饭，做个见证就行了。陈木匠依从了吴水英，但房子还是要好好收拾一番的，家里有了新的女主人，也得有个新气象不是。

苦命男女再续姻缘，都希望着以后的日子能顺心如意，却成虚妄的精神寄托，他们的婚姻自头一个晚上开始，就遭扰乱，窗户被人砸了个大窟窿。是时，他们的身体都处于燃烧状态，心中所有杂念都退避三舍，只剩那种人类最原始的欲望。吴水英对陈木匠的身体还陌生着，多少有些恐惧，更多的是羞涩，她也不习惯在灯光下做那种事情，陈木匠便起身，将灯灭掉了。外边那人，大概就等着这个时刻，屋里刚一黑下，一连两坨硬邦邦的土块，就砸到了窗户上。两人都惊吓得不轻，陈木匠急忙穿好衣服要出去，被吴水英拦住。吴水英知道是谁干的。

一整夜都在提心吊胆，终于盼来天明，吴水英做好饭菜，自己没顾上吃，先给儿子送过来。二亮甘愿孤零零一个人住，死活也不愿入陈家门，吴水英气儿子不懂事，又觉儿子可怜，知道再劝说也是徒劳，只求二亮能放过他们。二亮鼻孔朝天，说那得看他的心情，啥时候他心情不好，他们也别想好受。说罢，拿过饭菜就往嘴里塞，混蛋玩意儿，妈说的话不听，妈做的饭，却吃得理直气壮。

吴水英都快愁闷死了，不出十天半月，二亮心情就会不好一次。愁苦之时，豆香上门来看望，听吴水英说起二亮那些混蛋事，豆香也气得不行，回去我就让大圣、礼海修理修理他，不信治不了这浑小子！

张彩云也时常上门看望吴水英，这天又过来，路过吴水英原宅大门口，看见二亮和四驴子在弹球，心里一动，叫过二亮说：大外甥，这是姨刚摘的几样菜，要给你妈送去，正好，你去得了。二亮眼睛一横，回得十分痛快：不去！懒得搭理她！张彩云本想以菜为引子，让二亮跟吴水英增进感情来往，却讨了个没趣。她只好又笑了笑：你这孩子，听姨的话，快拿着。说着把菜篮硬塞到二亮手里，借机开导起了二亮。

生活中总是有着很多偶然，赶巧杨正茹从院子里出来，看到这一幕，立马酸下脸问起张彩云：你把他妈撺掇进陈家门里，又来撺掇我侄子，你安的啥心？我们杨家的事情你少管，还嫌坑害我们不够是咋的！

张彩云让笑容顽强在脸上，叫声正茹大姐，别一篙子打翻一船人，她这也是为二亮好，她从没想要坑害杨家的任何人，现在没有，以前也没有过。

杨正茹说：你是好人，你们陈家都是好人，就我是恶人还不行？二亮有了仗恃，呱唧把菜篮子摔在地上，又上去一脚，踢出几丈远。杨正茹赞声：好！说完拽着二亮扬长而去。

张彩云一心要缓和陈家与杨家的关系，让杨正茹这一搅和，反倒变得越发紧张起来。张彩云捡起篮子，青黑着面孔回了家里，心里充满怨气，也充满忧虑。陈六指儿说张彩云是自作自受，谁让你总管他们那些闲事！

三十三

　　这些日子，陈家大院那几户陈姓家人，都处于心神不安的状态。芦花坞于一九五三年春成立初级农业合作社，为全县之首。两年后，又从初级社发展为高级社。最近，有消息说又要实行人民公社化，就是把若干农业社合并为一体，一个村为一个生产大队，下分若干生产小队，以小队为核算单位，社员们的吃喝拉撒，都将由生产队长掌管了。陈六指儿还打听到一个更具体些的信息，芦花坞将被分成四个生产小队，为方便管理，按片区划分，东半村两个队，西半村两个队。这对别人家也许无关紧要，对他们陈家则不然，杨大圣把渔业社社长的职位让给了鲁滩生，这次又在农业合作社当起了副社长，据说他和同族兄弟杨成海，最有可能成为西片两个生产队的队长，他们陈家一门男女，若落在这俩人手下，还能有好日子过吗？

　　陈六指儿越想越坐不住，要去郑有全家走一趟。跟领导笼络感情，不可两手空空，"大白鹅"家小卖铺有烟有酒，他再不舍得花钱，这手榴弹炸药包，该甩也得甩。出了家门，陈六指儿远远就看见小卖铺外边围着一群人，走近跟前，是"大白鹅"和孙二娘在打架，两人高声叫骂着，荤得都起油腻。

　　有人称"大白鹅"是潘金莲。一个女人要做潘金莲，也是需要资本的，"大白鹅"有一张好脸蛋儿，一副好身材，又善于使弄风情，丈夫活着时，就和别的男人勾勾搭搭。清河县那个潘金莲，丈夫生得矮小猥琐，芦花坞这潘金莲，丈夫长得人高马大，但性情绵软跟武大郎可有一比。两个男人同属一类，结局有别，清河那武大郎，是被老婆给毒死的，芦花坞这武大郎，是上山采石被砸死的。

"大白鹅"家的小卖铺，孙二娘也常来常往，今天这俩女人为何打得不可开交？陈六指儿很快就听出来，孙二娘是为捍卫婚姻，她那丈夫，也被"大白鹅"给勾引到炕头上了。孙二娘骂"大白鹅"：浪得都没边儿了，那些个爷们儿还喂不饱你，干啥又勾引我家男人？想白吃我们家鱼虾，你跟我说呀，你个馋嘴浪娘们儿！

"大白鹅"不羞不臊，敢做敢当，并不否认跟孙二娘的男人有一腿，但她认为孙二娘很没道理，怎么是我勾引你家男人？我去过你家吗？是你男人自己放浪跑骚，是你那裤腰带拴不住他，还有脸怨别人？"大白鹅"脖子颀长，走路或说话时，又老爱扬着脖子，每逢跟谁吵架就扬得更高了，一副不屑的傲慢姿态。

"青皮萝卜紫皮蒜，扬头老婆低头汉。"都说这种女人不好惹。"大白鹅"的确是不好惹，孙二娘遇上了硬茬子，被气得直跳脚，声嘶力竭冲大伙儿喊叫起来：快看看，快看看哪，见过这么不嫌碜碜的女人吗？一个养汉老婆，也好意思这么张狂得意？人活脸，树活皮，王八没盖儿是啥东西！裆里有坨能挣钱的烂肉，还开啥小卖铺，开窑子得啦！……这话是越来越往肚脐眼儿下头出溜。

四周围满看热闹的人，却不见有人拉架劝说，两人都不是啥好鸟，骂吧，打吧，花钱买票都看不着这热闹。杨大圣也在人群中，他不仅不想劝说，心里还想着，卤水点豆腐，一物降一物。这恶娘们儿，就"大白鹅"能治她。

孙二娘本名赵淑贤，名字起得不错，为人却满拧，凶悍浑蛮，没有半点淑女贤惠风范，简直就是个"母夜叉"，于是便有了孙二娘这个诨号。夏苇花母子逃离芦花坞的前几天，曾被这孙二娘骂得狗血喷头。是因为儿子，夏苇花光顾着忙，没发现儿子啥时候跑出去了，她急急来街上寻找，正看见儿子躺在地上大哭，旁边围着几个七八岁大的孩子，你一口我一口往儿子身上吐着唾沫，那个叫老疙瘩的家伙，还掏出小鸡鸡往儿子身上撒尿。孩子再不懂事，也没这么欺负人的，夏苇花扶起儿子，顺手推了一下老疙瘩，还没来得及说什么，小东西哇地一阵鬼哭狼嚎。孙二娘长了双狗耳朵，狼追狗撵一般跑过来，看见老儿子满脸鼻涕眼泪，额头还有道血口子，忽地就变成一头母狼扑向夏苇花：你们这海匪婆海匪崽子，也敢欺负我家老疙瘩？恶骂还嫌不够，又挥拳要打。夏苇花惹不起，躲得起，赶紧拉着儿子逃开。可躲也躲不起，孙二娘一路大骂着，又追到了拴柱家……

前不久，孙二娘跟杨大圣也闹过一场，说杨大圣因干妹子的事，跟她记了仇，借船翻之机把她外甥给淹死在海里。遇上这种浑蛮女人，讲理不通，发誓赌咒也没用，幸亏秋月大哥活下来，可以为他作证。

两个女人还在拼命吵着、骂着，郑有全来了。当村支书的不能作壁上观，他拽一把"大白鹅"，又拽一把孙二娘：你们还有完没完？你们知不知道啥叫硇碜？赶紧各回各家去！

两个女人都挺给郑有全面子，"大白鹅"哼一声，头一甩回了小卖铺。孙二娘也哼一声，又啐一口，挺胸昂头地回了家。看热闹的人们跟着散去，都觉兴犹未尽。

陈六指儿当晚就去笼络感情。从郑有全家回来后，又分别派起任务，让小木匠陈胜阳赶做一只小锅盖、两只袜底板儿，让老婆张彩云摘几样蔬菜，等明天天一黑下，由张彩云负责给郑有全送过去，郑书记也夸你小菜园种得好哩！

张彩云不稀罕这夸奖，问陈六指儿，为啥让她去送。陈六指儿说：我自然有我的道理，你只管去就是。张彩云看着陈六指儿连挤带眨的眼神，知道他在打啥主意，感觉胸口突然被什么东西给塞住了。但囿于内心的抗争，张彩云最后还是败下阵来。去郑有全家的路上，她的心境亦如傍晚时分的天空，黯黯然又有几分悲壮。

芦花坞的大当家郑有全，老家在老龙河上游的十五里铺，十二岁上没了娘，仅过一年就有了后娘。后娘脾气暴躁，从那以后，性情顽皮的郑有全，时常鼻青脸肿地往芦花坞的大姨家跑，后来干脆被大姨给收留下来。大姨两口子生有四个孩子，清一色的闺女，于是就当捡了个儿子养着。郑有全长大成人，模样出落得不错，人也机灵，大姨动起心思，想招他为婿。那年月，姨表兄妹结婚是亲上加亲，不违法条。但大姨家的四个闺女，没有一个能让郑有全喜欢。不喜欢就不喜欢吧，可有天一时冲动，把二表妹一锅生米给煮成了熟饭。郑有全害怕了，战战兢兢问大姨怎么办，大姨说这事好办，谁煮熟的饭谁吃呗！

娶了二表妹当老婆，婚姻不如意，事事都觉不如意。自此郑有全不愿再待在家里，先是跟村里几个男人去了口外，一走就是两年零九个月。回芦花坞不久，中国人民志愿军抗美援朝出国作战，郑有全响应政府号召，又雄赳赳气昂昂去了鸭绿江那边。三年后，他卸甲归乡，荣归故里，杨德轩念他当过兵，见过世面，有心把担子交给他，找到镇里一说，领导们也认可，郑有全就这样当上了芦花坞的村支书。

其实郑有全并非荣归故里，打完仗回国后，在他就要提升排长时，又一时冲动，跟当地一个年轻媳妇犯了作风问题，才被提前退伍回来的。他的这件糗事，杨德轩和村人都是后来才知道的。但据说大姨和二表妹都没怎么为难郑有全，大姨宽宏大量地说，在外闯荡的男人偶尔拈个花惹个草，也不算个啥大事，以后能记住教训，守着媳妇好好过日子就行……

宽容对于有些人，也许就是放纵，郑有全引以为戒了吗？陈六指儿认为没有，郑有全跟哪个女人钻过芦苇地，跟哪个女人睡过一个被窝，陈六指儿虽没亲眼见过，但也有耳闻，他要利用张彩云笼络郑有全，这就是在看人下菜碟。

张彩云在郑有全家里，没待多长时间就离开了，多待上一分钟，就是在承受六十秒的折磨。郑有全那个二表妹，对女人总是心怀戒备，尤其模样好的女人，见张彩云上门，她冷冷问一句：有啥事咋的？张彩云赶紧表白：我家老陈昨晚过来，看见你家锅盖太老旧，又见你补袜子没袜底板儿，挺别手，就让我儿子做了这两样儿，催着我给送过来了……女主人那张铜盆大脸上，总算有了一丝笑意。

离开郑有全家，张彩云就近又来到陈木匠家，她已有些日子没见到吴水英了。进屋来，不禁一怔，豆香也来串门儿，她们之间虽无芥蒂，偶尔相见也还是会觉得有些不自在。豆香冲张彩云打个招呼，起身告辞，她已经待了好一会儿。吴水英要送豆香出门，被挡回来，吴水英便喊陈木匠：老陈，你替我送送大姐！晚饭后陈木匠也不歇闲，借着煤油灯光亮，在堂屋里刮着一只镐把。

　　屋里还有一个女人，被村人称为"波浪头"，她是从县教育局被下放到村里来的。她跟吴水英住一个院子，见张彩云来，她也起身要走，被吴水英拦住说：这位张大姐是我同村好姐妹，不用见外，你要没啥事，就再待会儿。张彩云看着吴水英说：我跟这位大妹子照过几回面，就是没说过话，也不知道真姓大名。

　　"波浪头"温温软软的笑声，让张彩云叫她小秦，或若云都行。张彩云说：这名字好听，不过大妹子也别见怪，大伙儿叫你"波浪头"也没啥恶意，在咱们芦花坞，你这发型是独一份，好看，讲究，招人稀罕。城里人就是城里人，水英你说是不？

　　"波浪头"说：让大姐见笑了，我哪儿还是城里人，是被贫下中农监督改造的右派分子，臭狗屎一摊。

　　吴水英冲"波浪头"摆起手：小秦你咋又说这话？人这一辈子，免不了有落难的时候，遇事要往开了想，要往前看，都会过去的。

　　看得出来，吴水英跟这"波浪头"走得挺近，这也是需要些胆气的，"波浪头"走后，张彩云说出自己的担心。吴水英没那么些顾忌，同为女人，她觉得"波浪头"比她还值得同情，年纪轻轻的，听说就是因为给领导提过几条意见，就被戴上了右派的帽子，还被发配到农村吃苦受累，婚事也黄了。咱一个乡下女人，不懂得那些政治，但好人坏人我还能分辨得出来。

　　张彩云又叹息道：命运不济，城里女人乡下女人，活得都是个难……

三十四

　　人民公社化说来就来，陈家大院几户人家，都被划分到第一生产队，队长正是杨大圣。这又是一次改变人生命运的大变革，开完群众大会回来，陈六指儿成了遭霜打的茄子，张彩云也是愁眉不展。招娣做好中午饭，让陈胜阳送过来，夫妻俩都吃得没滋没味，不是饭菜不香，是心气不顺。陈胜阳说他们是自己往自己心上挂秤砣，至于那么严重吗？张彩云叹口气说：这世上最难测的，就是人心，别看只隔一层薄薄的肚皮。但愿是我们多虑了。

　　困坐愁城之时，没想到郑有全会上门，问他们夫妻，都有些啥想法。陈六指儿垂头丧气道：有想法又能怎样，案板上的鱼，捆住腿的猪，就等着被人家宰了。郑有全很响亮地笑了，说：怎么就不能想点儿啥好事？那个啥，天龙啊，咱们村还要成立副业队，把苇编厂、铁匠铺、豆腐坊等几个摊子统一管起来，这副业队长我寻思再三，还是觉得你当合适。那个啥，你只要把握住自己，别再犯错误，我相信你一定能干好。

　　陈六指儿使劲掐了一下腮帮子，不是在做梦吧？激动得声音都有些打战：谢谢郑支书看得起我，当年我跟土改工作队就说过的，我那错误，是犯在万恶的旧社会，旧社会能把好人变成鬼，新社会也能把鬼变成好人。我这些年里的表现，村人都有目共睹，我一直是积极上进、清清白白。郑支书请放心，我要干，就一定要干出彩！

副业队长这顶官帽，如同天上掉下的大馅饼，砸得夫妻俩都有些懵怔，郑有全已经走了半天，他们还都恍若梦中。第二天临近晌午，一纸大红告示在大队部门口张贴出来，他们的心才踏实下来。但张彩云看过告示回来，又被某种不安左右着，用商榷的口气对陈六指儿说：这副业队长咱不干也好。陈六指儿问过缘由，冷笑声道：老娘们儿就是老娘们儿，几句咸淡话都经不住，谁他妈爱说啥说啥，这副业队长我是当定了，以后甭管我站着，坐着，躺着，跟杨大圣跟鲁滩生他们，都一般高低了，他们管着咱们家人，我也管着他们家人，还怕他们个球毛！就说那个杨正茹，我看她以后还敢动不动就跟你横眉立目。

张彩云还是高兴不起来，她告诫陈六指儿，不要打刘雨琴的歪主意，她是她，她妈是她妈，她舅是她舅，你要干这副业队长，就得把心胸放宽些。陈六指儿哼哼两声，不见有明确态度，说要去找郑支书请示工作，两手一背走出门去，一副洋洋自得又居心叵测的样子。

陈六指儿能当上副业队长，在芦花坞颇有轰动效应，杨大圣晌午回家来，才知道了这稀罕事，一撂下饭碗，他先去大队部门前看过告示，然后就去找村里的二当家鲁振庭。

鲁振庭和鲁滩生父子俩，也在说着这件事，肚子里也是硌硌棱棱不舒服。郑有全只是跟鲁振庭念叨过几句，说村里还应该成立个副业队，哪想郑有全会这么快，又这么武断，就把副业队长钦定下来。这回齐了，生产队、渔业队、副业队六位队长，杨、陈、鲁三个大族，都是各占两位，不偏不倚，郑支书这跷跷板玩儿得不错，以前还真是小看了他。鲁振庭说话的口气，显得很无奈，也带着股嘲讽。

杨大圣说：郑支书即便是在搞平衡，搞制约战术，也不该乌米稗子不分，让陈金寿当生产队长，还算凑合，为人不怎么样，起码种地是把好手。把副业队长交给陈六指儿干，那不是让耗子看粮仓，让毛贼看钱库吗？啊呸！

鲁滩生也是这么认为，问杨大圣听没听到有人议论，说是郑有全被陈六指儿施了美人计。杨大圣说还没听闻到，不过完全有这可能，当年陈六指儿可以拿老婆当赌注，现在同样也可以拿老婆当糖弹。张彩云虽然正派贤惠，可为了一大家人，她未必就不会改变自己，对郑有全投其所好，她也不需用肉身子，先放点儿狐骚气就能把他给媚惑住……

鲁振庭截住他们的话，这种事情，不好胡乱猜疑的。让他们都管住点儿嘴巴，一个是生产队长，一个是渔业队长，眼下把自个儿的差事干好，才是最重要的。杨大圣说：嘻，我们也就是发发牢骚怨气，人家嘴大，咱们嘴小，对板上钉了钉的事儿，又能怎么样？郑有全有他后悔的时候。杨大圣没再待下去，去忙队里的事情了。

生产队划分完毕，因庄稼大多还没收割，土地还未划分，各队眼下的主要任务，就是搞基础建设。杨大圣在村子西头儿选中一块荒地，开始组织队里的社员们捡石头、脱土坯、备木料，上冻前他们需要把队部、仓库和马号建起来。捡石脱坯都是苦力活儿，而有技术含量的活计，差不多都集于木匠一身，架柁、上檩、布椽子、做门窗……小木匠陈胜阳便成了队里的香饽饽。这年轻人干活儿有心计，但从不藏奸耍滑，杨大圣不由得喜欢上他，想到借丧搅婚那件事儿，就越觉心有愧疚，想当面道个歉，还是放不下身架。

这段时间，或许是杨大圣从未有过的操心忙累，一天到晚净想着队里的事情，对夏苇花母子的牵挂和期待，不免会淡去。然而就在这个时候，一个遁入佛门的女人找上门来，说出了夏苇花的下落。夏苇花还真是隐居在静空庵，前两天她儿子突然发病，病得不轻，找山里一个土郎中看过，毫不见效，想送儿子去县医院救治，却奈何路途遥远，她们几个出家女人都力不从心。寺里的玄净师父慈悲为怀，赶紧派弟子来芦花坞，求助于杨大圣。

杨大圣听得心急，顾不得详问，三步并作两步朝南院去了。队里那辆马车暂时拴在杨家大院，车把式还是五爷老庚，还兼着饲养员，人也住过来了。老庚去年死了老伴儿，把房子让给了刘山妹一家。杨大圣原定今天跟老庚去木材站，现在有了新情况，救人要紧，二人饭也没顾上吃，揣了几个玉米面饼子，就驾车去了山里。

夏苇花把苦命的儿子寄养在静空庵附近的一户人家里，孤门独院，就老两口相依相伴，夏苇花又认他们做了干爹干娘。老两口身边有了闺女，有了外孙，虽多了份苦累，却少了许多寂寞，孩子这一病，他们也是急得不行。这下总算把救兵给盼了来。

已近六个年头了，杨大圣和夏苇花在这近乎与世隔绝之地，在一条生命生死攸关之际，才得以相见，心里都无比沉重和复杂，此时只能将满腹倾诉的欲望，先压抑在心底。孩子烧得厉害，已陷入昏迷状态，杨大圣将他抱到马车上，出山口，奔石床口，过老龙河，又一路颠簸奔县城医院而去。

都来去匆忙，一个身上没带几个钱，一个忘了带钱。杨大圣把胸脯拍得咚咚作响，跟大夫下了保证，夏苇花儿子这才住上院。天已过晌，杨大圣一口气松下来，才感觉到饿，到大门外马车上的布包里翻出硬邦邦的玉米饼子，大口大口吃得那叫香。

夏苇花心中愁绪淤结，两天里都没怎么吃饭，现在还是没胃口，在杨大圣的劝说下，勉强喝下半碗米粥，又一尊佛似的守在儿子身边。儿子取名来福，随母姓夏，模样儿却没有一点儿像夏苇花的地方，整个儿就是姜黑子的翻版。杨大圣看着昏睡中的来福，心里可怜着，又觉有些别扭，下意识瞅瞅夏苇花，尽管没说什么，那副眼神还是刺痛了这苦命的女人，她轻叹一声，喃喃自语了一句：孽债，孽债呀。

杨大圣劝慰夏苇花，不要总这么想，这不是她的错，不是孩子的错。从此往后，她也不要再遁入什么空门，为自己赎什么罪过，佛祖不度无罪之人。夏苇花已换过衣着服饰，看不出尼姑模样，可心境还没转换过来，半阖两眼把双手合在胸前说道：世人皆有罪，无人无辜，我佛慈悲，可普度众生……

杨大圣不想听夏苇花谈经论佛，这里不是寺庙庵堂，还是回到尘世来吧。我知道你是不堪忍受欺辱，也是因为顾及我和家人，才逃离的芦花坞，可山窝窝里那种孤冷凄凉的日子，就好过吗？杨大圣说起寻找她们母子的经过，又说到父亲坟前的纸灰。

陷入沉默的夏苇花，猛然抬起头：杨大伯他，他不在了？啥时候的事？夏苇花惊愕着，悲伤着。对杨德轩的离世，夏苇花并不知晓，那堆莫名纸灰跟她也就撇清了干系。一个谜团释然后，还是一团谜……

杨大圣得去找五弟了。

杨大圣敢拍着胸脯跟医生打包票，就是因为这县城里，有他信赖的五弟做着后盾，他们兄弟间的那点儿纠葛，早已经冰消雪融。杨大圣对夏苇花的所作所为，在五弟看来是义气，是高尚，也是勇敢之举，现在夏苇花遇上了难处，五弟也愿意有所表示，很快就凑足一笔钱，并随杨大圣来到医院看望。

来福的病情已趋于稳定，杨大圣惦记着队里的一大摊子事，不能陪在这里，委托五弟关照一下他们母子。兄弟俩说着话走出病房，迎面碰上一个中年男人，抢上一步跟五弟握手，称五弟为"杨主任"，还问杨主任有啥指示。五弟说岂敢岂敢，并称呼对方"丁院长"。杨大圣见五弟跟这里的院长如此熟稔，心里又觉踏实几分。

杨大圣跟老庚回到村里，已是暮色朦胧。吃过饭，杨大圣还要去办一件事，豆香心有忧虑，嘱咐他加点小心，别让谁给撞见。杨大圣要去的是地主分子陈金禄家，为搭救他的性命，陈金禄不顾一身热汗跳进冰冷冷的水里，由此落下筋骨疼痛的毛病，干活儿都很吃力。杨大圣心里一直过意不去，今天借去县城之机，让五弟带他找到一位名老中医，为陈金禄开了一个疗程的中药。

陈金禄怎么也想不到，杨大圣会来他们家里，惶惶然不敢接受他的好意，说道：我落下这毛病，是自个儿身子不争气。玩船走海人向来是遇难相帮，见危相救，要是我翻船落海，你也会出手相救的吧？杨大圣说：那是肯定，但终归是你救了我一命，我这不是啥恩惠，是歉意和补偿。杨大圣让陈金禄不用害怕，这药先吃吃看，要是见效，他再去县城抓几服。

陈金禄被感动了。他那颗心，常年被浸在封闭冰冷的状态里，已经变得麻木、僵硬，已经多少年没再体验过温暖的感觉。他没再推却，再推却不受，就有点儿不知好歹了。

来者不想多待，主人也不敢多留。杨大圣要走时，被陈金禄老婆侯翠花给叫住，像是鼓了很大的勇气，她说道：有件事儿在我心里憋了多少年，总想找机会说给你，今天机会难得，你信还是不信我也要说的，我家老陈，从没在背后暗算过你们杨家，那年打大嘴岛，他要是怕死，想要逃避，就不会主动带着族人从七里海赶回来，就这话。

陈金禄没阻止侯翠花，但也不想为自己开脱，纵有一百条理由，他终归是在关键时刻没能与杨族、鲁族同舟共济，而是将自己置身于水火之外……

杨大圣让陈金禄不要再提过去，做人做事，但凭良心就好。说完出门去，深一脚浅一脚消失在了夜色中。

三十五

　　西湾子海滩上，少有的热闹，一群玩船走海汉在拉大网，还有大群男女在观景助阵。村上的船队不再去大石山渔场捕鱼，家门口这片海便热闹很多，最热闹的场面当属拉大网。

　　海风已带有凉意，拉大网的汉子们，身上还都汗褟短裤，下面打着赤脚。大壮是渔业队副队长，负责领纲，站在齐腰深的海水里，直挺高大的身躯紧抓纲绳不放。手舞足蹈喊号子的指挥者，是山东来的小伙儿，不知大名，都呼他曹三儿。曹三儿人机灵，嗓门儿亮，领喊的号子叫八仙歌，众声相和，如滚滚浪涛席卷而来：

　　　　大家齐用力呀！

　　　　力量大无边哪！

　　　　踏破千重浪噢！

　　　　拉倒三座山哟！

　　　　蹬上蓬莱岛唉！

　　　　会会上八仙哪！

　　　　拐仙倒葫芦唉！

　　　　献上那长寿丹哪！

还有那韩湘子唉！

捧着小花篮哪！

张果老他倒骑驴唉！

曹国舅和蓝采和唉！

敲的都是板哪！

打小鼓的是钟离权哪！

道爷吕洞宾唉！

呜呜啦啦吹箫管哪！

你看那何仙姑唉！

手持白玉莲哪！

会过了上八仙唉！

拉大网到海边哪！

这一网鱼真多唉！

噼啪直跳蹿哪！

大伙儿齐用力唉！

哎嗨呵哇，齐用力哟！

哎嗨呵，鱼满网啊！

哎嗨呵哇，鱼满网哟！

哎嗨呵，猛劲拽啊！

哎嗨呵哇，猛劲儿拽哟！

哎嗨呵哇！

拽啊！

拽啊！

⋯⋯⋯⋯⋯

杨大圣也出现在人群中，他是来找鲁滩生的。海边没见鲁滩生的身影，他心头痒痒，看了会儿热闹，方才朝不远处用石头围起的院子走去。这里是渔业队的队部，是他最熟悉不过的地方。

鲁滩生已经把鱼准备好，四条牙鲆，每条都有六七斤重，问杨大圣是否称心。

杨大圣说：一鲆二镜三鳎目，这是头牌鱼，斤两也正好，再不称心我不是四六不懂。遂问多少钱。

鲁滩生说：老领导要用几条鱼，咋好意思收钱。

杨大圣说：那可不行，公家便宜不能占，我也不能让你给别人留话把儿，该多少是多少。

鲁滩生叹服，只好喊来出纳，如数把鱼钱收了。知道杨大圣这就要去县城，也没让座让烟，把包裹好的鱼拿给了他。

忙里抽闲，杨大圣来县城看望夏苇花母子，医生说来福最快也得七八天才能出院，今儿是第五天头上。走进病房，看到的却是陌生的面孔，一问大夫，夏苇花母子昨天已出院回家，是跟一对老夫妻走的。一对老夫妻，肯定是夏苇花山里的干爹干娘了，难以想象他们是怎么来的县城，夏苇花母子又是怎么与他们一起回的山里。那天杨大圣离开医院时，曾对夏苇花说过，等来福病愈后，他要接他们母子回芦花坞，落户在他们的队里。实在不愿回，也可以帮他们在县城或公社找个落脚地，反正左右是不能再回那山窝窝了。当时夏苇花回绝得不是很彻底，可走得却又是这么决绝。

杨大圣把自行车放在了背人处。那四条牙鲆鱼，两条要送给丁院长，两条送给五弟。丁院长推却不成，勉强把鱼收下。五弟接到电话后，一等忙完手头工作，就从单位赶了过来。

做了副县长的乘龙快婿后，五弟一直跟岳父岳母住在一起，杨大圣只去过他们家一次，再不愿登门，是那颗自尊心受不得五弟媳妇那副高冷。兄弟俩在街上转过一阵，就到了饭时，找家小饭馆一坐，想吃啥吃啥，想说啥说啥，无拘无束，那才叫自在。

言谈间，杨大圣向五弟问起周县长。这也是受干爹干娘之托，他们时常叨念这位县太爷，不知当得如何。五弟出言谨慎，环顾一下四周，才低声告诉杨大圣，周县长刚被降职，调去了临县，说是犯了右倾错误。杨大圣自嘲愚钝，问右倾错误是啥错误。五弟说：简言之，就是政治上落后于形势，思想保守，也就是说跟上边儿没踩到一个鼓点儿上。实行人民公社化后，全国各地又在轰轰烈烈开办大食堂和全民大炼钢铁运动，咱们县动作缓慢，周县长被上边追了责。新来的县长比他年纪轻，魄力大，劲头足，上任没几天，就派人去张家口蔚县学习经验，据说那里的两项运动都搞得如火如荼，咱们县肯定也会大张旗鼓动起来了。

杨大圣两眼直勾勾看着五弟：啥？啥？小孩儿过家家哪？五弟担心杨大圣的脾气秉性，嘱咐说：你是生产队长，对这些运动可以不理解，但不可妄议，更不可抵触。

杨大圣不在乎地笑笑：我这号小村干部，就是写在黑板上的官儿，不定啥时候就得被擦掉，无所谓，横竖左右都是扒拉土坷垃的命。倒是五弟你，说话做事都要留点儿心，官场不比庄稼院，五弟能混到现在这份儿上不容易，咱们杨家的门面，就靠你撑着了……杨大圣说到动情处，将两手伸过去，在五弟肩头重重按了几下。

五弟所言不虚，几天后的一个上午，杨大圣和村里那些大小干部，都被召集到大队部开会，郑有全传达了上级精神，正是五弟说的那两件事。乡下人心眼儿直，感觉这事有些不靠谱，马上就直说：国家让咱们多打粮食，多打鱼，这都没的说，让咱们这些土包子搭炉炼钢，这不是说笑话吗？……会场内一时议论纷纷。

郑有全脸沉下来，说：那个啥，让你们表态，不是让你们妄议胡言，谁说日子不过了？不但要过，还要过好日子，过共产主义社会的日子。有人问啥叫共产主义社会，郑有全说：那个啥，共产主义社会嘛，就是物质极大丰富，没有剥削，实行各尽所能，按需分配。通俗说就是吃白的，烧黑的，点亮的，听唱的，楼上楼下，电灯电话。吃饭有食堂，花钱有银行，共产主义是天堂，人民公社是桥梁。

有人兴奋地叫起来：哎哟嗬，这共产主义社会可真是不赖，郑支书，发老婆不？

屋里一阵哄笑声。

郑有全敲敲桌子：嗨嗨嗨，都给我严肃点儿，都少扯用不着的。郑有全又说起大食堂。村妇女主任大菊子最先表态，我们妇女同志这回可算是解放了，下地回来，再不用蹲灶坑，大家伙儿一起劳动，一起吃饭，热热闹闹，好！忒好！

人们议论纷纷，各抒己见，只有杨大圣和族弟杨成海，坐在那里闭口不言。郑有全招呼一声：那个啥，你们是队里头把当家，都得说说想法，咋豆干饭闷起来了？杨大圣回话道：也没啥可说的，人随王法草随风，上边咋个说，我们咋干就是了。杨成海年岁不大，总爱拿一副老成持重样子，捶捶大腿，又在鞋底上磕磕烟灰，回的也是杨大圣这套没棱没角的话。

郑有全先民主，后集中，这时站起身两手叉腰说道：啊，那个啥，这两件可都是大事情，有人不理解，有牢骚，也得不折不扣照办执行。我的意见，咱们村先建一座土高炉，以后看情况再说。收缴废铁的工作，还是以各队为主，然后一起上交到大队。大食堂，则不宜太集中，谁家的孩子谁抱，还是各队办各队的。那个啥，人家别的地方都在跑步进入共产主义，咱们也不能磨皮蹭痒痒，都赶紧痛快麻溜儿地动起来。当年咱们杨老书记在全地区第一个办起互助组，办起初级社，可是上过报纸的，我这个书记不想争当典型，也绝不想当老末！郑有全目光停落在杨礼海脸上：那个啥，杨队长，这回你们基干民兵要派上用场，配合各队一起行动，若发现谁家有铁不交，有谁家藏匿粮食，绝不能轻饶！

杨礼海站起身，撸撸衣袖，一副等不及了的样子。

村干部会议结束后，下午还要召开全体社员大会，街头上几只高音大喇叭，又呜呜啦啦响起来，先广播开会通知，然后播放新歌曲：

   公社是棵常青藤，
   社员都是藤上的瓜。
   瓜儿连着藤，
   藤儿牵着瓜，
   藤儿越肥瓜越大，
   藤儿越壮瓜越大。
   …………

全村社员的大会散场了。杨大圣在大队部耽搁了一会儿，回来路上，看见老海爷不紧不慢往家里走着，追上几步问道：您老也来开会了？老海爷说：嗯哪，国家大事连着家事，也过来听了几耳朵。大圣，我看你这脸色像是有啥心事，缩疙瘩扣儿了？杨大圣回头瞅瞅，说：也没啥，就是觉得心里有些拧巴，让咱们农民吃食堂，炼钢铁，海爷你说这是不是太离壶了？老海爷笑道：大孙子你不过是个生产队长，心里拧巴又能咋？知道这股风刮起来顶不住，顺着它就是，既然是一股风，就会有停歇日，总刮，人受不了，风也受不了。杨大圣说：是这么个理儿，海爷的话晚辈记下了。

到了老海爷家门口，杨大圣要搀扶他进院子，被一把攘开：不劳你，太爷爷这腿脚，还利索着呢！一脸褶皱里都盈满自豪。但杨大圣还是看着老海爷迈过门槛，才转身去了副队长焦万发家。形势紧迫，队里大食堂开办在啥地方，各家粮食怎么收缴等等一揽子事，都得抓紧商量，尽快付诸实施。

三十六

吃过晚饭，杨大圣还有公干。正准备出去，"大白鹅"很少见地上门来，说有事要找杨队长。都说心里无鬼，不怕鬼上门，杨大圣跟"大白鹅"尽管清清白白，可当这女人出现在自己家里时，还是有几分心虚忐忑的，他有些神经质地瞅了一眼豆香，冷下面孔问"大白鹅"，找他有啥事。"大白鹅"未答话，先呵呵笑了，让杨队长不用紧张，她再那个啥，也不敢上门勾引杨队长这正人君子，她是来找杨队长挂号的。

"大白鹅"的调笑，让杨大圣感到厌恶不快，也有些云里雾里，找我挂啥号？我又不是大夫。"大白鹅"又是一笑，说：你不会看病，却能让我活命，这一搞人民公社化，我家那小卖铺开不成了，我一个细皮嫩肉的女人家，又干不了农活儿，杨队长总得给我口饭吃啊！这不队里要办大食堂，烧个火做个饭啥的，我还行。杨大圣说：你？就你？一脸的问号。"大白鹅"一扬脖颈说：杨队长你也不用斜眼撇嘴，我怎么了？到食堂当炊事员，首先做饭做菜得能拿得出手，二是人得干净利索讲卫生，这两条，我都够格。杨队长你要不信，可以买二两线纺纺（访访）去。

任凭"大白鹅"把自己说得多么可怜，又多么优秀，杨大圣牙关紧咬，就是不点这个头。但"大白鹅"跟他摽上了，一来不成，再来，再来不成，又来。粮库的马，草场的牛，伙房里的大师傅，"大白鹅"一门心思要当这大师傅，比下地干活儿轻松，也是个肥差，还是一种荣耀……

"大白鹅"纠缠的是杨队长，可豆香那里先耐受不住了：孩子他爸，你就应了吧，再让那风骚女人白天黑夜地往咱家跑，村人不定会咋嚼舌根，为这点事儿不值当，选炊事员，又不是选贞洁烈女。杨大圣也已快招架不住了，豆香这一劝降，他跟着就挂起了白旗。

杨大圣把他们一队的大食堂，开办在陈金福家的老宅院里。刘山妹那一大家人，杨大圣已经让老庚把他们送回山里了，这件事办得有些诡秘，每逢有人问起时，杨大圣总是哼哼哈哈，不愿多提。于是，刘山妹家空出来的屋子，就成了队里的厨房和库房，杨大圣又让人贴南房檐搭起一座棚房，作为饭厅用。陈金福家宅院宽敞，把食堂放在这里也没啥好怕好担心的，难道陈金福和地主婆王三桃，还敢投毒不成？

队里各家各户的粮食，都已经交上来了，杨大圣在心里估算了一下，与实际数量应该相差不多。杨大圣相信他们队社员的觉悟，况且收粮时，又有牛二和杨葫芦跟着。杨大圣事先对他俩有过交代，收缴粮食不可马虎，收缴废铁，就不要一板一眼了，可这俩哼哈二将，连各家做饭的大锅、门窗橱柜上的钉锔儿，都给催缴到了队里，说这是上级的精神。好在铁锅大都完好，等到人们离开，杨大圣让鲁一斗把那些好锅锁进仓房，偷偷保存了起来。

鲁一斗被划分到杨大圣的生产队，算是交上了好运，当了出纳和保管员，还兼着食堂管理员。鲁一斗识文断字，为人也正派，但让一个干白活儿的人管理食堂，难免会让人觉得有些晦气。杨大圣没想那么多，他看中的是人，就觉得鲁一斗能胜任这项工作，忌讳他干过白活儿，从此洗手不干就是了。

农村办大食堂，不比工厂机关学校，不那么容易，杨大圣对食堂里那几位师傅，最不放心的就是"大白鹅"。果然还没出十日，"大白鹅"就惹出一场风波，差点儿把菜勺子抡到孙二娘头上。

不是冤家不聚头，孙二娘也被划分到第一生产队，两个冤家同在一口大锅里吃饭，头碰头脸对脸，不想见面不想说话，也是个难。这天，孙二娘看见里面负责打菜的是"大白鹅"，心里别扭得直拧麻花，撇着脸，将碗从小窗口递进去，瞅都懒得瞅"大白鹅"一眼。"大白鹅"心无旁骛，没留意打菜人是谁，一勺子下去，感觉多了些，便抖落几下。偏就这时孙二娘把脸转过来，被她看在眼里：哎哎哎，你咋回事？是故意跟我过不去，还是心虚害怕了？"大白鹅"闻声知人，矮下身朝小窗外看看，马上反唇相讥过来：我怕你干啥？你母老虎啊，还能吃了我？孙二娘说：不怕我，你手哆嗦个啥？"大白鹅"说：我才不是哆嗦，是菜舀多了，得抖落抖落，公共食堂要平等相待，不能便宜某个人。孙二娘说：呦呦呦，不就掌个菜勺子，看把你神气的，还知道哪边儿是北不？

两个女人针尖对麦芒，又吵成一团。这次"大白鹅"挺注意"口腔卫生"，孙二娘则又是荤得起腻，"大白鹅"一时气急，将手中的菜勺忽地甩出来，差点儿打在孙二娘身上。幸好双方儿女都没在跟前，不然这食堂里还不知要乱成啥样。

有人跑去后院办公室找鲁一斗，杨大圣正好也在，两人一块儿过来。杨大圣喝住两头"母狼"，让几个刚打过菜还没来得及下筷的人，把盘碗都放到桌上，让孙二娘看仔细，他们打的菜比她多，还是比她少？孙二娘很不情愿地把眼睛横过来，溜一遍，又溜一遍，无言以对。杨大圣说：看你这点出息，值当的吗？孙二娘被"大白鹅"扫了脸面，又遭杨大圣数落，怨气更大了，想发泄，又怕被穿小鞋，只好憋着，将盘里的菜呱唧扣在"大明白"碗里：给你吃吧，我嫌它骚气！

"大明白"长得圆脸阔腮，眼睛细长，两耳如扇，一笑起来更像是一尊弥勒：好嘞，我吃我吃，你不得意那味儿，我可得意。食堂菜定量，饭不定量，"大明白"已经吃得肚子溜圆，又去笼屉里抓起两块发糕，在饭桌前坐下来。

饭厅里，不少人都那副饕餮吃相，杨大圣对鲁一斗说道：这可不行，多少粮食也架不住这么下狠嘴。当当敲敲桌子，看见大伙儿目光都聚过来，杨大圣站起身说：咱们吃食堂，不是吃大户，以前在家里怎么吃，在这儿还应该怎么吃。可我看有些人，就像几辈子没吃过饱饭，至于吗？粮食是集体的，肚子可是自己的，撑成两瓣儿得自己花钱缝去。我跟鲁管理员商定下了，从明天开始，主食也要定量。

"大明白"举了下手，想要说什么，被一个大饱嗝给憋回去了。又想说，又是一个饱嗝。一个同盟者，替他把话说出来：开店就别怕大肚汉，吃不饱咋办？

鲁一斗接过话，说：个别人有不够吃的，可以跟家人调剂，谁要是想多吃多占，也不是不行，得另掏钱，大伙儿说是这个道理吧？我也是杨队长刚才那句话，咱们吃食堂不是吃大户，不能有米一锅，有柴一灶，要有长远打算才行。

一阵掌声过后，再没见有人异议。

大食堂开办之初，难免会出些漏洞和不足，很快就被鲁一斗管理得有条不紊，里里外外干净卫生，每日三餐定有菜谱，主副食合理搭配，想着法儿让大家伙吃得满意。他们一队上交的废铁数量在几个队里倒数第一，挨了郑有全批评。可大食堂办得最好，也受到了郑有全的表扬和推崇。

二鲇鱼陈远路受到队长陈金寿的重用，在他们队里的食堂当着管理员，这天，他带着吴水英等一干男女，来一队上门参观学习了。正赶上一队食堂改善伙食，吃包子，张彩云早早就被派过来帮厨。在来人中间，张彩云没见有那个"波浪头"秦若云，便问起吴水英，说她们刚才还在议论秦若云，在食堂里她本来干得好好的，就在昨天，竟然被陈金寿给弄去掏大粪了，是不是有这么回事。

吴水英也正想跟张彩云唠唠这件事，将张彩云拉到背人处，气咻咻说道：此事不假，简直就是天下奇闻哪！掏大粪那种活儿，年轻爷们儿都没人愿意干，让一个城里来的水葱似的大姑娘家，整天挑着臭烘烘的粪桶进出茅房，也就你那四叔公能做得出来！吴水英连啐几口，像嘴里被溅进了屎尿汤。

张彩云说：可不是嘛，都觉稀罕，可这盐打哪儿咸，醋打哪儿酸，总得有个缘由，因为啥呀？

要说详情，吴水英也不是很清楚，他们队里的舆论有两个版本，一是说陈金寿对"波浪头"图谋不轨，二是说陈金寿想让"波浪头"给他当儿媳妇，因为都没能得逞，他才用起这种报复羞辱手段。吴水英对"波浪头"的遭遇充满同情，张彩云就是不先问起，她也会主动说起，她希望张彩云能帮帮那可怜女人，也当是帮她个忙。

张彩云有些为难。张彩云不乏自知之明，她知道四叔公陈金寿的为人，对她这个侄媳妇，都很少拿正眼瞧，吴水英让她上门去为"波浪头"求情，非落个难堪而回不可。不过为难归为难，张彩云还是答应试试看。

张彩云先求助起自家爷们儿。陈六指儿对四叔和家人，也是都没有好感，都疏远不亲，但遇有什么事情，还是心有所向，现在不管别人怎么议论四叔，他只相信第二个版本。怎么的，辱没那"波浪头"了？她有文化，我那天顺兄弟也不是白丁，白丁能当小学老师吗？又相貌堂堂一表人才的，那"波浪头"还当自己是城里人？狗屁！

张彩云遭到陈六指儿拒绝，又找到公公陈金财。今非昔比，现在陈金财对张彩云已是高眼相看，姿态低放，又听张彩云说是受吴水英之托，想到吴水英也曾帮过他们陈家的忙，四弟就是给不给面子，他也得去一趟了。

二哥会上门来为"波浪头"求情，让陈金寿深感诧异，嘿嘿，没想到这"波浪头"还挺有人缘儿，已有几个人找过他了，可二哥怜香惜玉又为哪般？陈金寿话里明显有股子嘲讽的味道。

陈金财涩涩笑一下，说道：她一个外来右派分子，跟我和家人都素无瓜葛，我怜惜她干啥？还不是为你着想，把啥事做得过了头，缺少应有的气度，大伙儿会咋看你这当队长的？

陈金寿不需要二哥教诲，拧了拧眉头说：你不就是想让我放过她吗？可惜晚了一步，郑支书已经把她要走了，说是村小学校缺个老师，让她享福去了。

陈金财说：这可是件利好事，天顺和"波浪头"成了同事，兴许会日久生情，姻缘成就。郑支书这是在给天顺创造机会呢。

陈金寿嘴撇得像鸭嘴，说：你把他想得太高尚了，他那点儿心思瞒得了我？你就看着吧，那郑支书早晚得栽在女人肚皮上。我再多句嘴，二哥你也得防着他点儿，村人对你们家那谁谁，也不是没有议论。

陈金财明白四弟这话的意思，并不觉得是善意提醒，脸色跟着就阴沉下来，说道：金寿你咋也听信那种传言？你还不了解彩云？她会是那种女人？有人红口白牙乱嚼舌根，那是嫉妒我家天龙。干啥呀，我们也是响当当的贫下中农，那副业队长，天龙咋就当不得？社会在变，人也可以变，别总拿我家天龙当败家子儿！

陈金寿一言不慎，被弄得有点儿下不来台：二哥别生气，就当我啥也没说。

三十七

　　副业队要往小龙山木材站送一车苇箔，把这趟拉脚活儿，派给了一队。老庚于头天傍晚把苇箔装好，次日天刚见亮，就叫上杨大圣驱车上了路。杨大圣跟老庚一道进山，是为看望刘山妹一家，到了木材站，卸完货物，他们继续往山里走，拐个弯东去十四五里，就是狍子沟了。

　　落霜时节的狍子沟，又是另一番景致，高低错落的乔灌木有的青绿，有的泛黄，有的透红，有的染紫。那些花花草草们，也是颜色各异，间或一丛丛瘦芦苇，挺着毛绒柔白的花穗，在轻风中摇曳舒展……老庚赶着马车从沟口嘚嘚而来，如同行走在一幅色彩斑斓的画面中。

　　一堆杂乱的树枝，挡住了他们的去路。这道沟口，比前两道沟口窄很多，杨大圣下车搬开障碍，前行没有多远，一片新开垦的土地豁然出现在面前，杨大圣以眼做尺，前后左右估量一下，不由感叹，他们干得可真够快，这才多久。

　　马车转过一道弯来，杨大圣看见刘山妹带着她的三个儿子、两个儿媳，又在开垦另一块荒地。杨大圣快步走过去，看看这个，瞅瞅那个，一张张脸都黑瘦粗糙了许多，他心里感动，也觉愧疚：婶子，让你们吃苦受累啦！刘山妹神色平淡地擦把汗，说这些地以前有人耕种过，被撂荒多年，开垦起来没那么费劲。老常大哥又帮他们借了副犁杖，让他们省了不少力，也快当许多。

老常就是当年跟随刘双来打大嘴岛，胳膊受伤的那位常猎户，他家也在狍子沟，离这里没多远，杨大圣又一次被他的仗义所感动，下次再来，一定要带上礼物登门看望。说着话，杨大圣蹲下身来，抓把土在手掌里揉搓几下，又放在鼻子下闻闻，一股湿漉漉的土腥味，恍惚化作了粮食的香甜气息，浸入他的肺腑深处。没想到这些荒地土质会这么好。婶子，五爷，这里将来就是咱们队上的小粮仓！

过来看望功臣之家，杨大圣给他们带来一面袋粮食，还有干鱼鲜蟹。刘山妹让杨大圣把粮食拿回队里，她家所带的口粮不多，但这地方到处是野菜，老常还给他们送来不少倭瓜，一家人节省着点儿，差不多能顶到明年新粮下来。杨大圣不应，队里食堂粮食够不够吃，不差这几十斤，左拎右提把东西都送进了屋里。

天还早，刘山妹留他们吃午饭不成，把一瓢鸡蛋让杨大圣带回去，村里一办起大食堂，鸡鸭猪羊都不让各家养了，这些鸡蛋给孩子们补补营养。杨大圣也是推让一番，才接受下。

马车原路回返。经过一个岔路口时，老庚让马车慢下来，从此往东北方向走上十几里，可到静空庵，老庚又问起杨大圣，到底想不想过去看看。杨大圣嘴角浮笑，让五爷别逗闷子。半个多月前，杨大圣曾找到过夏苇花，夏苇花执意不回，还是要远离尘世，要图个六根清净。他一心想要改变人家的生存现状，又不能给人家真正想要的生活，再去搅扰，不是有失尊重，还讨人嫌吗？他已经跟五爷说过的，再不想去，这时又重复了一遍。

老庚似乎就在等杨大圣这句话，说道：你能这样想就对了，凡事随人意才好，牛吃青草鸭吃谷，各有各的福。猪往前拱，鸡往后刨，各有各的活道儿，说来都是个命……老庚絮絮叨叨阐述着他的人生见解，见杨大圣不愿应和，啪地打个响鞭，让马车又快起来。杨大圣倚靠在车厢里，眯眼仰向天空默默想着心事，人没去看望夏苇花，心还是被牵扯去，直到马车进了村里，他才换过心境。

还没过午饭时间，杨大圣从马号直接来到食堂。自从施行主食限量制度后，人们把饭菜打回家里吃也无妨，饭厅里便不再见那派乱哄哄的景象。杨大圣看见焦万发独自坐在一张桌前，凑过去，两人边吃边商量起工作。焦万发跟焦一刀是同胞兄弟，前些年也是手拿刀子讨生活，走村串寨给人剃头，若论种地，可说是个门外汉。但焦万发人缘好，开会推选副队长，刚有人提到他名字，都纷纷举手赞同，杨大圣也就没好再说什么。一段时间处下来，发现这剃头匠干得还行，对他也遵从。生产队人杂事多，正副手能同心同德，比啥都重要。

杨大圣先说起积肥的事。队里这一办起大食堂，各家各户都不再养猪，积肥就成了问题。眼下秋收将尽，地里已没啥要紧活计，我看咱们得搞一场积肥运动，这事就由焦三哥你来负责，需要多少人手你定。其余社员由我带领，进军蛤蟆滩，开荒造地。三哥你看这样安排行不？

对搞积肥运动，焦万发一百个赞成，但蛤蟆滩那兔子都不拉屎的盐碱窝窝，就是开垦出来，也不见得能长庄稼。焦万发说出自己的担心。杨大圣说：担心并非多余，但很多事情只有干过才见分晓，听说过遵化县的沙石峪村吗？人家在青石板上都能夺高产，我就不信咱们这蛤蟆滩打不出粮食来。焦万发听说过沙石峪村的事迹，见杨大圣心气十足，不好再拔气门芯儿。

"大白鹅"端着菜盆来到他们跟前，姿态如风摆杨柳，脸上也笑出几分妩媚：二位领导辛苦，给你们加点儿菜呀？说着话，手里那把菜勺也不失优雅地动作起来。两位队长都回绝着，杨大圣提醒"大白鹅"说：食堂开办前我就跟你们说过，手里的饭勺菜勺也是一杆秤，要把它执掌公平，不能有高低远近亲疏之分，你忘了？"大白鹅"说：哪儿敢啊，都刻在骨头里了，我是见菜有剩余。杨大圣说：那也不行，让社员们看见，照样会有闲话。"大白鹅"拍马屁拍到了马蹄子上，灰着脸拉着长腔说：好好好，我记下了。腰身一扭离去，姿态还是那般袅娜。

杨大圣和焦万发最后才离开食堂。工作人员把食堂里里外外收拾干净后，陆续回家去了，只有"大白鹅"还在磨蹭着什么。昨天中午她也是这样。一会儿，"大白鹅"从厨房里出来，到前院儿望几眼，回身朝后院走去，叫了一声，又叫了一声：鲁管理员在吗？没见回应，"大白鹅"复又回来。

就在"大白鹅"走出厨房要回家时，鲁一斗突然现身。"大白鹅"用甜笑掩饰着慌乱：鲁管理员，你，你还没走？叫了半天也不吭一声，存心吓唬我是不是？鲁一斗脸上不见一丝笑意，肃穆得如同庙里的判官，两眼罩着"大白鹅"的胸腹，让她别再装模作样，把窝藏的东西痛快拿出来。"大白鹅"冲鲁一斗抛个媚眼，摸着乳房嬉笑道：这两坨肉可是好东西，不是我要藏，是天生带来的，还要掏出来看吗？你来掏。

"大白鹅"玩起拿手把戏。可惜她看错人了，鲁一斗不吃她这一套，嗤笑一声说：那两坨肉我老婆身上也有，没啥稀罕，要摸，你就摸摸心窝子好好想想，这样做对得起谁？杨队长担着风言风语让你来食堂干活儿，就冲他这份情，你也不该这么干。昨天晌午我就该捉了你的贼。

"大白鹅"知道再蒙混不过去，把包在围裙里的四个馒头，从怀里掏出来，为自己的行为找着理由说：我那俩儿子都是大肚汉，食堂那点定量，他们只能吃个六七分饱，我这也是没办法。这事儿就你知我知，还望鲁管理员能高抬贵手，我知道错了，以后若再犯，你剁了我手指头。

鲁一斗让"大白鹅"把馒头包好，拿回家去，今天可以再饶她一回，也可以把这件事烂在肚里。但她必须明白，这事儿并不是你知我知，人做事，天也在看。"大白鹅"猛点着头，对，对，对，鲁管理员说得对。说完千恩万谢地走了。

鲁一斗也准备回家时，他老婆悄然出现在面前，两眼咕噜噜朝四处转转，一副神经兮兮的模样。鲁一斗说：你狗似的踅摸啥？就我一个人。老婆两眼顿在鲁一斗脸上：刚才呢？也是一个人？我可是看见"大白鹅"刚刚腮红脸热地从这儿离开。老婆是个醋坛子，还是个快嘴婆，鲁一斗不想道出实情，敷衍着说：食堂上班各有分工，你早点儿他晚点儿很正常，你总爱瞎寻思，累不累？这种时候你来食堂，容易让人生疑，咱们回家去！

陈金福听见他们的说话声，从偏房里走出来，问鲁一斗，窗户门的可都锁好关好了？鲁一斗心里正躁着，甩过一句：锁好没锁好，你操哪门子心？陈金福遭了呛，赶紧点头哈腰：是是是，我是瞎操心，惹鲁管家生气了，我，我该死！

陈金福自知没资格操这份心，每每提醒鲁一斗，其实都是在为自己和家人着想。食堂里又是粮又是物，工作人员一走，这大院里就剩他们一家人，万一丢这少那，他和家人都得担嫌疑。杨大圣把食堂开办在这院子里，哪是什么信任，是把他们一家人放在热锅上煎烤哪!

三天后,杨大圣带领垦荒队,轰轰烈烈开进了蛤蟆滩。

蛤蟆滩是片白花花的盐碱地,只零零星星长着些碱蓬草和芦苇,芦苇干瘦低矮,头上芦花还没个兔子尾巴大。杨大圣将垦荒队分成几组,对牛二巧使唤,给了他一个组长角色,"大明白"是他的组员之一。

垦荒是个力气活儿,"大明白"空长一身膘,能吃不能干,手一沾锄头镐杖,就挠头打怵。看见杨大圣走远,他肚子里的牢骚又溜达出来:这草都不长的破地儿,还能长粮食?养儿子不叫爹,不是白他妈费劲吗……牛二也怵农活儿,但组长需有个组长的样子,看见"大明白"偷懒磨洋工,又在涣散军心,牛二再难容忍:干东不干西,打狗不撵鸡,杨队长派下啥活计你干啥活计就是了,又不是不给你记工分,啥事用得着你咸吃萝卜淡操心?

"大明白"是个大大咧咧的人,脸皮也比一般人厚,这些话,哪怕是从牛二之外任何人嘴里说出来,他都不至于翻脸,可对方恰好是牛二。你牛二算哪座庙里的神,谁又不知道你是啥东西,要舔腚沟子,你找个没人地方舔去……"大明白"回敬着牛二,话粗俗,也不乏恶毒。牛二牛皮哄哄惯了,哪受得了这种贬损?也用粗话回敬过去。两人越吵越凶,谁劝说也没用,都甩了手里的家伙事儿,头往前拱,腚往后撅,一副拼命架势,哼!哼!谁怕谁呀,你豁得出死,老子也豁得出埋!

杨大圣跑过来,盯了他们两眼,将手里的铁锹塞给牛二,又从别人手里抓过一把铁镐,塞到"大明白"手里,你们俩不是一个豁得出死,一个豁得出埋吗,多英雄多豪杰,打呀,往死里打!大伙儿都躲远点儿,别溅一身血。

众人都捏着把汗，劝架哪儿有这么劝的？火上浇油呢！杨大圣就这么劝，他这一激将，牛二和"大明白"，反倒都住了手。杨大圣心里笑骂：我还不知道你俩是啥货色。但牛二的积极性和原则性，还是要给予保护和褒奖的，过后将目光转向"大明白"，说道：就你事儿多，你要不想干，可以回家待着去，别影响别人。

看热闹的人们都散去了。"大明白"左手支着腰窝，右手拄着铁锹，叉着两条象腿站在那儿，嘴里鼻孔里，还呼哧呼哧喷着粗气。组里的几个人都劝着他，张三说：你也别不服气，人家牛二哥长短也是根棍儿，大小也是个官儿。李四附和道：那可不是，你可别拿豆包不当干粮。王五接过话：也别拿虾皮儿不当海鲜。还有个木头六，也要说两句，牛二兀地怒了：少他妈给我念山音儿，干活！干活！

开垦蛤蟆滩刚进入第三天，就被郑有全叫停了。杨大圣问他为啥，那天社员大会上，你口号喊得震天响，我们这可是响应你郑书记的号召，不扩大种粮面积，怎么给你争脸面？郑有全说：那个啥，开垦荒地没有错，叫停理由是因为这片土地并没划分给你们一队，属全大队共有，你们开垦耕种，其他几个队有意见。

郑有全和陈金寿一块来的现场，另外两位队长，一会儿也凑到了跟前。杨大圣瞥了一眼陈金寿说：土地荒着，你们都当它没用，我这里刚一动锹镐，你们就犯起红眼病了，有意思吗？

郑有全没让杨大圣说下去，他跟三位队长已经有过沟通，现场商议结果是，对村里所有可开垦的荒地，由大队先丈量登记，然后四个队平均分配。这需要些时间，四天后，杨大圣才带领垦荒队重返蛤蟆滩。大队把这片盐碱地正式划分给了他们一队，把相邻的野兔窝划分给了陈金寿的三队。杨大圣这边又人欢马叫地干起来，其他那几个队，就是不想动，郑有全也不会答应了。

蛤蟆滩被开垦出来，还要改良土壤，修渠引水。次年一开春，杨大圣把这块土地全部插上了水稻。陈金寿知道杨大圣背后有高人指点，傻子过年看隔壁，他将开垦出来的野窝兔，也全部插上了水稻。春种秋收，这昔日的盐碱窝荒芜地，头一年就有了沉甸甸的收获。

收割的水稻一捆捆戳在地里，杨大圣喜滋滋地让焦万发先估摸一下，亩产能有多少。焦万发心里没谱，看着杨大圣说：四五百斤？杨大圣又让鲁一斗估摸。鲁一斗张口就来：两千五！杨大圣被吓着了，两眼睁得有铜铃大：你也真敢说，就不怕闪了你的狗舌头？鲁一斗说：我这还是往少估了，野兔窝那块地，还不如咱们收成好，你可知道陈金寿上报亩产是多少？五千斤！杨大圣听得心惊肉跳：五千斤？把稻草算上也不够，他也不怕把牛皮吹炸了，崩个满脸花！鲁一斗说：听说这也是郑书记的意思，上边也有这精神，所有粮食亩产量，都要往高报。杨大圣说：这我就整不明白了。他们报他们的，咱们不整那虚头巴脑，我怕被人戳脊梁骨。

芦花坞在盐碱地上创高产的消息，从公社传到县上，从县上又传到地区。几天后，公社来了通知，地区报社记者要来村里采访。郑有全不敢怠慢，让陈金寿和杨大圣赶紧派人，把戳在地里的稻子小堆变大堆。杨大圣脸上写满无奈，说这面子活儿他干可以，但可别采访他，他嘴巴松，保不齐会说出啥臭话。郑有全还真怕杨大圣捅他的底，答应说：行，到时候你就远点儿走着。

记者来了，是个女记者，看穿戴，像二十几岁，看脸上，没有四十也有三十八九。女记者看见一方方稻田地里，戳满成捆的水稻，神情异常兴奋。要拍照时，又觉得眼前的风景有些单调死板，把几个看热闹的孩子招呼过来，都站到稻捆上面，又蹦又跳的，这一下，生动多了。

芦花坞又一次上了报纸。报纸送到村里，人们争相传看。乡下人活得粗糙，话也粗糙，有人说陈金寿和郑有全不是在吹牛，而是在吹骆驼。这些话很快就传到陈金寿和郑有全耳朵里，他俩都有些不服气，前些天他们看过的大报纸上，记不得是哪个地方了，水稻亩产一万斤！跟人家一比，咱们芦花坞是小巫见大巫。

三十八

陈金寿不甘心本队食堂落后一队，要比学赶超，后来居上，也曾吹得很凶，结果只半年多点儿时间，他们队食堂就再办不下去，宣告散伙了。陈金寿也是用人不当，那个二鲇鱼，根本就不是当管理员的材料，缺乏长远打算，不善于统筹规划，发现食堂工作人员偷拿多占，也睁只眼闭只眼，这怎么行？人嘴两张皮，好吃好喝那阵儿，他们队的社员抹着油乎乎的嘴巴，都说大食堂办得好，都说陈远路干得好，有人还编了段顺口溜赞道：吃饭不要钱，老少笑开颜，劳动更积极，幸福万万年！

一等到后来吃得越来越差，饱一顿饿一顿，就骂声不断了。于是又有人编了段顺口溜：一进大食堂，心里好凄凉，每顿不到五分饱，粗面窝头稀米汤，社员肚里咕咕叫，炊事员饱嗝打得响，吃饱饭，好生产，饿着肚皮咋个干……

食堂散了伙，又开始各吃各家饭，最紧要的问题还是粮食，粮食。陈金寿厚着脸皮找到郑有全，从上边化缘来的那些杂粮给各户分下去，勉强能够维持一个月，还得赶紧想辙。陈金寿想到了杨大圣头上。

杨大圣让人在狍子沟开荒种地的秘密，已不成秘密，各队都知道了，都说杨大圣这家伙鬼道。那些地全部种上了土豆，这种作物产量高，收获早，能当菜，又可当饭，杨大圣也在指望它们能解本队粮少之忧。现在刚见成熟，就被陈金寿给惦记上了，杨大圣没办法，赶紧让焦万发带上一帮青壮社员，天没亮就去了狍子沟，将抢收下的土豆，一半藏在了山里，一半弄回村里来。

事情做得诡秘，也瞒不住尖耳朵，陈金寿又拉着郑有全，上门借粮来了。杨大圣心里有了准备，回绝道：承蒙两位看得起我们，可那些地太不给我们争气，秧子长得旺盛，底下没玩意儿，结的土豆都没猫卵子大。

郑有全说杨大圣在打埋伏，前些天他去狍子沟扒开两撮秧子看过的，个儿头不小嘛，最保守估计，亩产也得四五千斤。杨大圣说不可能，拿肥猪当大象，都是斤了，郑书记你是手幸，摸着几个牛卵子。土豆我们已经全部收回来了，要不让老焦带陈队长过去看看？

焦万发也已经把话准备在肚子里，说道：杨队长，恕我不能从命，你不怕挨骂，我可怕，咱们队社员肯定会这样说，这些土豆是我们一颗汗珠掉地摔八瓣儿种出来的，你们当队长的要发扬风格，不能慷大伙儿之慨。咱们社员肯定还会说，同样是吃大食堂，我们吃过杨树叶，吃过榆树钱儿，吃过洋槐花，吃过猪毛菜，吃过荠荠菜，他们吃过吗？他们没吃过，他们每天菜不重样，饭不限量，抹着油乎乎的嘴巴没少笑话咱们。现在缺粮断顿，怨谁呀？脚上的泡，还不是自个儿走的？也好意思从咱们嘴里讨粮吃？烂屁眼儿轰苍蝇，咱们自个儿还顾不上自个儿呢。咱们队社员肯定还会说……

不用再说了，陈金寿那张脸，早连臊带气像一张烧红的洋铁皮：焦万发，你他娘的嘴上留点儿德吧，这粮食我们不借了，不借了！我们就是拉上棍子要饭，也不会再来你们这大门口！说完气呼呼地走了。

杨大圣一脸无辜地瞅着郑有全：郑书记，我们也没说不借呀，陈队长这人，还挺有刚火。

郑有全冷笑：杨队长拿我当傻天开呢？我还看不出你们这出双簧戏？唱得不错呀，可那个啥，你们的思想觉悟呢？你们的共产主义风格呢？你们队私开荒地的事儿，早就被捅到上边去了，是我一直给你们兜着，到此为止吧！郑有全也气呼呼地走了。

杨大圣心有不安了：焦三哥，咱们是不是太自私了？焦万发让杨大圣放坦然些，咱们又没偷没抢，你是小队长，不是大队书记，能让本队社员不挨饿，才是分内之责。杨大圣还是难以坦然，说服了焦万发，冲三队那些老少爷们儿，还是给他们送去了五千斤土豆。

陈金寿有了吃食堂的教训，按说应该知道夹着点儿尾巴，非但没有，在粮食产量上牛皮吹得更大了。一个人瘦点儿没关系，非要打肿脸充胖子，就让人觉得可笑了。

芦花坞村半农半渔，这一年两项收成都不错。杨大圣队里的收成，比其他几个农业队都要好，除一些晚秋作物还堆在场上没打，大部分粮食都已收仓入囤，吃食堂节省着点儿，再加上国家下拨的返销粮，他们队社员应该不会饿肚子。陈金寿那个队，还是不好说，吹牛皮当不得饭吃哟！

庄稼长在地里，要有人护秋，收拢到麦场上，要有人看守。这天傍晚时分，杨大圣在麦场转过一阵正要离开，陈金福缩头缩脑地来了，冲他干笑一下，又怯怯叫了声杨队长。今天夜里又轮到陈金福看场，另一位是杨葫芦。

陈金福来得并不迟，白天看场那人欺他是地主分子，骂骂咧咧，愣说他不守时。杨葫芦来得才叫晚，天黑透时才露面。秋末时分的夜晚，四面通透的麦场上寒风习习，杨葫芦支使陈金福弄来些树枝，点起一小堆火，他找来几棒外皮见绿的晚玉米，放在火上烤着。

　　有人来了，黑暗中一点光亮闪闪烁烁，鬼火一般。杨葫芦咋咋呼呼地喊道：是哪个？来人粗声大气：我！杨葫芦没听出是谁，又问。来人就骂了：你他妈耳朵塞鸡毛了？我的声音都听不出来？说着话的工夫，人已到跟前。杨葫芦一拍腿站起身：喂呀哈，是牛老弟，瞧我这聋耳瞎眼的。杨葫芦就这两样器官长得还算不错，这时不惜自己糟践着。

　　牛二又把老婆给打回娘家了，这说离不离已经快两个月了，长夜漫漫，牛二在家里待得五脊六兽，找杨葫芦扯闲篇来了。一见他的看场搭档是地主分子陈金福，牛二又有了新想法，要杨葫芦跟他走：这场上也没啥可看的，你一个人就行了，听见没"钱串子"？个老东西！陈金福有些不知所措。不答应，怕牛二翻脸；答应，又担心他一个人看场会落下啥嫌疑。牛二管他怎么想，管他应不应，拉着杨葫芦就走了。

　　二十几分钟后，又见有人来，是陈天业，是受老娘指派来给陈金福送棉大衣的，他来时忘了带。陈天业的婚姻也是不遂心，做了倒插门儿，让村人看不起，自己也觉脸灰。却走了狗屎运，土改时幸被划为贫农成分，跟爹娘成了两个阶级。但陈天业还算有孝心，没断了跟爹娘的来往，但为了避嫌，一般都是晚上登门。

　　儿子过来为老父送衣挡寒，让陈金福倍感欣慰和温暖，遂问起陈天业，他那蔫巴三弟是不是又没在家。陈天业也正为三弟犯着琢磨，几乎每天夜里他都去渔业队看院，听说又不给多记工分，他为啥呀？陈金福知道为啥，说：还不是嫌弃我们两个老不死的？也好，整天跟个蔫葫芦似的，脑袋碰出大疙瘩都不待跟我们说句话，我瞅他也别扭。

陈天业换过话题，据他所知，其它那几个生产队都不安排四类分子夜里看场，杨大圣不但让他爹这类人等看场，还把队里食堂放在他们家老院，不是出于信任，就是出于阴谋，会是出于信任吗？陈天业告诫老父亲，对杨大圣杨礼海兄弟俩，都需多加提防，说不定哪天就会狠狠咬他一口。

陈金福没想得那么凶险，他在肚里已掂量过多少回，杨大圣兄弟要想害他，还用等到现在？有件事情，陈金福一直没跟儿女们说过，闹土改那年，他们老两口把上吊绳都准备下了，没想到杨德轩他们，并没对他们陈家下狠手，听说别的庄上可有斗得凶的呢！陈金福仰头看看幽亮亮的星空，感叹一声说：将心比心，现在想想，是爹有愧于他们杨家，以前的一些事儿，做得太过头了……藏在心里的两桩不可告人的秘密，已经到他嘴边了，可一转念，还是被他咽回去了。

陈天业难以认可老父的悔意，说道：你再觉有愧，也用不着偷偷摸摸去杨德轩坟前烧纸燃香，就不觉得太卑屈？

陈金福目光颤了几颤，问陈天业怎么知道的这件事，是你妈跟你说的？老东西，嘴真是欠。陈金福有些难为情，说他那样做，也是为给自己找宽心，他几次梦见两个小鬼儿吐着猩红的舌头，抖着铁链子，要抓他去阴曹地府见杨德轩。在杨德轩坟前烧过三回纸后，他就再没做过那样的噩梦，也是怪。

陈金福不愿再提和杨家门的那些往事，催促陈天业回家去，黑夜里父子俩待在麦场上，是容易惹上嫌疑的。

还不见杨葫芦回来。

牛二带着杨葫芦先到了民兵队部，拿上枪支后做了做巡逻的样子。等到天黑夜静，街上不见有人来往后，牛二带杨葫芦来到两间临街的房屋前，杨葫芦认出那是"大明白"家。"大明白"和村里十几位社员，前些天被大队派去三十里外的黑石沟修干渠，吃住在那里，牛二拉着他过来，说是要寻找点儿刺激，会有啥刺激？

牛二淫邪的表情被夜色掩饰着，这时他才悄声告诉杨葫芦，"大明白"请假回来了，后晌四点多钟到的家，夫妻久别，今晚必将有场恶战，你小子不听得裤裆支帐篷才怪。杨葫芦干咽一口，一股子燥热和一股子酸意，同时由心而生，别看"大明白"是一副蠢模样儿，娶的老婆却俊俏，一颗好白菜生生是让猪给拱了。牛二听见杨葫芦嘟嘟囔囔，扯一下他衣角让他噤声，摸索着打开木栅栏门，两人蹑手蹑脚走近窗根儿前。是北窗，比南窗要小很多，位置也偏高，又有窗帘遮挡，他们看不见屋里的动静，只能用耳朵，用想象满足欲望……

没有白来，他们听到的，正是那种想象中的动静。但好像，好像不是"大明白"，声音也挺熟的，好像是……牛二长了双擅长听窗根儿的耳朵，他听出来了，是陈六指儿，不会错的。"大明白"老婆在副业队上班，男人出工在外，陈队长给女下属"送温暖"来了。但不对呀，"大明白"不是回来了吗？陈队长鸠占鹊巢，"大明白"莫非谦恭礼让躲出去了？想来这男人还不至于会吃这么软的饭，一定是跟老婆蜻蜓点水过后，就飞回工地了。

今夜里这一重大发现，纯属意外收获，不论"大明白"是哪种状况，对牛二来说都不重要，他老婆和陈六指儿的七寸被他攥在了手里，这才是最重要的。往后"大明白"再敢跟他闹，他只要把这件事一抖落，狗日的立马就得蔫儿回去，小样儿，我砢碜死你！还有那六指头队长……

夜色已难掩饰牛二的兴奋和得意，但他并没破门捉奸，故意咳嗽两声，就拉着杨葫芦离开了。杨葫芦不免心生困惑。牛二却隐晦不言，嘿嘿笑声说：不用急，有屁股还愁打？杨葫芦没了兴趣，想回去看场，牛二还是拽着他不放，他想喝酒，酒是现成的，民兵队部里藏有一瓶，至于下酒菜……牛二抬眼望望星空，想起来了……

陈金福在火堆旁打着瞌睡，听见说话声，揉揉老眼看去，杨葫芦总算回来了，牛二那混球怎么又跟回来了？手里还提着只鸽笼，笼子里传出了咕咕的叫声。

杨葫芦往火堆里添了几根树枝，然后去了看场小屋，出来时，手里拿着一只化肥袋子。行将熄灭的火焰，又欢快地跳跃起来。牛二从兜里掏出一把折叠刀给杨葫芦，谦让道：干这事你是内行，还是你来宰，我给你打下手。

杨葫芦确实身手不凡，不大工夫，五只鸽子就被他悄声无息地宰杀了。他们干得大胆，又谨慎，褪下的鸽毛和血淋淋的一堆杂碎，连同被牛二踩碎的鸽笼，都被装到了化肥袋子里，扔到了一个僻静的小房顶上。

陈金福早就想躲开杀戮，但没能躲掉，他帮他们褪完鸽毛，才被获准离开。陈金福看出这鸽子来路不正，牛二跟杨葫芦并不背着他，是出于对他的信任吗？才不是，是出于一种强者对弱者的轻蔑。烤熟的鸽子香气诱人，牛二和杨葫芦都吃得十分享受。陈金福待在看场小屋里，咀嚼的却是屈辱和无奈，心里也涌动着一阵阵的恐惧。

将近半夜时分，牛二才打着酒嗝离去。杨葫芦晃进小屋，在热炕头儿上躺下没两分钟，就呼噜噜打起了鼾，睡得比吃饱喝足的猪还幸福。陈金福紧裹大衣，一会儿出去，一会儿进来，迷糊一阵儿，清醒一阵儿，好不容易熬到了天亮。杨葫芦抻腰拉胯从小屋里出来，见他们留下的痕迹已被陈金福清理干净，去小屋后撒了泡热尿，打着哈欠回家去了。陈金福等到来人接替上，才敢离开。

　　夜里看场，第二天还是要照常出工的。陈金福今天要干的活计，是昨天就已分派下的。一吃过早饭，他叫上傻儿子天开，到马号扛上犁杖，牵上驴骡，父子俩一起去了老鸦窝。驴骡这种畜生，是马和驴杂交的产物，个头和力气比一般毛驴要大很多。

　　他们父子来得早，坐等在地头儿，各自卷了颗喇叭筒，慢吞吞抽着。地边的几棵大树是乌鸦的栖息地，乌鸦也叫老鸦，这块地便被叫作老鸦窝。乌鸦们对陈金福父子俩，似乎也表现出了不屑一顾的轻慢，被惊扰后，并不见飞走，在树梢上窜来窜去，聒噪不止。

　　老庚赶着马车来了，车上坐着一帮子社员，杨葫芦也在其中。他们要干的活计，是捆玉米秸秆，随捆随往车上装，装满后就拉回队里。陈金福父子俩要干的是趁着地还湿软，用犁杖把土翻起来，以利于保墒。犁杖有大有小，大犁杖打垄时才用，前面有两头牲口拉套，中间还要有人肩扛犁杆。一副全套大犁杖，堪比一件重型武器，贫下中农们谁也不愿意扛这玩意儿，累，也低贱，便理所当然落到了陈天开头上。今天他们父子用的是一副小犁杖，俗称小豁子，比扛大豁子要轻松很多。天开已四十好几，身板儿还那么壮实。他是结婚三年后才有的孩子，头胎是儿子，二胎是闺女。别看他夫妻俩弱智愚钝，生的两个孩子却都智力正常，有些匪夷所思。还有怪异的，天开自打有了孩子，也开窍很多，不再那么傻得癫憨、四六不分。

犁杖翻土到了地头儿，两个年轻后生的身影，忽然出现在陈金福的视线里，其中一人手里拎着一只化肥袋子，他们脚下风风火火，尘烟窜动，急急朝这边走来。陈金福仿佛意识到了什么，心头忽悠颤了一下。

三十九

二亮和四驴子，是从麦场过来的，他们当然是为那五只鸽子而来。他们这么快就发现鸽子遗骨，首先缘于一只嗅觉灵敏的猫，然后是一条恃强凌弱的狗，再然后就是一个拾粪老者。那只嗅觉灵敏的猫，将装有烤鸽碎骨的化肥袋子从小房顶上叼了下来，刚要享用，一条狗突然光临，将猫驱走，叼着袋子往村里拖拽而去，或许是想与它的儿女们共享美食。拖拽到村头时，那狗被一个拾粪老者给赶跑了，老者不知袋中何物，看过后恶心了一下，一脚把它踢到了墙根处。二亮和四驴子这时正在村街上胡乱地骂着，根据拾粪老者提供的信息，他们在村头找到那只袋子，顺着痕迹，又找到了一队的麦场上。

袋子里的一堆杂碎，现已成重要物证，被二亮愤怒地摔在了陈金福脚下。陈金福看着它，一股带有血腥气的呕吐欲，又从心底翻涌上来，正要扭过脸去，二亮小老虎一般扑到他跟前，炸雷似的喊了声：你个老地主！竟敢偷吃我的鸽子！

做贼心虚，陈金福没做贼，也心虚得不行，赶紧表白，他再嘴馋，再胆大包天，也不敢干这种事儿，绝对不敢。二亮的思维逻辑简单又混乱，他只听说陈金福昨晚看过麦场，就认定陈金福一定是偷鸽贼，一个老地主，阶级敌人，啥坏事不敢干？二亮心里怒火汹涌，四驴子又猛添柴火：二亮，别听这老家伙狡辩，揍他！揍他！二亮说：对阶级敌人就是得揍，不揍不老实！挥拳直捣陈金福的面门，一下，又一下，陈金福猝然倒地。

四驴子扑上来，也要对陈金福实施殴打，后脖领忽然被一双粗糙有力的大手给揪住，接着又被猛地一提，一甩，人就跌了出去。傻子天开，或许也知道孰轻孰重，饶过了二亮。二亮看见天开挡在老地主面前，如同一尊怒目金刚，也收敛了拳脚，扯着嗓子大喊：快来人哪！老地主、小地主打人啦！

几个社员都在那边地头儿上，闻声都跑了过来，有人一边义愤填膺地骂着，一边撸胳膊捋袖，要不是被焦万发制止住，傻天开定然要挨顿胖揍。焦万发先问陈金福咋回事，陈金福手捂左眼，努力站稳身子：没啥，没啥，是我自个儿摔倒碰的。焦万发不信，让陈金福实话实说，都惨成这副模样了，还打啥马虎眼。陈金福搪塞不过去了，才说出被打原因，但并没揭发杨葫芦和牛二。

队里社员轮流看场，是由焦万发负责安排的，焦万发回头去找杨葫芦。人呢？刚才还在眼巴前晃悠，跑哪儿去了？

杨葫芦跑了。这家伙挺贼，一看见二亮和四驴子急匆匆奔老鸦窝而来，他就料到要坏事儿，避开大家的眼目，赶紧跑回村里找到牛二。牛二夜里不爱睡，天亮不爱起，昨晚喝得又有点高，这时刚爬出臭熏熏的被窝，眵目糊还在眼角腻着。偷吃鸽子的丑事，这么快就败露了，让牛二也慌了神，心里又纳闷着，咱们打的是四驴子家的牙祭，跟二亮有啥相干？他们这么快就拿到物证，一定是钱串子告的密。

不可能，杨葫芦认为不可能是陈金福，但秃子脑袋上的虱子明摆着，陈金福就是缄默到底，二亮很快也会找到他头上的，他可不想自己扛，他要把丑话说在头里：牛老弟，一会儿二亮要是来找我对质，可别怨我不仗义，我也是没办法不是。杨葫芦倒是坦率。牛二噗噗干吐两口，骂起他来：你个怂蛋玩意儿，这还没见着老虎凳，你就要当叛徒，把裆里那嘟噜割了喂狗算了！

事不宜迟，牛二和杨葫芦急急去找杨队长。

杨礼海当着民兵队长，还兼着治保主任，属于大队的脱产干部，用社员们的话说，就是用屁股挣工分的阶层。对偷吃鸽子事件，杨礼海刚刚才听说，绝没想到会是他们两人所为。牛二和杨葫芦不打自招。刚坦白完，二亮带着四驴子也上门来，牛二不等他们开口，又是一出不打自招，跟四驴子认着错，请求宽恕……

滑稽得很，哭错坟头了。

昨天后晌，四驴子提着鸽笼在街头晃悠，被牛二看见了，四驴子臭显摆，说鸽子是他养的，还是什么什么王。其实这些鸽子是二亮的宝贝，四驴子也喜欢得不行，硬磨着二亮让他养着玩几天。牛二仰望星空想到的下酒菜，原本是四驴子家的五香豆腐干儿和熟鱼干儿，四驴子他爹老驴子，会腌制手艺，牛二几次闲逛上门，都看见院里晾晒着这两样吃食，夜里也不见收回去。昨晚牛二溜门进院，意外听到棚子里有鸽子的咕咕叫声，这可是好东西，宁吃飞禽二两，不吃走兽半斤，哪知道……嘻，嘻，你看这事整的。二亮啊，要是知道鸽子是你养的心肝宝贝，我就是嘴里馋出屎来，也不敢偷吃啊！

四驴子更不爱听了，问牛二：你这是啥话，要是我养的鸽子，你们偷吃就心安理得呗？牛二意识到口误，装模作样抽着自己的嘴巴：我可不是这个意思，不是啊。四驴子说：你爱啥意思啥意思，反正鸽子是进了你们的狗肚子，得找你们算账。

鸽子的真正主人还没说上几句话，只是坐在一边儿不住地抹着眼泪。杨礼海目光扎着牛二和杨葫芦：看把我侄儿气的，心疼的，都是你们干的好事，你们说说吧，该咋个补救？杨队长这是在找台阶给他们下，牛二忙不迭地说：赔，双倍地赔。二亮，你是要钱，还是哪天我们跟你去集市上买鸽子，你咋说咋是。

二亮狠瞪牛二一眼，把目光投向三叔。杨礼海在二亮头上摩挲几下说：这事就交给我了，保你满意，你们小哥儿俩都消消气，回家去吧。二亮走到门口，又转回身问三叔，他把老钱串子给打了，打得可不轻，他是不是得道个歉。杨礼海没拿这事当回事，挥一下胳膊说：一个地主分子，打就打了，他还能咋的。牛二和杨葫芦，也安慰二亮，也都说打了白打。马屁拍的不是时候，二亮恶着脸说：该挨揍的应该是你们俩！

偷鸡摸狗这种勾当，牛二已经有过前科，杨礼海骂过他，也想过要把他这条臭鱼晾起来，但见他悔意十足，没忍心这么做。现在牛二拐带着杨葫芦，又干出这种勾当，弄出的动静比上次还要大，他们脸上不光彩，杨礼海也觉丢面子，一顿骂自然是少不了。牛二想要将功补过，稍作思忖后，把昨晚发现的那档子事告诉了杨礼海。两个小民兵干部黑夜里偷听窗根儿，也是不够光彩，牛二留着心眼儿，说他们是在巡夜时，偶然发现的秘密。

杨礼海感到震惊，也感到兴奋，他无声地笑起来，凶巴巴的脸上，如同绽开了一朵奇形怪状的花。不过，他并没想要把偷情男女怎么样，没有硬邦邦的证据，是放不倒陈六指儿的。牛二还在讨杨礼海的好，也想学学当年的陈九根，要盯陈六指儿和"大明白"老婆的梢。杨礼海听了没说行，也没说不行，避开这话题而言其他，那就是默许了。

多少天过去，牛二和杨葫芦却毫无所获，那两只敏感的雌雄狐狸，或许对他们的盯梢已有察觉。一次次失望，让他们都心灰意懒，杨礼海对这件事也没怎么挂心，淡淡说了句：就算了吧，也没啥意思。牛二可以放弃盯梢，但他对那棵"好白菜"，却怎么也放不下……

陈金福被二亮打得两眼乌青，脑袋也一阵阵犯着晕乎。吴水英深感歉疚，二亮跟她再怎么绝情，那也是她生她养的，混蛋儿子伤及无辜，还置之不理，她这当妈的不能不管不问，当日趁天黑看望过陈金福，六天后又来，还拿了满满一瓢鸡蛋。陈金福和王三桃，都瞅这东西眼馋，还是战战兢兢谢绝了。吴水英执意要表示，只好去找张彩云。张彩云第二天一早把鸡蛋转送过来，口气不可违拗，他们这才收下。

早些年里，张彩云一直不受陈金福和王三桃待见，而这些年里，陈家西院那么多男女，只有这不受待见的张彩云跟他们还不见疏远，他们因此而懊悔自责，对张彩云已由疏远变得亲近。放下鸡蛋后，张彩云要走，被王三桃给留住，王三桃心里正琢磨着一件事，如果没见到张彩云，也就算了，既然上门来，不妨就求她一回。

陈金福困坐家里这些天，也有件高兴事，马媒婆昨天突然上门，给他们家蔫巴老三说了桩媒。女方是北杨村人，年龄已二十有六，人家那可叫心灵手巧，地里屋里的活计样样拿得起放得下，过日子绝对是把好手。长相不敢说俊，起码还受看……马媒婆眉飞色舞说到这里，口气顿了一下：就是，就是嘴有点儿碎……王三桃连忙表态：嘴碎点儿不算个啥，这桩婚事要是成了，家里大事小情都由她说了算，我们少吱声儿就是。陈金福也把头点得像鸡啄米：是哩！是哩！爱嘟嘟，也说明心细。

相亲时间定的是今天午后，蔫老三早上要出海打鱼，船上一根萝卜一个坑，前晌他没工夫。王三桃考虑到自家房屋老旧狭窄，院里又人多眼杂，想把相亲地点改去张彩云家里：侄媳妇，你看行不？

当然行，张彩云不加考虑，就答应下了，要是得空，她也想相看相看那姑娘，长得啥模样。

临近中午，蔫老三才从海边回来，脸上难觅一丝喜气，比往常又多了几分郁闷。要论相貌，蔫老三生得方头大脸，五官周正，身材高高大大，很有爷们儿相。要说勤劳聪灵，在芦花坞也得挑拣挑拣。这些年里，蔫老三已相过十几次亲，次次失败，差不多都是他不看好女方。不是过于挑剔，而是媒人提亲时，长相好条件好的姑娘，一听说他们家的情况，就先打了退堂鼓，所以，大凡同意跟他见面的，基本上都属歪瓜裂枣之类的了。如果他能委曲求全，也不至于到现在还娶不上媳妇，偏就抱着宁缺毋滥的信条不放，大不了打一辈子光棍儿，还能咋着。着急的是他那老爹老娘。

蔫老三呆呆坐在屋角，还像个没事人一样。王三桃看在眼里，不由愠怒道：你衣不换，脸不洗，胡子也不刮，还没相看就故意往黄里整是吧？陈金福接过话，也是一顿数落。蔫老三曾是他们夫妻最喜欢的儿子，现在成了让他最操心、最伤心的儿子。

估计时间差不多了，王三桃到大门外等候马媒婆。感觉过了很久很久，才见马媒婆领着那姑娘，从村西头而来，看姑娘那身材，还算不错，看脸上，则一团白。王三桃蠕动着嘴唇，心说：嚯，还挺讲究，刚过秋就捂戴上驴箍子了。在芦花坞一带，即使大冬天，也极少有女人戴口罩的，可这姑娘，偏就戴了一只。

王三桃把她们领到了张彩云家里。蔫老三跟在后边进屋来，那姑娘还把口罩捂在脸上，王三桃跟她客套两句，只听呜呜噜噜，不知说的是啥。没见有这么相亲的，王三桃捅捅马媒婆，轻声说句：他婶子，是不是让姑娘把那玩意儿摘了？马媒婆说：可不得摘掉。冲姑娘努努嘴。

总算露出庐山真面目。蔫老三怯生生看过一眼，目光猛地顿住，大脑也一时短路，片刻，红头涨脸说一句：算了吧！转身逃去。蔫老三这一逃，那姑娘马上就知道了结局，把口罩重又捂在脸上，也走出屋子。王三桃冲马媒婆抖着双手：他婶子，你看这事儿弄的，事先怎么也不说个清楚？

马媒婆还满嘴的理：嘿哟哟，倒怨起我来，我不是跟你们说过吗？姑娘嘴有点儿碎。

王三桃气得笑出来：哦，你说的嘴碎，敢情就是豁嘴儿啊？照你这么说，"眼下没啥"就是没鼻子了？

马媒婆仍振振有词：豁嘴儿又咋了？啥马配啥鞍，啥汉娶啥妻，相貌端正的大闺女家，谁愿意往你家这火坑里跳？都落到这份儿上了，还挑拣个啥？马媒婆掏出手绢擦擦嘴角，而后朝半空里一甩：好心不得好报，我回去了！

王三桃脸上挤出几丝笑，让马媒婆别生气，去他们家里坐会儿，说媒不成，也不能让大妹子白忙活不是。王三桃不用点拨，已提前把回馈准备好，二十个鸡蛋，一包乌鱼干，两包核桃酥。这次相亲又不成，以后还得有求于马媒婆，可不能戗了她的驴毛。

马媒婆也没想空手而回，顺从地去了东院，呷着茶水，看着王三桃把几样东西放在她跟前，横在喉咙眼儿里的那股怨气，哧溜一声就顺下去了。王三桃察言观色，这才又问起马媒婆，手头还有没有差不多点儿的姑娘，小寡妇也行。马媒婆托着下巴想想：嗯，倒是有这么个主儿……

张彩云得空过来时，马媒婆已经离去。王三桃说起相亲的事，怕被耻笑，没提女方是个豁嘴儿，只说人家没中意。叹了几叹，又有事要麻烦张彩云，这一半天里，最好能回趟娘家村，帮她打听打听两个人。马媒婆说西后岭沈家有个老姑娘，相貌品行都还不错，上面有个大哥，也是因为家里成分不好，三十大几还打着光棍儿，爹妈一个比一个着急，说了，遇有合适的人家，换亲也行。

张彩云明白了，王三桃是想用老闺女陈天香，给她们蔫巴儿子换亲，这个忙，她可不能帮，尽管她对沈家多有了解，知道那兄妹俩德行都不错，那也不能帮，她问王三桃：你家天香已经跟鲁振清家的老儿子处上对象了，你们还不知道？

陈金福和王三桃都不知情。陈天香白天在苇编厂上班，晚上在一个要好姐妹家借宿，饭都很少回家来吃，与爹娘近在咫尺，似隔万水千山，搞对象这等人生大事，竟也没跟他们透露半句。臭丫头，你也太拿爹不当爹，拿娘不当娘了！陈金福原本不忍心拿老闺女换亲的，突然被伤了心，就是换亲不成，也不能让天香跟鲁振清的儿子搞对象。那年批斗会上，鲁振清连抽他四个大耳刮子，他怎么能跟他做亲家？王三桃胸腔里也在呼哧呼哧拉着风箱：彩云，大妈还得麻烦你，你去找找天香，让她赶紧滚回家来。

陈天香是在第二天快晌午时才露的面，后面还跟有一人，二姐陈天秋，怪不得她这会儿才来，敢情是去县城搬救兵了。姐妹俩的神色，都凄然中透着股凛然，不用往下看就能知道，她们这是要跟爹娘唱一出对台戏……

陈家这桩换亲婚姻，刚有个意向，就告夭折了。蔫老三更不想接受这种婚姻，这种婚姻太不公平，他就是终身不娶，也不会把自己的幸福建立在老妹子的痛苦之上。老妹子若能嫁到鲁家，那是她的福分，嫁到西后岭沈家，那是屎窝挪尿窝，爹呀，娘啊，你们咋都这么糊涂！

王三桃炸了：我还不都是为了你们，为了咱们这个家，手心手背都是肉，你们以为我们就愿意呀！你们这些白眼儿狼，一点儿都不知道体谅爹妈的难处……王三桃鼻涕一把泪一把地哭起来。

四十

搭在大队部门前的那座炼钢炉，燃烧不到二十天，就熄了火，成了一尊傻乎乎的摆设。五个公共食堂，一年半之内关了四个。杨大圣队里的大食堂独自支撑到一九六一年七月初，再办下去也难，也终告结束。食堂开办头一天，杨大圣让大伙儿先解个馋，大鱼大肉管够。散伙饭，杨大圣让人把队里仅剩的一口肥猪宰掉，又是大鱼大肉海吃了一顿。至此，炼钢炉和大食堂都成了永久的过去，被尘封在了那代人的记忆之中。

这一年，白河县一带气候异常罕见，一冬无雪，春夏又大旱，老海爷和村上几个"老古董"两次组织祭天祈雨，也未能感动上苍。农谚云：大旱必有大涝。果然如此，立秋过后不多日，一场暴风雨突然袭来，大得瘆人，九十有三的老海爷也不曾见识过，那密密麻麻的雨柱，就像一根根竹竿从天空戳下来，戳得地面啪啪作响，水雾四溅，整个世界一片混沌。芦花坞的那些坡岭地都被雨水冲得七零八落，低洼地带则成了一片泽国。暴雨下了一天一夜，总算停住，但只是歇了口气，之后的一个多月里，大雨小雨轮番登场。坡岭地上那些幸存的庄稼，也经不住水涝，收成锐减。低洼地带因海水倒灌，庄稼几乎全部枯萎，真是满目疮痍。唯有那大片芦苇很快就恢复了生机，看似柔弱的芦花，也显现出了它们的坚韧，又那般如云舒浪涌，荡漾在天地间。但它们只能愉悦人们的视觉，只能给人们以某种启迪和感受，当不得粮吃。

是年遭灾，来年的日子更难熬，正月刚过完，芦花坞就闹起了粮荒。也不能再指望上边的救济了，据说整个国家都粮食严重短缺，城里人也在挨饿，大伙儿要想活下去，只能靠自己、靠队集体想辙了。杨大圣犹豫再三，把辙想到了五弟头上，好不容易的，他也只弄来几千斤碎高粱米，往各家各户一分，还是难以为继。

日子不好过，时令照常走，眼看就到春播时节，杨大圣给本队社员开会说：就是缺粮断顿，咱们也不能当炕倒儿，哪怕身上还有二两力气，这地也得种上，不能撂荒。杨大圣让大伙儿都振奋起精神，互相接济一下，各家那点儿粮食，最好先可着主要劳力的肚子……杨大圣说完，副队长焦万发又补充了几句，让队里那些年轻爷们儿把裤带都勒紧点儿，省着点儿吃粮，也得省着点儿劲，夜里就别往老婆身上粘了。焦万发这番话，让男男女女都笑起来，只是少了往日那般响亮。

散会后，杨大圣去马号跟老庚说几句话出来，看见鲁一斗最后离开队部要回家去，迎住他问道：我瞅你怎么无精打采的，病了？鲁一斗说没啥，就是有点不舒服。说话时刻意收紧着肚子，与杨大圣分手后，才放松下，当即就听见肚里一串咕噜噜的声响。

鲁一斗家也属过早断粮户，老婆主掌吃喝拉撒，日子过得不可谓不细，奈何家里有四个如狼似虎的儿子，队里分的那点儿粮食，扎着脖子吃都不够，这些天里不是野菜糊糊，就是野菜团子，吃得一家人眼珠子都直冒绿光。但当杨大圣刚才问起他们家里的情况时，鲁一斗并不想道出实情。

又熬过一些日子，老婆逼着鲁一斗去找杨大圣借粮，他家没有，就从队里借点儿。鲁一斗很不想去，老婆气急眼也会骂人，骂鲁一斗是武大郎卖草鞋，人软货囊。鲁一斗这才焕发出勇气，选择在晚饭时分，来到杨大圣家里。正看见杨大圣两个儿子和闺女小芬，在争抢半块玉米面饼子，小芬没抢着，见有碎渣掉在饭桌上，用舌头一颗一颗舔到嘴里。再看桌上的饭，也是稀面糊糊和野菜团子。杨大圣没在家，豆香委顿在炕角，见鲁一斗来，只是挪挪身子打了个招呼。鲁一斗问豆香说：家里也断粮了？豆香水光光的脸上挤出一丝笑容，说：没有，要是断粮，我还能吃这么胖？灯光有些昏暗，鲁一斗凑近跟前，豆香哪儿是胖，是浮肿。鲁一斗明白了，豆香是在用自嘲稀释着苦难，心里倏忽一阵酸楚，跟他们家借粮，跟队里借粮，他还张得开口吗？

鲁一斗再不想找谁借粮，老婆骂他武大郎卖草鞋还是卖豆腐，他也不会再借了，把肚子都再勒紧点儿，别人家能挺着过，咱们也能挺下去。老婆唉声叹气：这日子过的，可不就像挺尸，挺一天是一天吧。

他们能挺，儿子们挺受不住了，四兄弟回到他们住的小屋里，偷偷谋划起一个大胆的行动。

晚饭，鲁一斗喝了一肚子稀面汤，几乎都被分解成液体。夜半时分被尿憋醒，出来解手时，鲁一斗发现偏房小屋里还亮着灯光，扒着门缝望去，见四个儿子都围坐在灶台前，正吃着什么。当他轻声把门叫开，吃食已被儿子们藏起，但气味还在，抽抽鼻子就知道他们吃的是什么。鲁一斗下意识摸摸腰间，几把钥匙，都还在裤带上。四兄弟看见他这一举动，却难掩惶悚不安，让鲁一斗更坚信了他的猜测，就觉一股血气冲到了头顶，然后在脸上迸射开来。

四兄弟经不住审问，招认了。老大老二去他们睡觉的屋里，一个拎着小半袋玉米，一个端着葫芦瓢，怯怯缩缩走出来。鲁一斗一巴掌把葫芦瓢打落在地：你们混蛋！粮种也敢偷吃？说，是谁的主意？是谁偷的钥匙？四兄弟这回都紧咬牙关，再不吐一字。鲁一斗压低声音恶狠狠地说道：都给我等着，看我回来咋收拾你们！他把粮袋抓过来，往腋下一夹，轻手轻脚出了院门。

回到家来，鲁一斗再想找儿子们算账，小屋里已空无一人，四兄弟集体出逃了。料想他们不会有啥事，鲁一斗也没去找。早上一醒来，鲁一斗又去孩子们屋里，看见炕上一溜毛茸茸的脑袋，没忍心惊动他们。

队里要出工的社员们，一吃过早饭都聚拢在马号大门外面。鲁一斗刚过来，就被杨大圣叫到背人处，问起那小半袋玉米是怎么回事。鲁一斗先惊愣一下，臊着脸说了经过。昨天夜里，鲁一斗要将那小半袋种粮送回仓库，走到杨家大院大门口，忽又改了主意，便轻拨门闩进到院里，偷偷放在了杨大圣家门口，现在才意识到，粮袋上有他们家的标记。

杨大圣没领受鲁一斗的好意，孩子们不懂事，做下错事情有可原，咱们要是犯下这种错，则不可饶恕，"饿死爹娘，不吃种粮"，这老理儿你不懂吗？不是种粮也不行，让大伙儿戳脊梁骨的事儿，咱们不能干！杨大圣用不容置疑的口气，让鲁一斗今晚务必去他家一趟，把那半袋玉米送回库房。

库房、队部、马号，都在一个院里。鲁一斗送还粮食过来，是夜里九点多钟，一路没见人影，也没听闻狗叫，这或许都是因为饥饿的原因。鲁一斗轻声打开栅栏门链锁，脚步也轻如狸猫，但还是被老庚给看见了。老庚现在是专职饲养员，鲁一斗进来时，他刚给牲口添完夜草，坐在马棚前抽着烟。让老庚看见也好，也可为他做个见证。

鲁家四兄弟来库房偷粮，老庚没听到任何动静，听鲁一斗道出实情后，老庚宽宥着说：半大小子，吃死老子，你家那四个孩子都老实本分，不是饿急了眼，断不会干出这种事。鲁一斗还是满面羞愧，不管怎么说，他们家孩子也不该做贼当偷儿，还是他没管教好。

老庚没跟鲁一斗去库房。

鲁一斗回来时，被老庚叫到屋里，拎过半面袋高粱米，让鲁一斗带回家去，郑重申明这是他的口粮，队里的马料谁也别想动一粒。鲁一斗相信老庚，如同相信自己，但那也不能接受。在小屋里，鲁一斗发现了半藏半露的野菜和芦苇根，让一个七十几岁的老人吃野菜，啃芦根，把口粮慷慨给他们家人，他怎么忍心接受？再有，从这地方往家拿粮食，不论白天还是黑夜，都难说清楚。

鲁一斗没接受粮食，但得到一个关于粮食的启示，老庚说前些天他从老鼠洞里挖出六七斤玉米。马号院的老鼠洞有粮食，地里的老鼠洞也应该有。鲁一斗要找老鼠们要粮了。他先来到麦场边的地里，一气掘了十四个洞穴，鼠口夺粮有六七斤之多，收获还算可观。积极性被焕发而出，鲁一斗的身影又不时出现在广袤的田野，他左手拎锹，右手提篮，看见野菜挖野菜，发现鼠洞掘鼠洞，数日下来，又获取杂粮二十余斤。夺了人家的粮食，又毁掉了人家的住所，有几只大老鼠曾不顾生命危险，在鲁一斗脚前扑来窜去，表示着强烈愤慨。鲁一斗本是良善之人，眼前饱受饥饿的折磨，哪里还会顾及老鼠们的感受，没将它们捉住吃掉，就算发慈悲了。

过了一段时间，鲁一斗将所有收获从暗藏处取出来，交给了老婆。老婆一阵翻肠倒胃，耗子窟挖出来的粮食，也能吃？鲁一斗不忌讳，耗子能吃的粮食，人吃也没问题，洗洗干净，一样的。嘱咐老婆不要说给孩子们……

粮荒饥馑还在继续，一直持续了两个年头才见转机。都说芦苇的生命力坚韧顽强，芦花坞人的生命力，也如同芦苇一样坚韧而顽强，在那个非常困难的时期，这村里有十一人死于饥饿，其他人硬是靠吃野菜、吃树叶、嚼芦根挺了过来。可谁又能想得到，死于饥饿的那些人里面，会有鲁一斗的两个儿子，一个十四岁，一个十二岁。

他们的死，与鲁一斗从耗子洞里刨出来的粮食，不能说没有关系。他的大儿子二儿子当时都没在家里，去了几十里外的一家砖厂做小工，只为挣口饭吃。老三老四小哥儿俩，那天看见房前簸箕里晾着玉米，趁爹娘不在，偷偷攥了一瓢藏到屋里，待到夜深人静又偷起嘴。玉米用芦根水洗过，还未干透，在大锅里慢火炒熟，比上次炒的玉米松软好多，还带有一丝甜味。小哥儿俩吃得很香，吃得也有些口干，咕咚咕咚半瓢凉水下肚，接着再吃，直到所剩无几。躺在炕上要睡时，肚子忽然一阵紧一阵地疼痛，拍挨揍，都忍着不敢声张，忍到实在忍不住，才喊爹叫娘。

杨四爷被鲁一斗急急找来时，两个孩子的肚子已越见鼓胀疼痛。杨四爷曾用芦花煎水，为病人治过吐泻，治过腹痛，但看两个孩子这种状况……一斗，老朽功夫不济，还是快送医院吧。鲁一斗又赶紧找人用门板抬着两个儿子急奔渡口，叫醒鲁老贵，坐船过老龙河，几经周折终于到了公社医院。可为时已晚，大夫不由得埋怨鲁一斗，怎么不早点儿把孩子送来，耽误啦！杨大圣赶过来时，看见鲁一斗夫妻俩都傻呆呆坐在抢救室里，一人抱着一个孩子不肯松手。杨大圣狠狠捶了几下脑袋，嗨了一声蹲在地上，眼泪也哗哗地淌了下来。

夫妻俩都瘫软得一塌糊涂了，他们两个儿子的丧事，是杨大圣和焦万发帮着操办的。鲁一斗送他们离开时，摘下身上那串钥匙交给杨大圣，说他再不想当出纳和保管员了，而且态度十分坚决。杨大圣不想这时候劝说鲁一斗，走出院子后，让焦万发先拿着钥匙，两人商定，下午要开个全队社员会。

当队长这些年里，杨大圣没少给队里的社员开会，今天这会，议题鲜见，是要为某人讨个公道。一开言，杨大圣冲众人先问起鲁一斗两个儿子的死因，大伙儿尚不清楚他的心思，有人冷言恶语回话道：不是说被撑死的吗？近水楼台先得月，干啥借啥光儿。接着又听一个人说道：咱们家孩子都饿得前胸贴后背，他们家孩子活活给撑死，家有余粮，救济救济别人多好……杨大圣就是想让有些人把这种话说出来，但再也听不下去，腾地站起身，目光鞭子一样抽过去：你们脑袋是进水了？还是被驴给踢了？咱们任何一家，如果孩子天天能有饱饭吃，至于被撑死吗？至于吗？啊？

焦万发把杨大圣按回座位：杨队长别激动，还是让我来说说清楚。也是啊，说鲁一斗家里会有人饿死，确实容易让人生疑，但我可以指着日头告诉大伙儿一个事实……焦万发说起鲁一斗被老婆催逼着借粮食的过程；说起鲁一斗四处挖野菜掘鼠洞的过程……他那两个儿子，就因为偷吃那一瓢玉米，腹胀不治，你们说这算是撑死？还是饿死？焦万发眼里有了泪水，声音也有些嘶哑了：咱们当父母的，都知道把孩子拉扯大多不容易，那两个孩子刚十几岁呀，就这么一块儿走了，这对鲁一斗夫妻俩，该是多么难以承受的悲痛？可咱们有些人，又是在怎么对待他们？骂鲁一斗是粮耗子，不配当保管员，我现在问大伙儿一句，说他不配当，那你们说谁配？

两位恶言者，先坐不住了：杨队长，焦队长，我们也是听别人胡咧咧，不知者不为罪，屁话不算话，咱们队的管家，就得鲁一斗这样的人当！

焦万发拿出那串钥匙，啪的扔在桌上：你们明白晚了，鲁一斗已经被伤透了心，说啥也不想干了，大伙儿说咋办吧？

有人急起来：那怎么行？我说各位三老四少，咱们大家伙儿一起给他送钥匙去，赔不是去，走哇，走哇……

四十一

日子好过了，家家还都会有本难念的经，对杨大圣这个家而言，眼下让夫妻俩最挠头的事情，莫过于儿子伟生的婚事。伟生已是奔二十五的人，连对象还没处过，一逢爹妈提起这事，总是说不急不急，左回避右拒绝的。男人到这岁数还没娶上媳妇，会遭人议论甚至会遭人耻笑。看斜对门陈家，小木匠陈胜阳跟伟生是同年生人，儿子都会打酱油了，陈六指儿和张彩云，爷爷奶奶当得有滋有味，二儿子陈胜刚，也已经订婚将娶。

在儿子的婚姻大事上，豆香这当娘的倒是比杨大圣沉得住气，心里也急，但从没逼迫过儿子，她家伟生跟村上那些小年轻不一样，相貌好，文化高，在公社里当着通信员，要是能转成正式的，娶个拿工资的媳妇，那才叫有出息，才叫给杨家壮门面。豆香看好儿子的前程，儿子也似乎有着这种自信。豆香还让杨大圣抽空去公社侧面打听打听，伟生也或许跟公社哪个姑娘正偷处着对象呢。

杨大圣顾不上这些婆婆妈妈的家事，节气已过春分，队里农事渐多，他嘴上说去，一直没去。半月后的一天傍晚，杨大圣收工回来，发现豆香脸上笑意盈盈，伟生也是心情愉悦，问是不是有了啥喜事。豆香说：看来你耳朵也不够灵通，叶坚昌来咱们公社当书记了，这算不算喜事？

叶坚昌，就是当年土改工作队那个叶队长，杨大圣哦了一声说：也算是吧。豆香说：啥叫也算，就是的，厨里有人好吃饭，朝里有人好做官，咱不指望他能让伟生做官，能给转个正就行。她肚里打着小九九，让杨大圣明天就去公社，去看看叶坚昌叶书记。

杨大圣又是嘴上应得挺痛快，行动不积极。

还没等杨大圣去看望，叶坚昌先到芦花坞来了。新领导上任伊始，都习惯下来调研一番，叶坚昌调研的第一站，就是芦花坞。从大队部，到渔业队，又到地里，叶坚昌一路走来，看见一群男女挥镐扬锹，干得热火朝天，问过郑有全，得知是杨大圣带领社员在修台田，兴奋地说：好哇，我们过去看看。

故人相见，都倍觉亲切，也多有感慨。来芦花坞搞土改那年，叶坚昌才二十多岁，十几年过去，模样没多大变化，只是显得成熟许多。叶坚昌握着杨大圣的手久久不放，夸奖着说：我只知道你出海打鱼是把好手，现在听说地种得也很好，队长当得更不错，真行啊！杨大圣有点儿小得意，一时忘了谦虚，说：干啥吆喝啥，啥事只要用心，都能干好。

公社里那位大秘书"白眼镜"，一直紧随叶坚昌身后，这时旁枝横逸地问郑有全：听说你们村有个姓杨的右派，是从地区农学院下放下来的，跟杨队长是不是本家？杨大圣见郑有全支吾着，坦承道：是有一位，按族里的辈分，我应该叫他四叔，我曾跟他讨教过不少种地的学问。叶坚昌连说好好好，这就叫学以致用。郑书记，杨队长，你们都不要有什么顾虑，对右派分子，我们既要监督他们劳动改造，也要给他们出路，用其所长，这也是上级的精神嘛。郑有全连连说着对对对，"白眼镜"

也应声附和。

杨大圣没机会跟叶坚昌叙旧。叶坚昌很忙，从芦花坞出来还要去西后岭和东后岭。过了几天，杨大圣借去公社开会，才了却了这一桩心愿。

儿子伟生终于端上公家饭碗，是在叶坚昌上任两个月后。其实伟生和另一同事的转正报告，在叶坚昌来之前就已经上报县里了。杨家还有喜事临门，没出一个星期，伟生就把偷处的对象带回家里来了。姑娘亭亭玉立，面容姣好，嘴巴也甜，一声叔一声婶儿地叫过来，杨大圣和豆香心里都熨帖得无以言说。

人比人，气死个人，还是见不得杨家好，陈六指儿这时候再对比参照，自觉矮下一大截。心里酸酸地嫉妒着，想放也放不下，二儿子陈胜刚偏偏又落了难……

大秋过后，杨大圣的队里新添了两头牲畜，马棚需要扩大，几堵墙砌好晾干，开始上檩铺椽，杨大圣过来照了一眼，看见小木匠在上面忙着，随口催促一句：抓紧点儿干啊！然后去了地里。陈胜阳陈胜刚兄弟俩，年龄相差一岁多点儿，模样长得很像，杨大圣看走了眼，上面那人不是陈胜阳，而是陈胜刚。陈胜刚在给大哥打下手，他也想学木匠手艺，看见大哥有事暂时离开，他就爬到上面铺起了椽子，不防脚下一滑栽落下来。马棚高不过三米，地面也不坚硬，陈胜刚偏巧摔在木墩上面。陈六指儿闻讯赶过来时，陈胜刚已经被抬到马车上，双目紧闭，昏迷不醒，张彩云和陈胜阳一个抱头，一个抱脚，不住呼唤着，娘俩儿都泪眼汪汪。这人要倒霉，放屁都砸脚后跟！喝口凉水都塞牙！陈六指儿头顶上噌噌地窜着火苗子，一脚，又一脚，把那只木墩踹得连翻几个跟头。

陈胜刚被马车送去医院。杨大圣随后也赶过去，守到后晌，才快快而回。

陈胜刚没死，也没瘫，就是肾摔坏了，在医院一住就是两个月。回到家来第三天，老孟夫妻一起上门来看望。他们与陈家又多了层关系，陈胜刚的未婚妻是老孟的外甥女。问候过病人，老孟夫妻让陈六指儿和张彩云到另一间屋里，要单独跟他们说件事。事儿本应该由老孟说，老孟心怯，是老婆替他说出来的，而后，老孟也表示着歉意：亲家，真是对不住了，我没少劝我那外甥女和我大姐，都差点儿闹掰也没顶用。

张彩云外表平静，内心波澜起伏，对老孟说道：我家胜刚住院两个多月，你那外甥女只去看过两次，都一副不得已的勉强，我就知道这桩婚姻要断。其实胜刚也没有你们想象得那么严重，大夫说再养上一段时间，他就可以下地干活儿了，以后也一样能生儿育女。但既然你那外甥女要解除婚约，我们也不强求，断了也好，长痛不如短痛。

老孟夫妻俩，都如芒刺在背，都巴不得尽早摆脱窘境，张彩云话说完，老孟赶紧接过来：难得亲家这么宽谅，回去后，我让她家一分不少地把彩礼都退回来。

陈六指儿坐在那儿咬着嘴唇，一直没开口，突然起身爆出一句：用不着！留着他们花去吧！一甩袖子走出屋去，弄得老孟夫妻愈发不自在。张彩云缓和着气氛，说老陈不是冲他们，这些日子他心里一直不痛快，跟家人说话也像吃了枪药一样，让老孟夫妻别见怪。

儿子陈胜刚这一被退婚，陈六指儿越觉脸面无光，对杨大圣的怨气，也越发强烈，凭什么他儿子整天神气活现地去公社里上班还经常把对象带回来显摆，我儿子就该病恹恹地待在家里，还成天唉声叹气……

陈六指儿在家里时常恨骂不休，有天在副业队，当着杨大圣外甥女刘雨琴的面，也骂得口无遮拦。

刘雨琴也知道陈六指儿很没道理，社员干活儿时，当队长的催促几句，这有错吗？没错，错的是伤者本人。但在这之后，刘雨琴再面对陈队长那张脸，常常会下意识地表现出窘促和小心翼翼。陈六指儿看在眼里，面带笑意地对刘雨琴说：你用不着这样，你是你，你大舅是你大舅，我们之间的恩恩怨怨与你不相干。陈六指儿没迁怒于刘雨琴，还要重用，将队里的账目和实物，也交由她掌管起来。

陈六指儿当副业队长之初，对刘雨琴确实是憋着坏的，后见刘雨琴单纯善良，聪明能干，是个好帮手，才没把坏使出来。但这种意念，只是暂时隐藏在陈六指儿心里的某个角落里，一旦受到什么刺激，就有可能复发，复发得也许会更强烈。比如现在，陈六指儿对刘雨琴重用，就是在故设漏洞，是在为刘雨琴营造犯错的条件和机会，这个招数，可以叫温水煮青蛙，也可以叫欲擒故纵。陈六指儿不急，就好比养猪，养够分量再宰杀也不迟。

心机没有白费，陈六指儿拿捏住的把柄，足够让刘雨琴喝一壶了……事不遂愿，就在陈六指儿准备收网之时，"四清"工作队突然进驻了芦花坞。

工作队来自县里，一行四人，队长姓程，四十岁上下年纪，浓眉大眼，面皮微黑，一搭眼就给人一种不怒自威的感觉。陈六指儿这天正待在大队部，发现他们中间有一人眼熟，上前一问，还真是那个"小东北"。已届中年的"小东北"，身子发福不少，面孔也变化挺大，口音倒没怎么变，还满口大碴子味儿：哎呀妈，陈大哥呀，这一晃十好几年了，老想你了……陈六指儿对"四清"运动是怎么回事，心里还茫然着，"小东北"告诉他说：这是一场全国性的运动，在农村，"四清"就是清工分、清账目，清仓库，清财物……陈六指儿听着，不易察觉地抽了口凉气，神情也不自然起来。

工作队到的当天，就进入了角色，先召开大小队干部会，晚上又开了全体社员大会。舆论先行，实质性工作紧随其后，第二天，工作队就开始逐队进行清查，第一个清查对象，就是陈六指儿的副业队。这一查，有事了，有大事了，陈六指儿事先已经意识到会出事，想要补救还没来得及。首先说，副业队的账目和钱财物都由一人掌管，就属于严重违规。陈六指儿给出的解释是：队里原来有专职会计，半年前出了点儿状况，先是在家保胎，后又生小孩，他是出于节省人员开支的考虑，才将这摊业务暂交给出纳员刘雨琴的。

程队长没认可这种理由，刘雨琴之所以能贪占钱物，就是钻了这个漏洞。程队长话锋一转，接着就戳到陈六指儿头上，据刘雨琴交代，陈队长几次从她手里拿过钱，都是让她先记着账，欠条不打，又一直拖欠着不还。再就是白条入账问题，其中五张白条，刘雨琴肯定地说是经陈队长同意后，她才下的账……程队长一共说了四个涉及陈六指儿的问题。

陈六指儿一概否认，还爆起粗口：这小娘们儿，怎么成疯狗了？乱咬一通！陈六指儿承认自己犯有过失，但从没贪过队里一分钱财。程队长你有所不知，那刘雨琴仗着大舅三舅是村队干部，老舅是县里的干部，常常自作主张……

副业队的经济问题，也牵涉到大队书记郑有全，面对程队长的询问，郑有全也是把自己择个干净。如此一来，白条入账和现金亏空的罪过，都要由刘雨琴一人担了，四百六十块钱，可不是个小数目。

刘雨琴喊冤，跟工作队发誓说，她只挪用过几块钱，那些亏空，不是陈队长借用不还，就是队里支出后不好下账。她几次催过陈队长或把钱还上，或把欠条补上，他总是一拖再拖，总是说没事，现在有事了，却推脱不认，还说白条入账都是她擅自所为。那些白条的来龙去脉，那些亏空是怎么回事，我一笔笔都记在本子上，还锁在抽屉里，不知怎么就找不到了……"小东北"截住刘雨琴的絮叨：就是找到，又能怎么样，它有法律效力吗？它能为你证明清白吗？队领导没遵守财务制度，首先是因为你没有坚持好财务制度……刘雨琴承受不住咄咄逼人的讯问，脑子已乱成一团麻，开始还能说清楚的事情，最后也说不清楚了，从精神到肉体，几乎整个儿都垮了。

四百六十块钱，是个什么概念？有人粗略算过：大致可买三万斤大白菜；或四千斤棒子面；或两千五百斤大米；或三千斤螃蟹……芦花坞四个生产队，杨大圣那个队这年工分值最高，到年底分红，一个整劳力也就只能落下一百多块钱。刘雨琴的问题，真的是很严重，很严重，工作队这头一网，就捉到一条"大鱼"。

杨正茹哭惨了，也傻掉了，这怎么可能呢？雨琴是个啥品行，当爹妈的最了解，再说了，雨琴真要贪污那么多钱，他们也不可能没有察觉。她对弟弟说，大圣你说，这可能吗？

杨大圣也说不可能，但对外甥女和大姐，也多有埋怨，说道：我一直担心陈六指儿不会憋好屁，几次提醒过雨琴，开始她还能听得进去，后来只当是耳旁风。跟大姐我也说过的，你也是……

杨正茹已心神紊乱：大圣，这会儿说这些还有啥用，得赶紧想办法，把雨琴捞出来呀！

都觉力不从心，最后只好把希望寄托在杨信海身上，杨正茹泪眼汪汪地看着杨大圣：大兄弟，还是你去找一下五弟吧，越快越好。

娘亲舅大，杨大圣心里跟大姐一样着急，他没半点儿推辞，骑上自行车就去了县城。

当日天刚黑下，杨信海悄然出现在几个兄弟姐妹面前，杨正茹扑上去，一把拽住他胳膊：老五你可来了，见到雨琴没有？雨琴遭啥罪没有？

杨信海把气喘匀，才说起跟刘雨琴见面和一番问话的经过，该问的都问了个到，但事情还是不明不白，难说清楚……杨正茹对刘雨琴又怜又恨：她说不清道不明，还不是因为遭了算计？我一直以为她多精明，屁！没有再比她缺心眼儿的了！陈六指儿那败家子，那"气死爷"，也是太阴损了。

杨大圣用手势制止住大姐，问起五弟，雨琴最坏的结果会到啥程度。杨信海说他已找人问过，这件事一经立案，公安部门还要再做调查，雨琴的那些说法若能得到证实，应为过失，而不是犯罪。如果得不到证实，或部分得到证实，最好的结果是被定性为挪用公款，家里及时把那些钱还上，即使被判有罪，也会轻很多。

杨正茹又叫苦连天，上哪儿弄这么多钱去，刘雨琴你个丢人现眼坑爹害妈的东西！……

骂骤然停住，杨信海从包里掏出一只纸袋，递到大姐手里，里面装有不到三百块钱，一部分是他家多年的积攒，一部分是借来的，已尽了最大努力。剩下那些，只能哥哥姐姐们想办法了，尽快凑齐后，如果需要退赔，就由大姐给工作队送过去。

杨正茹一把抱住杨信海：老五，大姐谢谢你了。鼻涕眼泪淌了杨信海一身。

　　杨信海来得小心谨慎，也不想久留，吉普车还在桥那头等着。兄弟姐妹们要送他出门，被他给拦住，又嘱咐，不要把他去见雨琴和来家里的事，透露给外人知道。杨信海显然很清楚他现在做的事情，一旦出现差池，对他的仕途将意味着什么。

　　时间还不算晚，杨大圣要去找两个人，一个是大队会计老宋，一个是副业队车把式老陈，想跟他们了解了解情况，或许对外甥女能有所帮助。杨大圣前脚离开，杨礼海也出了家门，去邻院找牛二。

四十二

　　冤家门里出了灾星，陈六指儿哪怕偷着也应该笑，却笑不出来，刘雨琴的问题还没定论，他先被定性为"四不清"村干部，等待做进一步调查处理。陈六指儿并不孤单，还有郑有全、杨成海、大队会计老宋等人一块陪着。几天后，工作队将大小队干部召集到一起，让他们几个都在会上说说清楚。陈六指儿刚刚检讨完，牛二忽然进屋来，要揭发陈六指儿和郑有全的问题。牛二不是大小队干部，他要揭发，要检举，那是以后的事，"小东北"往外撵着他：二虎吧唧的，没经允许就往屋里闯，你干哈呀？

　　程队长打个手势，制止住"小东北"，问牛二姓甚名谁。牛二说：村人都叫我牛二，你们也这么叫好了，我和一帮子贫下中农，已经在门外边听了半天，实在忍不住我才要出这个头，还请领导理解我的心情和革命热情。

　　程队长不怒自威的脸上，闪出一丝笑意，问牛二要揭发什么问题，他现在就想听听。牛二得意了，扫一眼郑有全，扫一眼陈六指儿，说道：刚才我听他们的反省，太轻描淡写，他们贪没贪公家钱物，我没亲眼见着，经常在一块吃吃喝喝，可瞒不了我这双慧眼，他们也得说说清楚，吃喝钱是从哪儿来的。

郑有全和陈六指儿，脸色都红涨得发亮，郑有全先骂起牛二：你算个啥东西，敢跑到会上诬陷革命干部，老子在战场上为国家效命时，你还是个街头小混混儿哪！陈六指儿跟着也骂，他的骂，可没这么文明卫生，直接就奔牛二下三路：是谁的裤裆破了把你给漏出来了！你不应该姓牛，应该姓狗！准是有人扔了几根肉骨头给你，让你跑来咬我们……

程队长听着他们的骂，一副任凭风浪起，稳坐钓鱼台的姿态。

牛二是个吃软不吃硬的家伙，他们的辱骂，让牛二越发激愤，又揭发出郑有全依仗职权，跟"波浪头"乱搞男女关系的问题。这种事情，尤为敏感尖锐，郑有全更不能承认，反应也愈发强烈。牛二不屈不挠地迎着郑有全的目光：你骂我放驴屁，你说我诬陷，那我问你，你经常趁黑夜去小学校"波浪头"住的屋里，有时一宿都不出来，不是乱搞男女关系又是在干啥？实话告诉你，要不是顾及你书记的面子，我们巡夜民兵早就抓你现行了……牛二胆气十足，牛性大发，出乎在座所有人的意料，郑有全想要顽强抗争，但强硬的目光却不由得一寸寸软了下来。

牛二把矛头又刺向了陈六指儿：你也别臭胶皮鞋不觉闷儿，哪天哪天夜里，你去哪个娘们儿家干啥干啥，我也记着呢，给你留着面子到现在，要不我这就跟大伙儿叨咕叨咕？他们准都爱听。大伙儿是爱听，都竖起了兔子耳朵，但牛二嘿嘿嘿，给他们来了一出且听下回分解……

这一段，程队长正需要有块大石头，把芦花坞这个大水潭砸个水响波涌，牛二就是这块大石头，先不需计较他揭发检举的真实目的，需要的是他敢于打这头一炮。在这之后，便不断有人找工作队反映问题，谁谁多记过工分啦，谁谁贪占过公家财物啦，谁谁和谁谁搞破鞋钻过芦苇地啦……不光涉及大小村官儿，还有平头百姓。程队长杀鸡儆猴，先将郑有全和陈六指儿撤了职。两个人都不甘接受，但是再陈述、再求情也没用。郑有全还找过"小东北"，也是热脸贴了冷屁股，在家里困坐几天后，还是不甘心，又跑到公社去找老战友。

老战友姓何，本公社何家寨人，与郑有全同年入伍，一九五九年转业回乡，先是在武装部当干事，两年后当上了部长。何战友是个直性子，跟战友更喜欢直来直去，郑有全本来就羞眉臊脸的，他还往人家羞处捅：知道你有酒瘾，时常被人拉去喝两口，管不住嘴倒也罢了，怎么还管不住自己那二弟？自家有母鸡，还总到外边踩啥蛋哪……

郑有全被点中软肋，却怨何战友小题大做，还说是有人借机故意整他，要把他这外村人赶下台。郑有全需要帮助，首先需要同情理解，他说还要去找叶坚昌讨说法。何战友说：工作队是县里下派的，你再有怨气，也怨不到叶书记头上，我听说依工作队的意见，对你的处理要比这还重，是叶书记给你说的情。郑有全撇嘴：我看你是端谁饭碗向谁说话，我跟叶坚昌相识才几天，他凭啥为我说情？何战友说：你说凭啥？他还不是念你也是从战火硝烟里滚过来的，懂不懂？郑有全打消了念头，重又坐下，说起杨大圣，凭啥让他接替自己的大队书记？那个啥，就算他没啥问题，可他那亲亲的外甥女还在号子里呢！何战友还是与郑有全相左，说郑有全看错了皇历，共产党不搞株连九族那一套，杨大圣已有十几年党龄，解放前带人打过海匪，土改后一直当着队干部。这次搞"四清"，人家又两袖清风，本队其他干部也都没查出任何问题，让这样的人当大队书记，有啥不可以？……何战友对芦花坞的"四清"情况，看来都有所耳闻。

得，郑有全厚着脸皮来公社找老战友寻求帮助，结果净挨数落了。不过，他也不算白来，何战友在公社林管站给他找了份差事。郑有全从高处跌下泥潭，拉不下脸跟社员一起下地干活儿，也耻于再待在村里，这差事挺可他心思。不过何战友也说了，林管站在小龙山里，职工不多，又都是爷们儿家，他得耐得住寂寞。这话，像是玩笑，也不尽是玩笑。

去林管站上班，还需大队开介绍信，鲜红大印已落在杨大圣手里，郑有全实在不愿求见他，那也得见，少不得还要赔着笑脸，真他娘的那个啥。

其实，杨大圣接任大队书记并非情愿，程队长找他谈过话后，他还在犹豫中，直到叶坚昌出面。叶坚昌也看好杨大圣，从渔业社长到生产队长，你都干得风生水起，这大队书记也一定能干得响当当。他让杨大圣不要再有什么顾虑，这也是大伙儿在选择他，是事业在选择他，他应该有一种当仁不让、舍我其谁的劲头。两位领导都话语谆谆，容不得杨大圣再推辞。

生产队长的担子也不轻，杨大圣要把它交给焦万发，焦万发同样心有顾虑，他们一队里的嘎古人多，就他那两下子，怕是压不住砣。杨大圣也是打了半天的气，焦万发才答应下来。对陈六指儿空下的副业队队长的位置，杨大圣想让鲁一斗接任。鲁一斗却没兴趣，先问起杨大圣，都说新官上任三把火，他准备先烧哪三把。杨大圣心里已有思考，便说给他听。鲁一斗有些失望，问他道：就没想过修桥的事儿？杨大圣笑了，说：这哪儿是我该想的？想也没用啊。鲁一斗说：先不要说没用，你现在是大队书记了，可以名正言顺跑上跑下张罗这件事了，广播喇叭里总在说"人民公社是金桥"，咱们不要金桥，不要银桥，要一座木桥、水泥桥还不行吗？杨大圣的心被触动了，他理解鲁一斗的心情，老龙河上要是有座桥，他那两个儿子也许就不会因路途耽搁丢掉性命了，那切骨入髓的丧子之痛，会让一个人对某件事情产生执念。

杨大圣对鲁一斗不敢做出承诺，但他做出了行动，三天后，他就去公社找叶坚昌。叶书记，芦花坞男女老少都说了，叶书记要是能把修桥这件事张罗成，胜造七级浮屠，到时给叶书记送万民伞不算，还要立功德碑。

叶坚昌也笑了，说道：你刚当上大队书记就学会忽悠了，可再怎么忽悠我也没多大用，你得把树干忽悠动才行。能在老龙河上架座桥，是当地万千之众的期盼，也是叶坚昌的期盼，被山水相围的那个大夹角地域，都属双龙公社管辖，可芦花坞那一带的几个大队与公社驻地的所在区域却如同两个世界。如果有座桥把两边连接起来，百姓来往便利，对他们公社乃至全县的经济发展，都有十分重要的意义。叶坚昌说，这事正好归齐副县长分管，建议杨大圣找一下五弟杨信海，让姑爷子给岳父大人吹吹风，先看看他是啥意思。

杨大圣说：前两年我就听信海念叨过修桥的事，地点就在我们村东渡口处，结果是，只闻雷声响，不见天下雨。

叶坚昌说：这不是件容易事，我倒有个想法，你就说是你的主意，咱们可以先搞个类似"万言书"的东西，让周边那些大队的书记、队长、社员代表也都签上字，然后咱俩再一起去找县领导。

这主意不错，杨大圣回来后，马上就东奔西走，付诸行动。

也合该杨大圣和叶坚昌走运露脸，这件造福积德的大好事，没出两年就变成了现实。事实上，白河县对这项工程，已经做了很多前期准备工作，他们二人不遗余力，跑上跑下，只是起到促使项目提前落地的作用，但在百姓们看来，那也是劳苦功高。这是老龙河上的第一座桥，被列为全县重点工程。历时九个月零九天，一座长九十五米、宽九米的水泥桥就告竣工，被冠名为"龙河口大桥"。剪彩那天，地区和县里主要领导也亲临现场，那场面，可真叫人山人海，锣鼓喧天，红旗招展，热闹非凡。

鲁一斗在傍晚时刻见桥上没了人影，再一次过来，沿着南侧的桥栏，缓步走到桥东头，坐下来抽了一支烟，又沿着北侧桥栏，缓步走回来。喧嚣不再，河水静淌，鲁一斗像是在寻找着什么，一副怅然若失的神情。鲁老贵这时也出现在桥头，幽暗的河面上，浮动着鲁老贵忧伤的眼神。鲁一斗走上前去，那双眼睛落到老贵的脸上，似被河水浸过，灰暗中可见一层幽亮亮的光晕。

看桥心悦，望水忧伤，这条河，是芦花坞人的河，更是鲁老贵的河。鲁老贵十五岁时就从父亲手上接过撑竿，接过大橹，艄公当了四十六个年头。从明天开始，他那只渡船，还有那个老渡口，都将成为历史，他感觉自己的人生也似乎到了尽头。鲁老贵卷颗旱烟给鲁一斗，让鲁一斗陪他多待一会儿，他就要离开这里，到土里刨食去了。一个六十多岁的老家伙，没干过几天庄稼活计，还得从头儿活起，想起来心头不觉有些凄凉。鲁一斗让鲁老贵别悲观，可以来他们副业队，看苇子运苇子的差事，都适合他干，那只老船也还能派上用场。鲁一斗说他已经跟杨书记打过招呼，就看他本人意愿了。鲁老贵当然愿意，一百个愿意。

要干成某一件大事，很多时候也在于机遇。龙河口大桥建成六个多月后，杨大圣和叶坚昌都不由念起阿弥陀佛，这项工程要是晚个一年半载启动，还能不能建成，哪年哪月能建成，都很难说了。他们这样感慨的时候，轰轰烈烈的"文革"已经从省城席卷到了白河县境。这天，杨大圣急匆匆去了趟县城，还好五弟没事，有事的是他那老丈人，被"造反派"给关押了起来。同时，县里的各级班子，几乎都陷于瘫痪状态。

五天后，叶坚昌也大难临头，伟生汗津津从公社跑回家，告诉杨大圣，"白眼镜"成了公社"红造总"的头头儿，夺了叶书记的权，还把人抓起来了，今天下午两点钟要在胡家大院开他的批斗会。杨大圣深感意外，意外的不是叶坚昌被夺了权，而是被"白眼镜"给夺了权，"白眼镜"对叶坚昌叶书记，一向很尊崇很恭敬，怎么突然就反目成仇了呢？

伟生也不清楚他们之间有什么恩怨，只是感觉"白眼镜"那人有些阴冷，让人难以捉摸。他手下那些造反派里面，有几个是被叶书记整治过的街头泼皮无赖，叶书记落到他们手里，还能有个好吗？伟生少经历练，忧心忡忡地问父亲该怎么办。杨大圣让伟生先回公社去，注意保护好自己就行了，至于该怎么办，他心里已有章程。

杨大圣先找到三弟杨礼海，让他选派三十名民兵，拿上所有枪支，不许带子弹，中午十二点半到桥头集合。接着又找到鲁滩生，让他从渔业队选派二十人，也是同样时间到桥头集合。要救叶坚昌于危难，必须先摆足阵势，杨大圣打算以村里先开批斗会为由，把叶坚昌弄回芦花坞，再想办法隐藏到什么地方。

杨礼海和鲁滩生分头组织起的两拨人马，都准时在桥头聚齐。参与他们行动的，还有一辆马车，车厢苇箔下面藏着刀枪棍棒。正要开拔时,从村里又跑来五六个人,跑在前头那人,不停地喊着"牛哥",是老疙瘩他们。这人哪,一茬一茬真叫快,当年欺辱夏苇花儿子的一帮小屁孩儿,三晃两晃,都已长成了大小伙子。

却见杨大圣皱了皱眉头,问杨礼海,怎么能让这几个浑小子也参与进来。杨礼海并不知情,转问起牛二。牛二说:我找人时碰见老疙瘩,他追着跟我打听,谁知这狗皮膏药会贴上来,杨队长不愿让他们去,这还不好办?我让他们滚回去。

四十三

胡家大院几经变迁，现已成为双龙公社中学的所在地。当年小鬼子修建的那座炮楼，早就痕迹全无，只有一段屈辱的记忆还留在人们心里，大院里其他那些建筑，基本还保留着原貌，古朴中仍透射出几分威严。杨大圣带领的一彪人马，在大院西侧高墙外停下来。牛二和杨葫芦被派去侦察，发现叶坚昌被关押在后院的一间小屋里，门外有四人看守。杨大圣待二人回来，才跟大伙说出真实意图，不是来参加运动，而是来救人的，问大伙儿有没有害怕不愿干的，他决不勉强哪个。还行，都挺爷们儿。鲁滩生说：海匪咱们都打过，今天有啥好怕的？叶书记这人做事正道，对咱们芦花坞也有恩德，不能看着他遭罪不管……

杨礼海已有些按捺不住：大哥，该动手了。看见杨大圣点头应允，杨礼海将车厢里的苇箔扒开，让牛二负责发放枪支，让大壮负责发放棍棒刀叉。不知老疙瘩从哪儿钻出来，也伸手要枪，牛二把眼睛一瞪说：今天这事儿你少跟着掺和，一边儿待着去！

这天的胡家大院，人头攒动，色彩斑斓，里里外外到处是花花绿绿的标语，还插着很多彩旗。两位造反派小将，手持红缨枪守在大门口，都一身绿军装，臂戴红袖章，威风十足，很引人注目。这时，一群面孔黝黑、夹枪带棒的青壮男人朝大院门口涌过来，两位小将都被这阵势给镇住了，问也没敢问，就放他们进了大院里。

正碰见叶坚昌被几个造反派给押了过来。杨礼海牛二杨葫芦几人忙上前去，先把叶坚昌头上的纸糊高帽和脖子上的木牌摘掉，"造反派"们都还惴惴着，又听杨礼海喊声：把这姓叶的走资派给我绑了，带走！话音未落，杨葫芦已抖开绳索，往叶坚昌肩上一搭，七绕八绕，就将人绑了个结实。

"造反派"回过神来，一个小头目问杨礼海：嗨嗨，你们从哪儿冒出来的？要劫法场啊？

杨礼海斜眉瞪眼，一张脸更显狰狞恐怖，话也像是从牙缝里硬挤出来：我们是芦花坞的革命群众，这个姓叶的走资派，曾在我们村当过工作队长，我们要把他先弄到我们村里批斗，不中咋的？

小头目大概察觉出他们的阴谋，猛地撞开人群，脚下一蹿，跳到半米多高的平台上，挥舞胳膊喊道：广大革命群众，红卫兵战友们，这些人是来解救走资派的，我们不能让他们把人带走！

立时有更多人舞舞喳喳围上来，忽然看见对方把黑洞洞的枪口对准了他们，都惊恐地呆住，不敢上前。小头目又喊：战友们，不要被他们吓唬住，他们枪里没有子弹，那就是根破烧火棍！

那些持枪民兵们被揭了底，气势顿见萎靡，有人把枪收起，真当是木棍拄在手里。牛二在肚里骂声：你个小鳖孙，知道个球毛！于是也猛地一蹿上了平台，单手将枪举向天空，啪！啪！射出两颗子弹。巨大的声响，撼人心魄，舞舞喳喳的那些人，被吓得纷纷抱头鼠窜，大院里顿时乱成一团。等到人们从惊慌中镇静下来，等到"白眼镜"从什么地方跑出来，再看走资派叶坚昌，已经被一群土豹子簇拥着离开了。

杨礼海、牛二、杨葫芦三人没急于离开，负责殿后。"白眼镜"冲他们一蹦一跳地吼着：你们是什么贫下中农？是保皇派！是劫匪！杨礼海回敬：这位领导，你把话说颠倒了，当年大嘴岛上那帮劫匪，就是被我们给灭掉的，我们最恨的就是劫匪。我们也不是保皇派，把姓叶的走资派绑到我们村里批斗，说来咱都是为了一个革命目标，你们就承让承让吧。杨礼海的几分得意，以面目表情呈现出来，也像是咬牙切齿的愤怒，让"白眼镜"心生厌恶，也心生胆怯。

在他们僵持之时，叶坚昌已被鲁滩生架着胳膊扶到了马车前。叶坚昌的腿被打伤了，走路吃力，他强忍着痛苦的脸上，神色茫然而惶然。这时从树干后面闪出一人，摘下草帽露出真实面目：叶书记，让你受苦了。叶坚昌目光倏忽一跳：大圣，你也来了？你们这是要干什么？杨大圣为叶坚昌解着绳索，简单地道明了来意。叶坚昌有点抵触：大圣，滩生，这可不行，会牵连你们的。杨大圣和鲁滩生不由分说，一起将叶坚昌弄上马车，一路疾驰回了芦花坞。

叶坚昌被关押在村小学的一间教室里。小学就是原来的三合堂，在土改那年被改建成了教书育人之地。眼下是暑假期间，学校里空荡寂落已有些时日，忽就热闹起来。今天牛二风头出得不小，从公社回来后，始终一副神气活现的样儿，这会儿又不嫌操心地问起杨大圣，批斗大会为啥不当晚就开，还要等到明天。杨大圣搪塞牛二，时间有点儿仓促，啥都没准备，要开就开个声势浩大的。

杨礼海按照杨大圣的吩咐，让持枪民兵都待在这里，直到晚饭时分，才撤离重兵看守，只留杨葫芦等四人。这期间，来过两个陌生面孔，说是县红造总的观察员，他们在关押室门前晃了一阵，又到大队部看见老宋在写横幅，问明天是不是要开叶坚昌的批斗大会。老宋说那是肯定，不然他费劲巴拉写这些干啥用。杨大圣听杨礼海说起这两个陌生人，也认为是"白眼镜"派来的奸细，下一步他们得慎重行事。

夏日昼长夜短，已经过了酉时，天色刚见暗。杨礼海吃过晚饭，又来到小学校，打发走三位看守民兵后，才把带来的饭菜送进叶坚昌屋里。杨葫芦也饿着肚子，杨礼海让他去杨家大院，说大哥在等他一起吃饭，有重要事情要跟他面谈。

杨葫芦回到小学校时，神情里隐隐可见多了几分沉重。那三位看守民兵吃过饭也回来了，杨礼海避着那六只耳朵，问起杨葫芦：看你这副样子，心里不踏实了？杨葫芦说：是有点儿，但可不是害怕，三哥你放心好了。杨礼海说：让你参与这么重要的事情，我和大哥开始也是有些顾虑，可思来想去，还是觉得你最合适，咱们是同族兄弟，又一起经历过生死，我们不信任你信任谁？该说的话，大哥肯定都跟你说过，到时就看你的了。

杨礼海十点多钟才离开小学校。杨葫芦让两个民兵也回了家里，只留下跟他关系不错的"小耳朵"。挨过十二点，"小耳朵"已是哈欠连天，杨葫芦说：看你这点儿出息，算了，你也回家搂老婆去吧。"小耳朵"如蒙大赦，还假惺惺说了一句：扔下你一个人，这不好吧？杨葫芦说：没事儿的，姓叶的腿有伤，想逃也逃不了，你要不放心，那儿有绳子，可以把他绑在桌子上。杨葫芦话说得随意，"小耳朵"却很当真，真就把叶坚昌给绑了个结实。杨葫芦将大门锁好回来，一边为叶坚昌解着绳索，一边骂着"小耳朵"。

杨大圣让杨葫芦带来一件大衣给叶坚昌，在大衣兜里揣了瓶龙山老白干，一包五香花生米。叶坚昌只抿了几口酒，就靠着墙角打起瞌睡来。疲惫至极，却难成寐，半梦半醒间，感觉有人在扳他手腕，猛然惊醒的同时，他右手迅速朝腰间摸去，而后，不禁有点儿难为情地笑了笑，抬腕看下手表，又让杨葫芦看着。

　　就快到凌晨两点了，叶坚昌站起身，慢慢活动着筋骨。杨葫芦去大门外看过动静，将叶坚昌扶出屋子，一出大门口，变成押解状，朝村西头走去。

　　一辆马车已经等候在那里。天黑如墨，车把式脸冲外站在车辕前，不见一声言语，身形模模糊糊。叶坚昌被扶坐到车上后，杨大圣将杨葫芦拉倒一边，轻声嘱咐道：我们走了，接下来该如何应对，你心里已经有数，千万马虎不得。杨大圣要送叶坚昌去山里，杨葫芦要回小学校，他们的身影，很快都融化在浓浓的夜色中。

　　二十几分钟后，马车又返了回来，朝村子西北角悄声驶去，停在拴柱家西侧不远处。杨大圣让五爷把车赶回马号，他一手搀扶叶坚昌，一手挑着马灯，顺着芦草中一条稀稀落落的小路，走进了芦苇深处……

　　杨葫芦是被郑有全揪着耳朵给弄醒的，这时日头已经蹿上房顶几竿子高了，天色明亮得刺眼。跟郑有全一起来的，还有陈六指儿。杨葫芦挑着眼皮看着他们，嘴里喷着臭烘烘的酒气：你，你们来干啥？打个哈欠，伸个懒腰，啊——困死我了，还，还得睡会儿。陈六指儿抓起酒瓶，咚咚捶了两下桌子：还睡个屁！姓叶的他人呢？怎么让他给跑了？

　　杨葫芦猛扑棱几下脑袋，清醒了，搬桌挪椅地站起身，脚下一打晃，咕咚坐在地上。赶紧爬起，打开教室屋门：哎哟哟，可不是，是撬后窗跑，跑的。怪了怪了，那姓叶的伤着条腿，又绑得结，结结实实，咋会跑掉呢？"小耳朵"你他妈死，死哪儿去了？杨葫芦舌头打着卷儿，骂骂咧咧出门来，脚下又一趔趄，差点扑到一个人怀里。

是杨大圣。杨葫芦喉咙里嗝的一声响，挺直身子说：杨队长，啊不，杨书记，坏事了，姓叶的跑啦！他们说是我故，故意放跑的，我哪有那熊心豹子胆，都怨我喝，喝酒误事……杨葫芦两脚在地上划着弧，摇摇欲倒。

杨大圣踢了杨葫芦一脚：你没胆子把人放跑，也不该有胆子喝酒，瞅你这迷迷瞪瞪的样儿，灌了多少猫尿啊？杨葫芦屁股上挨了一脚，对舌头也起了作用，说话不再打结巴：也没喝多少，是那酒不咋地，后他妈犯劲儿。

老宋抱着一堆花花绿绿走过来，让杨大圣派个人，跟他去贴标语。杨大圣说：要批斗的人都跑了，还贴个屁！见老宋要走，又说：不贴也得留着，还有那顶高帽和木牌子，人跑了，咱们可以把他再抓回来。

郑有全和陈六指儿悄声离开人群，要去公社找"白眼镜"。当下都在轰轰烈烈闹着运动，郑有全对上不上班儿已经没了兴趣，他和陈六指儿一样，也很期待今天的批斗会，也在等着看叶坚昌的狼狈相，可没想到却让他逃掉了。一定是杨大圣他们捣的鬼，杨大圣和杨葫芦整的那一出，是在故意演戏给他们看。

"白眼镜"带领一群人已经在来芦花坞的路上。他心里的打算是，芦花坞要是真开叶坚昌的批斗大会，他们就一块儿参加，开完后再把叶坚昌弄回公社，如果村里不开，那更好，马上就把叶坚昌弄走。半路上，他们与郑陈二人相遇，"白眼镜"才知道他已是两头失算，那叶坚昌是自己跑掉的，还是被杨大圣给放掉或隐藏起来的，"白眼镜"都一样后悔着，怨自己不该心慈手软。当然，昨天芦花坞人弄出的那阵仗，也着实让他有些怵头。

"白眼镜"认同郑有全和陈六指儿的猜测，叶坚昌要是被杨大圣给藏起来的，最有可能是在刘山妹家里，遂将手下人马分作两路，一路直奔狍子沟，他领另一路到芦花坞找杨大圣。老郑，老陈，跟我们一块儿干吧，这场运动对你们是个考验，也是个机会。"白眼镜"要拉这两个下台村干部入伙。

这两颗蔫茄子秧，身上刚被喷上点儿水，就活泛起来，膨胀起来。陈六指儿主动提出去狍子沟。出了村头，陈六指儿带着那帮"造反派"去了一队的马号，一见到老庚，劈头就问过去：杨大圣已经坦白交代，昨天后半夜是他让你用大车把姓叶的送到山里隐藏起来的，你也老实交代！陈六指儿这"一诈二吓唬"的战术，被老庚视为幼稚可笑，三嘴两嘴就将他打回原形。这时一辆马车从地里回来，一帮造反派不由分说就坐上去，陈六指儿狐假虎威，又命令起车把式：快送我们去狍子沟！

大队部这厢，杨大圣正在跟"白眼镜"认着错，态度十二分诚恳。杨葫芦已被杨大圣关了禁闭，门口有四个民兵持枪看守，其他民兵也都在小学校院里待命。杨葫芦面对"白眼镜"的讯问，也是认错诚恳，但始终一口咬定，姓叶的走资派是自己撬窗而逃，他贪酒误事，要杀要剐任凭领导处置。"白眼镜"气得火冒三丈，但见杨大圣的人马刀枪强于他们，又不得不收敛着，没敢尽兴地闹腾。

"白眼镜"没等去山里的那路人马回来，就带人先回了公社，杨大圣仍不失客气地把他们送走。杨葫芦听说陈六指儿带一帮造反派去了狍子沟，担心地问杨大圣，他们民兵是不是也得赶过去。杨大圣却微笑不语，让杨葫芦回家歇息，一夜都没得安稳，辛苦辛苦。

晌午炎热时分，杨大圣出现在干爹干娘家里。挑过两担水后，他又背筐拽篓地出来，要去打草拾柴的样子，看看四周无人，一闪身钻进芦苇地，不见了身影。密匝匝的芦苇中，掩藏着一条弯曲窄巴的土埂，将杨大圣引到一块地势稍高的半岛上。走进去几十米远，隐约可见一个芦苇窝棚，侧耳听了听四周动静，杨大圣才近前去。他心头倏地一惊，窝棚里没见有叶坚昌，人呢？目光惶然四顾，忽闻一阵簌簌声，叶坚昌仿如从天而降，出现在他身后。

叶坚昌的精神状态比昨天要好很多。他夸赞杨大圣窝棚搭得好，外边撒的那一圈硫黄粉，还有那艾蒿绳，也都很管用，夜里没有蚊虫骚扰，他睡得很踏实。杨大圣说：这主要在于叶书记自身过硬，到底是当过兵打过仗的人，身处险境还能这么坦然，我就不行了。

叶坚昌让杨大圣不用担心他，说小时候父亲找人给他算过，他是属猫的，有九条命，已经四次死里逃生，这一劫肯定也能躲得过去。杨大圣被叶坚昌的情绪感染，附和道：吉人自有天相，我相信叶书记有这福气。叶坚昌忽然有些难为情起来，说：现在我已成历史罪人，一个在逃犯，还什么叶书记哟，咱们俩早就是一口锅里吃过饭的兄弟，你年长为兄，以后就叫我名字，或叫我叶老弟。杨大圣说：也好也好。他从布兜里又拿出一只军用水壶，递到叶坚昌手里，问道：还认识它吗？叶坚昌说：当然认识，是土改那年我送你的分别礼物，难得杨兄还保留着……

几口水暖暖浸入肺腑，叶坚昌两眼也热热地湿润起来。杨大圣催促他趁热把饭吃了，要不是"白眼镜"那帮人纠缠，他早就过来了。饿坏了吧？叶坚昌满足地笑一下：没有，豆香嫂子烙的那些发面饼，足够我吃上几天了。他让杨大圣用不着顿顿送饭，这芦荡里还有鱼有虾蟹有鸟蛋，比当年他在山里打游击时，条件好多了。

叶坚昌再怎么乐观主义，杨大圣心里也难得轻松，眼下，还有件担风险的事情，他也觉得应该去做。当杨大圣把想法说出来，叶坚昌又是心怀感激，又是心神不安。但见杨大圣决意要去，只好把他县城家里的地址写在一张纸条上，又给爱人写下几句话：兄弟侠义，解吾悬下。苟安偏安，咫若天涯。好自为之，勿念荻葭。像是一首诗，六句短语，二十四个字，杨大圣能认识大半，说的是啥意思，也只有半懂。叶坚昌先自嘲一句：我是粗人装文化人。然后跟杨大圣解释道：最后这"荻葭"两个字，是我原来的名字，是当过私塾先生的父亲给我起的，葭是芦苇，荻是一种很像芦苇的植物。我参加革命队伍后，大伙儿都说我这名字生僻拗口，我觉得也是，便改成了"坚昌"。我们家乡也是遍地芦苇，比这里要浩瀚得多，这种植物看似柔弱，生命力却极强，在任何地方都可以繁衍生息，就像这芸芸众生。当年打鬼子，打国民党反动派，我可是没少在芦苇荡里隐没藏身，哪想到现在，唉……叶坚昌叹声，缓缓晃着头颅，仿佛不胜沉重。

杨大圣是次日上午去的白河县城，后晌回来，只大半天工夫，芦花船村也弥漫起战火硝烟味道，花花绿绿大标语，贴得到处都是，最吸引人们眼球的，则是大队部外墙上那些大字报，矛头大都指向杨大圣。欲加之罪，何患无辞，杨大圣站在人群里，看着那森森然满纸荒唐，真想把它们都撕个稀碎。看当下这形势，他也将朝夕难保，他一旦被打倒、被监管，叶坚昌那里该如何是好？

未雨绸缪，可防祸灾，杨大圣将叶坚昌转移到狍子沟的第三天，果真他就被罢官，被监管，芦花坞大队书记一职，重又回落郑有全手中，陈六指儿跟着也官复原职。郑有全对杨大圣，不知由何而来那么大仇恨，让杨大圣书记做不成，生产队长也当不得，他不是怕遭海神爷惩罚不愿打鱼吗？郑有全偏就要把他贬黜到渔业队去……

尾 声

　　潮起潮落间，艰难而行的历史车轮不觉已驶入公元一九七七年。

　　岁月如风，物换星移，在这十年里，在芦花坞这座经年不见谢幕的人生大舞台上，各种角色也总是在不断更替，一九七六年的初冬时节，大队书记郑有全因与村里一女知青犯下作风错误，被撤职查办，杨氏家族里一位复员军人成为接任者。镇领导和驻村工作队长，原本都看好杨大圣，杨大圣却坚辞不受，眼瞅着就奔六十的人喽！老喽！已经没了那股心气喽！当个普通渔民挺好，凭力气挣工分，省心少事，一天两顿小酒，闲暇哄哄孙子，挺好挺好……

　　但杨大圣还是难得独善其身，新书记找上门来了，一次不成，再来，非要杨大圣当渔业队长不可。渔业队长鲁滩生受过重伤的腿，已受不得海边潮湿寒冷，执意辞职，让别人接手他不放心，也不甘心，便也帮着新书记做起说服工作。杨大圣不忍再拂二人的好意，总算是接下渔业队长这副担子。

　　既然接下，不干则已，要干就得干出彩，期待收获的日子里，这个冬天让杨大圣感觉那么漫长……

　　大海终于开始解冻，几里宽的冰面在潮水无声的拱动、切割、辗轧下，不时发出断裂塌陷的巨响。在海岸边，还横亘有一道半人高的冰墙，蜿蜒起伏，参差不齐，这是无数形状不同的冰块在潮水推动下一点点堆砌而成，当封固的冰面消融过后，汹涌澎湃的潮水很快就会将它们吞噬掉……这个磅礴激荡、壮烈畅快的开海过程，是大自然报送给芦花坞人最为响亮，最为壮观的春汛，也是杨大圣每年里最为期盼的重要时刻。杨大圣跑向海滩，忽然像个孩子一样兴奋起来，手舞足蹈，高声喊叫着：开海啦！开海啦！

突如其来的喊叫声，将一群觅食的海鸥呼啦啦惊起，啾啾慌叫着飞向天空，盘旋一阵，又啾啾欢叫着飞回来……